Histórias favoritas

Lovecraft, Howard Phillips, 1890-1937

Tradução de Fátima Pinho, Marsely De Marco e Bárbara Lima

São Paulo: Novo Século, 2020

Ficção americana

Traduzido a partir do original disponível no Project Gutenberg

COORDENAÇÃO EDITORIAL & EDIÇÃO DE ARTE: Jacob Paes
TRADUÇÃO: Fátima Pinho / Marsely De Marco / Bárbara Lima
REVISÃO: Elisabete Franczak Branco

Texto de acordo com as normas do Novo Acordo Ortográfico da Língua Portuguesa (1990), em vigor desde 1º de janeiro de 2009.

Histórias favoritas

Dados Internacionais de Catalogação na Publicação (CIP)

Lovecraft, Howard Phillips, 1890-1937
Histórias favoritas
Howard Phillips Lovecraft ; tradução de Fátima Pinho, Marsely De Marco e Bárbara Lima.
Barueri, SP : Novo Século Editora, 2020.

1. Ficção norte-americana I. Título II. Pinho, Fátima III. Marco, Marsely de IV. Lima, Bárbara

20-1409 CDD 813.6

Índices para catálogo sistemático:
1. Ficção norte-americana 813.6

uma marca do grupo novo século

Alameda Araguaia, 2190 - Bloco A - 11º andar - Conjunto 1111
CEP 06455-000 - Alphaville Industrial, Barueri - SP - Brasil
Tel.: (11) 3699-7107 | E-mail: atendimento@gruponovoseculo.com.br
www.gruponovoseculo.com.br

SUMÁRIO

Os ratos nas paredes

1924

Em 16 de julho de 1923, mudei-me para o priorado de Exham, depois que o último trabalhador terminou suas tarefas. A restauração tinha sido uma tarefa monumental, porque pouco restara da construção abandonada, a não ser uma pilha abandonada em forma de concha. Mas, como aquele tinha sido o berço de meus antepassados, não poupei gastos. O local não era habitado desde o reinado de Jaime I, quando uma tragédia de natureza terrível, embora em grande parte não explicada, abateu-se sobre o senhor, cinco de seus filhos e vários criados; e colocou sob uma nuvem de suspeita e terror o terceiro filho, meu pai e único sobrevivente da infeliz linhagem.

Como o único herdeiro fora denunciado por homicídio, a propriedade retornou à coroa, sem que o acusado fizesse a menor tentativa de se inocentar ou de recuperar a herança. Abalado por um terror maior do que o da consciência ou da lei, e manifestando apenas o desejo frenético de apagar aquela velha mansão de sua visão e de sua memória, Walter de la Poer, o décimo primeiro barão de Exhain, migrou para a Virgínia, onde se estabeleceu e fundou a família que, no século seguinte, seria conhecida pelo nome de Delapore.

O priorado de Exham permaneceu abandonado, mas eventualmente se tornou parte das propriedades da família Norrys e foi objeto de numerosos estudos devido à sua arquitetura única, constituída de torres góticas assentadas sobre uma infraestrutura saxã ou românica, cujas fundações eram de um estilo ou uma mistura de estilos de tempos ainda mais antigos: romanos e até mesmo druidas ou do galês nativo, se o que as lendas dizem é verdade. As fundações tinham um aspecto muito singular, pois estavam fundidas de um lado no sólido calcário de um precipício de cuja borda se avistava um vale desolado que se estendia por cinco quilômetros a oeste da aldeia de Anchester.

Os arquitetos e os arqueólogos adoravam estudar esta estranha relíquia de séculos antigos, mas os nativos do lugar a detestavam com todas as forças. Eles a detestavam havia séculos, desde quando meus antepassados ainda viviam ali, e ainda hoje, mesmo estando em estado de abandono e coberta de musgos e de mofo. Eu nem sequer tinha completado um dia em Anchester quando soube que era descendente de uma família amaldiçoada. E esta semana os trabalhadores demoliram o que restava do priorado de Exham e estão ocupados em destruir os restos de suas fundações. Eu sempre soube da história da linhagem da minha família, e sei que meu primeiro antepassado americano mudou-se para as colônias envolto numa atmosfera de suspeita. Dos detalhes, no entanto, eu nunca soube muito, devido à política de reticência mantida por gerações entre os Delapore. Ao contrário dos vizinhos colonos, raramente falávamos com orgulho de nossos antepassados que lutaram nas Cruzadas ou de outros heróis medievais e renascentistas, nem transmitíamos outras tradições, exceto as que eram registradas no envelope lacrado que antes da Guerra Civil cada varão deixava a seu primogênito para abertura póstuma. As únicas glórias de que nos orgulhávamos na família eram as conquistadas depois da migração, as glórias de uma linhagem altiva e honrada da Virgínia, embora um pouco reservada e insociável.

Durante a guerra, perdemos todas as nossas fortunas, e toda a nossa existência foi modificada pelo incêndio de Carfax, a residência da família às margens do rio Jaime. Meu avô, já com idade avançada, pereceu nas chamas daquele incêndio criminoso, e com ele o envelope que nos ligava ao nosso passado. Ainda hoje me lembro do incêndio, da forma como o testemunhei com meus próprios olhos quando tinha sete anos: soldados federais comemorando aos berros, mulheres gritando e negros se lamentando e orando. Meu pai tinha se alistado no exército e participava da defesa de Richmond e, depois de muitas formalidades, minha mãe e eu conseguimos passar pelas trincheiras inimigas e nos juntar a ele.

Quando a guerra terminou, nos mudamos para o norte, de onde minha mãe viera; foi lá que cresci, me tornei um homem maduro e, por fim, acumulei riqueza como convém a um ianque impassível. Nem meu pai nem eu nunca soubemos o que continha o envelope hereditário destinado a nós; e quando mergulhei na monotonia da vida empresarial de Massachusetts, perdi todo o interesse em desvendar os mistérios que, sem dúvida, escondiam-se no passado remoto de minha árvore genealógica. Com que alegria teria deixado o priorado de Exham entregue aos musgos, aos morcegos e às teias de aranha se tivesse ao menos suspeitado da natureza de seus mistérios!

Meu pai morreu em 1904, sem deixar mensagem alguma para mim ou para meu único filho, Alfred, um menino de dez anos, órfão da mãe. Foi precisamente Alfred quem inverteu a ordem das informações da família, porque, embora eu só pudesse oferecer a ele conjecturas irônicas sobre o passado da família, ele me escreveu contando sobre algumas lendas ancestrais muito interessantes quando, durante a última guerra, foi enviado à Inglaterra, em 1917, como oficial de aviação. Aparentemente, os Delapore tinham uma história pitoresca e um pouco sinistra, pois um amigo do meu filho, o capitão Edward Norrys, da corporação real de aviação, morava perto da propriedade da família em Anchester e relatou algumas superstições dos camponeses que poucos romancistas poderiam igualar, de tão incríveis e insanas que eram. Norrys, é claro, não as levava muito a sério, mas meu filho se divertia e elas serviram como assunto para muitas das cartas que ele escreveu para mim. Foram essas lendas que finalmente chamaram minha atenção para minha herança transatlântica, e eu decidi comprar e restaurar a propriedade da família que Norrys descrevera a Alfred em todo o seu pitoresco abandono e se oferecera para obter por uma quantia bastante razoável, dado que seu tio era o atual proprietário.

Comprei o priorado de Exham em 1918, mas quase que imediatamente deixei de lado os planos de restauração devido ao retorno de meu filho na condição de inválido mutilado. Durante os dois anos em que ele ainda viveu, dediquei-me inteiramente aos seus cuidados, deixando inclusive a administração de meu negócio nas mãos de meus sócios.

Em 1921, mergulhado em luto e na mais completa desolação, eu era um industrial aposentado que observava a velhice chegar, e decidi passar o resto dos meus anos me distraindo com a nova propriedade. Visitei Anchester em dezembro e me hospedei na casa do capitão Norrys, um jovem algo grande e afável, que nutria alta estima por meu filho e ofereceu sua cooperação na tarefa de reunir desenhos e histórias que me inspirassem ao realizar os trabalhos de restauração. Não senti emoção alguma ao ver o priorado de Exham, um amontoado de ruínas medievais abandonadas, cobertas por líquens e tomado de ninhos de gralhas, ameaçadoramente empoleirado à beira de um enorme penhasco, sem o menor traço de pisos ou qualquer outro recurso interno, exceto as paredes de pedra das torres separadas.

Depois de formar aos poucos uma ideia de como o edifício deveria ter sido quando meus ancestrais o abandonaram há três séculos, comecei a contratar trabalhadores para iniciar as tarefas de reconstrução. Em todos os casos, fui forçado a procurá-los fora da cidade, já que os aldeões de Anchester demonstravam um medo e uma aversão quase inacreditável por aquele lugar. A magnitude do sentimento era tal que às vezes chegava a contagiar os trabalhadores que vinham de outros lugares, dando causa a inúmeras deserções. Ao mesmo tempo, o terror parecia se estender tanto ao priorado quanto à antiga família que o possuiu.

Meu filho me contava que, durante suas visitas, as pessoas da aldeia de certa forma o evitavam por ele ser um de la Poer, e agora, pelo mesmo motivo, eu também estava sendo rejeitado, até que consegui convencer os camponeses de que eu pouco sabia sobre meus antepassados. E, mesmo assim, eles se mostravam teimosamente insociáveis, de modo que fui forçado a recorrer a Norrys para coletar a maioria das tradições populares que ainda circulava no local. O que aquelas pessoas não conseguiam perdoar, talvez, era que eu estava ali para restaurar um símbolo que odiavam com tanta força; pois, racionalmente ou não, para eles, o priorado de Exham não passava de um ninho de demônios e lobisomens.

Reunindo todas as histórias que Norrys recolheu para mim e complementando-as com o que tinham dito vários estudiosos que examinaram as ruínas, concluí que o priorado de Exham fora construído no local ocupado uma vez por um templo pré-histórico: uma construção druida, ou mesmo de antes desse período, que deve ter sido contemporânea de Stonehenge. Quase ninguém duvidava de que ritos abomináveis tinham sido celebrados ali, e havia todo tipo de histórias horríveis sobre a transformação de tais ritos para o culto de Cibele, mais tarde introduzido pelos romanos.

Nos subsolos, ainda era possível ver inscrições com letras inconfundíveis como "DIV... OPS... MAGNA MAT...", sinal da Magna Mater, cujo culto obscuro certa vez foi, em vão, proibido aos cidadãos romanos. Como muitas ruínas atestam, Anchester servira de acampamento para a terceira legião de Augusto e, ao que tudo indica, o templo de Cibele deve ter sido um edifício imponente e repleto de fiéis que celebravam indizíveis cerimônias presididas por um sacerdote frígio. As histórias acrescentavam que a queda da antiga religião não pôs fim às orgias que ocorriam no templo; pelo contrário, os sacerdotes se converteram à nova fé sem mudar fundamentalmente suas crenças. Dizia-se também que os ritos não desapareceram com a ascensão dos romanos ao poder e que alguns saxões fizeram edificações no que restava do templo, dando-lhe o perfil característico que posteriormente foi preservado, e fizeram dele o centro de um culto temido em metade do território pelo qual a heptarquia se estendia. Por volta do ano 1000, o lugar foi mencionado em uma crônica como sendo um priorado, essencialmente construído em pedra, que abrigava uma ordem monástica poderosa e estranha e era cercado por extensos jardins que não necessitavam de muros para manter afastada a população amedrontada. Ele nunca foi destruído pelos dinamarqueses, embora seu destino deva ter diminuído drasticamente após a conquista pelos normandos, visto que não houve o menor impedimento quando Henrique III concedeu a propriedade das terras ao meu antepassado Gilbert de la Poer, o primeiro barão de Exham, em 1261.

Não há relatos maldosos sobre minha família antes dessa data, mas algo estranho deve ter acontecido naquela época. Em uma crônica de 1307 há uma referência a um de la Poer como sendo um "renegado de Deus", enquanto que as lendas populares falavam apenas de um medo mortal e frenético do castelo que foi construído sobre as fundações do antigo templo e priorado. As histórias contadas ao pé da lareira que corriam pelo local eram as mais assustadoras, e se tornavam ainda mais aterrorizantes com a reticência temerosa e a reserva sombria que as cercava. Conforme essas lendas, meus antepassados formavam uma linhagem de demônios hereditários, comparados aos quais Gilles de Retz ou o marquês de Sade não passavam de meros aprendizes, e insinuavam aos sussurros que eles eram responsáveis pelo desaparecimento ocasional de aldeões durante várias gerações.

Os piores de toda a família, aparentemente, eram os barões e seus herdeiros diretos. Pelo menos, a maioria das histórias que circulavam se referia a eles. Conforme diziam, se um herdeiro mostrasse inclinações mais saudáveis, morreria em tenra idade e misteriosamente, para abrir caminho para outro descendente mais típico. Parecia existir um culto interno, presidido pelo chefe da família e às vezes restrito a alguns membros. O temperamento, mais do que a linhagem, era a base desse culto, porque também contavam com a participação daqueles que entraram para a família pelo casamento. Lady Margaret Trevor da Cornualha, esposa de Godfrey, o segundo filho do quinto Baron, tornou-se um dos bichos-papões favoritos de todas as crianças da redondeza e heroína diabólica de uma antiga balada medonha que ainda se ouvia nas proximidades da fronteira galesa. Também preservada nas baladas, embora não tão ilustrativa a esse respeito, é a história macabra de Lady Mary de la Poer, que logo depois do casamento com o barão de Shrewsfield foi assassinada pelo marido e pela sogra. Mais tarde, ambos foram absolvidos e abençoados pelo sacerdote a quem confessaram o que não ousariam dizer ao mundo.

Esses mitos e baladas, sendo típicos da mais absurda superstição, me desagradavam muito. A persistência deles e sua associação a uma linhagem tão longa dos meus ancestrais eram especialmente irritantes; enquanto as imputações de hábitos monstruosos relacionavam-se de maneira desagradável ao único escândalo conhecido dos meus ancestrais imediatos: refiro-me ao caso do meu primo, o jovem Randolph Delapore de Carfax, que se metera no meio dos negros e tornou-se sacerdote do rito vodu quando retornou da Guerra do México.

Sentia-me muito menos perturbado com as histórias mais vagas que contavam sobre lamentos e uivos ouvidos no vale desolado varrido pelo vento que ficava ao pé do penhasco de calcário; sobre o fétido cheiro proveniente das sepulturas após as chuvas de primavera; sobre a coisa branca que se debatia e guinchava, assustando certa noite o cavalo de Sir John Clave numa noite no meio de um campo solitário; ou sobre o servo que tinha enlouquecido por causa de algo indefinível que teria visto no priorado em plena luz do dia. Tudo isso não passava de crenças fantasmagóricas banais e, naquela época, eu era um cético declarado. Já os relatos sobre aldeões desaparecidos deviam ser levados mais a sério, apesar de não serem particularmente significativos considerando os costumes medievais. A curiosidade indiscreta significava a morte, e mais de uma cabeça cortada havia sido exibida ao público nos bastiões — agora, felizmente eliminados — ao redor do priorado de Exham.

Algumas histórias eram extremamente pitorescas, a ponto de me fazer desejar ter estudado mais mitologia comparativa na juventude. Por exemplo, existia a crença de que uma legião de demônios com asas de morcego se reunia todas as noites no priorado para celebrar seus rituais de bruxaria, legião cuja subsistência nutricional poderia explicar a abundância desproporcional de vegetais selvagens colhidos naqueles enormes jardins. A mais vívida de todas as histórias que circulam sobre o lugar era o épico dramático dos ratos — a história de um exército insaciável de vermes obscenos que debandaram em massa de dentro do castelo três meses depois da tragédia que o condenou ao mais absoluto abandono — o exército descarnado, pestilento e voraz que varrera tudo em seu caminho, devorando aves, gatos, cães, porcos, ovelhas e até mesmo dois infelizes seres humanos antes de aplacar sua fúria. Em torno dessa inesquecível praga de roedores gira um ciclo inteiro de mitos, porque se espalhou entre as casas da aldeia, provocando todo tipo de maldições e horrores em seu caminho.

Tais eram as histórias que chegaram ao meu conhecimento quando comecei a empreender, com a obstinação de um velho, as obras de restauração do meu lar ancestral. Não se deve acreditar, nem por um momento, que tais histórias fossem meu principal ambiente psicológico. Por outro lado, tive o apoio firme e constante do capitão Norrys e dos arqueólogos que me cercavam e ajudavam em minha tarefa. Quando o trabalho terminou, mais de dois anos após o início, eu podia observar os quartos espaçosos, as paredes com lambris, os tetos abobadados, as janelas com fasquias e as escadas amplas com um orgulho que mais do que compensou as despesas consideráveis da restauração.

Cada detalhe da época medieval foi habilmente reproduzido, e as novas partes se harmonizavam perfeitamente com as paredes e fundações originais. O lar dos meus antepassados estava concluído, e agora eu poderia tentar resgatar a fama local da linhagem familiar que terminava em mim. Eu poderia viver ali permanentemente e provaria a todos que um de la Poer (pois eu havia novamente adotado a grafia original do sobrenome) não precisava ser um ser diabólico. Meu conforto foi em parte aumentado pelo fato de que, embora o priorado de Exham tivesse sido construído de acordo com os padrões medievais, seu interior era absolutamente novo e livre de antigos fantasmas e vermes nocivos.

Como eu disse, mudei-me para o priorado de Exham em 16 de julho de 1923. Sete criados e nove gatos — um animal pelo qual sinto uma atração especial — me fizeram companhia na minha nova residência. Meu gato mais velho, Negrito, tinha sete anos e veio comigo de Bolton, Massachusetts; os outros gatos eu reuni enquanto vivia com a família do capitão Norrys, durante as obras de restauração do priorado.

Durante cinco dias, nossa rotina transcorreu na mais absoluta tranquilidade, e passei a maior parte do tempo catalogando documentos antigos da família. Já tinha obtido alguns relatos bastante detalhados sobre a tragédia final e sobre a partida de Walter de la Poer, que eu presumi ser o provável conteúdo da carta hereditária perdida no incêndio de Carfax. Aparentemente, meu antepassado foi acusado, com razão, de matar todos os habitantes da casa enquanto dormiam, exceto quatro criados cúmplices, cerca de duas semanas depois de uma descoberta chocante que mudaria todo o seu comportamento, descoberta que ele não deve ter revelado a ninguém além dos criados que colaboraram no assassinato. E, depois disso, fugiu sem deixar sinal.

Essa carnificina deliberada, que incluiu o pai, três irmãos e duas irmãs, foi amplamente tolerada pelos moradores e de tal forma negligenciada pela justiça que o perpetrador foi capaz de fugir para a Virgínia com todas as honras, sem sofrer qualquer dano ou ter de se disfarçar. O sentimento geral que circulava pela cidade era o de que ele havia libertado aquelas terras da maldição imemorial que pesava sobre elas. Eu não posso nem imaginar qual teria sido a descoberta que levou meu ancestral a cometer um ato tão abominável. Walter de la Poer já devia conhecer há algum tempo as histórias sinistras que foram contadas sobre sua família, de maneira que a razão que desencadeou tudo não deve ter sido esse material. Será que ele teria testemunhado algum rito antigo e assustador ou teria ficado frente a frente com algum símbolo obscuro e revelador no priorado ou nos arredores? Na Inglaterra, ele era considerado um jovem tímido e de boas maneiras. Na Virgínia, parecia mais um ser de caráter atormentado e apreensivo do que um tipo duro ou amargo. Na descrição que havia no diário de outro aventureiro de ascendência nobre, Francis Harley, de Bellview, ele era um homem sem paralelo no sentido de justiça, honra e delicadeza.

Em 22 de julho, ocorreu o primeiro incidente, que, embora tenha recebido pouca atenção na época, adquire um significado sobrenatural em relação aos eventos subsequentes. Era tão modesto que quase não tinha importância, e dificilmente teria sido notado nas circunstâncias daquele momento; deve-se lembrar que, como o novo edifício era quase inteiramente novo, exceto pelas paredes, e servido por criados experientes, qualquer apreensão seria absurda, apesar das histórias sobre o lugar.

O que consigo lembrar agora é só isso: meu velho gato preto, cujo humor eu conhecia tão bem, estava indubitavelmente alerta e inquieto, de um modo totalmente diferente de seu caráter habitual. Ele andava de um cômodo para outro, dando a impressão de estar inquieto e preocupado com alguma coisa, e constantemente farejava as paredes que faziam parte da estrutura gótica. Eu entendo perfeitamente que tudo isso soa como uma banalidade — algo como o cachorro inevitável na história de fantasmas, que sempre rosna até que seu mestre finalmente veja a figura embrulhada em lençóis. Contudo, não posso suprimir esse fato.

No dia seguinte, um criado percebeu a inquietação que reinava entre todos os gatos da casa. Eu estava no meu escritório, um quarto de pé-direito alto voltado para o oeste no segundo andar, com arcos de carvalho escuro e uma tripla janela gótica com vista para o penhasco de calcário e de onde eu podia ver o vale desolado. E mesmo enquanto o criado falava comigo, pude ver a forma saliente de Negrito se arrastando pela parede oeste e arranhando o novo painel que cobria a pedra antiga.

Eu disse ao criado que devia ser algum odor estranho ou emanação da velha cantaria que, embora fosse imperceptível ao olfato humano, devia afetar os órgãos sensíveis dos felinos, apesar de estar coberta pelos novos painéis de madeira. Eu, sinceramente, acreditava nisso, e quando o homem aludiu à possível presença de roedores, eu disse que não havia ratos naquele lugar por trezentos anos, e que até mesmo os ratos do campo das vizinhanças teriam dificuldade em escalar muros tão altos, e nunca tinham sido vistos por ali. Naquela tarde, liguei para o capitão Norrys, que me assegurou que parecia bastante improvável que os camundongos do campo tivessem subitamente invadido o priorado, pois, até onde ele sabia, não havia precedentes de nada parecido.

Naquela noite, dispensando o camareiro como de costume, retirei-me para o quarto da torre oeste que escolhera para mim. O acesso era pelo estúdio, depois de subir uma escada de pedra e atravessar uma pequena galeria; a primeira, antiga em parte, e a segunda inteiramente restaurada. O quarto era circular, com um teto muito alto e sem forro, e era decorado com algumas tapeçarias que eu mesmo havia comprado em Londres.

Depois de verificar que Negrito estava comigo, fechei a pesada porta gótica e me despi à luz das lâmpadas elétricas que imitavam velas com muita perfeição. Depois de um tempo, apaguei a luz e me deixei afundar na cama entalhada com dosséis, com o venerável gato em seu lugar habitual aos meus pés. Não fechei as cortinas, e olhava para a janela estreita voltada para o norte à minha frente. Havia um esboço de aurora no céu, que destacava a silhueta dos arabescos da janela sobre o fundo claro.

Em determinado momento, eu devo ter adormecido, pois lembro claramente da sensação de ter despertado de sonhos estranhos, quando o gato saiu de súbito da posição serena em que se encontrava. Eu podia vê-lo graças ao brilho fraco da aurora: ele estava com a cabeça esticada para a frente, as patas dianteiras pregadas nos meus tornozelos e as patas traseiras esticadas para trás. Ele olhava intensamente para um ponto na parede em algum lugar a oeste da janela. Apesar de eu não ver ali nada de especial, meus cinco sentidos estavam agora concentrados.

Enquanto observava, entendi o motivo da excitação de Negrito. Se as tapeçarias se moveram mesmo ou não, eu não posso dizer. Eu achei que sim, embora muito ligeiramente. Mas o que posso jurar é que por trás das tapeçarias ouvi um ruído leve, mas distinto, de ratos ou camundongos. No instante seguinte, o gato se lançou sobre a tapeçaria, que caiu ao chão com seu peso, revelando uma velha parede de pedra úmida, remendada aqui e ali pelos restauradores e na qual não se via o menor traço de roedores.

Negrito corria de um lado para o outro naquela parte da parede, arranhando o tapete caído e às vezes tentando inserir suas garras entre a parede e o assoalho de carvalho. Mas não encontrou nada, e depois de um tempo voltou muito cansado para a sua posição habitual aos meus pés. Eu não saí da cama, mas não voltei a dormir naquela noite.

Na manhã seguinte, interroguei todos os criados, mas ninguém havia notado nada de anormal, exceto pela cozinheira, que se lembrou do comportamento anormal de um gato que dormira no parapeito de sua janela. O gato em questão começou a miar a uma certa hora da noite, acordando a cozinheira a tempo de vê-lo disparar pela porta aberta e descer as escadas. Cochilei um pouco depois do almoço e, quando acordei, fui visitar novamente o capitão Norrys, que demonstrou especial interesse pelo que lhe contei. Os estranhos incidentes — tão sem importância e ao mesmo tempo tão curiosos — despertaram nele a sensação do pitoresco, e trouxeram à memória muitas lembranças de histórias locais sobre fantasmas. Ambos estávamos perplexos com a presença dos ratos. Ao voltar para casa, pedi aos criados que colocassem em lugares estratégicos algumas ratoeiras e um pouco de verde-paris que Norrys havia me emprestado.

Fui dormir cedo porque estava com muito sono, mas fui atormentado pelos pesadelos mais terríveis. Neles, eu olhava de uma altura impressionante para uma gruta mal iluminada cujo chão estava coberto por uma espessa camada de imundícies que iam até a altura dos meus joelhos. Dentro da gruta havia um demônio de barbas grisalhas com roupas de porqueiro que pastoreava com o cajado um bando de feras fungiformes e flácidas, cuja visão por si só me causava repugnância indescritível. Então, quando o homem parou e fez um sinal com a cabeça sobre seu rebanho, um enxame impressionante de ratos desceu para o abismo fedorento e começou a devorar os animais e o homem.

Depois de uma visão tão aterrorizante, acordei abruptamente com os movimentos bruscos de Negrito, que, como sempre, dormia aos meus pés. Desta vez, não tive dúvidas sobre a origem de seus grunhidos e sibilos, nem sobre o medo que o levou a afundar as garras em meus tornozelos, sem saber de seu efeito, porque as quatro paredes da sala fervilhavam com um som doentio: o chiado nauseante de ratos vorazes e gigantes. Dessa vez não havia aurora para eu verificar em que situação estava a tapeçaria cuja seção caída fora substituída, mas eu não estava tão assustado a ponto de não acender a luz.

Quando as lâmpadas brilharam, vi toda a tapeçaria se agitando horrivelmente, fazendo com que os desenhos um tanto originais executassem uma singular dança da morte. A agitação desapareceu quase instantaneamente e, com isso, também os ruídos. Saltei da cama, vasculhei a tapeçaria com o cabo longo da escalfeta que estava próxima e levantei parte dela para ver o que havia embaixo, mas não havia nada além da parede de pedra restaurada, e mesmo o gato já havia saído do estado de estresse pela presença anormal. Quando examinei a armadilha circular que havia colocado na sala, pude ver que todos os buracos tinham sido forçados, embora não houvesse vestígio do que deveria ter escapado depois de cair na armadilha.

É claro que nem me passou pela cabeça voltar para a cama, então acendi uma vela, abri a porta e saí para a galeria em direção às escadas que levavam ao meu estúdio, com Negrito sempre ao redor dos meus calcanhares. Antes de chegar à escadaria de pedra, no entanto, o gato disparou na minha frente e desapareceu depois da seção antiga. Quando desci as escadas, percebi os ruídos que vinham da grande sala abaixo, sons de uma natureza inconfundível.

As paredes com painéis de carvalho estavam cheias de ratos, que corriam e roíam em uma agitação incomum, enquanto Negrito corria de lado a lado com a fúria de um caçador desorientado. Quando cheguei ao andar, acendi as luzes, mas dessa vez o ruído não diminuiu. Os ratos continuavam alvoroçados, debandando com um barulho tão estrondoso e nítido que, finalmente, não foi difícil para mim atribuir uma direção precisa aos seus movimentos. Aquelas criaturas, em número aparentemente incalculável, estavam engajadas em um impressionante movimento migratório de alturas inimagináveis para uma profundidade incalculável.

Naquele momento, ouvi passos no corredor e, alguns instantes depois, dois criados abriram a porta maciça de uma só vez. Estavam todos vasculhando a casa inteira em busca da origem da perturbação que deixou todos os gatos da casa em pânico, fazendo-os lançar miados estridentes e apressadamente pular vários lances de escada para chegar à porta fechada para o porão, onde se agacharam, ainda miando. Perguntei aos criados se eles tinham ouvido os ratos, mas a resposta deles foi negativa. E quando me virei para chamar a atenção para os sons que vinham de dentro dos painéis, percebi que o barulho havia cessado.

Junto com os dois homens, desci até a porta do porão, mas àquela altura os gatos já haviam se dispersado. Então, decidi explorar a cripta abaixo, mas naquele momento apenas inspecionei as ratoeiras. Todas estavam desarmadas, mas vazias. Após me certificar de que, exceto eu e os gatos, ninguém tinha ouvido o barulho dos ratos, sentei-me em meu estúdio até o amanhecer para refletir profundamente em cada fragmento de lenda que havia desenterrado a respeito da propriedade em que eu morava.

Dormi um pouco de manhã, reclinado na única poltrona confortável da biblioteca que meu projeto de decoração medieval não conseguira abolir. Quando acordei, telefonei para o capitão Norrys, que apareceu depois de um tempo e me acompanhou na exploração do porão.

Não encontramos nada que nos chamasse a atenção, embora não pudéssemos reprimir um calafrio quando soubemos que a cripta havia sido construída pelos romanos. Todos os arcos baixos e pilares gigantescos eram de estilo romano; não do estilo degradado pelos trapalhões saxões, mas do classicismo severo e harmônico da época dos Césares. De fato, as paredes eram repletas de inscrições familiares aos arqueólogos que haviam explorado repetidamente o local. Era possível ler coisas como

"P. GETAE PROP... TEMP... DONA..."
e
"L. PRAEG... VS... PONTIFI... ATYS...".

A referência a Átis me deu um arrepio, pois eu havia lido Catulo e sabia algumas coisas sobre os rituais abomináveis dedicados ao deus oriental, cujo culto era em grande parte misturado ao de Cibele. Norrys e eu, à luz de lampiões, tentamos interpretar os desenhos estranhos e desbotados de alguns blocos de pedra irregularmente retangulares que deviam ter sido altares no passado, mas não conseguimos absorver nada. Lembramos que um desses desenhos, uma espécie de sol do qual os raios saíam em todas as direções, foi escolhido pelos estudantes para indicar uma origem não romana, sugerindo que os padres romanos se limitaram a adotar esses altares, que viriam de um templo mais antigo e provavelmente aborígene criado no mesmo local. Em um desses blocos havia manchas marrons que me fizeram pensar. O maior de todos, um bloco que ficava no centro da sala, tinha certos detalhes na face superior que indicavam que estivera em contato com o fogo; provavelmente oferendas incineradas.

Tais eram as coisas que pudemos ver naquela cripta, diante de cuja porta os gatos estavam miando e onde Norrys e eu havíamos decidido passar a noite. Os criados, que foram avisados para não se preocuparem com os movimentos dos gatos durante a noite, trouxeram dois divãs, e Negrito foi admitido como auxiliar e companheiro. Consideramos oportuno vedar hermeticamente a grande porta de carvalho — uma réplica moderna com fendas para ventilação — e depois nos retiramos com os lampiões ainda acesos para esperar o que quer que pudesse acontecer.

A cripta ficava nas profundezas das fundações do priorado e, sem dúvida, muito abaixo da superfície do precipício de pedra calcária que dominava o vale desolado. Não duvidei que esse fosse o objetivo dos infatigáveis e inexplicáveis ratos, embora não pudesse saber o motivo. Enquanto esperávamos ansiosos, minha vigília se misturava ocasionalmente a sonhos semiformados, dos quais eu era despertado pelos movimentos inquietos do gato que, como sempre, estava aos meus pés.

Naquela noite, meus sonhos não foram nada agradáveis; pelo contrário, eram tão assustadores quanto os da noite anterior. Mais uma vez, a gruta sinistra aparecia diante de mim na escuridão e o guardador de porcos e seus indizíveis monstros fungiformes chafurdavam na lama. Olhando para os seres, pareceu-me que eles estavam mais perto e mais distintos, tão distintos que quase podia ver seus traços físicos. Então, pude ver a fisionomia flácida de um deles — e acordei de repente, gritando tão alto que Negrito saltou violentamente, enquanto o capitão Norrys, que não havia pregado os olhos a noite toda, soltou uma gargalhada. Norrys teria gargalhado ainda mais — ou quem sabe menos — se soubesse o motivo do meu grito estrondoso. Mas eu só me lembrei dele tempos depois: o horror absoluto, com frequência, tem a virtude de paralisar a memória para nossa misericórdia.

Norrys me acordou quando o fenômeno começou a se manifestar. Sacudindo-me gentilmente, ele me tirou daquele sonho terrível, insistindo para que eu ouvisse o barulho dos gatos. De fato, havia muito a ouvir! Porque do outro lado da porta trancada, ao pé da escada de pedra, havia um burburinho real de gatos miando e arranhando a madeira enquanto Negrito, completamente desatento ao que seus semelhantes estavam fazendo, corria loucamente ao longo das paredes de pedra, nas quais pude perceber claramente a mesma agitação de ratos correndo que me atormentaram tanto na noite anterior.

Então um terror indescritível cresceu dentro de mim, porque essas anomalias não podiam ser explicadas por procedimentos normais. Aqueles ratos, se não eram fruto de um estado febril que apenas eu compartilhava com os gatos, deviam ter sua toca entre as muralhas romanas que eu julgara serem formadas por blocos de calcário sólido. A menos, talvez, que a ação da água ao longo de mais de dezessete séculos tenha escavado túneis sinuosos que os roedores teriam posteriormente alargado e ampliado. Mas, mesmo assim, o horror espectral que eu experimentava não era menor; pois, supondo que fossem vermes de carne e osso, por que Norrys não ouvia aquele alvoroço repugnante? Por que ele me pedia que observasse Negrito e ouvisse os miados dos gatos lá fora? E por que tentava intuir, vagamente e sem nenhum fundamento, os motivos que os levavam a despertar e promover essa balbúrdia?

Quando consegui contar a ele, da maneira mais racional que pude, o que achei estar ouvindo, o último som fraco daquela incansável balbúrdia chegou aos meus ouvidos. Agora, parecia que o barulho *recuava*, podia ser ouvido mais abaixo, bem abaixo do nível do porão, a ponto de o precipício inteiro parecer estar cheio de ratos em uma agitação contínua. Norrys não foi tão cético quanto eu havia previsto. Ao contrário, parecia estar profundamente impressionado. Ele indicou por sinais que o barulho dos gatos tinha parado, como se tivessem dado os ratos por perdidos. Enquanto isso, Negrito estava inquieto de novo e arranhava freneticamente a base do grande altar de pedra erguido no centro da sala, que estava mais perto do sofá de Norrys do que do meu.

Nesse momento, meu medo do desconhecido alcançava proporções inimagináveis. Algo surpreendente estava acontecendo, e eu podia ver como o capitão Norrys, um homem mais jovem, corpulento e, presumivelmente, mais materialista que eu, estava também inquieto; provavelmente por estar bem familiarizado com toda a lenda local. No momento, não podíamos fazer nada, a não ser simplesmente observar como Negrito afundava as garras na base do altar, cada vez com menos fervor, levantando ocasionalmente a cabeça e miando para mim como costumava fazer quando queria que eu fizesse alguma coisa para ele.

Norrys pegou um lampião, foi em direção ao altar e examinou de perto o lugar que Negrito arranhava. Ele se ajoelhou em silêncio e limpou os liquens seculares que uniam o maciço bloco pré-romano ao pavimento de ladrilhos. Mas não encontrou nada incomum, e estava prestes a desistir de seus esforços quando notei uma circunstância trivial que me fez estremecer, embora não significasse nada a mais do que eu já havia imaginado.

Compartilhei minha descoberta com Norrys, e nós dois começamos a examinar essa manifestação quase imperceptível com a fixidez de alguém cuja descoberta fascinante que confirma suas pesquisas. Em suma, foi o seguinte: a chama do lampião colocado perto do altar agora se inclinava, leve, mas evidentemente, devido a uma corrente de ar que não recebia antes, e que certamente vinha da fenda entre o pavimento e o altar onde Norrys estivera retirando os líquens.

Passamos o restante da noite no estúdio inundado de luz, discutindo com certo nervosismo o que fazer a seguir. A descoberta de uma cripta ainda mais profunda que a mais profunda alvenaria romana conhecida sob as fundações dessas ruínas malditas, uma cripta que tinha passado despercebida por antiquários experientes que exploraram o edifício durante três séculos, já teria sido suficiente para nos alvoroçar, ainda que não estivesse relacionada a nada sinistro. Da forma como aconteceu, o fascínio era duplo, e hesitamos, sem saber se deveríamos ceder em nossas investigações e abandonar para sempre o priorado por precaução supersticiosa ou satisfazer ao nosso senso de aventura e enfrentar quaisquer que fossem os horrores que nos esperavam nesses abismos desconhecidos.

De manhã, chegamos a um acordo: iríamos a Londres em busca de arqueólogos e cientistas treinados para desvendar esse mistério. Devo dizer também que, antes de deixar o porão, tentamos em vão mover o altar central, que agora reconhecíamos como sendo a porta de entrada para novos abismos de inominável terror. Que segredos poderiam abrir aquela porta, homens mais eruditos que nós revelariam.

Durante a nossa longa estadia em Londres, o capitão Norrys e eu relatamos fatos, conjecturas e histórias lendárias a cinco autoridades científicas eminentes, todas elas pessoas em quem sabíamos que poderíamos confiar para lidar com a devida discrição quanto a qualquer revelação sobre a família que pudesse emergir no curso das investigações. A maioria desses homens parecia pouco inclinada a encarar o assunto com leviandade; pelo contrário, desde o primeiro momento mostraram grande interesse e sincero entendimento. Não creio que seja necessário dar nome a todos os envolvidos, mas posso dizer que entre eles estava William Brinton, cujas escavações na Trôade atraíram a atenção do mundo inteiro naquela época. Ao tomar com eles o trem para Anchester, senti uma espécie de mal-estar, quase como se estivesse à beira de revelações chocantes, uma sensação refletida no semblante triste de muitos americanos que vivem em Londres devido à morte inesperada do presidente do outro lado do oceano.

Na tarde de sete de agosto, chegamos ao priorado de Exham, onde os criados me asseguraram que nada de estranho acontecera durante a minha ausência. Os gatos, até mesmo o velho Negrito, estavam absolutamente calmos e nenhuma ratoeira havia sido desarmada em toda a casa. As explorações deveriam começar no dia seguinte. Isso decidido, atribuí a cada um dos hóspedes quartos equipados com tudo de que eles poderiam precisar.

Fui dormir em meu quarto da torre, com Negrito sempre aos meus pés. Logo adormeci, mas os sonhos terríveis voltaram a me atormentar. Tive uma visão de uma festa romana, como a de Trimálquio, na qual pude ver uma monstruosidade abominável em uma travessa coberta. Então, eu vi novamente aquela maldita e recorrente visão do porco e seu rebanho fedorento na gruta escura. Mas, quando acordei, já era dia e eu ouvia os ruídos normais da parte de baixo da casa. Os ratos, reais ou imaginários, não me tinham incomodado nem um pouco, e Negrito ainda dormia em paz. Quando desci, vi que na casa prevalecia a mesma tranquilidade. De acordo com um dos cientistas que me acompanhava — um homem chamado Thornton, estudante de fenômenos psíquicos —, essa condição de tranquilidade se devia ao fato de que eu agora tinha conhecimento das coisas que certas forças desconhecidas queriam me mostrar; raciocínio que, de fato, eu achei bastante absurdo.

Tudo estava pronto para começar, por isso, às onze horas daquele dia, nosso grupo composto por sete homens, equipados com lâmpadas elétricas e ferramentas para escavação poderosos, descemos para o porão e trancamos a porta atrás de nós. Negrito acompanhou-nos, porque os pesquisadores não acharam apropriado desprezar sua excitabilidade e preferiam que ele estivesse presente, caso ocorressem manifestações obscuras dos roedores. Paramos para observar por um breve momento as inscrições romanas e os desenhos indecifráveis do altar, porque três dos cientistas já as tinham visto e todos estavam cientes de suas características. Especial atenção foi dada ao imponente altar central; depois de uma hora, Sir William Brinton conseguiu incliná-lo para trás, graças à ajuda de uma espécie de alavanca para mim desconhecida.

E foi então que, diante de nós, revelou-se um espetáculo horroroso ao qual não saberíamos como reagir se não estivéssemos preparados. Através de um buraco quase quadrado aberto no chão de azulejos, e espalhados ao longo de um lance de escadas com degraus tão desgastados que mais parecia uma superfície inclinada no centro, havia uma profusão horrível de ossos de origem humana ou, pelo menos, semi-humana. Os que ainda mantinham a configuração original de esqueletos mostravam atitudes de pânico infernal e, em todos os ossos, via-se traços de mordidas de roedores. As caveiras e crânios revelavam pertencer a idiotas e cretinos, e havia até mesmo a possibilidade de que fossem restos pré-históricos de antropoides.

Sobre os degraus recobertos de despojos, abria-se uma passagem descendente em forma de arco, que parecia ter sido esculpida na rocha sólida e através da qual circulava uma corrente de ar. Mas essa corrente não era um sopro agudo e fedorento como se viesse de uma cripta aberta abruptamente, e sim uma brisa agradável com um pouco de ar fresco. Depois de parar por um momento, nos preparamos, em meio a um calafrio geral, para abrir uma passagem nas escadas. Foi então que Sir William, depois de examinar cuidadosamente as paredes esculpidas, fez a surpreendente observação de que a passagem, de acordo com a direção dos golpes, parecia ter sido esculpida *de baixo para cima*.

Agora devo meditar cuidadosamente sobre o que digo e escolher as palavras com muito cuidado.

Depois de darmos alguns passos em meio aos ossos roídos, vimos uma luz à nossa frente; não era uma fosforescência mística ou qualquer coisa assim, mas a luz solar filtrada que não poderia vir senão de fissuras desconhecidas abertas no penhasco que dava vistas para o vale desolado. Não havia nada particularmente admirável no fato de que ninguém tivesse conhecimento da existência das fendas por fora, porque além de o vale ser totalmente desabitado, a encosta do penhasco era de uma altura tal que apenas um aeronauta poderia estudar a encosta em detalhes. Mais alguns passos e nossa respiração foi literalmente arrebatada pela visão que nos foi oferecida; tão literalmente que Thornton, o pesquisador psíquico, caiu inconsciente nos braços dos homens atordoados que estavam atrás dele. Norrys, com o rosto rechonchudo completamente pálido e flácido, simplesmente soltou um grito inarticulado. Quanto a mim, acho que arfei ou abri a boca e cobri os olhos.

O homem que estava atrás de mim — o único membro do grupo mais velho que eu — pronunciou o tradicional "Meu Deus!" com a voz mais trêmula que já ouvi. Do total de sete exploradores, somente Sir William Brinton manteve a compostura, algo que deve receber crédito, principalmente porque ele liderava o grupo e, portanto, deve ter sido o primeiro a ver tudo.

Nós estávamos de frente para uma gruta iluminada por uma luz fraca e enormemente alta, que se estendia além do campo de nossa visão. Todo um mundo subterrâneo de infinito mistério e horríveis sugestões se abriu diante de nós. Havia construções e outros destroços arquitetônicos. Num olhar de relance, pude ver apavorado um túmulo com estranho formato, um círculo imponente de monólitos, ruínas romanas com abóbadas baixas, uma pira funerária saxã e uma construção de madeira em ruínas da Inglaterra primitiva. Mas tudo isso era ofuscado pelo espetáculo repugnante que podia ser visto por toda a extensão do terreno: por vários metros ao redor da escada se estendia uma mistura insana de ossos humanos, ou pelo menos ossos tão humanos quanto os que tínhamos visto alguns metros atrás. Como um mar de espuma, esses ossos cobriam toda a extensão do local, alguns soltos, outros articulados total ou parcialmente como esqueletos; esses últimos estavam em posições que refletiam um frenesi diabólico, como se estivessem lutando contra alguma ameaça ou agarrando outros corpos com intenções canibais.

Quando o Dr. Trask, o antropólogo, parou para examinar e identificar os crânios, descobriu que eram formados por uma mistura degradada, e isso o deixou mergulhado na mais completa perplexidade. Na maior parte, aqueles restos pertenciam a seres de uma raça bem inferior ao Homem de Piltdown na escala da evolução, mas, de qualquer forma, eram definitivamente de origem humana. Muitos eram crânios de maior evolução, e apenas alguns eram de seres com sentidos e cérebros plenamente desenvolvidos. Todos os ossos estavam roídos, especialmente por ratos, mas também por outros seres daquela alcateia semi-humana. Misturados a eles, havia muitos ossos pequenos de ratos, guerreiros derrotados do exército letal que encerrava a tragédia antiga.

Duvido que algum de nós tenha mantido a lucidez depois daquele dia de terríveis descobertas. Nem Hoffmann nem Huysmans poderiam imaginar uma cena mais surpreendentemente incrível, mais atroz e repulsiva, ou mais gótica e grotesca do que aquela oferecida pela visão da gruta sombria em que nós sete avançávamos vacilantes. Tropeçávamos de revelação em revelação, ao mesmo tempo que tentávamos afastar da mente qualquer pensamento sobre o que poderia ter acontecido naquele lugar trezentos, mil, dois mil ou quem sabe dez mil anos atrás. Aquele lugar era a antecâmara do inferno, e o pobre Thornton desmaiou de novo quando Trask lhe disse que alguns daqueles esqueletos deviam descender de quadrúpedes até as vinte ou mais gerações que os precederam.

Um horror seguia-se a outro quando começamos a interpretar as ruínas arquitetônicas. Os seres quadrúpedes — com seus recrutas ocasionais da classe dos bípedes — eram mantidos em jaulas de pedra, de onde devem ter fugido em seu delírio final, causado pela fome ou pelo medo dos roedores. Deve ter havido grandes rebanhos, evidentemente engordados com os vegetais bravos cujos restos ainda podiam ser encontrados na forma de silagem venenosa no fundo de grandes vasos de pedra pré-romanos. Agora eu entendia por que meus antepassados tinham jardins tão imensos. Eu gostaria de poder relegar tudo ao esquecimento! A finalidade dos rebanhos não era mais mistério para mim.

Sir William, de pé e focando a lanterna na ruína romana, traduziu em voz alta o ritual mais chocante de que tive conhecimento e falou sobre a dieta do culto antediluviano que os sacerdotes de Cybele encontraram e incorporaram aos seus.

Norrys, acostumado como era à vida das trincheiras, não conseguia andar em linha reta quando saiu da construção inglesa. O edifício em questão era um açougue e cozinha — ele já esperava por isso —, mas era demais ver utensílios ingleses familiares em tal lugar e ler grafia familiar inglesa ali, algumas inclusive relativamente recentes, datadas de 1610. Não pude entrar no prédio, naquele prédio testemunhal de celebrações diabólicas que só foram interrompidas pela adaga de meu ancestral Walter de la Poer.

Mas eu me aventurei a entrar na construção saxã baixa, cuja porta de carvalho estava no chão, e lá encontrei uma fileira impressionante de dez celas de pedra com barras enferrujadas. Três tinham ocupantes, todos esqueletos de evolução avançada, e no osso do dedo indicador de um deles encontrei um anel com o meu brasão. Sir William encontrou uma cripta com celas ainda mais antigas sob a capela romana, mas neste caso as celas estavam vazias. Embaixo delas havia uma cripta de teto baixo cheia de nichos com ossos alinhados, alguns dos quais exibiam terríveis inscrições geométricas esculpidas em latim, em grego e na língua frígia.

Enquanto isso, o dr. Trask abrira um dos túmulos pré-históricos, descobrindo em seu interior crânios de escassa capacidade, pouco mais desenvolvidos que os dos gorilas, com sinais ideográficos indecifráveis. Meu gato passeava imperturbável diante de todo aquele show de horrores. Uma vez eu o vi monstruosamente trepado em uma montanha de ossos, e me perguntei que segredos poderiam estar escondidos atrás daqueles olhos amarelos.

Depois de ter observado até certo ponto as revelações terríveis escondidas nessa área envolta em penumbra — a caverna escura que tão terrivelmente antevi em meus sonhos recorrentes —, voltamo-nos a esse aparente abismo sem fim, para a caverna escura onde nem um único raio de luz do penhasco conseguia penetrar. Nunca saberemos que invisíveis mundos de Estige se abriram além da pequena distância que percorremos, porque decidimos que o conhecimento de tais segredos poderiam não ser benéficos para a humanidade. Mas havia coisas suficientes para olhar à nossa volta, porque só tínhamos dado alguns passos quando as lanternas expuseram uma infinidade de poços assustadores em que os ratos se banqueteavam e cuja súbita falta de reabastecimento levara a raivosa hoste de roedores, em um primeiro momento, a se lançar sobre os rebanhos de seres vivos enfraquecidos pela inanição e, em seguida, a se precipitarem para fora do priorado naquela histórica orgia de devastação que os habitantes locais nunca esquecerão.

Meu Deus! Aqueles poços imundos cheios de ossos quebrados e sem carne e crânios perfurados! Aqueles abismos de pesadelo transbordando de ossos pitecantrópicos, celtas, romanos e ingleses de incontáveis séculos de vida não santificada! Alguns deles estavam cheios e seria impossível dizer o quão profundos foram em outros tempos. Em outros, a luz dos holofotes não conseguia alcançar o fundo e eles estavam cheios das coisas mais incríveis. E o que teria sido, pensei, dos infelizes ratos que se precipitaram naqueles buracos no meio da escuridão do tão terrível Tártaro?

Em uma ocasião, escorreguei perto de um daqueles horríveis buracos abertos, e passei alguns momentos de terror paralisante. Devo ter sido absorvido por um longo tempo, porque, exceto o capitão Norrys, não vi ninguém do grupo. Em seguida, veio um som daquela vastidão escura e infinita, que eu pensei ter reconhecido, e vi meu velho gato preto passar rapidamente diante de mim, como se fosse um deus egípcio alado, para mergulhar direto nas profundezas insondáveis do desconhecido. Mas também não me demorei muito, pois naquele momento entendi perfeitamente o que era: a cavalgada horripilante daqueles ratos diabólicos, sempre em busca de novos horrores e determinados a me arrastar ainda mais para o fundo daquelas intrincadas cavernas no centro da terra onde Nyarlathotep, o enlouquecido deus sem rosto, uiva cegamente na escuridão mais escura ao som das flautas de dois faunos idiotas.

Minha lanterna se apagou, mas isso não me impediu de correr. Eu ouvia vozes, gritos e ecos, mas acima de tudo se erguia aquele tropel abominável e inconfundível, inicialmente de forma tênue e, em seguida, mais intensamente, como um cadáver rígido e inchado que suavemente desliza para cima

no fluxo de um rio de gordura que corre sob pontes intermi-
náveis de ônix para terminar em um mar negro e pútrido.

Algo me tocou, algo flácido e gordo. Devem ter sido os ratos; o exército viscoso, gelatinoso e faminto que encontra prazer em vivos e mortos... Por que não comiam os de la Poer, se os de la Poer comiam coisas proibidas?... A guerra devorou meu filho, todos para o inferno!... e as chamas dos ianques devoravam Carfax e reduziram a cinzas o velho Delapore e o segredo da família... Não, não, já disse que *não sou* o demônio guardador de porcos da gruta escura! *Não era* o rosto gordo de Edward Norrys naquele ser flácido e fungiforme! Quem disse que sou um de la Poer? Ele estava vivo, mas o meu filho morreu!... Como pode um Norrys ficar na posse das terras de um de la Poer?... É vodu, estou dizendo... aquela víbora manchada... Mas que droga, Thornton, eu vou te ensinar a desmaiar diante das obras da minha família! Pelas unhas de Cristo, patife, você vai gostar do sangue... mas você quer segui-los através desses recantos infernais?... *Magna Mater! Magna Mater!... Átis... Dia ad aghaidh's ad aodaun... agus bas dunach ort!... Donas dholas ort, agus comer-sa!... Ungl... ungl... rrlh... chchch...*

Isso foi o que disseram que eu disse quando me encontraram no meio da escuridão, três horas depois. Eu estava agachado, encolhido naquela escuridão sobre o corpo atarracado e meio devorado do capitão Norrys, enquanto Negrito me atacava e rasgava minha garganta.

Depois disso, implodiram o priorado de Exham, tiraram de mim o meu velho Negrito e me trancafiaram neste quarto com grades em Hanwell enquanto espalham boatos amedrontadores sobre minha descendência e o que aconteceu naquele dia. Thornton está no quarto ao lado, mas não me deixam falar com ele. Eles tentam, também, que a maioria das coisas conhecidas sobre o priorado não chegue ao conhecimento público. Sempre que falo do pobre Norrys, eles me acusam de ter cometido algo terrível, mas devem saber que eu não fiz aquilo. Eles devem saber que foram os ratos, os nojentos ratos tumultuosos, cujo galope nunca me deixará dormir. Os ratos diabólicos que correm por trás das paredes rebocadas do quarto onde estou agora, e me chamam para horrores que não podem ser comparados com aqueles até então conhecidos; os ratos que eles nunca poderão ouvir; os ratos, os ratos nas paredes.

A cor que caiu do céu

1927

A oeste de Arkham, as colinas erguem-se virgens, e há vales profundos que jamais sentiram o corte de um machado. Há estreitas ravinas escuras em que as árvores se inclinam de forma fantástica, e onde pequenos regatos correm sem nunca terem refletido a luz do sol. Nas encostas menos acentuadas, estão antigas fazendas feitas de pedra, com chalés cobertos por musgo, soprando eternamente os segredos da Nova Inglaterra que se abrigam por entre as saliências; contudo, a maioria está desabitada agora. As ruínas das amplas chaminés, cujas laterais estão cobertas por pequenas tábuas, estão perigosamente abauladas sob os telhados baixos.

Os antigos moradores foram embora, e forasteiros não gostam de morar ali. Os franco-canadenses tentaram, assim como os italianos, e os poloneses mal ficaram. Não é por nada que possa ser visto ou ouvido, mas é por causa de algo que pode ser imaginado. O lugar não é bom para a imaginação, e não deixa a pessoa ter sonhos relaxantes à noite. Deve ser isso que impede a presença dos forasteiros, pois o velho Ammi Pierce nunca contou a eles nenhuma das suas lembranças sobre os dias estranhos. Ammi, que há anos não é muito certo das ideias, é o único que não saiu de lá, e que ainda comenta sobre os tais dias; e ele ousa fazê-lo porque sua casa é muito próxima dos pampas e das estradas ao redor de Arkham.

Antigamente havia uma estrada que passava pelas colinas e vales, e ia em direção à charneca queimada, mas as pessoas deixaram de usá-la e uma nova estrada foi construída, alongando suas curvas até o sul. Traços da velha estrada ainda são encontrados em meio à relva crescente, e alguns deles ainda permanecerão mesmo quando metade das depressões forem alagadas pelo novo reservatório. Quando isso acontecer, as florestas sombrias serão desmatadas e a charneca queimada adormecerá debaixo das águas azuis, cuja superfície espelhará o céu, ondulando o sol. E os segredos dos dias estranhos irão unir-se aos segredos das profundezas; com as tradições do velho mar, e com todos os mistérios da terra primitiva.

Quando mencionei as colinas e vales, a fim de pesquisá-los para o novo reservatório, disseram-me que aquele lugar era maligno. Foi isso que ouvi em Arkham, e como a cidade é muito antiga e cheia de lendas de bruxaria, pensei que essa ideia fosse algo sussurrado pelas avós nos ouvidos dos netos ao longo dos séculos. O nome "charneca queimada" pareceu-me muito estranho e teatral e fiquei imaginando como tal expressão poderia ter entrado para o folclore de um povo tão puritano. Mas vi com meus próprios olhos o emaranhado de vales e encostas a oeste e passei apenas a ficar imaginando o velho mistério em si. Vi o local pela manhã, mas as sombras sempre espreitavam por lá. As copas das árvores eram espessas demais, e os troncos muito grandes para qualquer floresta da Nova Inglaterra. Havia um silêncio profundo nas vielas sombrias, e o solo era um tanto pantanoso devido ao musgo úmido e à vegetação desenfreada por anos e anos de deterioração.

Nas clareiras, principalmente na região da velha estrada, havia alguns ranchos próximos às encostas; alguns com todas as casas em pé, outros com apenas uma ou duas, e ainda alguns com apenas uma solitária chaminé ou um porão cheio de lixo. As ervas daninhas e as silvas reinavam, e seres silvestres furtivos rastejavam por entre a relva baixa. Sobre aquele cenário pairava uma névoa de inquietação e opressão; um toque do irreal e do grotesco, como se algum elemento vital de perspectiva ou *chiaroscuro* estivesse distorcido. Não estranhei o fato de os forasteiros não quererem ficar por lá, pois aquela não era uma região para se passar a noite. Era bem parecida com uma paisagem de Salvator Rosa; ou com uma xilogravura proibida de um conto de terror.

Mas, mesmo com tudo aquilo, não era tão ruim quanto a charneca queimada. Soube disso assim que notei a imensidão do vale, pois nenhum outro vocábulo poderia definir melhor aquele lugar, e nem outro lugar poderia adaptar-se tão bem a um vocábulo. Era como se o poeta tivesse cunhado a expressão logo após ter avistado aquela região em particular. Assim que a avistei, concluí que um incêndio a devastara algum dia; porém, por que nada novo jamais crescera naqueles cinco acres de desolação cinzenta que se espalhavam pelo céu aberto como uma enorme mancha ácida corroendo as matas e campos? A maior parte estava ao norte da velha estrada, invadindo um pouco o outro lado. Senti uma estranha relutância em aproximar-me, a acabei chegando perto apenas porque meu trabalho obrigava-me a isso.

Não havia vegetação alguma por toda a extensão, somente uma fina camada de poeira ou cinzas que o vento jamais ousara agitar. As árvores ao redor pareciam doentes ou definhadas, e muitos troncos mortos permaneciam em pé ou apodreciam ali mesmo na beira. Ao passar apressadamente por lá, avistei as ruínas de uma velha chaminé e de um porão à direita, assim como a superfície de um poço abandonado, cujas quimeras estagnadas pareciam produzir estranhos efeitos à luz do sol. Até mesmo a longa ladeira sombria no meio da mata parecia mais acolhedora se comparada àquilo; e eu parei de ficar pensando sobre os sussurros assustados do povo de Arkham. Não havia casas nem ruínas por perto; mesmo antigamente aquele lugar devia ter sido solitário e distante. E ao crepúsculo, com receio de passar pelo local sinistro, preferi usar um caminho mais longo pela estrada do sul ao voltar para a cidade. Cheguei a desejar que algumas nuvens se reunissem no céu, pois um estranho temor em relação àquele vazio infinito no céu penetrava-me a alma.

À noite, perguntei aos antigos habitantes de Arkham sobre a charneca queimada, e o que significava a expressão "dias estranhos" que tantos murmuravam de forma tão evasiva. Contudo, ninguém conseguia fornecer uma resposta satisfatória, exceto o fato de que todo aquele mistério era muito mais recente do que eu jamais sonhara. Não se tratava absolutamente de uma velha lenda urbana, mas de um acontecimento na vida daqueles que contavam o ocorrido. Acontecera nos anos oitenta, e uma família havia desaparecido ou sido assassinada. As pessoas não sabiam dizer com exatidão, e como todos me aconselharam a não dar ouvidos às histórias loucas do velho Ammi Pierce, procurei-o logo na manhã seguinte. Informaram-me que ele morava sozinho no velho chalé caindo aos pedaços, bem onde as árvores começavam a ficar espessas.

Era um local assustador, e exalava o odor desagradável que geralmente emana das casas velhas demais. Só consegui chamar a atenção do velho homem com persistentes batidas à porta, e quando ele se aproximou com passos tímidos e cambaleantes dava para notar que não ficou feliz em me ver. Não era tão fraco quanto eu imaginava, mas os olhos inclinavam-se de forma curiosa, e as roupas maltrapilhas e a barba grisalha tornavam seu aspecto ainda mais velho e sombrio.

Sem saber como poderia induzi-lo a contar suas histórias, fingi ter ido lá a negócios; falei sobre a minha pesquisa e fiz algumas perguntas vagas sobre a região. Ele era muito mais inteligente e educado do que fui levado a crer, e em pouco tempo já falava do assunto como qualquer outro homem com quem eu havia conversado em Arkham. Era diferente das outras pessoas que tive o desprazer de conhecer em outros locais em que reservatórios seriam construídos. Não houve protestos da parte dele sobre os quilômetros de matas e terras cultiváveis que seriam engolidos pela água, porém poderia ser pelo fato de a sua propriedade não estar na extensão do futuro lago. Alívio era tudo que ele expressava; alívio por ver o fim dos velhos vales sombrios que percorrera durante a vida. Era melhor mesmo ficarem submersos; submersos desde os dias estranhos. E assim que disse aquilo, sua voz passou a ser um sussurro rouco. Então inclinou o corpo para a frente e começou a apontar de forma trêmula e impressionante o indicador direito.

Foi então que ouvi a história, e conforme escutava a voz desconexa e áspera, que mais parecia um sussurro, não conseguia parar de tremer, apesar de ser um dia de verão. Muitas vezes foi preciso conduzi-lo de volta ao fio da meada, procurando entender tópicos científicos que ele conhecia superficialmente, de falha memória, como se fosse um papagaio repetindo o que um dia ouvira de um professor, e ainda preenchendo as lacunas nos momentos em que seu sentido de lógica e continuidade falhavam. Quando ele terminou, não fiquei surpreso por sua mente afetada, nem pelos habitantes de Arkham não gostarem de falar da charneca queimada. Corri de volta ao hotel antes do pôr do sol, sem vontade de ver as estrelas a céu aberto sobre mim; e no dia seguinte retornei a Boston para entregar meu cargo. Nada me levaria a aquele caos sombrio de velhas florestas e encostas, nem a encarar novamente a charneca queimada onde o poço negro escancarava-se ao lado das ruínas de tijolos e pedras. O reservatório logo será construído, e todos aqueles velhos segredos estarão seguros para sempre nas profundezas das águas. Porém, mesmo assim, não creio que gostaria de visitar aquele povoado à noite, pelo menos não quando as estrelas sinistras brilhassem, e nada me faria beber a nova água da cidade de Arkham.

De acordo com o velho Ammi, tudo começou com o meteorito. Antes disso, não havia lendas desse tipo desde o tempo do julgamento das bruxas, e, mesmo naquela época, os bosques do oeste não eram tão temidos como a pequena ilha de Miskatonic onde o diabo comandava as audiências diante de um curioso altar solitário, mais velho do que os índios. Nunca houve florestas assombradas, e a névoa fantástica jamais fora terrível, até os dias estranhos. E então, ao meio-dia, surgiu a nuvem branca, a sequência de explosões no ar, e a cortina de fumaça que partia do vale e penetrava na floresta. E à noite, toda a cidade de Arkham tinha ouvido falar da grande pedra que veio do céu e caiu no solo, ao lado do poço da casa de Nahum Gardner. Era a casa que daria início à charneca queimada, a bem cuidada casa branca de Nahum Gardner com seus jardins e pomares férteis.

Nahum foi à cidade contar às pessoas sobre a pedra, e passou na casa de Ammi Pierce no caminho. Naquela época, Ammi tinha quarenta anos, e todos os fatos estranhos ficaram fortemente guardados em sua memória. Ele e a esposa foram com três professores da Universidade de Miskatonic, que se apressaram logo na manhã seguinte para ver o estranho visitante do desconhecido espaço sideral, e estranharam o fato de Nahum tê-lo descrito tão grande no dia anterior. Havia encolhido, Nahum disse ao apontar para o enorme monte marrom sobre o solo rasgado e para a grama carbonizada perto do poço arcaico no jardim da frente; mas os homens sábios disseram que pedras não encolhem. O calor permanecia persistentemente, e Nahum afirmou que havia brilhado levemente durante a noite. Os professores usaram um martelo de geólogo e sentiram a pedra macia demais. Na verdade, era tão mole que até parecia feita de plástico, ficava mais fácil arrancar pedaços do que lascas, e eles levaram uma amostra de volta à faculdade para testes. Colocaram-na em um velho balde emprestado da cozinha de Nahum, pois o pequeno pedaço recusava-se a esfriar. No caminho de volta, pararam na casa de Ammi para descansar, e ficaram pensativos quando a Sra. Pierce disse que o fragmento estava diminuindo e queimando o fundo do balde. De fato, não era grande, mas talvez tivessem arrancado um pedaço menor do que pensaram.

No dia seguinte — tudo acontecera em junho de 1982 —, os professores voltaram muito agitados. Quando passaram pela casa de Ammi, contaram a ele as coisas estranhas que o espécime fizera, e como havia desaparecido ao ser colocado em um tubo de ensaio de vidro. O tubo de ensaio também desaparecera, e os homens sábios falaram da estranha afinidade da pedra com o silício. Havia agido de forma bem inacreditável naquele laboratório organizado; não fez nada nem eliminou gases oclusivos após ser aquecida no carvão, ficando totalmente negativa na pérola de bórax, sem demonstrar volatilidade alguma em qualquer temperatura, incluindo o maçarico do oxi-hidrogênio. Mostrou-se altamente maleável na bigorna, e a luminosidade acentuou-se no escuro. Recusando-se incisivamente a esfriar, logo deixou toda universidade agitada; ao ser aquecida no espectroscópio, exibiu feixes brilhantes, diferentes de todas as cores do espectro normal. Falavam com euforia sobre os novos elementos, as bizarras propriedades óticas e outras coisas que intrigavam os cientistas e que não estão acostumados a dizer ao depararam-se com o desconhecido.

Ainda quente, testaram a amostra em um cadinho com todos os reagentes possíveis. Não reagiu à agua. O mesmo aconteceu com o ácido hidroclorídrico. O ácido nítrico e até mesmo a água régia mal chiaram e espirraram contra a tórrida invulnerabilidade. Ammi teve dificuldade em relembrar todas aquelas coisas, mas reconheceu alguns solventes conforme os mencionei na ordem geral de uso. Eram amônia cáustica e soda cáustica, álcool e éter, o nauseante disulfuro de carbono, dentre outros. Contudo, embora o peso ficasse cada vez menor conforme o tempo ia passando, e o fragmento parecesse ir esfriando ligeiramente, não havia mudança nos solventes a ponto de mostrar que a substância tivesse penetrado de alguma forma. Não havia dúvida de que era um metal. Com certeza era magnético, e depois, na imersão em ácidos solventes, parecia haver traços sutis dos padrões de Widmanstätten, encontrados em ferro meteórico. Quando o esfriamento se mostrou considerável, o teste foi conduzido em vidro; e foi em um tubo de ensaio de vidro que deixaram todos os fragmentos da amostra original obtida durante o trabalho. Na manhã seguinte, todos os dois fragmentos e o tubo de ensaio haviam desaparecido, sem deixar vestígios, ficando apenas uma mancha carbonizada que marcava o local na prateleira de madeira em que o recipiente e as pedras estavam antes.

Isso tudo os professores contaram a Ammi quando pararam em sua porta, e mais uma vez ele foi com eles para ver o mensageiro de pedra vindo das estrelas. Dessa vez, a esposa não o acompanhou. Com certeza havia encolhido muito agora, e mesmo os sóbrios professores não duvidavam do que viam. Tudo ao redor do minguante monte marrom perto do poço era um espaço vazio, exceto no local em que a terra cedera, e onde antes havia uns bons dois metros e meio, agora não passavam de um metro e meio. Ainda estava quente, e os sábios examinaram a superfície curiosamente ao arrancar mais um pedaço grande com um martelo e um formão. Penetraram de forma mais profunda dessa vez, e, ao retirarem uma pequena massa, viram que o centro do objeto não era muito homogêneo.

Tiraram a cobertura do que parecia ser a lateral de um enorme glóbulo colorido, embutido na substância. A cor, que se assemelhava aos feixes no estranho espectro do meteoro, era quase impossível de ser descrita; e foi apenas por analogia que eles a chamaram de cor. A textura era lustrosa, e, mediante batidas, parecia mostrar-se frágil e oca. Um dos professores deu uma boa batida com um martelo, e a amostra explodiu com um pequeno estalo nervoso. Nada foi emitido, e o espécime desapareceu sem deixar vestígios após a perfuração. Deixou para trás um oco espaço esférico de aproximadamente três polegadas de diâmetro, e todos acharam provável que outros glóbulos seriam descobertos conforme a substância que os encapsulava fosse desaparecendo.

Qualquer conjetura seria em vão; então, após uma tentativa fútil de encontrar glóbulos adicionais tentando abrir a amostra, os acadêmicos partiram novamente com o novo espécime que provou ser tão instável quanto seu antecessor. Além do fato de quase parecer plástico, apresentar calor, magnetismo e uma leve luminosidade, esfriar suavemente diante de ácidos poderosos, ter um espectro desconhecido, desaparecer no meio do ar e atacar compostos de silício resultando em destruição mútua, o espécime não apresentava qualquer característica que o identificasse. Quando finalizados os testes, os cientistas da universidade foram forçados a admitir que não poderiam classificá-lo. Não era nada pertencente a este planeta, tratava-se de algo vindo de outro lugar; portanto, dotado de propriedades distintas, obedientes às leis do local de origem.

Houve uma tempestade naquela noite, e quando os professores chegaram à casa de Nahum no dia seguinte, sentiram uma amarga decepção. A pedra, que era magnética, devia ter alguma propriedade elétrica peculiar, pois havia "atraído o relâmpago", como Nahum explicou, com uma persistência singular. Seis vezes, no período de uma hora, o fazendeiro viu os raios atingirem os sulcos da plantação no jardim da frente, e quando a tempestade acabou, não sobrou nada além de um poço em ruínas, parcialmente soterrado. As escavações não deram em nada, e os cientistas foram testemunhas do desaparecimento por completo. Foi um fracasso total. Não havia mais nada a ser feito além de voltar novamente ao laboratório para testar o fragmento em processo de desaparecimento que tinha sido cuidadosamente deixado envolto em chumbo. O fragmento durou uma semana, no fim da qual não foi possível obter nada significativo. Não deixou resíduo algum ao desaparecer, e, com o passar do tempo, os professores não tinham tanta certeza de ter visto com os próprios olhos o vestígio oculto vindo do insondável abismo do espaço; a estranha mensagem solitária de outros universos e de outros reinos de matéria, força e entidade.

Como era de se esperar, os jornais de Arkham exploraram ao máximo o incidente e o patrocínio da universidade, e enviaram repórteres para conversar com Nahum Gardner e sua família. Ao menos um periódico de Boston enviou um correspondente, e Nahum rapidamente tornou-se uma espécie de celebridade local. Era um homem magro, genial, de cinquenta e poucos anos, que vivia com a esposa e os três filhos em uma agradável propriedade rural no vale. Ele e Ammi visitavam-se frequentemente, assim como as esposas; e Ammi era só elogios para ele em todos aqueles anos. Parecia ligeiramente orgulhoso com a notoriedade que sua casa havia atraído, e falava o tempo todo do meteorito nas semanas que se sucederam. Os meses de julho e agosto daquele ano foram quentes; e Nahum trabalhou duro cobrindo de feno o pasto e os dez acres que ficavam de frente para o Córrego Chapman; a carroça barulhenta abria sulcos profundos por entre as veredas sombrias. O trabalho o exauriu mais do que nos anos anteriores, e ele sentiu que a idade começava a pesar.

Logo depois, chegou a hora da safra. As peras e maçãs amadureceram vagarosamente, e Nahum jurava que seus pomares estavam mais prósperos que nunca. Os frutos atingiam tamanho fenomenal e apresentavam um brilho inusitado, e eram tão abundantes que foi preciso encomendar barris extras para dar conta da futura colheita. Mas o amadurecimento trouxe decepção, pois todos os belos frutos de aparência suculenta eram impossíveis de serem ingeridos. Por entre o delicado sabor das peras e maçãs penetrava um amargor furtivo de insalubridade que até mesmo a menor mordida levava a um desgosto duradouro. O mesmo acontecia com os melões e os tomates, e com pesar Nahum viu a colheita toda ser perdida. Rápido ao ligar os eventos, declarou que o meteorito havia envenenado o solo, e agradeceu aos céus pela maior parte de sua plantação estar mais acima, mais perto da estrada.

O inverno veio mais cedo e foi muito rigoroso. Ammi viu Nahum com menos frequência que de costume, e observou que ele começava a ficar preocupado. A família dele também estava cada vez mais taciturna; e eles começaram a deixar de aparecer na igreja e nos demais eventos sociais da região. Não havia causa para tal isolamento e melancolia, se bem que todos da família, vez ou outra, reclamavam da saúde e de uma vaga sensação de inquietude. O próprio Nahum foi bem assertivo ao dizer que até certas pegadas na neve tiravam-lhe o sossego. Era comum no inverno haver pegadas de esquilos vermelhos, coelhos brancos e raposas, mas o agricultor pensativo afirmava haver algo incomum quanto à natureza e harmonia. Ele não entrava em detalhes, mas dava a entender que não tinham as características anatômicas e os hábitos dos esquilos, dos coelhos e das raposas costumeiros. Ammi ouvia sem demonstrar interesse pela conversa, até a noite em que passou pela casa de Nahum de trenó, voltando de Clark's Corner. A lua estava no céu, e um coelho atravessou a estrada correndo, mas os saltos do animal eram longos demais para o gosto de Ammi e seu cavalo. Na verdade, o cavalo teria saído em disparada se não tivesse sido controlado com rédea firme. Depois disso, Ammi passou a respeitar mais as histórias de Nahum, e perguntava-se por que os cachorros de Gardner pareciam trêmulos e acovardados toda manhã. Dizia-se que haviam até perdido a vontade de latir.

Em fevereiro, os jovens da família McGregor, de Meadow Hill, foram caçar marmotas, e, não muito longe da casa de Gardner, abateram um espécime muito peculiar. As proporções do corpo pareciam levemente alteradas de uma forma estranha, difícil de descrever, e a face apresentava uma expressão nunca vista antes em uma marmota. Os rapazes ficaram verdadeiramente assustados, e livraram-se do animal de uma vez por todas. Sendo assim, as pessoas da redondeza só ficaram sabendo do ocorrido por meio dos relatos grotescos. O medo que os cavalos tinham de se aproximar da casa de Nahum era fato inegável, e assim deu-se início rapidamente à base de um ciclo de lendas sussurradas.

As pessoas juravam que a neve derretia mais rapidamente perto da casa de Nahum do que em qualquer outra casa, e, no começo de março, houve uma discussão aterrorizada na loja de Potter em Clark's Corner. Stephen Rice tinha passado de carro na frente da casa de Gardner de manhã, e percebeu pés de arácea surgindo na lama, na mata, do outro lado da estrada. Nunca se vira antes hortaliças de tal tamanho, e era impossível nomear suas estranhas cores. As formas eram monstruosas, e o cavalo relinchou com o odor totalmente sem precedentes que atingiu Stephen. Naquela tarde, várias pessoas passaram pela plantação anormal e todos concordaram que plantas daquele tipo jamais deveriam brotar em um mundo saudável. Muito se falou sobre os frutos ruins do outono anterior, e assim começaram os boatos de que as terras de Nahum estavam envenenadas. Só podia ser o meteorito. Lembrando-se de como os pesquisadores da universidade acharam a pedra estranha, vários fazendeiros foram discutir o assunto com eles.

Certo dia, fizeram uma visita a Nahum, mas foram muito conservadores em suas inferências, pois não eram fãs de contos fantásticos e de folclore. As plantas eram certamente estranhas, mas aráceas são, de fato, um tanto estranhas em sua forma e matiz. Talvez algum elemento mineral da pedra tivesse penetrado no solo, mas logo iria embora com a chuva. E quanto às pegadas e aos cavalos assustados, claro que aquilo era um mero boato local, sem dúvida inspirado pelo fenômeno do aerólito. Não havia nada que homens de ciência pudessem fazer em casos de boatos absurdos, pois supersticiosos dizem e acreditam em tudo. E assim, durante todos aqueles dias estranhos, os estudiosos mantiveram-se afastados, desdenhosos. Apenas um deles, ao receber duas amostras de poeira para análise em um caso policial, um ano e meio mais tarde, lembrou-se de que a cor estranha da arácea era muito parecida com os anômalos feixes de luz exibidos pelo fragmento de meteoro no espectroscópio da universidade, e também com o frágil glóbulo encontrado encapsulado na pedra do abismo. A princípio, as amostras em análise apresentavam os mesmos feixes estranhos, mais tarde perdendo a propriedade.

As árvores floresceram prematuramente perto da casa de Nahum, e à noite inclinavam-se de forma sinistra com o vento. O filho do meio de Nahum, Thaddeus, um rapaz de quinze anos, jurou que elas também se inclinavam quando não havia vento; mas mesmo os fofoqueiros não acreditavam naquilo. Contudo, era certeza que havia uma inquietação no ar. A família Gardner inteira desenvolveu o hábito de ouvir furtivamente, porém não eram sons que pudessem nomear conscientemente. Na verdade, a escuta era mais um produto dos momentos em que a consciência parecia ter quase falhado. Infelizmente, tais momentos eram a cada semana mais frequentes, até virar senso comum de que havia "algo errado com a família de Nahum". Quando a saxífraga floresceu prematuramente, a cor também era estranha, nem tanto quanto a arácea, mas muito semelhante e igualmente desconhecida por todos que a viam. Nahum levou alguns botões para Arkham e os mostrou ao editor da *Gazette*, mas tudo que o dignitário fez foi escrever um artigo zombeteiro sobre ele, ridicularizando educadamente os medos sombrios dos nativos. Nahum errou ao contar a um impassível homem da cidade sobre a forma como as enormes borboletas sombrias comportavam-se em relação às saxífragas.

Abril chegou, trazendo uma espécie de loucura aos locais, que começaram a evitar a estrada perto da casa de Nahum, levando-a ao abandono total. O problema era a vegetação. Todas as árvores frutíferas floresceram com estranhas cores, e no solo pedregoso do jardim e do pasto adjacente havia mudas bizarras que apenas um botânico poderia ligar à flora adequada da região. Não se avistavam cores sãs, exceto pela relva e pela folhagem verdes, mas por toda parte estavam as variantes febris e prismáticas de alguma tonalidade primária doentia que não encontrava lugar entre as cores conhecidas da terra. As "dicentras" transformaram-se em ameaças sinistras, e as sanguinárias cresciam em insolente perversão cromática. Ammi e a família Gardner acharam que a maioria das cores tinha uma certa familiaridade que assombrava, e concluíram que os fazia lembrar do frágil glóbulo no meteoro. Nahum arou e semeou os dez acres de pasto e a terra na parte de cima, mas nem mexeu no solo ao redor da casa. Sabia que não adiantaria nada, e tinha esperança de que o estranho cultivo do verão arrancasse todo o veneno do solo. Estava preparado para qualquer coisa, e havia se acostumado à sensação de haver algo perto dele esperando para ser ouvido. O isolamento da casa pelos vizinhos o aborreceu, claro; mas ainda mais sua esposa. Os garotos não sentiam tanto, pois iam à escola todos os dias, contudo não tinham como evitar o medo da fofoca. Thaddeus, que era um jovem especialmente sensível, sofria mais que os outros.

Em maio vieram os insetos, e a casa de Nahum tornou-se um pesadelo de zumbidos e rastejamentos. A maioria das criaturas não apresentava aspecto e movimentos típicos, e os hábitos noturnos contradiziam todas as experiências anteriores. Todos da família Gardner passaram a vigiar de noite, olhando para todas as direções aleatoriamente, como que à procura de algo que não conseguiam identificar. E então perceberam que Thaddeus estava certo o tempo todo sobre as árvores. A sra. Gardner foi a segunda pessoa da casa a notar, pois observava pela janela os galhos dilatados do bordo sob a luz do luar. Sem dúvida os galhos agitavam-se, e não havia vento. Devia ser a seiva. Uma atmosfera estranha havia penetrado em toda a vegetação. No entanto, não foi nenhum membro da família de Nahum que fez a próxima descoberta. A familiaridade os entorpecera, e o que não conseguiram ver foi percebido por um tímido vendedor de moinhos de Bolton que passava com seu carro por lá à noite por não ter conhecimento das lendas do local. O que ele contou em Arkham recebeu um pequeno parágrafo na *Gazette*; e foi assim que todos os fazendeiros, incluindo Nahum, ficaram sabendo do fato.

A noite estava escura e a luz do lampião era fraca, mas ao redor de uma fazenda do vale a escuridão era menos densa, e todo mundo que ouvira a história sabia que se tratava da fazenda de Nahum. Uma luminosidade sutil, embora distinta, parecia fluir de toda a vegetação, da grama, das folhas e flores, e, em dado momento, um fragmento da fosforescência parecia movimentar-se de maneira furtiva na área próxima ao celeiro.

Até o momento, a grama não parecia ter sido afetada, e as vacas pastavam livremente no campo perto da casa, mas no fim de maio o leite começou a ficar ruim. Nahum levou as vacas para as terras mais altas, e depois disso o problema ficou resolvido. Pouco tempo depois, a mudança na grama e nas folhas ficou bem aparente. Toda a área verde estava se transformando em cinza, e começava a desenvolver uma característica altamente peculiar de fragilidade. Ammi passou a ser a única pessoa que visitava o local, e suas visitas foram ficando cada vez menos frequentes. Quando o ano letivo terminou, a família Gardner cortou literalmente o contato com o mundo, e às vezes era Ammi quem resolvia as coisas para eles na cidade. Curiosamente, pareciam estar se degenerando tanto física quanto mentalmente, e ninguém se surpreendeu quando a notícia de que a sra. Gardner havia enlouquecido se espalhou.

Acontecera em junho, cerca de um ano depois da queda do meteoro, e a pobre mulher gritava sobre ver coisas no ar que não conseguia descrever. Em seus delírios não havia nenhum substantivo específico, apenas verbos e pronomes. As coisas moviam-se, mudavam e voavam, e os ouvidos vibravam com impulsos que não eram inteiramente sons. Algo estava sendo tirado dela, extraído dela, e algo que não deveria estar ali prendia-se a ela; nada se aquietava durante a noite, até paredes e janelas deslocavam-se. Nahum não a mandou para o manicômio da cidade, deixando-a perambular pela casa desde que ela não se ferisse e nem ferisse os demais. Mesmo quando a expressão dela ficou diferente, ele nada fez. Mas quando os meninos ficaram com medo dela, e Thaddeus quase desmaiou por causa das caretas que ela lhe fazia, Nahum decidiu prendê-la no sótão. No começo de julho, ela já havia parado de falar e engatinhava pelo cômodo, e antes de o mês acabar Nahum teve a estranha impressão de que ela estava ligeiramente luminosa no escuro, e então finalmente viu que toda a vegetação ao redor da casa fazia o mesmo.

Um pouco antes disso, os cavalos partiram em debandada. Algo os incitou no meio da noite, e os relinchos e coices nas cocheiras foram terríveis. Nada parecia acalmá-los, e quando Nahum abriu a porta do estábulo, todos saíram em disparada como cervos assustados. Levou uma semana para rastrear os quatro, e quando foram encontrados, pareciam inúteis e indóceis. Algo lhes afetara o cérebro, e todos tiveram que ser sacrificados. Nahum pegou um cavalo emprestado de Ammi para produzir o feno, mas ele não se aproximava do celeiro. O animal recuava, empacava e relinchava e, por fim, tudo o que Nahum conseguiu foi conduzi-lo ao campo enquanto os homens empurravam a pesada carroça até o celeiro para assim carregá-la. Durante todo esse tempo a vegetação ficava cada vez mais cinza e mais frágil. Até mesmo as flores, cujas matizes eram tão estranhas antes, agora tornavam-se cinzentas, e as frutas vinham cinzentas, menores e sem sabor. Os ásteres e as varas de ouro floresciam em tom acinzentado e distorcido, e as rosas, as zínias e as malva-rosas do jardim da frente tinham uma aparência tão ímpia que o filho mais velho de Nahum, Zenas, as arrancou. Foi nessa época que os insetos estranhamente grandes morreram, até mesmo as abelhas deixaram suas colmeias e foram em direção à mata.

Em setembro, toda a vegetação foi se transformando em um pó acinzentado, e Nahum temia que as árvores fossem morrer antes que o efeito do veneno no solo passasse. A esposa passou a ter acessos histéricos e gritava terrivelmente, e ele e os garotos estavam em estado constante de tensão nervosa. Distanciaram-se de todas as pessoas, e os garotos não voltaram para a escola no início do ano letivo. Mas foi Ammi, em uma de suas raras visitas, que percebeu que a água do poço estava estragada também. Tinha um gosto diabólico, que não era exatamente fétido e nem exatamente salgado, e Ammi aconselhou o amigo a cavar outro poço em solo mais alto, para que pudessem usá-lo enquanto aquela terra estivesse infértil. Mas Nahum ignorou o aviso, pois àquela altura já estava acostumado a coisas estranhas e desagradáveis. Ele e os garotos continuaram a usar o suprimento contaminado, bebendo-o mecânica e indiferentemente, assim como ingeriam as refeições escassas e malcozidas e faziam suas tarefas monótonas e ingratas no decorrer dos dias sem propósito. Havia em todos eles uma espécie de resignação impassível, como se caminhassem em parte em um outro mundo, por entre as filas de guardas desconhecidos em direção a um fim inevitável e familiar.

Thaddeus enlouqueceu em setembro, depois de uma ida ao poço. Foi com um balde nas mãos e voltou sem nada, berrando e agitando os braços, e às vezes ecoando risos ineptos, ou um sussurro, que falava sobre “as cores que se movimentavam lá embaixo.” Dois insanos na mesma família era algo bem ruim, mas Nahum foi muito corajoso. Deixou o garoto correr livre por uma semana, até que ele começou a tropeçar e se machucar, e então o trancou em um quarto no sótão de frente para o da mãe. A forma como gritavam um com o outro por detrás das portas era horrível, especialmente para o pequeno Merwin, que achava que eles estavam conversando em alguma língua terrível que não era deste planeta. Merwin estava ficando espantosamente imaginativo, e sua inquietação aumentou depois do confinamento do irmão, que era seu parceiro de brincadeiras.

Foi quase na mesma época que se iniciou a mortalidade do gado. As aves tornaram-se cinzentas e morreram rapidamente, a carne ficou seca e fétida ao corte. Os porcos engordaram de forma descomunal, e repentinamente começaram a sofrer alterações detestáveis, que ninguém conseguia explicar. É óbvio que a carne era intragável, e Nahum sentia as forças se esvaírem. Nenhum veterinário rural ousava aproximar-se do local, e o veterinário da cidade de Arkham obviamente não sabia o que fazer. Os suínos começaram a ficar cinzentos e frágeis, caindo aos pedaços antes mesmo de morrer, e os olhos e focinhos desenvolveram estranhas alterações. Era totalmente inexplicável, pois nunca foram alimentados com a vegetação contaminada. E foi então que algo atingiu as vacas. Algumas áreas, ou às vezes até o corpo todo, ficavam estranhamente enrugadas ou comprimidas, e era comum haver colapsos atrozes ou desintegrações. Nos últimos estágios, sempre antecedendo a morte, elas iam ficando acinzentadas e frágeis, da mesma forma que os porcos.

Não podia ser o veneno, pois todos os casos ocorreram em um celeiro trancado e isolado. Não era possível que picadas de insetos pudessem ter transmitido o vírus, pois qual animal vivo e terrestre conseguiria transpor sólidos obstáculos? Devia ser doença natural, mas ninguém conseguia discernir qual doença causaria tamanho estrago. Na época da colheita, não havia um único animal vivo no local, pois o gado e as aves estavam mortos e os cães haviam fugido. Os três cães desapareceram certa noite e nunca mais se soube deles. Os cinco gatos partiram antes, mas ninguém percebeu sua fuga, já que na época que partiram nem parecia haver mais ratos por lá, e somente a sra. Gardner tinha afeição pelos felinos.

Em dezenove de outubro, Nahum chegou aos tropeços à casa de Ammi com notícias horrendas. Thaddeus havia falecido no quarto do sótão, e a morte ocorreu de uma forma que nem podia ser explicada. Nahum cavara uma cova no jazigo da família atrás da fazenda, enterrando lá o que havia encontrado. Nada externo poderia ter causado aquilo, pois a pequena janela com grades e a porta trancada estavam intactas; mas era muito parecido com o que havia acontecido no celeiro. Ammi e a esposa consolaram o homem abatido da melhor maneira que puderam, mas estremeceram ao fazer isso. Um terror absoluto parecia rodear Nahum Gardner e sua família e tudo o que tocavam, e a própria presença de um deles na casa de alguém era como um sopro vindo de regiões não identificadas e inomináveis. Ammi acompanhou Nahum até em casa com extrema relutância, e fez o que pôde para acalmar o choro histérico do pequeno Merwin. Zenas não precisou ser acalmado. Nos últimos tempos, tudo o que fazia era olhar fixamente para o nada e obedecer ao pai; e Ammi pensou que o destino estava sendo bem misericordioso com ele.

De vez em quando, os gritos de Merwin encontravam um fraco eco vindo do sótão, e para responder ao olhar curioso do visitante, Nahum explicou que a esposa estava piorando. Ao cair da noite, Ammi conseguiu ir embora, pois nem mesmo a amizade o prenderia naquele lugar quando a vegetação começasse a brilhar debilmente e as árvores começassem a se inclinar, com ou sem vento. Ammi tinha muita sorte por não ser muito imaginativo. Mesmo com tudo o que estava acontecendo, sua mente não se afetava tanto; porém, se tivesse conseguido ligar os fatos e refletir sobre todos os acontecimentos, sem dúvida teria enlouquecido. Apressou-se para casa ao crepúsculo, com os gritos da mulher louca e da criança nervosa martelando em seus ouvidos.

Três dias depois, Nahum irrompeu na cozinha de Ammi logo cedo e, na ausência do amigo, começou a gaguejar desesperadamente ao contar à sra. Pierce mais um fato desesperador, que ela ouvia cada vez mais apavorada. Dessa vez tinha sido Merwin. O garoto tinha desaparecido. Saiu tarde da noite com um lampião e um balde para pegar água, e não voltou mais. Há dias vinha definhando, e o pai mal sabia o que se passava com ele. Gritava para tudo. Houve um grito frenético no jardim, mas antes que Nahum conseguisse chegar à porta, o garoto tinha desaparecido. A luz do lampião não brilhava mais, e não havia vestígios da criança. Na hora, Nahum achou que o lampião e o balde tivessem desaparecido também, mas quando o dia raiou e ele voltava da busca noturna pelos bosques e campos, percebeu alguns objetos curiosos perto do poço. Havia uma massa de ferro esmagado e aparentemente fundido e uma alça amassada com aros retorcidos ao lado, fundidos em um amontoado disforme. Parecia ser o que sobrara do lampião e do balde. Aquilo era tudo que restara. Nahum já não conseguia imaginar mais nada, a sra. Pierce não tinha expressão alguma, e Ammi, quando chegou em casa e ouviu a história, não conseguiu dar palpite algum. Merwin desaparecera, e era inútil perguntar para os vizinhos, que àquela altura tinham cortado todo contato com a família

 Gardner. Também não havia sentido perguntar para os moradores da cidade de Arkham, que riam de tudo. Thad se fora e agora Merwin tinha partido também. Algo não parava de rondar por lá, esperando para ser visto e ouvido. Nahum seria o próximo, e queria que Ammi cuidasse da esposa e de Zenas, se ainda estivessem vivos quando ele morresse. Tudo aquilo devia ser algum tipo de julgamento, mas ele não conseguia saber o motivo, pois sempre seguira os caminhos do Senhor.

Por mais de duas semanas, Ammi não teve notícias de Nahum; e então, preocupado que algo lhe pudesse ter acontecido, superou seus medos e foi visitar a casa da família Gardner. Não havia sinal de fumaça na chaminé, e, por um momento, o visitante temeu o pior. O aspecto de toda a fazenda era chocante, a grama murcha e cinzenta, as flores espalhadas pelo solo, frágeis parreiras caindo pelos muros e frontões arcaicos, e enormes árvores nuas rasgando o céu cinza de novembro com estudada malevolência, que Ammi sentiu vir da súbita mudança na inclinação dos galhos. Mas Nahum estava vivo. Estava fraco, deitado no sofá da cozinha de pé direito baixo, mas perfeitamente consciente e capaz de dar ordens simples a Zenas. No cômodo, o frio era mortal, e Ammi tremia visivelmente. Percebendo isso, o dono da casa gritou com voz rouca para que Zenas pegasse mais madeira. A madeira, na verdade, era extremamente necessária; pois a cavernosa lareira estava apagada e vazia, com uma nuvem de fuligem que descia pelo vento que adentrava a chaminé. Logo em seguida, Nahum perguntou a Ammi se ficara mais confortável com a madeira extra, e então Ammi percebeu o que acontecia. O laço mais forte havia finalmente rompido, e a mente infeliz do fazendeiro não sofreria mais.

Ammi questionou Nahum com muito cuidado, mas não obteve informações precisas sobre o desaparecimento de Zenas.

— No poço, ele vive no poço... — era tudo o que o pai perturbado conseguia dizer.

Em seguida, o visitante lembrou-se da esposa enlouquecida e mudou a estratégia das perguntas.

— Nabby? Oras, ela está aqui! — foi a resposta surpreendente do pobre Nahum, e Ammi se deu conta de que ele mesmo teria que procurar.

Ele então deixou o tagarela inofensivo no sofá, tirou as chaves penduradas no prego ao lado da porta e subiu as escadas rangentes até o sótão. Era muito apertado e fétido por lá, e não se ouvia som algum. Das quatro portas avistadas, apenas uma estava trancada, e então ele testou várias chaves do molho. A terceira chave funcionou, e depois de algumas tentativas, Ammi abriu a baixa porta branca.

Estava muito escuro lá dentro — a janela era pequena e meio obscura devido às barras de madeira maciça —, e Ammi não conseguia ver nada no chão de tábuas largas. O odor era insuportável, e antes de prosseguir ele precisou sair do quarto para voltar com os pulmões cheios de ar fresco. Quando entrou novamente, notou algo escuro no canto, e ao ver aquilo com clareza, gritou desesperadamente. Enquanto gritava, achou que uma nuvem momentânea encobria a janela, e um segundo mais tarde sentiu uma abominável corrente de vapor roçar seu corpo. Cores estranhas dançavam diante de seus olhos; e se não estivesse entorpecido pelo horror, teria se lembrado do glóbulo no meteoro que o martelo do geólogo havia estilhaçado, e da mórbida vegetação que havia florescido na primavera. Naquele momento, pensou apenas na monstruosidade blasfema que o confrontava, e que claramente compartilhava do destino inominável do jovem Thaddeus e dos animais. Mas o terrível era que aquele horror se movia vagarosamente e perceptivelmente ao mesmo tempo que se desfazia.

Ammi não me deu maiores detalhes sobre a cena, mas a forma no canto do quarto não reaparece em sua narrativa como um objeto em movimento. Há coisas que não podem ser mencionadas, e o que é feito com um senso humanitário às vezes é condenado pela lei. Entendi que nenhum objeto em movimento tinha sido deixado naquele quarto no sótão, e que deixar por lá qualquer coisa que se movesse teria sido considerado um ato monstruoso, condenando a pessoa que o cometera a um tormento eterno. Qualquer um que não fosse um fazendeiro impassível teria desmaiado ou ficado louco, mas Ammi saiu consciente pela porta baixa e trancou o segredo maldito atrás dele. Agora era o momento de focar em Nahum; era preciso alimentá-lo e levá-lo a algum lugar em que recebesse cuidados.

Enquanto descia as escadas escuras, Ammi ouviu um baque no andar de baixo. Até pensou ter sido um grito subitamente sufocado, e lembrou-se assustado do vapor aterrorizante que havia roçado nele no quarto lá em cima. Que presença teriam despertado o grito e a entrada de um intruso? Paralisado por um medo indefinido, ele ainda ouviu mais ruídos lá embaixo. Indubitavelmente era um detestável barulho de algo pesado, arrastado e pegajoso, algum tipo de sucção diabólica e imunda. Com o sentido de associação elevado até as alturas febris, lembrou-se imediatamente do que acabara de ver no andar de cima. Deus do céu! Que mundo sobrenatural era aquele que tinha adentrado? Ele não ousava se mover, permanecia em pé, tremendo diante da curva negra da escadaria. Cada detalhe da cena queimava como fogo em seu cérebro. Os sons, a sensação de espera temerosa, a escuridão, a inclinação do degrau estreito, e a fraca mas inequívoca luminosidade de todo o madeiramento do local: degraus, corrimãos, vigas e ripas expostas. Misericórdia!

Então Ammi ouviu um relincho ensandecido do cavalo de que estava lá fora, seguido de um galope que anunciava uma fuga frenética. Logo em seguida, o cavalo e a charrete estavam longe do alcance, deixando o homem assustado na escadaria escura, imaginando o que poderia ter ocasionado a fuga. Mas aquilo não era tudo. Houve outro som lá fora. Um tipo de pancada líquida. Água. Devia ser o poço. Deixara seu cavalo, Herói, solto ali por perto, e a roda da charrete deve ter roçado no muro e derrubado uma pedra. A pálida fosforescência continuava a brilhar naquele antigo madeiramento detestável. Meu Deus! Como aquela casa era velha! A maior parte havia sido construída antes de 1670, e a água-furtada não muito depois de 1730.

Ele podia ouvir com clareza um débil arranhar no piso térreo, e segurou com força a vara que havia trazido do sótão, caso precisasse. Criando coragem, desceu as escadas e foi em direção à cozinha. Mas não chegou ao seu destino, pois o que procurava não estava mais lá. Veio ao encontro dele, e de certo modo ainda vivia. Se rastejava ou era arrastado por forças externas, Ammi não saberia dizer, mas trazia a morte em si. Tudo tinha acontecido na última meia hora, mas o colapso, a cor cinza e a desintegração já estavam em estágio avançado. Havia uma fragilidade horrível, e os fragmentos secos caiam em camadas. Ammi não conseguiu tocar, mas olhou horrorizado para a paródia distorcida daquilo que um dia tinha sido um rosto.

— O que aconteceu, Nahum? O que foi? — sussurrou, e os lábios rachados e inchados conseguiram apenas esboçar uma última resposta.

— Nada... nada... a cor... queima... fria e molhada... mas queima... vive no... poço... eu vi... um tipo de fumaça... como as flores... na primavera... o poço... brilhava à noite... Thad... e... Merwin... e... Zenas... tudo que vive... sugando... a vida... de tudo... da pedra... deve... ter vindo... de lá... envenenou... tudo... não sei o que ela quer... a coisa redonda... que... os homens... da universidade... tiraram da pedra... esmagaram... era... da mesma cor... igual... como as flores... e plantas... devia ter mais... sementes... sementes... cresceram... eu vi... primeira vez esta semana... acabou com Zenas... um menino grande... cheio de vida... entra na sua mente... penetra... arde... lá no poço... água... você tinha razão... água diabólica... Zenas... nunca voltou do poço... não dá para escapar... arrasta... você sabe que a coisa está vindo, mas não dá para fugir... pega você... eu vi... muitas vezes... desde que pegou Zenas... e a Nabby?... Ammi?... minha cabeça... não está bem... não sei... quando ela comeu... vai pegá-la... se não tomarmos cuidado... a cor da cabeça dela... está ficando cinza... às vezes queima e suga... à noite... veio de um lugar em que as coisas não são como aqui... os professores avisaram... estavam certos... olha, Ammi, vai acontecer mais coisa... suga a vida...

E aquilo foi tudo. Aquela coisa que falara não podia mais falar, pois tinha desmoronado completamente. Ammi colocou uma toalha xadrez vermelha sobre o que havia sobrado e foi aos tropeços até a porta de saída, seguindo para o campo. Escalou a encosta e os dez acres de pasto e seguiu para casa pela estrada do norte e pela mata. Não conseguia passar pelo poço de onde o cavalo havia fugido. Olhou para lá pela janela e viu que o muro estava intacto. Então, a charrete não havia deslocado nenhuma pedra do muro do poço, e a batida na água devia ter sido causada por outra coisa, algo que entrou no poço depois de ter feito aquilo com o pobre Nahum.

Quando Ammi chegou em casa, o cavalo e a charrete estavam lá, para grande sofrimento da esposa, que morria de tanta ansiedade. Ele a tranquilizou sem dar explicações, partiu imediatamente para Arkham e notificou as autoridades de que toda a família Gardner deixara de existir. Sem entrar em detalhes, contou meramente sobre as mortes de Nahum e Nabby, pois a de Thaddeus já era conhecida, e mencionou que a causa aparente era a mesma que aniquilara os animais. Também declarou que Merwin e Zenas tinham desaparecido. Houve um interrogatório na delegacia de polícia, e Ammi acabou sendo obrigado a acompanhar três policiais ao local, juntamente com o legista, um médico e o veterinário que havia cuidado dos animais doentes. Ele foi muito a contragosto, pois já era quase fim de tarde e temia o cair da noite naquele local condenado, mas sentia algum tipo de conforto por ter mais pessoas com ele.

Os seis homens seguiram em uma carroça, atrás da charrete de Ammi, e chegaram à fazenda maldita perto das quatro horas. Todos os oficiais estavam acostumados a experiências horrendas, mas todos se abateram com o que foi encontrado no sótão e debaixo da toalha xadrez vermelha, no chão, lá embaixo. Todo o aspecto de desolação cinza da fazenda já era terrível o suficiente, mas aqueles objetos esfarelados extrapolavam tudo. Ninguém conseguia olhar para eles por muito tempo, e até mesmo o médico teve que admitir que havia muito pouco a ser examinado. É claro que os espécimes podiam ser analisados, e ele rapidamente tirou uma amostra. Mais tarde, houve um intrigante episódio no laboratório da faculdade para onde as amostras de poeira haviam sido levadas. Sob o espectroscópio, as duas amostras apresentaram um espectro desconhecido em que muitas das impressionantes faixas eram precisamente similares às do estranho meteoro do ano anterior. A propriedade de emissão do espectro desapareceu em um mês, e a poeira logo depois, consistindo principalmente de fosfatos alcalinos e carbonatos.

Ammi não teria contado a eles sobre o poço se tivesse imaginado que os homens resolveriam examiná-lo imediatamente. O sol começaria a se pôr e ele estava ansioso para ir embora. Como não conseguia parar de olhar nervosamente para o muro do poço, um detetive o questionou e ele admitiu que Nahum temia demais algo que estava lá embaixo, e jamais ousou procurar Merwin e Zenas naquele lugar. Depois disso, só pensaram em esvaziar o poço e explorá-lo de imediato, então Ammi teve que esperar cada balde de água ser retirado e jogado sobre o solo lá fora. Os homens fungavam de desgosto ao contato com aquele fluido, e quando terminavam cada etapa tapavam as narinas para não sentir o fedor que espalhavam. Até que o trabalho levou menos tempo do que imaginavam, pois o nível da água estava fenomenalmente baixo. Também não há necessidade de contar o que eles encontraram exatamente. Tanto Merwin quanto Zenas estavam lá, parcialmente, embora os vestígios fossem em grande parte esqueléticos. Havia ainda um pequeno cervo e um enorme cão no mesmo estado, e um grande número de ossos de animais. O limo e o lodo no fundo do poço pareciam inexplicavelmente porosos e borbulhantes, e um homem que desceu com uma vara nas mãos conseguiu enterrá-la até o fundo na lama sem encontrar qualquer obstrução sólida.

O crepúsculo caía, e lampiões foram acesos na casa. E então, quando viram que não conseguiriam mais nada do poço, todos entraram e deliberaram na velha sala de estar enquanto a luz intermitente da meia lua espectral brincava timidamente com a desolação cinza lá fora. Os homens mostravam-se ligeiramente chocados com o caso todo, e não encontravam um elemento convincente comum que ligasse a estranha condição da vegetação, a doença desconhecida dos animais e dos humanos, e as inexplicáveis mortes de Merwin e Zenas no poço maldito. Tinham ouvido os boatos que corriam pela região, mas não acreditavam em nada que fosse contrário às leis da natureza. Era inegável que o meteoro tinha envenenado o solo, mas a doença das pessoas e dos animais, que não haviam comido nada plantado naquele solo, era outra história. Teria sido a água do poço? Era bem possível. Seria uma boa ideia analisá-la. Mas que loucura peculiar teria feito os rapazes pularem no poço? O ato dos garotos foi muito similar, e os fragmentos mostraram que ambos sofreram a morte cinzenta que desintegrava. Por que tudo estava tão cinzento e se desintegrando?

Foi o legista, sentado perto de uma janela que dava vista para o jardim, quem primeiro percebeu o brilho ao redor do poço. Já era noite plena, e todo o local horroroso estava levemente iluminado, e não era por causa dos fracos raios de luar; aquele novo brilho era algo definido e distinto, e parecia emanar do poço negro como se fosse a luz suave de um holofote, refletindo de forma amorfa as pequenas poças de água derramadas no chão. A cor era muito estranha, e quando todos os homens se reuniram ao redor da janela, Ammi teve um violento sobressalto. O estranho feixe do miasma horrendo não lhe era estranho. Já tinha visto aquela cor antes, e temia o que pudesse significar. Vira no horrendo glóbulo frágil encontrado naquele aerólito havia dois anos, vira na louca vegetação da primavera, e achou ter visto por um instante naquela mesma manhã, na pequena janela gradeada do terrível quarto do sótão em que coisas inomináveis tinham acontecido. Reluziu por um segundo, e uma corrente de vapor pegajosa e odiosa passou por ele, roçando-o, e foi então que alguma coisa daquela cor acabou com Nahum. Foi a última coisa que ele disse, que foram as plantas e o glóbulo. Depois, houve a fuga no jardim e o barulho no poço, e agora o poço estava lançando noite adentro um raio pérfido e pálido com a mesma cor demoníaca.

Ammi demonstrou ter uma mente alerta ao considerar um ponto essencialmente científico naquele momento de tensão. Não conseguia parar de pensar em ter visto a mesma impressão em um brilho à luz do dia por uma janela aberta para o céu da manhã, e em uma exalação noturna vista como uma névoa fosforescente contra um cenário negro e queimado. Aquilo não estava certo, era contra a natureza, e ele se lembrou das terríveis últimas palavras do amigo moribundo: "Ela veio de algum lugar em que as coisas não são como aqui... um dos professores disse isso..."

De repente os três cavalos lá fora, amarrados a duas árvores secas perto da estrada, relinchavam e davam coices frenéticos. O cocheiro já estava indo em direção à porta para fazer alguma coisa, mas Ammi colocou a mão trêmula em seu ombro.

— Não vá lá — sussurrou. — Há mais coisas que não sabemos. Nahum disse que alguma coisa que suga a vida vivia no poço. Disse que devia ser algo que saiu da bola redonda como a que todos vimos na pedra do meteoro que caiu há um ano, em junho. Ele disse que sugava e queimava, e que não passava de uma nuvem de cor como essa que está lá fora agora, que mal podemos ver e que não sabemos o que é. Nahum achava que ela se alimenta de tudo o que vive, e assim fica cada vez mais forte. Ele disse que a viu na semana passada. Deve ser algo que vem de longe no céu, como os homens da universidade ano passado disseram que a pedra do meteoro era. Do jeito que é feita, e do jeito que age, não é do mundo de Deus. É de algum outro mundo.

Então os homens pararam indecisos enquanto a luz do poço ficava cada vez mais forte e os cavalos relinchavam e davam coices cada vez mais frenéticos. Foi um momento verdadeiramente pavoroso, com o terror invadindo a antiga casa amaldiçoada, quatro monstruosos fragmentos — dois da casa e dois do poço — dispostos no celeiro atrás da casa e aquele raio de iridescência desconhecido e ímpio das profundezas pegajosas na frente da casa. Ammi impedira que o cocheiro fosse até lá por um impulso, esquecendo-se de como ele mesmo tinha saído ileso quando o vapor colorido passou por ele no quarto do sótão, mas, talvez, tenha feito a coisa certa. Ninguém jamais ficaria sabendo o que era aquilo lá fora naquela noite; e, apesar de aquela blasfêmia do além até o momento ter machucado apenas humanos com a mente debilitada, não havia como saber o que poderia fazer naquele momento, com as forças aparentemente aumentadas e com os sinais da intenção que logo seriam expostos sob o céu parcialmente nublado e iluminado pela luz do luar.

De súbito, um dos policiais que estava perto da janela teve um sobressalto. Os outros olharam para ele e rapidamente seguiram seu olhar para o alto até o ponto em que não dava mais para desviar. Não havia necessidade de palavras. Não havia necessidade de falar novamente sobre os rumores espalhados na cidade, e foi por causa daquilo que viram, e que o grupo concordou comentar aos sussurros mais tarde, que nunca mais se falou sobre os dias estranhos em Arkham. É necessário esclarecer que não havia vento naquela hora da noite. O vento manifestou-se depois, mas, naquele momento, não havia absolutamente nada. Até mesmo as pontas secas da cerva viva de mostarda que ainda permanecia, apesar de cinzentas e destruídas, e a franja na cobertura da charrete, continuavam imóveis. Contudo, em meio à tensa calmaria diabólica, os altos galhos desnudos das árvores do jardim não paravam de se mover. Contorciam-se de forma mórbida e espasmódica, cortando com uma loucura convulsiva e epilética as nuvens sob a luz do luar; arranhando de forma impotente o ar tóxico como se agitados por uma linha de articulação semelhante e incorpórea, com horrores subterrâneos que se contorciam e se debatiam debaixo das raízes negras.

Todos seguraram o fôlego por vários segundos. E então uma nuvem das profundezas ainda mais negras escondeu a lua, e a silhueta dos galhos agitados desapareceu momentaneamente. Os homens ficaram boquiabertos diante daquilo. Nas gargantas, o grito abafado pelo pavor era rouco e idêntico. Pois o terror não tinha desaparecido com a silhueta, e em um instante terrível de escuridão ainda mais profunda viram, no topo das árvores, mil pontos minúsculos de radiação fraca e profana, por cima de todos os galhos como o Fogo de Santelmo ou como as chamas que saíam das cabeças dos apóstolos em Pentecostes. Era uma constelação monstruosa de luz sobrenatural, como uma nuvem de vaga-lumes alimentados com carniça, dançando sarabandas infernais em um pântano maldito, e a cor era a mesma do inominável intruso que Ammi reconhecia e temia. O raio fosforescente que emanava do poço era cada vez mais intenso, e incitava na imaginação dos homens uma sensação apocalíptica e anormal, que de longe ultrapassava qualquer imagem que pudessem conceber. Havia parado de *brilhar* e agora *fluía* pelo local; e conforme a corrente disforme da cor não identificável saía do poço, parecia fluir diretamente para o céu.

O veterinário estremeceu, e foi até a porta da frente para trancá-la com uma barra de ferro a mais. Ammi também tremia muito, e teve que cutucar e apontar, por faltar-lhe a voz, quando desejou chamar atenção para a crescente luminosidade das árvores. Os relinchos e coices dos cavalos tinham se tornado extremamente assustadores, mas nenhuma alma naquele grupo na velha casa teria se aventurado a sair de lá por qualquer que fosse a recompensa. Em pouco tempo, o brilho das árvores aumentou, enquanto os agitados galhos pareciam atingir cada vez mais a verticalidade. A madeira da abertura do poço brilhava, e um policial, sem conseguir dizer uma palavra, apontou para as pilhas de madeira e para as colmeias perto do muro de pedra a oeste. Também começavam a brilhar, mas os veículos dos visitantes pareciam não ter sido afetados até então. Em seguida, houve forte comoção, seguida pelo som de galope na estrada, e quando Ammi apagou a luz do lampião para ver melhor, todos perceberam que os cavalos haviam se soltado da árvore e fugido com a carroça.

O choque serviu para soltar algumas línguas, que trocaram sussurros envergonhados:

— Espalha-se por tudo que é orgânico — balbuciou o médico.

Ninguém respondeu, mas o homem que entrara no poço acreditava ter acordado algo intangível com a vara.

— Foi horrível — acrescentou. — Não havia fundo. Somente lodo e bolhas e a sensação de algo espreitando lá embaixo.

O cavalo de Ammi ainda dava coices e relinchava de forma ensurdecedora na estrada lá fora, quase abafando a voz fraca e trêmula do dono que murmurava pensamentos sem sentido:

— Veio da pedra... cresceu lá embaixo... atinge tudo o que tem vida... alimenta-se dos corpos e mentes... Thad e Merwin, Zenas e Nabby... Nahum foi o último... todos tomaram a água... dominou a todos... veio do além... de onde as coisas não são como aqui... agora está voltando para casa...

Naquele momento, a coluna feita da cor desconhecida subitamente passou a brilhar mais forte e começou a tecer contornos fantásticos de formas que cada espectador descreveria diferente mais tarde, o pobre Herói, amarrado, emitiu um som que homem algum jamais ouvira de um cavalo. Todas as pessoas na pequena sala de estar cobriram os ouvidos, e Ammi virou para o lado contrário à janela horrorizado, e com náuseas. Nenhuma palavra seria capaz de descrever a cena. Quando Ammi conseguiu olhar, o malfadado animal estava caído, inerte, sob a luz do luar entre os cabos estilhaçados da charrete. Aquele foi o fim do Herói até ser enterrado na manhã seguinte. Mas não havia tempo para lamentações, pois, no mesmo momento, um dos policiais chamou silenciosamente a atenção para algo terrível ali mesmo, na sala em que estavam. Na ausência do lampião, era óbvio que a fraca fosforescência tinha começado a invadir a casa toda. Brilhava no piso de tábuas largas e no tapete, e nas frestas das pequenas janelas panorâmicas. Subia e descia pelas frestas dos cantos expostos, reluzia na prateleira e na lareira, contaminando até as portas e a mobília. A cada minuto ganhava mais força, e finalmente ficou muito óbvio que todos os seres vivos tinham que sair da casa.

Ammi mostrou a todos a porta dos fundos e o caminho que levava aos campos, nos dez acres de pasto. Caminharam e tropeçaram como se estivessem em um sonho, e nem ousaram olhar para trás até estarem bem distantes, lá no alto.

 Agradeceram pelo caminho alternativo, pois não tinham como passar pela porta da frente, ao lado do poço. Já foi bem ruim passar pelo celeiro e pelos depósitos iluminados, e pelas árvores brilhantes na horta, com seus contornos diabólicos e distorcidos; mas, graças a Deus, os galhos apenas movimentavam-se para cima. A lua fora encoberta por várias nuvens negras ao cruzarem a ponte sobre o Córrego Chapman, e de lá até a campina aberta seguiram às cegas.

Quando olharam para trás, em direção ao vale e à casa distante da família Gardner lá embaixo, a vista era aterrorizante. Toda a fazenda emanava a desconhecida mescla de cores hedionda: árvores, casas e até mesmo a grama e as flores que ainda não haviam sido totalmente atingidas pela letal fragilidade cinzenta. Os galhos erguiam-se todos na direção do céu, cobertos por línguas de chamas do mal, e gotas cintilantes do mesmo fogo monstruoso rastejavam pelos telhados da casa, do celeiro e dos depósitos. Era uma cena de uma visão de Fuseli, e, por cima de tudo, reinava aquele tumulto de amorfia luminosa, aquele arco-íris estranho e sem dimensões de veneno críptico do poço; fervilhando, sentindo, envolvendo, cintilando, deformando e malignamente borbulhando naquele cromatismo cósmico e irreconhecível.

Em seguida, a coisa monstruosa subitamente lançou-se verticalmente em direção ao céu como um foguete ou meteoro, sem deixar vestígios, desaparecendo por um buraco redondo e curiosamente regular nas nuvens antes que qualquer um ali pudesse ofegar ou gritar. Nenhum observador jamais poderia se esquecer daquela visão, e Ammi encarava sem expressão as estrelas da constelação de Cisne, com Deneb cintilando mais que as outras, onde a cor desconhecida uniu-se à Via Láctea. Mas um estalo no vale o fez voltar o olhar para a terra. Era exatamente aquilo. Apenas o som da madeira queimando e estalando. Não houve explosão, como muitos do grupo afirmaram. Contudo, o resultado foi o mesmo, pois, em um instante caleidoscópico e febril, um cataclismo brilhante e eruptivo de faíscas e substâncias nada naturais irrompeu daquela fazenda maldita e condenada; deixando turva a visão dos poucos que o testemunharam, e mandando para o zênite uma chuva de estilhaços tão fantásticos e coloridos que nosso universo tinha que rejeitar. Por meio de vapores, que rapidamente se fechavam assim que passavam, os estilhaços seguiram a grande monstruosidade que desaparecera, e, logo em seguida, desapareceram também. Atrás e embaixo havia apenas trevas para as quais os homens não ousavam retornar, e ao redor soprava um vento cada vez mais forte que parecia levar o sopro gélido e negro do espaço sideral. Gritava e uivava, açoitando os campos e a mata distorcida em um louco delírio cósmico, até que o trêmulo grupo percebeu que seria inútil esperar pelo retorno da lua para averiguar o que restara das terras de Nahum.

Assustados demais para pensar em teorias, os sete trêmulos homens voltaram para Arkham pela estrada do norte. Ammi estava pior que os demais, e implorou que os acompanhassem até sua cozinha em vez de irem diretamente para a cidade. Não queria passar sozinho pela mata destruída e castigada pelo vento até sua casa, na estrada principal. Ele tinha passado por um choque do qual os outros haviam sido poupados, ficando marcado para sempre por um medo instaurado que não ousou mencionar por anos. Enquanto os demais espectadores olhavam firmemente para a estrada, Ammi olhou para trás por um momento, para o vale de sombras e desolação que havia bem pouco tempo era o lar do seu infeliz amigo. E daquele lugar distante e destruído viu uma coisa erguer-se de forma fraca, tornando a cair no mesmo lugar em que o grandioso terror sem forma havia disparado para o céu. Era somente uma cor; mas não era uma cor da nossa terra ou do nosso céu. E porque Ammi reconheceu a cor, e sabia que o último remanescente devia estar à espreita no poço, ele nunca mais voltou a ser a mesma pessoa de antes.

Ammi jamais voltara àquele lugar. Já faz quarenta e quatro anos que o horror aconteceu, mas ele nunca mais pisou lá, e vai ficar feliz quando o novo reservatório alagar tudo. Eu também ficarei feliz, pois não gostei da forma como a luz do sol ficou diferente perto da entrada do poço por onde passei. Espero que a água seja sempre bem funda, contudo, mesmo assim, jamais irei bebê-la. Acho que nunca mais voltarei a visitar os arredores de Arkham novamente. Três dos homens que estiveram com Ammi naquela noite, voltaram na manhã seguinte para ver as ruínas à luz do dia, mas não havia ruínas de fato. Somente os tijolos da chaminé, as pedras do porão, alguns resíduos minerais e metálicos em alguns lugares e o muro no poço nefando. Tudo que era vivo havia desaparecido, com exceção do cavalo morto de Ammi, que eles recolheram e enterraram, e a charrete que lhe devolveram depois. Permanecia um deserto de cinco acres de poeira cinzenta, e nada jamais voltou a crescer por lá. Até hoje estende-se sob o céu, como uma grande lacuna deixada por algum ácido na mata e nos campos, e as poucas pessoas que ousaram visitá-lo, apesar das lendas rurais, chamaram-no de "charneca queimada".

As lendas rurais são estranhas. Poderiam ter sido ainda mais estranhas se os homens da cidade e os químicos da universidade quisessem analisar a água do poço abandonado ou a poeira cinzenta que o vento não consegue macular. Os botânicos também deveriam examinar a flora atrofiada ao lado do espaço vazio na mata, pois poderiam provar não ter sentido o pensamento dos nativos de que a praga está se espalhando, aos poucos, talvez dois centímetros ao ano. As pessoas dizem que a cor das flores dos arredores, na primavera, não é muito normal, e que os animais silvestres deixam pegadas estranhas na leve neve de inverno. A neve nunca parece pesada demais na charneca queimada como nos outros lugares. Os cavalos, os poucos que restaram na era motorizada, ficam assustados no vale silencioso; e os caçadores não podem confiar em seus cães quando chegam muito perto da mancha cinzenta.

Também dizem que a influência mental é muito ruim; muitos enlouqueceram nos anos que se seguiram à morte de Nahum; e sempre lhes faltou força de vontade para irem embora. Mais tarde, pessoas de cabeça mais forte deixaram a região, e somente forasteiros tentaram morar nas velhas casas destruídas. Porém, não conseguiram ficar, e com frequência as pessoas ficam imaginando o que eles pensaram em relação às histórias sussurradas de magia. As pessoas afirmam que seus sonhos à noite são horríveis naquela grotesca região; e não há dúvida de que a simples visão do reino sombrio é suficiente para despertar fantasias mórbidas. Nenhum viajante conseguiu se livrar da sensação de estranheza naquelas ravinas profundas, e os artistas tremem quando pintam matas espessas cujo mistério atinge tanto o espírito quanto o olhar. Eu mesmo estou curioso em relação à sensação que tive no passeio solitário, antes de ouvir a história de Ammi. Quando a noite caiu, desejei vagamente que o céu ficasse coberto de nuvens, pois um estranho temor em relação àquele vazio infinito no céu penetrava-me a alma.

Não peça minha opinião. Não sei, e isso é tudo. Ammi era o único ali para ser interrogado, pois as pessoas de Arkham não falam sobre os dias estranhos, e os três professores que viram o aerólito e o glóbulo colorido estão mortos. Com certeza houve outros glóbulos. Um deve ter alimentado a si mesmo e fugido em seguida, e provavelmente teria sido tarde demais para o outro. Não há dúvidas de que ainda está dentro do poço. Sei que tinha alguma coisa errada com a luz do sol que vi acima do penhasco miasmal. Os camponeses dizem que o mal avança dois centímetros por ano; pode ser então que haja algum tipo de crescimento ou alimentação até hoje. Mas qualquer incubação diabólica que estivesse ali devia estar presa a algo, senão estaria se espalhando rapidamente. Será que estava agarrada às raízes das árvores que se estendem ao céu? Uma das lendas que correm por Arkham fala de densos carvalhos que brilham e se agitam de forma anormal durante a noite.

Seja lá o que for, só Deus sabe. Em termos de matéria, creio que a coisa descrita por Ammi seria chamada de gás, mas um gás que obedecia a leis que não são do nosso cosmos. Não era fruto dos mundos e sóis que brilham nos telescópios e nas chapas fotográficas dos nossos observatórios. Não era um sopro dos céus, cujos movimentos eram medidos por nossos astrônomos, ou considerados vastos demais para serem medidos. Era somente uma cor que caiu do céu. Um pavoroso mensageiro das regiões amorfas do infinito, com uma natureza desconhecida por nós; de regiões cuja simples existência enlouquece o cérebro e nos entorpece com os negros abismos extracósmicos que se abrem diante dos nossos olhos.

Duvido muito que Ammi tenha conscientemente mentido, e não creio que sua história tenha sido somente fruto da loucura, como as pessoas dos arredores me avisaram. Algo horripilante caiu nas colinas e vales com aquele meteoro, e algo terrível ainda permanece por lá, mas não sei aferir a proporção. Enquanto isso, espero que nada aconteça a Ammi. Ele viu muito da coisa, e sua influência foi pérfida. Por que nunca conseguiu sair de lá? Será que se lembrava mesmo com clareza das últimas palavras de Nahum? "Não dá para fugir... pega a gente... mesmo sabendo que a coisa está vindo, não dá para fugir..."

Ammi é um senhor de idade tão bom! Quando o pessoal do reservatório começar a trabalhar, preciso escrever para o engenheiro-chefe para lhe pedir que fique de olho nele. Não gostaria de pensar em Ammi como a monstruosidade cinzenta, definhando e deformando-se, mas isso é algo que cada vez mais perturba meu sono.

O chamado de Cthulhu

1928

Encontrado entre os papéis do falecido
Francis Wayland Thurston, de Boston

"É possível conceber uma sobrevivência de tais poderes ou seres... uma sobrevivência de um período imensamente remoto, quando a consciência se manifestava, talvez, em contornos e formas que se recolheram ante a maré do avanço da humanidade... formas das quais apenas a poesia e a lenda registraram memórias fugazes que chamaram de deuses, monstros, seres míticos de todos os tipos e espécies..."

Algernon Blackwood

1. O horror em argila

Não há no mundo graça maior, penso eu, do que a incapacidade humana de correlacionar todos os conteúdos encerrados em sua mente. Vivemos numa plácida ilha de ignorância em meio a tenebrosos oceanos infindáveis e não fomos feitos para navegar muito longe. As ciências, cada uma delas seguindo uma direção diferente, até agora pouco nos prejudicaram; mas em algum momento, quando encaixarmos as peças separadas do conhecimento, teremos revelada uma aterrorizante visão da realidade e de nossa desditosa posição nesse panorama, e, diante disso, ou enlouqueceremos ou abandonaremos a luz para buscar abrigo na paz e na segurança da nova idade das trevas.

Teósofos conjecturaram sobre a espetacular magnitude do ciclo cósmico, no qual nosso mundo e a raça humana representam apenas incidentes passageiros. Eles sugeriram alguma forma estranha de sobrevivência, cuja descrição regelaria nosso sangue caso não se apresentasse disfarçada por um brando otimismo. Mas não é deles que provém o simples vislumbre de éons proibidos, cujas imagens causam-me calafrios quando penso nelas e me enlouquecem quando as vejo em sonhos. Esse vislumbre, como todos os temidos vislumbres da verdade, veio como um lampejo originado de uma casual união de peças isoladas — neste caso: um artigo de um velho jornal e as anotações de um professor universitário já falecido. Espero que ninguém mais seja capaz de encaixar essas peças novamente; e claro, se eu viver, nunca fornecerei uma pista sequer desse abominável encadeamento. Creio que o professor também pretendia manter em segredo o que sabia, e teria destruído suas anotações se a morte não o tivesse levado de forma súbita.

Meu conhecimento sobre o assunto começara no inverno entre os anos de 1926 e 1927, com a morte de meu tio-avô, George Gammel Angell, Professor Emérito de Línguas Semíticas na Universidade de Brown, em Providence, Rhode Island. O professor Angell era notoriamente conhecido como uma autoridade em inscrições antigas e a ele recorriam, com frequência, os diretores de renomados museus; não é de estranhar, portanto, que muitos ainda se recordem de sua morte, ocorrida aos noventa e dois anos de idade. Localmente, o interesse foi bastante intenso devido à obscuridade da causa do óbito. Quando o professor retornava no barco de Newport, caiu subitamente, como relataram as testemunhas, depois de ter sido empurrado por um negro que aparentava ser marinheiro e que vinha de uma das sinistras e estreitas ladeiras usadas como passagem entre o cais e a casa do falecido, na Williams Street. Os médicos não foram capazes de identificar um distúrbio aparente. Contudo, após longo debate, concluíram que o vigoroso esforço físico empregado numa subida tão íngreme, por um homem em idade tão avançada, havia provocado uma obscura lesão no coração que o levara a seu fim. Naquele momento, eu não via nenhuma razão para discordar da conclusão, porém há algum tempo sinto-me inclinado a questionar — e mais do que questionar — tal afirmação

Como herdeiro e executor de meu tio-avô, homem viúvo e sem filhos, era de se esperar que eu examinasse seus papéis com certa minúcia; com esse fim, transferi todos os arquivos e caixas para minha residência, em Boston. Boa parte do material que organizei será publicada pela Sociedade Americana de Arqueologia, mas havia uma caixa que eu achara demasiadamente enigmática, cujo conteúdo sentia relutância em compartilhar com outros olhos. Ela estava trancada e eu não tinha encontrado a chave até que me ocorreu examinar o chaveiro pessoal que o professor carregava no bolso. Afinal, de fato consegui abri-la; contudo, ao fazê-lo, deparei com um obstáculo ainda maior e mais imperscrutável. Qual seria o significado do estranho baixo-relevo em argila, das desconexas anotações e dos recortes? Teria meu tio em seus últimos anos se tornado um crédulo dos mais superficiais embustes? Resolvi procurar o excêntrico escultor responsável pela aparente perturbação da paz de espírito do ancião.

O baixo-relevo era um retângulo tosco de quase dois centímetros e meio de espessura e cerca de quatorze por quinze centímetros de área, obviamente de origem moderna. Seus desenhos, entretanto, em nada sugeriam uma atmosfera moderna; pois, apesar de os caprichos do cubismo e do futurismo serem muitos e extravagantes, eles não reproduzem com frequência essa regularidade críptica que se insinua na escrita pré-histórica. Mas certamente aquele grupo de desenhos parecia revelar algum tipo de escrita, embora nada em minha memória levasse a associá-la aos papéis e itens da coleção de meu tio ou sugerisse uma correspondência com eles.

Acima desses aparentes hieróglifos havia uma figura de evidente intenção pictórica, ainda que a execução impressionista impossibilitasse uma ideia clara de sua natureza. Parecia ser algum tipo de monstro ou um símbolo representativo de um monstro, cuja forma apenas uma mente perturbada poderia conceber. Se eu disser que minha imaginação um tanto extravagante divisava ao mesmo tempo a figura de um polvo, de um dragão e de uma caricatura humana, não estarei sendo infiel ao espírito da imagem. Uma polpuda cabeça cheia de tentáculos despontava de um corpo grotesco e escamoso dotado de asas rudimentares; mas era o *contorno geral* do conjunto que o tornava surpreendentemente assustador. O fundo atrás da figura mostrava indícios de arquitetura ciclópica.

Os registros que acompanhavam o estranho objeto, à parte os abundantes recortes de jornal, eram anotações recentes feitas de próprio punho pelo professor Angell e sem nenhuma pretensão literária. Aquele que parecia ser o documento mais importante tinha o título "O CULTO A CTHULHU" cuidadosamente escrito em letras maiúsculas para evitar uma leitura equivocada de palavra tão inusitada. Esse manuscrito estava dividido em duas seções: a primeira, intitulada "1925 – Sonho e Trabalho Onírico de H.A. Wilcox, 7 Thomas St., Providence, R.I."; e a segunda, "Relato do Inspetor John R. Legrasse, 121 Bienville St., Nova Orleans, La., Reunião da S. A. A. de 1908 – Notas do mesmo & Relato do Prof. Webb". Outros manuscritos eram breves anotações, e algumas delas continham relatos de sonhos estranhos de diferentes pessoas, outras tinham citações de revistas e de livros teosofistas (particularmente de *Lendas de Atlântida e Lemúria*, de W. Scott-Elliot), e as demais comentavam acerca da longa sobrevivência de sociedades secretas e cultos obscuros, com referências a passagens retiradas de compêndios de mitologia e antropologia como *O Ramo de Ouro*, de Frazer, e *O Culto das Bruxas na Europa Ocidental*, da senhorita Murray. A maioria dos recortes fazia referência a uma bizarra doença mental e a surtos de insanidade coletiva na primavera de 1925.

A primeira metade do principal manuscrito contava uma história muito particular. Parece que no dia primeiro de março de 1925, um jovem magro e moreno, de aspecto neurótico e agitado, foi ter com o professor Angell levando consigo o singular baixo-relevo em argila que, naquele momento, estava ainda muito úmido e fresco. Seu cartão exibia o nome Henry Anthony Wilcox e meu tio reconheceu o rapaz como o filho caçula de uma excelente família que ele conhecera superficialmente, que estudava escultura na Escola de Desenho de Rhode Island e vivia sozinho no edifício Fleur-de-Lys, próximo à instituição. Wilcox era um jovem precoce, de talento inquestionável, porém de grande excentricidade, e desde a infância atraía a atenção com as histórias estranhas e os sonhos curiosos que tinha o hábito de contar. Ele se autodenominava "psiquicamente hipersensível", mas os tradicionais moradores daquela antiga cidade comercial consideravam aquilo "pura esquisitice". Sem se misturar com seus pares, ele fora gradualmente sumindo do convívio social até tornar-se conhecido apenas por um pequeno grupo de estetas de outras cidades. Até mesmo o Clube de Arte de Providence, apegado ao seu conservadorismo, o considerara pouco promissor.

Na ocasião da visita, de acordo com o manuscrito do professor, o jovem escultor, querendo beneficiar-se dos conhecimentos arqueológicos de seu anfitrião, pediu de maneira brusca que ele o ajudasse a identificar a origem dos hieróglifos do baixo-relevo. O jeito sonhador e pomposo de falar do rapaz sugeria alguma alienação; e meu tio demonstrou certo desdém ao responder, uma vez que o evidente frescor da tabuleta admitia parentesco com qualquer coisa, menos com a arqueologia. A réplica do jovem Wilcox impressionara de tal forma o meu tio que o fez recordar e registrar textualmente suas falas fantasticamente poéticas, aspecto que deve ter permeado toda a conversa e que, creio eu, era uma característica pessoal dele. Ele disse: "É recente, de fato, pois eu a fiz ontem à noite enquanto sonhava com cidades antigas; e os sonhos são mais antigos do que a inquieta Tiro, a contemplativa Esfinge ou os jardins suspensos da Babilônia".

Foi então que ele começou uma história desconexa que, subitamente, despertou uma memória adormecida de meu tio e prontamente conquistou seu interesse. Um pequeno terremoto havia sacudido a cidade na noite anterior e o abalo fora o mais considerável sentido na Nova Inglaterra nos últimos anos; o acontecimento afetara profundamente a imaginação de Wilcox. Após recolher-se, tivera um sonho sem precedentes com grandes cidades ciclópicas de blocos titânicos e monólitos que se projetavam em direção ao céu, todos sinistros e exsudando um lodo verde. Hieróglifos recobriam paredes e pilares, e de um indeterminado ponto lá embaixo subia uma voz que não era uma voz, e sim uma caótica sensação que somente a imaginação pode converter em som, mas que tentava expressar através de uma impronunciável união de letras: "*Cthulhu fhtagan*".

Essa mistura verbal foi a chave para a lembrança que entusiasmou e deixou inquieto o professor Angell. Ele interrogou o escultor com pormenores científicos; e dedicou-se intensamente ao estudo do baixo-relevo em que o jovem se dera conta de estar trabalhando, enregelado e de pijama, quando despertou desnorteado do sono. Meu tio culpava a velhice, disse Wilcox posteriormente, por sua lentidão em reconhecer tanto os hieróglifos quanto a imagem pictórica. Muitas das suas perguntas pareciam totalmente fora de propósito para o visitante, especialmente aquelas que tentavam estabelecer sua conexão com sociedades ou cultos estranhos; e Wilcox não podia entender as insistentes promessas de segredo que o professor lhe fazia caso ele confessasse fazer parte de alguma difundida seita religiosa mística ou pagã. Quando o professor Angell enfim se convenceu de que o escultor realmente ignorava qualquer culto ou doutrina de sociedade secreta, assediou o visitante com pedidos de relatos caso viesse a ter novos sonhos no futuro. Isso rendeu frutos, pois, após a primeira entrevista, os manuscritos registram visitas diárias do jovem, nas quais ele relatava fragmentos de surpreendentes devaneios noturnos, sempre carregados de algum tipo de visão ciclópica de uma pedra escura e gotejante, e uma voz ou inteligência subterrânea que proferia ritmadamente, sob a forma de enigmáticos impactos sensíveis, palavras incompreensíveis que não podem ser escritas. Os dois sons mais frequentemente repetidos eram aqueles produzidos pelas palavras "*Cthulhu*" e "*R'lyeh*".

No dia 23 de março, continua o manuscrito, Wilcox não aparecera; e indagações na vizinhança revelaram que ele fora acometido por uma febre de causa desconhecida e levado à casa da família na rua Waterman. Ele havia gritado durante a noite, acordando muitos outros artistas no prédio e, desde então, vinha alternando manifestações de inconsciência e de delírio. Meu tio imediatamente telefonou para a família e, a partir de então, acompanhava os fatos com extrema atenção; ia regularmente à rua Tayer, onde ficava o consultório do Dr. Tobey, responsável pelo caso. A mente febril do jovem aparentemente ocupava-se de coisas estranhas, e o médico vez ou outra estremecia quando ouvia falar delas. Além das repetições do enredo dos sonhos de noites anteriores, ele também mencionava enfaticamente uma coisa gigante "infinitamente alta" que caminhava ou se deslocava pesadamente. Em nenhum momento ele descreveu completamente a coisa, mas o emprego ocasional de algumas palavras desconexas repetidas pelo doutor Tobey convenceu o professor de que se tratava da mesma inominável monstruosidade que o jovem tentara reproduzir em sua escultura onírica. A menção desse objeto, acrescentou o médico, era um invariável prelúdio da precipitação do jovem no estado letárgico. Sua temperatura curiosamente não se elevava muito além do normal, mas sua condição como um todo sugeria mais um estado febril do que um distúrbio mental.

No dia dois de abril, aproximadamente às três da tarde, todos os vestígios da enfermidade de Wilcox repentinamente desapareceram. Ele se sentou ereto na cama, atônito por estar em casa e completamente alheio àquilo que lhe havia acontecido em sonho ou em realidade desde a noite do dia 22 de março. Tendo recebido alta do seu médico, voltou a seu alojamento depois de três dias; mas para o professor Angell ele não tinha mais serventia. Todos os vestígios de sonhos estranhos tinham sumido com a sua recuperação, e meu tio não registrara mais nenhum devaneio noturno após uma semana de sessões, em que eram descritas apenas visões corriqueiras e sem relevância.

Aqui terminava a primeira parte do manuscrito, mas referências de algumas notas dispersas deram-me muito o que pensar — tanto que apenas o ceticismo que eu adotava como filosofia própria poderia justificar minha persistente desconfiança acerca do artista. As notas em questão eram aquelas que descreviam os sonhos de diversas pessoas durante o mesmo período em que o jovem Wilcox tivera as manifestações. Meu tio, ao que parece, havia instituído uma prodigiosa e vasta rede de investigações entre quase todos os amigos que ele podia interrogar sem se fazer impertinente, pedindo-lhes relatórios noturnos de seus sonhos e perguntando as datas em que haviam tido alguma visão incomum no passado recente. A adesão a essa solicitação parece ter variado; mas ele deve ter recebido, no mínimo, mais respostas do que qualquer outro homem comum poderia ter tido sem o apoio de uma secretária. As correspondências originais não foram preservadas, contudo suas notas formaram uma completa e realmente significativa compilação. Pessoas comuns da sociedade e dos negócios — o tradicional "sal da terra" da Nova Inglaterra — deram um resultado quase completamente negativo, embora alguns esparsos casos de impressões noturnas disformes e inquietantes tenham aparecido aqui e acolá, sempre entre os dias 23 de março e 2 de abril — mesmo período do delírio de Wilcox. Homens ligados às ciências eram levemente mais afetados, posto que quatro casos davam uma vaga descrição que sugeria vislumbres de paisagens estranhas, e um caso fazia menção ao pavor de algo anormal.

Foi dos artistas e poetas que as respostas mais pertinentes vieram, e eu sei que o pânico teria se instalado se eles tivessem podido comparar suas anotações. Da forma como estavam, na falta das cartas originais, cheguei a suspeitar que o compilador tivesse feito perguntas tendenciosas ou tivesse editado as respostas a fim de corroborar o que ele resolvera enxergar de forma latente. Foi por essa razão que continuei a sentir que Wilcox, ciente em certa proporção dos velhos dados que meu tio detinha, estivera tirando proveito do traquejado cientista. As respostas dos estetas contavam uma história perturbadora. Do dia 28 de fevereiro ao dia 2 de abril, uma grande proporção deles havia sonhado com coisas muito bizarras, sendo que a intensidade dos sonhos se tornara imensamente mais forte durante o período do delírio do escultor. Mais de um quarto dos que relataram algo reportaram cenas e sons abafados que em nada diferiam daqueles descritos por Wilcox; e alguns dos sonhadores confessaram um medo agudo da inominada coisa gigante que viam no final. Um caso, que as anotações descreviam de modo enfático, era muito triste. O indivíduo, um reconhecido arquiteto com inclinação à teosofia e ao ocultismo, tornou-se violentamente insano na data em que o jovem Wilcox teve seu ataque, e morreu alguns meses mais tarde após gritar incessantemente para ser salvo de algum habitante fugido do inferno. Se meu tio tivesse se referido a esses casos por nomes e não meramente por números, eu teria tentado algumas confirmações e uma investigação pessoal; ainda assim, consegui rastrear uns poucos. Todos eles, entretanto, sustentavam plenamente as anotações. Tenho com frequência me perguntado se todas as pessoas questionadas pelo professor se sentiram tão perplexas quanto essa pequena fração. É bom que elas nunca recebam uma explicação.

Os recortes de jornais, como mencionei, traziam casos de pânico, manias e excentricidades durante o dado período. O professor Angell deve ter utilizado um serviço especializado em coleta de notícias, já que o número de recortes era imenso e as fontes se espalhavam por todo o globo. Num, há um suicídio noturno em Londres, onde um solitário homem adormecido salta da janela depois de um apavorante grito. Noutro, uma desconexa carta ao editor de um jornal da América do Sul em que um fanático prevê um horrendo futuro a partir das visões que havia tido. Um boletim da Califórnia descreve uma colônia de teosofistas trajando em massa túnicas brancas à espera da "plenitude gloriosa" que nunca chega, enquanto recortes da Índia falam cautelosamente de um sério tumulto nativo por volta do fim de março. Orgias se multiplicam no Haiti e destacamentos militares da África reportam murmúrios ameaçadores. Oficiais americanos nas Filipinas enfrentam a inquietação de certas tribos, e policiais de Nova York são atacados por levantinos histéricos na noite de 22 de março. O oeste da Irlanda também está repleto de rumores desvairados e de lendas, e um pintor fantástico chamado Ardois-Bonnot expõe a blasfema obra *Paisagem de Sonho* na exposição da primavera de 1926, em Paris. E tantos são os registros de transtornos em manicômios, que apenas um milagre justifica o fato de a comunidade médica não ter notado esse estranho paralelismo e mistificado possíveis conclusões. Era uma estranha pilha de recortes, sem dúvida; hoje em dia, mal posso considerar o racionalismo frio com que os pus de lado. Mas, naquele momento, eu estava convencido de que o jovem Wilcox tivera conhecimento de questões mais antigas mencionadas pelo professor.

2. O relato do Inspetor Legrasse

As questões antigas que haviam tornado o sonho do escultor e o baixo-relevo tão importantes para o meu tio compunham o assunto da segunda metade do longo manuscrito. Aparentemente, uma vez, o professor Angell vira os contornos diabólicos da inominável monstruosidade, ficara intrigado diante dos hieróglifos desconhecidos e ouvira as abomináveis sílabas que só podiam ser interpretadas como "*Cthulhu*"; e tudo isso numa conexão tão provocadora e horripilante que é fácil entender por que ele perseguia o jovem Wilcox com indagações e pedidos de dados.

A primeira experiência viera em 1908, dezessete anos antes, quando a Sociedade Americana de Arqueologia realizava seu encontro anual em St. Louis. O professor Angell, como condizia com alguém de seu talento e autoridade, tivera papel proeminente em todas as deliberações; e foi um dos primeiros a ser abordado pelos inúmeros leigos que se aproveitavam da presença de peritos para fazer consultas e encontrar as respostas corretas para suas dúvidas.

O chefe desses forasteiros e, logo em seguida, centro das atenções da reunião, era um homem de meia-idade e aparência bastante comum que percorrera o longo caminho desde Nova Orleans em busca de uma certa informação especial, impossível de ser obtida com alguma fonte local. Seu nome era John Raymond Legrasse e ele trabalhava como Inspetor de Polícia. Trazia consigo a razão da sua visita: uma estatueta muito antiga de pedra, grotesca e repulsiva, cuja origem ele não tinha a menor ideia de como determinar. Não se deve fantasiar que o inspetor Legrasse tivesse alguma sincera curiosidade arqueológica. Pelo contrário, seu desejo por esclarecimentos era movido puramente por interesse profissional. A estatueta, ídolo, fetiche ou o que quer que fosse havia sido apreendida alguns meses antes nos impenetráveis pântanos ao sul de Nova Orleans durante uma incursão em uma suposta cerimônia vodu; e tão particulares e hediondos eram os rituais conectados a ela que a polícia imediatamente percebeu que havia topado com um culto tenebroso que lhe era totalmente desconhecido e infinitamente mais diabólico do que o mais obscuro círculo africano vodu. Acerca de sua origem, afora as inconsistentes e esdrúxulas histórias arrancadas dos membros capturados, absolutamente nada fora descoberto; daí a ansiedade da polícia em buscar algum conhecimento sólido sobre antiguidades que pudesse ajudar a situar a assustadora peça no tempo e assim rastrear o culto até sua fonte.

O inspetor Legrasse não estava nada preparado para a impressão que sua questão causaria. Bastou uma rápida olhada no objeto para lançar em polvorosa aqueles homens de ciência ali reunidos, que instantaneamente cercaram o inspetor na tentativa de contemplar de perto a pequena figura completamente estranha, cujo aspecto de genuína e abismal antiguidade insinuava de modo bem convincente algum panorama arcaico ainda desconhecido. Nenhuma escola reconhecida de escultura havia inspirado aquele repugnante objeto, ainda assim centenas ou milhares de anos estavam registrados de alguma forma na superfície opaca e esverdeada daquela pedra não identificada.

A figura, que passara lentamente de mão em mão para minucioso exame, tinha entre dezoito e vinte centímetros de altura e era de primoroso cuidado artístico. Ela representava um monstro com contornos vagamente antropoides, porém com uma cabeça em formato de polvo, cujo rosto era uma massa de tentáculos, um corpo escamoso com aparência elástica, prodigiosas garras nas patas dianteiras e traseiras e asas longas e estreitas nas costas. Essa coisa, que parecia impregnada por uma malignidade anormal e assustadora, era de uma robustecida corpulência e estava agachada em pose diabólica sobre um bloco ou pedestal retangular coberto por caracteres indecifráveis. As pontas das asas tocavam a borda de trás do bloco e o corpo ocupava a parte central. Abaixo das pernas dobradas, as garras, apoiadas na borda dianteira, iam da quina até um quarto do caminho em direção à base do pedestal. A cabeça cefalópode inclinava-se para a frente, de modo que as extremidades dos tentáculos faciais tocavam o dorso das gigantescas patas dianteiras, que abraçavam os joelhos elevados. O aspecto do conjunto era espantosamente vívido e ainda mais temível porque sua origem permanecia um mistério. Não havia como negar sua vasta, surpreendente e incalculável idade; porém não era possível estabelecer um vínculo com algum tipo de arte dos primórdios da civilização ou de qualquer outra época. O material em si, muito distinto, configurava um mistério à parte; pois a pedra lisa, preto-esverdeada com filamentos e partículas dourados e iridescentes não se assemelhava em nada com algo familiar à geologia ou à mineralogia. Os caracteres ao longo da base eram igualmente desconcertantes; e embora no evento estivesse representada a metade do conhecimento mundial nesse campo, nenhum dos membros presentes podia formar uma conexão ou encontrar um remoto parentesco linguístico com eles. Tal como o tema e o material, esses caracteres pertenciam a algo horrivelmente remoto e distinto da humanidade como a conhecemos; algo assustadoramente sugestivo de antigos e profanos ciclos de vida dos quais nosso mundo e nossas concepções não tomavam parte.

No entanto, enquanto os membros individualmente balançavam a cabeça e admitiam sua derrota diante do enigma trazido pelo inspetor, havia um homem no grupo que sentiu um toque de bizarra familiaridade na forma monstruosa e no escrito, e então compartilhou sem muita segurança o pouco que sabia sobre algo estranho. Essa pessoa era o já falecido William Channing Webb, professor de Antropologia na Universidade de Princeton, e um explorador digno de nota. O professor Webb havia participado, quarenta e oito anos antes, de uma expedição à Groenlândia e à Islândia em busca de inscrições rúnicas que ele nunca conseguiu encontrar; e enquanto estava nas altitudes do oeste da Groenlândia, conheceu uma tribo, ou culto singular, de esquimós degenerados cuja religião, uma curiosa forma de adoração ao diabo, causara-lhe calafrios por sua deliberada sede de sangue e repugnância. Tratava-se de uma crença que outros esquimós pouco conheciam e cuja simples menção os atemorizava. Diziam que vinha de remotos e horríveis éons anteriores à criação do mundo. Além de inomináveis ritos e sacrifícios humanos, havia alguns macabros rituais hereditários devotados a um supremo demônio ancestral ou *tornasuk*; e o professor Webb fizera uma cuidadosa transcrição fonética que reproduzia o que um idoso *angekok* ou sacerdote-bruxo entoava, grafando os sons em caracteres romanos o melhor possível. Mas, naquele momento, o mais relevante era o fetiche que eles cultuavam e ao redor do qual dançavam quando a aurora surgia alta entre os penhascos gelados. Dizia o professor tratar-se de um baixo-relevo de pedra muito tosco, formado por uma imagem horrenda e algumas inscrições enigmáticas. Isso permitia, segundo ele, traçar um paralelo preliminar com as características essenciais do objeto bestial que estava sendo examinado na reunião.

Essas informações, recebidas com desconfiança e perplexidade pelo grupo de especialistas, deixaram ainda mais empolgado o inspetor Legrasse; e ele logo começou a importunar seus informantes com perguntas. Tendo transcrito e copiado um ritual de tradição oral entre os praticantes do culto do pântano que seus homens haviam prendido, ele implorou ao professor Webb que tentasse lembrar o melhor que pudesse as sílabas registradas entre os esquimós diabolistas. Seguiu-se então uma exaustiva comparação de detalhes e um momento de assombroso silêncio quando o detetive e o cientista concordaram na evidente identidade da frase comum aos dois rituais diabólicos, separados por tantos mundos de distância. O que, em resumo, tanto os bruxos esquimós quantos os sacerdotes do pântano de Lousiana entoavam para seus ídolos de devoção (as divisões das palavras acompanham as pausas tradicionais das frases enunciadas) era algo mais ou menos assim:

"*Ph'nglui mglw'nafh Cthulhu R'lyeh wgah'nagl fhtagn.*"

Legrasse estava um passo à frente do professor Webb, pois muitos dos seus prisioneiros mestiços haviam-lhe repetido o que os celebrantes mais velhos diziam que as palavras significavam. A tradução era algo como:

"Em sua casa em R'lyeh, Cthulhu, morto, espera sonhando."

Nesse momento, atendendo às insistentes e gerais solicitações, o inspetor Legrasse narrou tão detalhadamente quanto possível sua experiência com os idólatras do pântano, contando uma história à qual meu tio claramente atribuíra um profundo significado. Seu conteúdo tinha o sabor dos sonhos mais extraordinários dos mitômanos e teosofistas, e revelava um surpreendente grau de imaginação cósmica, um nível que não era esperado encontrar em meio a mestiços e marginais.

No dia primeiro de novembro de 1907, a polícia de Nova Orleans recebera chamados apreensivos vindos do pântano e da região das lagoas ao sul. Os posseiros de lá, em sua maioria primitivos, mas bem-intencionados descendentes dos homens de Lafitte, estavam tomados de completo terror por causa de uma coisa desconhecida que os havia espiado durante a noite. Era vodu, aparentemente, mas vodu do mais pernicioso tipo jamais visto; e algumas das mulheres e crianças haviam desaparecido desde que o malévolo tantã tinha começado seus incessantes batuques à distância, dentro dos bosques sombrios onde os moradores não se aventuravam. Havia gritos insanos e urros angustiantes, cânticos que faziam gelar a alma e chamas diabólicas dançantes; um desesperado mensageiro também viera de lá, dizendo que os habitantes não podiam mais suportar.

Então, um grupo de vinte policiais, em duas carruagens e um automóvel, partira no fim da tarde, levando como guia o apavorado posseiro. Quando terminou a parte transitável da estrada, eles deixaram os veículos e se embrenharam em silêncio ao longo de milhas, pelos terríveis bosques de ciprestes onde nunca penetrava a luz do dia. Raízes disformes e forcas de barba-de-velho que pendiam das árvores tornavam penosa a caminhada e, vez ou outra, pilhas de pedras úmidas ou fragmen-

tos do que poderia ter sido uma mórbida habitação deixavam
ainda mais depressivo o ambiente que as árvores malformadas e os montículos de fungos ajudavam a criar. Finalmente o lugarejo dos posseiros, um aglomerado de casebres, surgiu à frente; e os moradores histéricos chegaram correndo e cercaram as pessoas de cujas lanternas nervosas saíam feixes de luz. O abafado batuque dos tantãs já era ligeiramente audível ao longe, bem ao longe; e um guincho pavoroso podia ser ouvido em intervalos regulares quando o vento mudava de direção. Um clarão avermelhado também parecia infiltrar-se através da pálida vegetação rasteira desde os mais distantes caminhos da noite na floresta. Relutantes em serem deixados para trás, cada um dos amedrontados posseiros recusava-se a dar mais um passo em direção à cena do culto profano, então o inspetor Legrasse e seus dezenove companheiros avançaram às cegas pelas negras arcadas do horror que nenhum deles havia percorrido antes.

A região em que os policiais entravam agora era tradicionalmente de reputação maligna, notadamente desconhecida e inexplorada por homens brancos. Havia lendas a respeito de um lago oculto nunca antes contemplado pelos olhos de um mortal, habitado por uma gigantesca coisa branca poliposa de olhos brilhantes; e os posseiros murmuravam que demônios com asas de morcegos saíam das profundezas de cavernas à meia-noite para adorar a criatura. Diziam que ela já estava ali desde antes de D'Iberville, antes de La Salle, antes dos índios e antes mesmo dos saudáveis animais e pássaros da floresta. Era a própria encarnação de um pesadelo, e vê-la era o mesmo que morrer. Mas ela também os fazia sonhar, e isso era o bastante para lembrá-los que deviam manter distância. A orgia vodu em questão acontecia nos limites mais distantes dessa nefasta área, mas o lugar em si era bastante ruim; talvez o próprio lugar do culto tivesse assustado mais os posseiros do que os sons e as circunstâncias chocantes que eles mencionavam.

Apenas a poesia ou a loucura poderiam reproduzir de forma fiel os ruídos ouvidos pelos homens de Legrasse enquanto avançavam com dificuldade pelos lodaçais negros em direção ao clarão vermelho e aos abafados tantãs. Existem algumas qualidades vocais peculiares aos homens e algumas peculiares às bestas; e é terrível ouvir uma quando da fonte deveria vir outra. A fúria animal e a licenciosidade orgíaca do local se elevavam a níveis demoníacos por uivos e gritos arrebatadores que rasgavam a noite e reverberavam pela floresta densa como tempestades pestilentas oriundas das profundezas do inferno. Ocasionalmente os uivos mais desorganizados cessavam e, do que parecia ser um bem ensaiado coro de vozes roucas, subia entoada como uma ladainha aquela horrível frase ou invocação:

"Ph'nglui mglw'nafh Cthulhu R'lyeh wgah'nagl fhtagn."

Nesse ponto, tendo atingido uma área onde as árvores eram mais finas e esparsas, os homens puderam ter uma visão do espetáculo propriamente dito. Quatro deles cambalearam, um desmaiou e dois lançaram um grito histérico que afortunadamente a enlouquecida cacofonia da orgia encobriu. Legrasse derramou água do pântano no rosto do policial desmaiado e todos ficaram ali paralisados, tremendo, quase hipnotizados pelo horror.

Numa clareira natural do pântano havia uma ilha recoberta de capim, com talvez um acre de extensão, desmatada e razoavelmente seca. Nesse lugar saltava e retorcia-se a mais indescritível horda de aberrações humanas que apenas um Sime ou um Angarola seriam capazes de pintar. Despidas, essas crias híbridas vociferavam, berravam e se debatiam ao redor de uma monstruosa fogueira em formato de anel em cujo centro, avistável por ocasionais aberturas na cortina de chamas, erguia-se um enorme monólito de granito de aproximadamente dois metros e meio de altura; em seu topo, revelava-se em sua pequenez a odiosa estatueta. De um amplo círculo de dez cadafalsos dispostos em intervalos regulares com o monólito cercado de chamas ao centro, pendiam, de cabeça para baixo, os corpos grotescamente mutilados dos indefesos posseiros que haviam desaparecido. Era dentro desse círculo que a roda de fanáticos saltava e bramia da esquerda para a direita num interminável bacanal entre o anel de cadáveres e o anel de fogo.

Pode ter sido apenas imaginação ou podem ter sido ecos que induziram um dos homens, um irritável espanhol, a imaginar ter ouvido respostas antifônicas ao ritual, vindas de algum ponto longínquo e escuro no interior da floresta de antigas lendas e horrores. Tempos depois, quando encontrei esse homem, Joseph D. Galvez, o questionei, e ele demonstrou ter uma imaginação bastante fértil. Chegou inclusive ao ponto de fazer alusão a um ligeiro bater de grandes asas, a um rápido vislumbre de olhos brilhantes e a um grande objeto branco além das árvores mais remotas — mas eu suponho que ele tinha ouvido muito sobre as superstições dos nativos.

Na verdade, a pausa horrorizada dos homens foi relativamente breve. O dever vinha em primeiro lugar; e, embora houvesse cerca de cem homens naquela multidão, a polícia confiou em suas armas e investiu com determinação contra a nauseante choldra. Durante os cinco minutos que se seguiram, o rumor e o caos resultantes foram indescritíveis. Golpes violentos foram desferidos, tiros foram disparados e fugas ocorreram; mas no final Legrasse pôde somar uns quarenta e sete prisioneiros cabisbaixos que ele obrigou rapidamente a se vestir e posicionar-se em fila única entre duas colunas de policiais. Cinco dos participantes do culto estavam mortos e dois, gravemente feridos, então foram carregados em macas improvisadas por seus comparsas prisioneiros. A imagem no monólito, é claro, foi cuidadosamente removida e transportada de volta por Legrasse.

Interrogados no quartel de polícia após uma intensa e extenuante viagem, todos os prisioneiros revelaram-se homens mestiços, vis e mentalmente desequilibrados. Quase todos eram marinheiros, alguns negros e mulatos, em grande parte caribenhos ou portugueses de Cabo Verde, que davam ao culto heterogêneo os matizes do voduísmo. Mas antes que muitas perguntas fossem feitas, ficou evidente que algo muito mais profundo e antigo do que fetichismo negro estava envolvido. Degradados e ignorantes como eram, as criaturas mantinham-se surpreendentemente firmes à ideia central de sua repugnante fé.

Eles adoravam, segundo diziam, os Grandes Anciãos que vieram dos céus eras antes da existência do homem, quando o mundo ainda era jovem. Esses anciãos já haviam perecido no interior da Terra e no fundo do mar; mas seus corpos sem vida haviam revelado seus segredos em sonhos aos primeiros homens, que geraram um culto que nunca morreu. Esse era o culto deles, e os prisioneiros disseram que sempre tinha existido e sempre existiria, oculto, em terras desoladas e lugares sombrios por todo o mundo, até o momento em que o sumo sacerdote Cthulhu, de sua tenebrosa morada na poderosa cidade submersa de R'Iyeh, se levantasse e colocasse a Terra novamente sob seu domínio. Um dia ele chamaria, quando as estrelas estivessem posicionadas, e o culto secreto estaria sempre à espera para libertá-lo.

Até lá, nada mais deveria ser dito. Havia um segredo impossível de ser extraído, nem mesmo sob tortura. A humanidade não estava totalmente sozinha entre os seres conscientes da Terra, pois formas surgiam da escuridão para visitar os poucos crentes. Mas essas formas não eram os Anciãos, já que eles nunca foram vistos. O ídolo esculpido era o grande Cthulhu, mas ninguém podia dizer se os outros se pareciam ou não com ele. Ninguém mais conseguia ler a antiga inscrição, mas as mensagens ainda eram transmitidas por tradição oral. O cântico ritual não era o segredo — este não era dito em voz alta, apenas em sussurros. O cântico significava apenas isto: "Na sua casa em R'lyeh, Cthulhu, morto, espera sonhando".

Apenas dois dos prisioneiros foram considerados suficientemente sãos para serem enforcados; os outros foram internados em diversas instituições. Todos negaram participação nos rituais de morte e afirmaram que a matança havia sido cometida pelos Asas Negras, que tinham vindo a eles de seu antiquíssimo ponto de encontro na floresta assombrada. No entanto, a respeito desses misteriosos aliados jamais fora obtido um relato coerente. O que a polícia conseguiu extrair veio em grande parte de um mestiço muito velho chamado Castro, que afirmava ter navegado até portos longínquos e conversado com líderes imortais do culto nas montanhas da China.

O velho Castro se recordava de fragmentos de uma lenda medonha que ofuscava as especulações dos teosofistas e fazia o homem e o mundo parecerem realmente recentes e passageiros. Houve éons em que outros Seres reinavam sobre a Terra, e Eles tinham grandes cidades. Os vestígios Deles, de acordo com os chineses imortais, ainda podiam ser encontrados em pedras ciclópicas nas ilhas do Pacífico. Todos Eles haviam morrido em época ancestral, antes da chegada do homem, mas havia artes que podiam fazê-Los reviver quando as estrelas voltassem à posição correta no ciclo da eternidade. Eles mesmos, na verdade, tinham-Se transportado das estrelas e trazido consigo Suas imagens.

Esses grandes Anciãos, continuou Castro, não eram compostos realmente de carne e osso. Eles tinham forma — não era o que provava a imagem em forma de estrela? —, mas a forma não era constituída de matéria. Quando as estrelas estavam certas, Eles podiam lançar-se de mundo a mundo através do céu; mas quando as estrelas estavam erradas, Eles não conseguiam viver. Mas mesmo que não estivessem mais vivos, Eles não morriam realmente. Todos jaziam em casas de pedra na grande cidade de R'lyeh, preservados pelos feitiços do poderoso Cthulhu para uma gloriosa ressurreição quando as estrelas e a Terra estivessem novamente prontas para Eles. Nesse momento, uma força externa deveria ajudá-Los a libertar Seus corpos. Os feitiços que Os preservavam intactos também Os impediam de fazer o movimento inicial, e Eles podiam apenas ficar ali acordados, na escuridão, pensando enquanto milhões de anos passavam. Sabiam de tudo o que acontecia no universo, pois se comunicavam pelo pensamento. Mesmo agora Eles falavam em Suas tumbas. Quando após infindáveis tempos de caos surgiu o homem, os Anciãos falaram com os mais sensitivos entre eles, modelando seus sonhos; pois essa era a única linguagem com a qual Eles poderiam atingir aquelas recém-formadas mentes dos mamíferos.

Então, murmurou Castro, esses primeiros homens formaram o culto ao redor de pequenos ídolos que os Anciãos lhes haviam mostrado; ídolos trazidos de remotas áreas da escuridão das estrelas. Aquele culto não morreria enquanto as estrelas não se posicionassem da maneira correta novamente, e os sacerdotes secretos removeriam o grande Cthulhu de Sua tumba para que Ele despertasse Seus súditos e retomasse Seu domínio sobre a Terra. Seria fácil reconhecer esse tempo, pois a humanidade seria agora como os Grandes Anciãos; livres e desenfreados além do bem e do mal, com todas as leis e preceitos morais descartados e com todos os homens gritando e matando, rejubilando-se de prazer. Assim, os libertos Anciãos poderiam ensinar-lhes novas formas de gritar, matar e regozijar-se, e toda a Terra se inflamaria em um holocausto de êxtase e liberdade. Até lá, o culto e seus ritos manteriam viva a memória dos saberes ancestrais e revelariam a profecia de seu retorno.

Em épocas passadas, os homens escolhidos falavam com os Anciãos sepultos em sonhos, mas então algo aconteceu. A grande cidade de pedra de R'lyeh, com seus monólitos e sepulcros, fora tragada pelas ondas; e a profundeza das águas, repleta do mistério primordial através do qual nem mesmo o pensamento pode passar, interrompeu a comunicação espectral. Contudo a memória nunca morreu e os sumos sacerdotes diziam que a cidade emergiria novamente quando as estrelas se alinhassem corretamente. Em seguida, vieram espíritos negros da Terra, sombrios e embolorados, repletos de sons indistintos que traziam de cavernas esquecidas sob o fundo do mar. Mas o velho Castro não se atrevia a falar muito sobre eles. Desviou-se do assunto inesperadamente, e não houve contumácia ou sutileza que trouxesse mais conteúdo a esse respeito. Curiosamente, ele também se recusava a comentar o tamanho dos Anciãos. A respeito do culto, ele disse acreditar que sua sede se encontrava nos imperscrutáveis desertos da Arábia, onde Irem, a Cidade dos Pilares, sonha oculta e intocada. Não tinha relação com os cultos de bruxaria europeus e era conhecido praticamente apenas por seus membros. Nenhum livro havia feito alguma menção direta a respeito, embora os imortais chineses afirmassem que havia duplo sentido no *Necronomicon*, do árabe louco Abdul Alhazred, que os iniciados podiam ler como quisessem, em especial o polêmico dístico:

"*Não está morto aquele que jaz na eternidade,*
E em incomuns éons até a morte pode morrer."

Legrasse, profundamente impressionado e não menos perplexo, havia investigado em vão as afiliações históricas do culto. Castro, aparentemente, havia dito a verdade ao afirmar que isso era totalmente secreto. As autoridades da Universidade de Tulane não tinham sido capazes de acrescentar novas informações sobre o culto ou sobre a imagem, e agora o detetive estava diante das maiores autoridades do país e tinha a oportunidade de conhecer nada menos que a história da expedição do professor Webb à Groenlândia.

O exaltado interesse despertado na reunião pelo relato de Legrasse, corroborado pela estatueta, persistiu nas subsequentes correspondências trocadas entre os que estiveram presentes no evento, embora parcas menções tenham ocorrido em publicações formais da entidade. Cautela é a primeira preocupação daqueles que estão acostumados a encarar charlatães e impostores. Durante um período, Legrasse havia deixado a estatueta sob a tutela do professor Webb, mas após a morte dele a imagem retornou às suas mãos e permanece em sua posse, e não muito tempo atrás tive a oportunidade de vê-la. É realmente uma coisa medonha, e evidentemente semelhante à escultura esculpida em sonho pelo jovem Wilcox.

Não me causara surpresa a excitação de meu tio com a história do escultor, pois muitos pensamentos devem ter vindo à sua mente, reconhecendo as informações de Legrasse sobre o culto, ao ouvir o jovem sensitivo contar que *sonhara* não apenas com a imagem e os exatos hieróglifos da estatueta encontrada no pântano e no diabólico baixo-relevo da Groenlândia, como também ouvira nesses mesmos *sonhos* ao menos três palavras precisas das similares evocações dos diabólicos esquimós e dos mestiços de Lousiana. Era natural, portanto, que ele tivesse dado início imediato a uma criteriosa investigação; embora eu reservadamente suspeitasse que o jovem Wilcox tivesse tomado conhecimento indiretamente sobre o culto e inventado uma série de sonhos para fomentar e manter o mistério à custa de meu tio. Os relatos de sonhos e os recortes coletados pelo professor eram, obviamente, fortes comprovações; mas meu racionalismo e a extravagância do assunto como um todo levaram-me a adotar a conclusão que julguei ser a mais sensata. Portanto, após estudar exaustivamente o manuscrito outra vez e relacionar as anotações teosóficas e antropológicas com o relato de Legrasse sobre o culto, viajei para Providence para procurar o escultor e repreendê-lo de maneira apropriada pela forma impertinente como havia tratado um homem culto e de avançada idade.

Wilcox ainda vivia sozinho no edifício Fleur-de-Lys, na rua Thomas, uma desprezível imitação vitoriana da arquitetura bretã do século XVII que ostentava uma fachada de estuque em meio às adoráveis casas de estilo colonial na antiga colina, e à sombra do exemplar de campanário gregoriano mais esplêndido da América. Encontrei-o trabalhando em seus aposentos e imediatamente constatei, a julgar pelas amostras espalhadas pelo cômodo, que seu caráter era realmente profundo e autêntico. Creio eu que um dia ele será aclamado como um dos grandes decadentistas; pois cristalizou na argila e um dia há de reproduzir em mármore aqueles pesadelos e as fantasias que Arthur Machen evoca em prosa e Clark Ashton Smith torna visíveis em verso e pintura.

Moreno, franzino e de aspecto um tanto desgrenhado, voltou-se displicentemente quando bati à porta e, sem se levantar, perguntou a razão da minha visita. Quando lhe disse quem eu era, demonstrou algum interesse, já que meu tio lhe instigara a curiosidade ao investigar seus estranhos sonhos mesmo sem nunca ter explicado a razão de tamanha atenção. Eu tampouco me estendi sobre o assunto, mas tentei com alguma sutileza extrair algo dele. Logo me convenci de sua absoluta sinceridade, uma vez que ele falava dos sonhos com plena convicção. Os sonhos e suas reminiscências tinham influenciado profundamente sua arte, e ele me mostrou uma mórbida estátua com uma potente insinuação macabra e cujos contornos quase me fizeram estremecer. Ele não se lembrava de ter visto a imagem original a não ser em seu próprio baixo-relevo, mas os contornos haviam surgido de suas mãos sem que ele se desse conta disso. Era, sem sombra de dúvida, a forma gigante que ele havia mencionado em seu delírio. Ele logo deixou claro que nada sabia sobre o culto secreto, exceto pelos detalhes que meu tio deixara escapar em seu incessante interrogatório; e novamente eu tentava imaginar de que modo ele poderia ter recebido aquelas misteriosas impressões.

Ele falava de seus sonhos de maneira estranhamente poética, fazendo-me ver com terrível nitidez a úmida cidade ciclópica com sua pedra verde cheia de limo — cuja *geometria*, disse estranhamente, era *totalmente incorreta* — e ouvir com amedrontada expectativa o incessante chamado, parcialmente mental, subindo de um lugar profundo: "*Cthulhu fhtagn*", "*Cthulhu fhtagn*". Essas palavras faziam parte daquele temível ritual que narrava o sonho em vigília do morto Cthulhu em seu túmulo de pedra, em R'lyeh, e eu me senti fortemente impressionado, apesar de minhas crenças racionais. Wilcox, eu estava certo disso, tinha ouvido ao acaso algo sobre o culto, que logo teria esquecido em meio à enorme quantidade de leituras e devaneios. Mais tarde, por força da impressionabilidade, isso teria tomado forma em seu subconsciente através dos sonhos, no baixo-relevo e na terrível estátua que eu agora observava; de modo que percebi que não existiu a intenção de enganar meu tio. O moço, de quem jamais pude gostar, era ao mesmo tempo um pouco afetado e um pouco mal-educado; mas já estava inclinado a reconhecer seu talento e sua honestidade. Despedi-me amigavelmente e desejei-lhe todo o sucesso que seu talento prometia.

A questão do culto ainda exercia um fascínio sobre mim, e em algumas ocasiões imaginava a fama que poderia conquistar com pesquisas sobre suas origens e conexões. Visitei Nova Orleans e falei com Legrasse e com outros que participaram daquele velho destacamento policial, vi a tenebrosa imagem e inclusive entrevistei alguns dos prisioneiros mestiços que ainda estavam vivos. Infelizmente, o velho Castro falecera havia alguns anos. O que eu ouvira a seguir de forma tão vívida e em primeira mão, apesar de não ser nada além de uma confirmação detalhada do que meu tio já havia escrito, reativou meu interesse; pois eu tinha a certeza de estar na pista de uma religião muito real, muito secreta e muito antiga, cuja descoberta me tornaria um antropólogo renomado. Minha atitude até então era de absoluto materialismo, *como gostaria que ainda fosse*, o que me fez desprezar com uma quase inexplicável teimosia a coincidência entre os relatos dos sonhos e os estranhos recortes colecionados pelo professor Angell.

Uma coisa que eu comecei a suspeitar e que agora receio *saber* é que a morte de meu tio nada teve de natural. Ele caiu numa rua estreita que subia de um antigo cais fervilhante de mestiços estrangeiros, após ser golpeado por um marinheiro negro. Eu não esqueci o sangue misto e as ocupações navais dos membros do culto de Lousiana, e não ficaria surpreso em ouvir falar da existência de agulhas envenenadas e outros métodos secretos tão cruéis quantos os já conhecidos antigamente em ritos e crenças ocultos. É verdade que Legrasse e seus homens foram deixados em paz; mas, na Noruega, um certo marinheiro que via coisas morreu. Teriam as intensificadas indagações de meu tio, após o revelador encontro com o escultor, chegado a ouvidos sinistros? Acho que o professor Angell morreu porque sabia demais ou porque estava prestes a saber demais. Agora resta saber se me cabe o mesmo destino, pois eu também já sei demais.

3. A Loucura que veio do mar

Se algum dia o céu quiser conceder-me uma bênção, que esta seja remover de minha memória o resultado de uma casual olhada num pedaço de papel que recobria uma prateleira. Não era nada que naturalmente chamaria minha atenção na rotina diária, já que se tratava de um velho exemplar de um jornal australiano, o *Sydney Bulletin*, de 18 de abril de 1925. O periódico havia escapado até do serviço especializado em coleta de notícias que, à época da impressão, buscava avidamente material para a pesquisa de meu tio.

Já havia deixado de lado em grande parte minhas investigações sobre o que o professor Angell chamava de "Culto a Cthulhu", e estava visitando um douto amigo em Patterson, Nova Jersey, curador de um museu local e renomado mineralogista. Certo dia, ao examinar as amostras sobressalentes amontoadas em prateleiras em uma sala no fundo do museu, minha atenção foi atraída por uma estranha imagem estampada em um dos jornais que estavam estendidos embaixo das pedras. Era o *Sydney Bulletin* que eu já havia mencionado, pois meu amigo tinha conexões em todos os países estrangeiros imagináveis; e a foto era um corte em preto e branco de uma temível imagem de pedra quase igual àquela que Lagrasse encontrara no pântano.

Limpei ansiosamente a página daquele precioso exemplar e examinei detalhadamente a notícia, que para minha decepção constatei ser bem sucinta. O que sugeria, no entanto, era de extrema relevância para a minha titubeante busca, e eu rasguei a parte que a continha para imediatas providências. Dizia:

MISTÉRIO À DERIVA ENCONTRADO NO MAR

O Vigilant chega com iate neozelandês armado e avariado a reboque. Um sobrevivente e um homem morto encontrados a bordo. Relatos de uma batalha desesperada e mortes no mar. Marinheiro resgatado recusa-se a fornecer detalhes da estranha experiência. Curioso ídolo é encontrado em seu poder. Caso será investigado.

O navio cargueiro *Vigilant*, da Morrisson Co., proveniente de Valparaíso, chegou nesta manhã ao cais do porto de Harling, trazendo a reboque o inutilizado, mas bem armado, iate a vapor

Alert, de Dunedi, N.Z., que foi avistado na latitude sul 34°21' e longitude oeste 152°17' no dia 12 de abril, com um sobrevivente e um homem morto a bordo.

O *Vigilant* deixou Valparaíso no dia 25 de março, e no dia 2 de abril teve a rota consideravelmente desviada em direção ao sul devido a excepcionais tormentas e fortíssimas ondas. No dia 12 de abril a embarcação à deriva foi avistada, e, embora parecesse abandonada, ainda carregava a bordo um sobrevivente em condição um tanto delirante e um homem evidentemente morto havia pelo menos uma semana. O sobrevivente estava agarrado a um horrível ídolo de pedra de origem desconhecida, medindo cerca de trinta centímetros, cuja natureza todas as autoridades da Universidade de Sydney, da Royal Society e do museu na College Street confessaram, constrangidas, desconhecer. O homem disse tê-la encontrado na cabine do iate, num pequeno estojo entalhado de feitio comum.

Após recobrar os sentidos, esse homem contou uma história excessivamente estranha de pirataria e carnificina. Ele é Gustaf Johansen, um norueguês de certa cultura, o segundo imediato da escuna de dois mastros *Emma*, de Auckland, que zarpara para Callao no dia 20 de fevereiro, guarnecida com onze homens. A *Emma*, disse ele, demorou-se em sua rota e desviou-se muito ao sul devido à grande tormenta do dia 1º de março, e no dia 22 de março, na latitude S49°51' e longitude O128°34', encontrou o *Alert*, ocupado por uma estranha e mal-encarada tripulação de canacas e outros mestiços. O capitão Collins não obedeceu à ordem terminante de voltar, ao que a estranha tripulação começou a disparar sem aviso e de forma brutal contra a escuna, com a peculiarmente pesada bateria de canhões de bronze que munia o iate. Os homens da *Emma* não fugiram do combate, disse o sobrevivente; apesar de a embarcação começar a afundar devido aos tiros que a atingiram abaixo da linha d'água, eles conseguiram abordar o inimigo e travar uma luta corporal com a selvagem tripulação no convés do iate. Embora estivessem em número ligeiramente superior, sentiram-se forçados a matar todos eles, já que os homens lutavam de forma desmesuradamente feroz e desesperada, ainda que demonstrassem pouca habilidade.

Três dos homens do *Emma*, incluindo o capitão Collins e o primeiro imediato Green, foram mortos; os oito homens restantes, sob o comando do segundo imediato Johansen, prosseguiram viagem no iate capturado, rumando em sua direção original para verificar se havia de fato algum motivo para a ordem de retornar que tinham recebido. No dia seguinte, ao que parece, eles desembarcaram em uma pequena ilha desconhecida naquela parte do oceano; e seis dos homens morreram em terra, embora Johansen seja estranhamente reticente sobre o assunto e cite apenas a queda deles de um penhasco. Mais tarde, aparentemente, ele e um companheiro retornaram ao iate e tentaram retomar a viagem, mas foram atingidos pela tormenta do dia 2 de abril. Do período compreendido entre aquele dia e a data do resgate, 12 de abril, o homem se lembra de muito pouco e nem mesmo da morte de seu companheiro William Briden. A morte de Briden não revela causa aparente e ocorreu provavelmente devido ao desespero e às precárias condições a que estavam expostos. Mensagens telegráficas de Dunedin reportam que o *Alert* era muito conhecido como embarcação mercante e gozava de má reputação na zona portuária. O iate pertencia a um grupo de mestiços, cujas frequentes reuniões e incursões noturnas nas florestas provocavam certa curiosidade; e havia zarpado de forma precipitada, logo após a tempestade e os tremores de 1º de março. Nosso correspondente de Auckland atribui à escuna *Emma* e sua tripulação uma excelente reputação, e Johansen é descrito como um homem sensato e honrado. A partir de amanhã, o almirantado instaurará um inquérito para investigar o caso, e mais esforços serão feitos para induzir Johansen a revelar as informações que aparentemente está retendo.

Isso era tudo, além da medonha imagem que acompanhava a matéria; mas foi o suficiente para desencadear um turbilhão de ideias em minha mente! Ali estavam dados preciosos sobre o Culto a Cthulhu e evidências de que seus estranhos interesses infiltravam-se tanto na terra quanto no mar. Que motivo teria levado a tripulação mestiça a ordenar o retorno da *Emma* enquanto eles navegavam carregando seu odioso ídolo? Qual seria a desconhecida ilha na qual seis pessoas da tripulação da *Emma* morreram, e sobre a qual o imediato Johansen mantinha tanta reserva? O que a investigação do vice-almirante revelara e o que se sabia sobre o macabro culto em Dunedin? E o mais incrível de tudo, que profundo e sobrenatural vínculo era esse entre as datas, que dava um inegável sentido maligno aos vários acontecimentos tão cuidadosamente anotados por meu tio?

No dia primeiro de março — nosso dia 28 de fevereiro segundo a Linha Internacional de Mudança de Data — sobrevieram o terremoto e a tempestade. De Dunedin, o *Alert* e sua perversa tripulação zarparam impetuosamente, como se imperiosamente convocados, e do outro lado do mundo poetas e artistas começaram a sonhar com uma estranha e úmida cidade Ciclópica enquanto um jovem escultor moldava durante o sono a forma do temível Cthulhu. No dia 23 de março a tripulação da escuna *Emma* desembarcara numa ilha desconhecida e lá deixara seis mortos; nessa mesma data, os sonhos de homens sensitivos alcançaram uma assombrosa nitidez e tornaram-se sombrios com a perseguição de um gigante monstro maligno, um arquiteto enlouqueceu e um escultor subitamente rendera-se ao delírio! E o que dizer da tempestade do dia dois de abril — data em que todos os sonhos sobre a cidade úmida cessaram, e Wilcox ressurgiu ileso da estranha febre que o mantinha aprisionado? Além de tudo isso, o que dizer das referências do velho Castro a Anciãos submersos vindos de distantes estrelas e preparando um novo reinado, a seu culto fervoroso e a seu *poder sobre os sonhos*? Estaria eu prestes a descobrir horrores cósmicos que o homem não tem condições de suportar? Se fosse assim, deveriam ser horrores da própria mente, pois o dia dois de abril, de alguma forma, pusera um fim a toda ameaça monstruosa que assolava as almas da humanidade.

Naquela noite, após um dia de mensagens telegráficas apressadas e preparativos, despedi-me de meu anfitrião e tomei um trem para São Francisco. Em menos de um mês eu estava em Dunedin, onde, entretanto, descobri que pouco se sabia a respeito dos estranhos membros do culto que frequentavam as velhas tavernas portuárias. A ralé do cais não merece nenhuma menção especial, embora aqui e ali se falasse sobre uma viagem por terra que os mestiços haviam feito, durante a qual sons abafados de tambores e chamas avermelhadas puderam ser notados nas montanhas distantes. Em Auckland eu soube que o antes loiro Johansen voltara de Sydney com os cabelos *totalmente brancos* após interrogatório superficial e inconclusivo, e que depois vendera seu chalé na West Street e partira com a mulher para sua velha casa em Oslo. Sobre essa agitada experiência, ele não contou nada aos amigos além do que já havia revelado aos oficiais do almirantado, e tudo que fizeram por mim foi dar-me seu endereço em Oslo.

Em seguida, viajei a Sydney, onde tive conversas infrutíferas com marinheiros e membros do tribunal do almirantado. Vi o *Alert*, agora vendido e em uso comercial no Circular Quay, na enseada de Sydney, e nenhuma nova informação foi agregada. A imagem agachada, com sua cabeça de molusco, corpo de dragão, asas escamosas e pedestal com hieróglifos, estava preservada no museu de Hyde Park, e eu a estudei minuciosamente, considerando-a um trabalho maligno artisticamente requintado e com o mesmo mistério, assombrosa antiguidade e estranheza alienígena do material, tal como eu observara no exemplar de menor tamanho de Legrasse. Os geólogos, disseram-me o curador, tinham-na considerado um monstruoso enigma, pois juravam nunca terem visto pedra como aquela em algum outro lugar do mundo. Então estremeci ao lembrar o que Castro havia dito a Legrasse sobre os primordiais Grandes Anciãos: "Eles mesmos tinham-Se transportado das estrelas e trazido consigo Suas imagens."

Estremecido com uma revolução mental nunca antes experimentada, resolvi visitar o imediato Johansen em Oslo. Chegando a Londres, reembarquei imediatamente rumo à capital da Noruega; e num dia de outono aportei em um dos bem cuidados cais à sombra do Egeberg. O endereço de Johansen, como descobri, ficava na Cidade Velha do rei Harold Haardrada, região que manteve vivo o nome de Oslo durante os séculos em que a cidade principal adotava o nome "Christiania". Fiz o curto trajeto de táxi e, com o coração acelerado, bati à porta daquele belo edifício com fachada de gesso. Uma mulher vestida de preto e de aspecto tristonho atendeu-me, e fui tomado por imensa decepção quando ela, num inglês hesitante, disse-me que Gustaf Johansen se fora.

Não havia sobrevivido muito após o regresso, disse a esposa, pois os afazeres no mar em 1925 haviam arruinado sua saúde. Ele não lhe dissera nada além do que já havia tornado público, mas deixara um longo manuscrito — sobre "assuntos técnicos", disse ela — escrito em inglês, evidentemente para salvaguardá-la caso pusesse inadvertidamente os olhos no documento. Durante uma caminhada por uma estreita rua perto das docas de Gotemburgo, fora derrubado por um fardo de papéis que caiu da janela de um ático. Dois marujos indianos ajudaram-no imediatamente a levantar-se, mas antes mesmo de a ambulância chegar ele estava morto. Os médicos não encontraram uma causa específica para a morte, mas atribuíram-na a problemas cardíacos e saúde debilitada.

Nessa hora senti minhas entranhas serem corroídas pelo tenebroso pavor que jamais me deixará até que eu descanse; "acidentalmente" ou de outra forma. Após convencer a viúva de que minha conexão com os "assuntos técnicos" de seu marido fornecia suficientes credenciais para acessar o manuscrito, parti com o documento, e no barco de volta para Londres comecei a lê-lo. Era algo simples e cheio de divagações — um esforço para fazer um diário *post factum* — que tentava reconstituir dia a dia a última terrível viagem. Não posso tentar transcrever seu conteúdo na íntegra com todas as redundâncias e pontos obscuros, mas vou ater-me à parte principal para mostrar por que o barulho da água batendo contra o casco do navio tornou-se tão insuportável para mim a ponto de eu tapar os ouvidos com algodão.

Johansen, graças a Deus, não sabia de tudo, mesmo tendo visto a cidade e a Coisa, mas eu jamais voltarei a dormir calmamente enquanto pensar nos horrores que incessantemente nos espreitam por trás da vida no tempo e no espaço, e nas blasfêmias profanas das estrelas ancestrais que sonham no fundo do mar, conhecidas e reverenciadas por um culto de pesadelo que anseia por soltá-las no mundo tão logo outro terremoto reerga novamente sua cidade de pedra, revelando-a ao sol e ao ar.

A viagem de Johansen começara exatamente como ele havia contado ao vice-almirantado. A escuna *Emma*, com lastro, zarpara de Auckland no dia 20 de fevereiro e sentiu toda a força da tempestade proveniente do terremoto, que deve ter elevado do fundo do oceano os horrores que invadiram os sonhos dos homens. Após recuperar o controle, a embarcação avançava normalmente quando foi abordada pelo *Alert* no dia 22 de março, e nesse ponto pude sentir a tristeza do imediato ao descrever o bombardeio e o naufrágio. Dos satanistas de tez escura do *Alert* ele fala com repulsa. Havia uma característica tão peculiarmente abominável neles que fazia parecer que a destruição era um dever, e Johansen demonstra sincera surpresa frente à acusação de crueldade dirigida contra seu grupo durante os procedimentos judiciais do inquérito. Em seguida, levados adiante pela curiosidade, e sob o comando de Johansen no iate capturado, os homens avistaram um grande pilar de pedra despontando do mar, e na latitude S47°9' e longitude 126°43' chegaram a um litoral que misturava barro, limo e pedras ciclópicas cobertas de musgo que não poderiam significar outra coisa a não ser a substância palpável do supremo terror da terra — a cidade-cadáver dos pesadelos de R'lyeh, que foi construída incontáveis éons antes da História pelas formas repugnantes que penetraram através da escuridão das estrelas. Ali jazem o grande Cthulhu e suas hordas, escondidos em túmulos verdes cobertos de limo, enviando para os sonhos dos sensitivos, finalmente, após ciclos incalculáveis, os pensamentos que espalham o medo nos sonhos dos sensíveis e o chamado imperioso para que os fiéis partam numa peregrinação de libertação e restauração. Johansen nada suspeitava a esse respeito, mas Deus sabe que ele acabou vendo o bastante!

Suponho que o topo de apenas uma montanha, a horrenda cidadela coroada pelo monólito, onde o grande Cthulhu estava enterrado, tenha se elevado para fora da água. Quando penso nas *dimensões* de tudo que pode estar se preparando lá embaixo, quase tenho vontade de suicidar-me antes. Johansen e seus homens ficaram aterrorizados com a grandiosidade cósmica da Babilônia gotejante dos antigos demônios e devem ter deduzido, mesmo sem outros elementos, que não se tratava de algo pertencente a este ou a algum outro planeta normal. O medo diante dos gigantescos blocos de pedra esverdeados, do monólito entalhado de assombrosa altura e da impressionante semelhança das estátuas e baixo-relevos colossais com a estranha imagem encontrada no estojo no *Alert* é evidente em cada passagem descrita pelo assustado imediato.

Sem saber o que era futurismo, Johansen aproximou-se muito disso quando falou sobre a cidade; pois, em vez de descrever estruturas ou construções separadamente, ateve-se apenas a impressões gerais de ângulos e superfícies — superfícies grandes demais para pertencer a algo próprio ou característico deste mundo e impiamente carregadas de hieróglifos e imagens horríveis. Menciono a alusão dele a *ângulos*, porque sugere algo que Wilcox dissera sobre seus atemorizantes sonhos. Ele dissera que a *geometria* do local onde o sonho se dava era anormal, não euclidiana, sinistramente repleta de esferas e dimensões que vão além das nossas. Agora um marinheiro iletrado sente a mesma coisa enquanto encara essa terrível realidade.

Johansen e seus homens desembarcaram em um banco de areia lamacento naquela monstruosa Acrópole, e escalaram com dificuldade os escorregadios blocos titânicos cheios de musgos, que jamais serviriam de escada para um mortal. O próprio sol parecia distorcido quando visto através do miasma polarizador que jorrava da perversão encharcada de mar, e um misto de ameaça e suspense espreitavam de esguelha esses enganosos ângulos de pedra talhada que num primeiro olhar se mostravam côncavos e no momento seguinte, convexos.

Algo semelhante ao medo já tinha tomado conta dos exploradores antes mesmo que avistassem qualquer coisa além de pedras, lodo e algas. Cada um deles teria fugido se não tivesse receado a zombaria dos outros, e foi com pouco ânimo que eles — em vão, comprovadamente — saíram em busca de suvenires para levar consigo.

Foi Rodrigues, o português, que escalou o pé do monólito e aos gritos anunciou o que havia encontrado. Os demais o seguiram e olharam com curiosidade a imensa porta esculpida com o agora familiar baixo-relevo da lula-dragão. Era como uma enorme porta de celeiro, disse Johansen; e todos sentiram que era uma porta por causa do lintel, da soleira e dos batentes que a guarneciam, ainda que não pudessem determinar se ela estava na horizontal como um alçapão, ou inclinada como a porta externa de um porão. Como teria dito Wilcox, a geometria do lugar era totalmente errada. Se uma pessoa não consegue afirmar que o mar e a terra estão na horizontal, a posição relativa de todo o resto lhe parecerá fantasticamente variável.

Briden forçou em vão diversos pontos da pedra. Em seguida Donovan apalpou delicadamente as bordas, pressionando cada ponto separadamente enquanto prosseguia. Ele escalou interminavelmente a grotesca pedra talhada — se é que se pode dizer escalar quando uma superfície é horizontal — enquanto os homens se perguntavam como poderia existir uma porta tão grande no universo. Depois, lenta e delicadamente o topo do gigantesco painel deslocou-se em direção ao seu interior e eles viram que estava equilibrado. Donovan deslizou ou de algum modo impulsionou-se para baixo ou ao longo do batente e se reuniu novamente com os companheiros, e todos juntos assistiram ao estranho recuo do monstruoso portal esculpido. Nessa fantasia de distorção prismática o portal moveu-se de modo anômalo em sentido diagonal, parecendo contrariar todas as regras de matéria e perspectiva.

A abertura era negra, carregada de uma escuridão quase palpável. Essa tenebrosidade era de fato uma *qualidade positiva*; pois escurecia partes das paredes internas que deveriam ser visíveis, liberava um tipo de fumaça aprisionado há longas eras e ocultava o sol à medida que se retirava em direção ao céu convexo como asas que batem. O odor exalado pelas profundezas das recém-abertas portas era insuportável. Depois de algum tempo, Hawkins, que tinha uma audição prodigiosa, pensou ter ouvido um som vil e lamurioso vindo de baixo. Todos prestaram atenção, e estavam concentrados em tentar ouvir algo quando a coisa surgiu gosmenta, espremendo sua imensidão gelatinosa e verde pela abertura negra para alcançar o contaminado ar exterior da nefasta cidade da loucura.

A caligrafia do pobre Johansen perdeu o vigor quando ele escreveu isso. Dos seis homens que nunca retornaram ao navio, ele acredita que dois tenham morrido de puro medo naquele instante maldito. A Coisa não pode ser descrita, não há uma linguagem para tais abismos de tormento e loucura imemorial, tais contradições sobrenaturais de toda matéria, força e ordem cósmica. Uma montanha caminhava ou arrastava-se. Meu Deus! Será surpresa para alguém que em algum lugar do mundo um arquiteto tenha enlouquecido e que o pobre Wilcox tenha delirado com febre naquele momento telepático? A Coisa dos ídolos, a criatura pegajosa e verde que veio das estrelas despertara para reclamar o que lhe pertencia. As estrelas estavam novamente alinhadas e aquilo que um culto tão antigo não fora capaz de levar a cabo por seus próprios meios foi feito por um bando de marinheiros inocentes por acidente. Após vigintilhões de anos o grande Cthulhu estava novamente livre e ávido por prazer.

Três homens foram varridos pelas frouxas garras antes mesmo de se virar. Que descansem na paz de Deus, se é que há paz neste Universo. Eles eram Donovan, Guerrera e Ängstrom. Parker escorregou enquanto os outros três corriam desesperadamente pelos intermináveis cenários de pedras recobertas de limo verde em direção ao barco, e Johansen jura que foi engolido por um ângulo de pedra talhada que não deveria estar lá; um ângulo que era agudo, mas se comportava como obtuso. Assim, apenas Briden e Johansen alcançaram o bote e remaram desesperadamente para o *Alert* enquanto a gigantesca monstruosidade movia-se pesadamente sobre as pedras escorregadias e debatia-se hesitante à beira da água.

O vapor não estava completamente esgotado, apesar de nenhum homem ter ficado na embarcação; então, bastaram alguns instantes de intensos esforços entre o leme e os motores para pôr o *Alert* em movimento. Devagar, em meio aos distorcidos horrores daquela indescritível cena, ele começou a agitar aquelas águas mortais; enquanto sobre as pedras talhadas daquela praia sepulcral que não era do mundo, a Coisa titânica das estrelas babava e berrava como Polifemo ao amaldiçoar o barco de Odisseu. Então, mais ousado que o lendário ciclope, o grande Cthulhu escorregou lúbrico para a água e começou a perseguição, produzindo várias ondas com suas braçadas de potência cósmica. Briden olhou para trás e enlouqueceu, gargalhando e gargalhando estridentemente em intervalos até que a morte veio buscá-lo na cabine, enquanto Johansen perambulava delirante pelo convés.

Mas Johansen ainda não tinha desistido. Sabendo que a Coisa poderia facilmente alcançar o *Alert* enquanto a pressão do vapor não atingisse o máximo, desesperado, tentou uma manobra arriscada; regulou o motor em velocidade máxima e correu pelo convés como um raio para reverter a roda do leme. Formou-se um turbilhão de espuma na água fétida, e enquanto a pressão subia mais e mais, o bravo norueguês conduzia o barco em rota de colisão com a aberração gelatinosa que o perseguia e se erguia acima da espuma imunda como a popa de um galeão demoníaco. A terrível cabeça de polvo com os tentáculos retorcidos quase chegou ao gurupés do robusto iate, mas Johansen prosseguiu implacavelmente. Houve um estrondo como o de um balão estourando, o escorrer de uma substância nojenta como se um peixe-lua fosse eviscerado, um odor nauseabundo como o de mil covas abertas e um som que o cronista não se atreveu a registrar. Por um instante o iate foi envolvido por uma nuvem acre verde e cegante, e depois apenas uma maligna agitação à popa; onde — Deus do Céu! — a espalhada plasticidade daquela inominável criatura celeste estava nebulosamente *recombinando-se* em sua forma original, enquanto se distanciava cada vez mais do *Alert*, que ganhara ímpeto com o aumento do vapor.

Isso foi tudo. Depois disso, Johansen limitou-se a refletir sobre o ídolo na cabine e prover a alimentação para si e para o maníaco gargalhante a seu lado. Ele não tentou navegar após a imprudente experiência naquela rota, pois a reação lhe havia arrancado algo da alma. Veio então a tempestade do dia 2 de abril, e a quantidade de nuvens turvou sua consciência. Então, há uma sensação de vertigem espectral através de golfos líquidos de infinitude, de trajetos atordoantes através de oscilantes universos na cauda de um cometa, e de mergulhos histéricos das profundezas até a lua e da lua de volta às profundezas, tudo isso animado por um coro gargalhante daqueles disformes e hilários deuses ancestrais e os esverdeados diabos zombeteiros de Tártaro com asas de morcego.

Desse sonho veio o resgate — o *Vigilant*, o tribunal do vice-almirante, as ruas de Dunedin e a longa viagem de volta para a velha casa junto ao Egeberg. Ele não podia contar isso — eles o considerariam um louco. Escolheu escrever o que sabia antes de morrer, mas sua esposa não deveria desconfiar. A morte em si seria uma benção se ao menos apagasse as lembranças.

Esse foi o documento que li, e agora eu o depositei na caixa de latão ao lado do baixo-relevo e dos papéis do professor Angell. O mesmo fim terá meu relato — prova da minha sanidade — que correlaciona o que eu espero jamais ser correlacionado novamente. Vi tudo que o universo contém de horror, e mesmo os céus de primavera e as flores de verão podem ser um veneno para mim. Mas não creio que minha vida será longa. Assim como meu tio se foi, como o pobre Johansen se foi, eu também devo ir. Eu sei demais, e o culto ainda vive.

Cthulhu também vive, suponho, naquele precipício de pedra que o abrigava desde que o sol era jovem. Sua amaldiçoada cidade está novamente submersa, pois o *Vigilant* navegou aquelas águas novamente depois da tormenta de abril; mas seus sacerdotes na terra ainda gritam, pulam e matam ao redor de monólitos coroados de imagens em lugares isolados. Ele deve ter ficado preso em seu abismo negro durante o naufrágio, do contrário o mundo estaria gritando de pavor e frenesi. Quem sabe o final? O que emergiu pode afundar e o que afundou pode emergir. A repugnância aguarda e sonha nas profundezas, e a decadência se espalha sobre as titubeantes cidades dos homens. O tempo virá — mas não devo nem posso pensar! Rezo para que, caso eu não sobreviva a este manuscrito, meus executores prefiram a cautela à ousadia e garantam que ninguém mais o veja.

O horror de Dunwich

1929

"Górgonas, Hidras e Quimeras, histórias tenebrosas de Celeno e de Hárpias, talvez até sejam reproduzidas pelo viés das superstições, mas *já estavam lá bem antes disso.* São transcrições, são tipos, são os arquétipos eternos dentro de nós. De que outra forma o relato do que sabemos ser falso quando estamos lúcidos poderia nos afetar? Será que naturalmente concebemos o terror a partir desses objetos, levando em consideração sua capacidade de nos causar danos físicos? Ora, de forma alguma! *Esses terrores são bem mais antigos. Datam de antes do corpo*, ou, sem o corpo, teriam sido os mesmos... O fato de o tipo de medo aqui tratado ser puramente espiritual, ser forte em proporção à falta de objetivo na Terra, de predominar no período de nossa infância inocente... são dificuldades cuja solução pode proporcionar uma provável introspecção a respeito de nossa condição anterior à criação do mundo e, pelo menos, um vislumbre da zona de sombras da preexistência."

Charles Lamb,
Bruxas e outros terrores noturnos

1

Ao viajar pelo centro-Norte de Massachusets, se alguém pegar o caminho errado no cruzamento da estrada de Aylesbury, logo após o Dean's Corners, vai se deparar com uma região isolada e peculiar. O relevo torna-se mais montanhoso e as paredes de pedra, cobertas por roseiras selvagens, estreitam cada vez mais o curso da estrada de terra sinuosa. As árvores dos vários aglomerados de florestas parecem grandes demais, e as ervas daninhas, os espinheiros e as relvas atingem uma exuberância quase nunca encontrada em regiões povoadas. Ao mesmo tempo, há poucos e áridos campos cultivados e somente algumas poucas casas, cuja aparência surpreende pela uniforme antiguidade, pela imundície e pela dilapidação. Sem saber a razão, as pessoas hesitam em pedir informações às figuras enrugadas e solitárias, avistadas de vez em quando nas soleiras das portas caindo aos pedaços, ou nos prados íngremes e pedregosos. São figuras tão silenciosas e furtivas que se tem, de certo modo, a sensação certeira de estar diante de coisas proibidas, e com as quais seria melhor não ter a menor ligação. Quando um aclive na estrada permite ver as montanhas por sobre os densos bosques, aumenta a sensação de estranha inquietação. Os cumes são arredondados e simétricos demais para que se possa sentir qualquer tipo de conforto e naturalidade, e, às vezes, o céu desenha com perfeita clareza a silhueta de bizarros círculos de altos pilares de pedra que coroam a maioria.

Desfiladeiros e ravinas de profundidade extraordinária cruzam o caminho, e as pontes rudimentares de madeira não inspiram muita segurança. Assim que as descidas recomeçam, há trechos pantanosos que, instintivamente, causam aversão e até certo terror quando, ao anoitecer, o tagarelar de bacuraus escondidos e o surgimento de vaga-lumes em uma profusão anormal unem-se à dança e ao ritmo insistente do coaxar rouco e estridente das rãs. O tracejado estreito e brilhante do curso superior do rio Miskatonic sugere uma estranha semelhança com uma serpente que se insinua ao pé das colinas arredondadas por entre as quais nasce.

Conforme as colinas vão se aproximando, chamam mais atenção as encostas cobertas por florestas do que os topos coroados de pedras. Tais encostas são tão obscuras e íngremes que sentimos vontade de nos afastar delas, mas não há outra estrada por onde se possa escapar. Do outro lado de uma ponte coberta, pode-se ver uma pequena vila comprimida entre o riacho e a encosta em aclive da Round Mountain e contemplar o conjunto de telhados holandeses em ruínas que revela um período arquitetônico mais antigo que o da região vizinha. Um olhar mais atento causa certa inquietação. A maioria das casas está abandonada e caindo aos pedaços e a igreja, com o campanário quebrado, abriga agora o único e desmazelado estabelecimento comercial da aldeia. Ter que confiar no tenebroso túnel da ponte é atemorizante, porém não há como evitá-lo. Ao atravessá-lo, surge frequentemente um leve mau cheiro na rua da vila, como se mofo e podridão tivessem se acumulado por lá há séculos. É sempre um alívio sair daquele lugar e seguir pela estrada estreita que contorna o pé das colinas e cruza a planície até se unir novamente à rodovia de Aylesbury. Depois da viagem, algumas pessoas descobrem que a estranha região pela qual passaram se chama Dunwich.

Forasteiros raramente visitam Dunwich, e, desde uma certa temporada de horror, todas as placas que indicavam a localização da vila foram retiradas. O cenário, julgado por qualquer padrão estético, é de beleza extraordinária, no entanto, não há afluência de artistas nem de turistas de verão.

Há dois séculos, quando falar de sangue de bruxa, adoração a Satanás e presenças estranhas nas florestas não provocava risos, era normal alegar as razões pela qual aquele lugar era evitado. Em nossa era sensata, desde que o horror de Dunwich de 1928 foi silenciado por aqueles que prezavam pelo bem-estar do local e do mundo, as pessoas afastam-se da vila sem saber exatamente o motivo. Talvez uma das razões, embora não se aplique a estranhos desinformados, pode se dever ao fato de que os habitantes locais estejam decadentes e repugnantes e vivendo uma espécie de involução, tão comum nas regiões mais afastadas da Nova Inglaterra. Isso acabou constituindo uma raça própria, com estigma físico e mental bem definidos de degeneração e endogamia. A inteligência média da população é lamentavelmente baixa, ao mesmo tempo que seus anais exalam depravação e assassinatos mal encobertos, incestos e atos de quase inominável violência e perversidade. A velha aristocracia, representada pelas duas ou três famílias nobres que vieram de Salem em 1692, manteve-se um pouco acima do nível geral de decadência, embora muitos ramos tenham se misturado de forma tão profunda à ralé sórdida que somente os nomes permanecem como um elemento chave da origem que desonram. Alguns membros das famílias Whateley e Bishop ainda enviam seus filhos mais velhos para Harvard e Miskatonic, embora tais filhos raramente retornem aos telhados holandeses decadentes sob os quais eles e seus ancestrais nasceram.

Ninguém, nem mesmo os que conhecem os fatos relacionados ao horror recente, pode dizer com precisão qual o problema de Dunwich, embora antigas lendas falem de ritos profanos e conclaves indígenas em que se invocaram vultos proibidos das enormes colinas arredondadas, fazendo preces orgiásticas, respondidas por altos estalidos e estrondos, provenientes do subterrâneo. Em 1747, o Reverendo Abijah Hoadley, recém-chegado à Igreja Congregacional da Vila de Dunwich, fez um sermão memorável sobre a presença próxima de Satanás e seus diabretes, dizendo:

"É inegável que essas Blasfêmias de uma Procissão de Demônios sejam assuntos de Conhecimento geral; as Vozes amaldiçoadas, vindas do subterrâneo, são de *Azazel* e *Buzrael*, de *Belzebu* e *Belial* e foram ouvidas por um Número considerável de Testemunhas confiáveis e que ainda estão vivas. Eu mesmo, por volta de Duas Semanas, ouvi um Discurso muito claro, de Forças malignas, na Colina atrás da minha casa. Havia Algazarra e Agitação, Gemidos, Berros e Silvos, que Nada neste mundo poderia emitir e vieram absolutamente das Cavernas, pois lá somente a Magia Negra pode descobrir e somente o Diabo pode liberar."

O Sr. Hoadley desapareceu logo após esse sermão, mas o texto, impresso em Springfield, ainda permanece. Os ruídos nas colinas continuaram sendo relatados ano após ano e ainda representam um mistério para geólogos e fisiógrafos.

Outras tradições falam de nauseantes odores próximos aos círculos de pilares de pedras que coroam as colinas e de presenças etéreas fugazes, quase inaudíveis em certas horas e em pontos fixos ao pé das grandes ravinas, enquanto ainda outras tentam explicar o Terreno do Diabo: uma encosta árida e amaldiçoada onde nenhuma árvore, nenhum arbusto ou capim cresce. Além disso, os nativos nutrem medo mortal dos inúmeros bacuraus que cantam bem alto em noites quentes. Juram que tais aves são condutoras à espera das almas mortas, emitindo gritos sinistros em uníssono com a respiração ofegante dos que agonizam. Quando conseguem agarrar a alma fugidia deixando o corpo, rapidamente alçam voo, chilreando gargalhadas diabólicas, mas, quando falham, aos poucos vão caindo em um silêncio que reflete seu desapontamento.

É claro que essas histórias são obsoletas e ridículas, pois existem desde tempos muito antigos. Dunwich é, de fato, uma vila absurdamente velha, bem mais antiga do que qualquer uma das comunidades em um raio de trinta milhas. Ao sul, é possível avistar as paredes do porão e a chaminé da antiga casa dos Bishop, construída antes de 1700; ao passo que as ruínas do moinho ao lado da cachoeira, construído em 1806, representam a peça arquitetônica mais moderna que se pode ver. A indústria não se desenvolveu em Dunwich, e o movimento fabril do século XIX não sobreviveu por muito tempo. Mais antigas ainda são as grandes circunferências de colunas de pedra desbastadas de forma rústica nos topos das colinas, mas elas são mais atribuídas aos índios que aos colonizadores. Depósitos de crânios e ossos, encontrados no interior de tais círculos e ao redor da enorme pedra em formato de mesa na Sentinel Hill, sustentam a crença popular de que esses locais já foram cemitérios dos Pocumtucks; ainda que muitos etnólogos, a despeito da absurda improbabilidade de tal teoria, persistem em crer que se tratam de restos caucasianos.

2

Foi no distrito de Dunwich, em uma grande e parcialmente desabitada casa de fazenda, localizada em uma encosta a quatro milhas da vila e a duas milhas de qualquer outra propriedade, que nasceu Wilbur Whateley, às 5 horas da manhã de um domingo, no dia 2 de fevereiro de 1913. A data não tinha como ser esquecida, pois era o dia da Candelária, que os residentes de Dunwich curiosamente celebram com outro nome, e porque os ruídos nas colinas foram ouvidos, e todos os cães dos arredores latiram de forma ininterrupta durante toda a noite anterior. Menos notável era o fato de que a mãe fazia parte do clã decadente dos Whateley, uma mulher albina de 35 anos, um tanto deformada e sem atrativos, que morava com um pai idoso e meio louco, sobre quem, em sua juventude, havia rumores de histórias assustadoras de bruxarias. Lavinia Whateley não tinha marido conhecido, mas, de acordo com o costume da região, não fez nenhuma tentativa de renegar o filho. No que diz respeito ao outro lado da ascendência, deixou aberto a especulações, e isso os nativos fizeram à vontade. Ela, pelo contrário, parecia estranhamente orgulhosa do bebê moreno e semelhante a um bode, que muito contrastava com o albinismo doentio e os olhos cor-de-rosa da mãe, e costumava sussurrar muitas profecias curiosas sobre poderes incomuns e o futuro brilhante do filho.

Lavinia era bem capaz de murmurar coisas como aquelas, pois era uma criatura solitária e gostava de vagar em meio a tempestades e trovões nas colinas, lendo os grandes livros malcheirosos que seu pai herdara ao longo de dois séculos de existência da família Whateley e que estavam caindo aos pedaços e com buracos de traça de tão velhos. Nunca chegou a ir à escola, mas se alimentava de fragmentos desconexos das velhas tradições que o Velho Whateley lhe havia ensinado. A remota fazenda sempre fora temida devido à fama de o Velho Whateley ser praticante de magia negra, e a inexplicada morte violenta da sra. Whateley, quando Lavinia tinha 12 anos, não havia ajudado a tornar o local mais atraente. Isolada em meio a estranhas influências, Lavinia apreciava devaneios selvagens e grandiosos e ocupações inusitadas. Em seu tempo livre, não se dedicava muito aos cuidados da casa, e todos os padrões de ordem e limpeza tinham desaparecido havia muito tempo.

Um grito horripilante ecoou, sobrepondo-se até aos ruídos das colinas e aos latidos dos cães na noite em que Wilbur nasceu, mas nenhum médico nem parteira conhecidos haviam feito o parto da criança. Os vizinhos só vieram a saber uma semana depois, quando o Velho Whateley levou o trenó pela neve até a vila de Dunwich com um discurso incoerente para as pessoas da venda do sr. Osborn. O velho homem parecia diferente, parecia haver um novo elemento furtivo em seu cérebro anuviado que subitamente o havia transformado de objeto em sujeito do medo, embora não fosse costumeiro deixar-se perturbar por um acontecimento familiar corriqueiro. Em meio a tudo aquilo, demonstrou certo orgulho, que também foi notado em sua filha posteriormente, e o que ele disse sobre a paternidade da criança foi lembrado por muitos anos depois por quem o ouviu:

— Não careço de me importar com que ocês pensam. Se o filho da Lavinia parecesse com o pai, seria diferente de qualquer coisa que ocês podem imaginar. Pensam que as únicas criaturas que vivem são as que ocês veem por aqui? Lavinia leu um pouco só e já viveu coisas que ocês só comentam. O homem dela é o melhor marido que se pode encontrar nessas bandas de Aylesbury. Se ocês soubessem tudo o que eu sei dessas montanhas, não iam pedir nem o melhor casamento na igreja para ela. Digo uma coisa pr'ocês, *um dia as pessoas daqui vão ouvir o filho da Lavinia gritar o nome do pai dele lá do alto da Sentinel Hill*!

As únicas pessoas que viram Wilbur durante o primeiro mês de vida foram o velho Zechariah Whateley, do clã não decadente da família Whateley, e Mamie Bishop, que vivia com Earl Sawyer. A visita de Mamie foi só por curiosidade, e as histórias contadas posteriormente por ela fizeram jus aos seus comentários; mas Zechariah levou duas vacas leiteiras da raça Alderney que o Velho Whateley havia comprado de seu filho Curtis. Aquilo marcou o começo de uma série de compras de gado por parte da família do pequeno Wilbur, que só terminou em 1928, ano em que ocorreu o horror de Dunwich. No entanto, o estábulo em ruínas dos Whateley em nenhum momento pareceu estar com lotação excessiva de gado. Houve uma época em que as pessoas ficaram curiosas a ponto de espiar para contar o rebanho que pastava precariamente na encosta íngreme acima da velha casa, mas nunca conseguiram encontrar mais de dez ou doze animais anêmicos e exangues. Era evidente que alguma praga ou doença, talvez vinda do pasto insalubre ou do madeiramento contaminado por fungos no estábulo imundo, estava causando mortalidade intensa no gado de Whateley. Feridas ou chagas esquisitas, algumas semelhantes a incisões, pareciam afligir o gado que estava à vista; e, uma ou duas vezes, durante os primeiros meses de vida do menino, alguns visitantes sugeriram ter reconhecido chagas similares nos pescoços do grisalho velho barbado e da desleixada filha albina sempre descabelada.

Na primavera após o nascimento de Wilbur, Lavinia retomou os passeios costumeiros pelas colinas, carregando em seus braços desproporcionais a criança morena. O interesse popular pelos Whateley diminuiu depois que a maioria dos camponeses já havia visto o bebê, e ninguém se preocupou em comentar sobre o acelerado desenvolvimento do recém-nascido a cada dia. De fato, o crescimento de Wilbur era impressionante, pois, três meses após seu nascimento, havia atingido tamanho e força muscular incomuns para crianças com menos de um ano de vida. Os movimentos e até mesmo a vocalização mostravam prudência e intenções muito peculiares para uma criança, e ninguém ficou surpreso quando, aos sete meses, começou a andar sem ajuda, com pequenos tropeços, que deixaram de ocorrer em um mês.

Pouco tempo depois, durante o Halloween, uma grande fogueira foi avistada à meia-noite no topo da Sentinel Hill, onde está a velha pedra em formato de mesa em meio a um túmulo de ossos antigos. Muitos boatos surgiram quando Silas Bishop, do clã não decadente da família Bishop, disse ter visto o menino correndo com velocidade incomum ao subir a montanha à frente da mãe cerca de uma hora antes de as chamas da fogueira serem avistadas. Silas estava arrebanhando uma novilha desgarrada, mas quase se esqueceu da missão quando notou a passagem das duas figuras, iluminadas pela fraca luz da sua lanterna. Corriam em disparada pelo mato quase sem produzir ruído, e o observador em choque teve a sensação de que estavam inteiramente nus. Mais tarde, já não dizia ter tanta certeza em relação ao menino, que talvez estivesse usando apenas uma espécie de cinto de franjas e escuras calças curtas. Wilbur nunca foi visto vivo e consciente, sem um traje completo e muito bem abotoado, pois desleixo com a aparência ou iminência de desleixo deixavam-no enfurecido e alarmado. O contraste com a mãe esquálida e o avô, no que se referia a isso, era bem observado, até que o horror de 1928 sugeriu a mais válida das razões.

No mês de janeiro seguinte, começaram uns boatos sobre "o moleque preto da Lavinia" ter começado a falar com apenas onze meses. A maneira como falava era notável tanto por ser diferente do sotaque comum à região quanto por não apresentar o linguajar infantil que muitas crianças de três ou quatro anos mostravam com orgulho. O menino não era falador, entretanto, quando falava, parecia expressar um elemento indefinível e totalmente alheio ao povo de Dunwich. O estranhamento não era causado pelo que ele dizia, nem pelas simples expressões usadas, mas parecia vagamente ligado à entonação ou aos órgãos internos que produziam os sons pronunciados. Notava-se ainda a maturidade das feições; embora apresentasse o mesmo recuo no queixo que a mãe e o avô, o nariz firme e precocemente definido aliava-se à expressão dos olhos grandes, escuros e quase latinos, que lhe conferiam certo ar adulto e uma inteligência excepcional. Contudo, era extremamente feio, apesar da aparência brilhante. Havia algo nos lábios grossos, na pele amarelada e de poros largos, nos cabelos crespos e grossos e nas orelhas estranhamente alongadas que tornava seu aspecto semelhante ao de um bode. Logo, tornou-se decididamente até menos apreciado que a mãe e o avô, e todas as conjeturas sobre ele eram marcadas por referências a antigas bruxarias do Velho Whateley e a como as colinas chegaram a tremer quando ele gritou o terrível nome de *Yog-Sothoth* no meio de um círculo de pedras, segurando um enorme livro aberto à frente. Os cães detestavam o menino, e ele era sempre obrigado a tomar várias medidas defensivas contra os latidos em tom de ameaça.

3

Enquanto isso, o Velho Whateley continuava comprando gado sem que qualquer aumento no rebanho fosse notado. Também cortou madeira e começou a consertar as partes abandonadas da casa, que constituía uma construção espaçosa, com telhado pontiagudo, cuja parte de trás estava inteiramente cravada na encosta rochosa da colina, e cujos três cômodos do térreo, menos arruinados, sempre foram suficientes para ele e para a filha.

O velho parecia ainda ser muito forte para conseguir realizar tanto trabalho pesado; e, embora ainda balbuciasse insanidades algumas vezes, o trabalho em carpintaria parecia demonstrar resultados de cálculos precisos. Ele começou as obras assim que Wilbur nasceu, logo arrumou um dos muitos barracões de ferramentas, calafetou com saibros e trocou a fechadura por uma nova e resistente. Quanto à reforma do andar superior abandonado, foi um artífice igualmente habilidoso. A excentricidade era explicitada somente na forma precisa como fechava com madeira todas as janelas da parte reformada, embora muitos declarassem ser loucura tal preocupação com a reforma em geral.

Menos inexplicável foi a instalação de outro quarto no andar térreo para o neto, um quarto que vários visitantes viram, embora o acesso ao andar de cima, lacrado com madeira, não fosse permitido a ninguém. No quarto adicional, ele colocou estantes altas e firmes, nas quais começou a organizar, com uma ordem aparentemente cuidadosa, todos os antigos livros em decomposição que se amontoavam de forma caótica pelos cantos dos demais cômodos.

— Usei um pouco esses livros — disse ao tentar arrumar uma página rasgada, escrita em letra gótica, com cola preparada no enferrujado fogão da cozinha —, mas o menino é que vai usar mais. É melhor guardar direitinho porque vai ser bom para o aprendizado dele.

Quando Wilbur tinha um ano e sete meses, em setembro de 1914, seu tamanho e habilidades eram quase assustadores. Tinha a estatura de uma criança de quatro anos e falava de modo fluente e com incrível inteligência. Corria livremente pelos campos e pelas colinas e acompanhava a mãe em todas as andanças. Em casa, estudava cuidadosamente as esquisitas imagens e os gráficos dos livros do avô, enquanto o Velho Whateley o instruía e catequizava durante longas tardes silenciosas. Na época, a reforma da casa havia terminado, e aqueles que a observavam imaginavam por que uma das janelas do andar superior havia sido transformada em uma sólida porta de madeira. Era uma janela na parte de trás da empena do lado leste, encostada na colina; e ninguém podia imaginar por que uma rampa de madeira tinha sido construída e a ligava ao chão. Por volta do período de término da obra, as pessoas notaram que a velha casa das ferramentas, completamente vedada com tábuas desde o nascimento de Wilbur, havia sido abandonada novamente. A porta ficava aberta e balançava com o vento e, quando Earl Sawyer entrou ali depois de uma visita para vender gado ao Velho Whateley, ficou meio incomodado com o odor fétido que sentiu. Ele afirmou ser um mau cheiro que nunca sentira antes em toda a sua vida, exceto próximo aos círculos indígenas nas colinas, e que aquilo jamais seria produzido por algo são ou que fosse deste mundo. No entanto, as casas e os barracões dos habitantes de Dunwich nunca se destacaram pelas habilidades olfativas.

Nos meses que se seguiram, não houve nenhum acontecimento notável, com exceção de que todos observaram um aumento lento e consistente nos misteriosos ruídos nas colinas. Na véspera do primeiro de maio de 1915, houve tremores que até mesmo os moradores de Aylesbury sentiram, enquanto que o Halloween daquele ano produziu um estrondo subterrâneo, bizarramente sincronizado com chamas que jorravam — "as bruxarias dos Whateley" — do topo da Sentinel Hill. O modo como Wilbur crescia era tão estranho que parecia um menino de dez anos quando tinha apenas três. Lia sozinho e sem dificuldade alguma, porém falava cada vez menos. Constantemente, era flagrado profundamente taciturno e, pela primeira vez, as pessoas começaram a falar especificamente de um certo semblante de maldade em seu rosto de bode. Às vezes, murmurava palavras desconhecidas e cantava em ritmos estranhos que assustavam quem o ouvia e causavam uma sensação de inexplicável pavor. A aversão dos cães por ele passou a ser percebida por todos, e ele tinha que carregar uma arma para atravessar a região em segurança. O uso ocasional da arma causava antipatia entre os donos de cães de guarda.

Os poucos visitantes da casa encontravam Lavinia frequentemente sozinha no andar inferior, e ouviam gritos estranhos e passos no andar superior, que era lacrado. Ela nunca dizia o que o pai e o menino faziam lá em cima, embora uma vez tenha empalidecido e demonstrado pavor quando um vendedor de peixe brincalhão tentou abrir a porta trancada que dava para a escada. O peixeiro contou ao pessoal da venda na vila de Dunwich que pensou ter ouvido o andar de um cavalo no piso superior. As pessoas da venda pensavam na porta, na rampa e no gado que desaparecia de forma tão repentina, e estremeciam ao se lembrar das histórias de quando Whateley era jovem e das estranhas coisas que diziam sair da Terra quando um boi era sacrificado no momento oportuno a certos deuses pagãos. Durante um tempo, notou-se que os cães haviam começado a detestar e temer todo o território dos

Whateley tão violentamente quanto detestavam e temiam o jovem Wilbur.

Em 1917, a guerra começou, e o juiz de paz Sawyer Whateley, presidente da junta de recrutamento local, teve muita dificuldade para atingir a quota de jovens de Dunwich aptos para serem enviados ao serviço militar. O governo, alarmado com os sinais de decadência regional, enviou vários oficiais e peritos médicos para investigar e realizar uma pesquisa que os leitores dos jornais da Nova Inglaterra ainda devem se lembrar. Foi a publicidade dedicada a essa investigação que colocou repórteres na pista dos Whateley, levando à publicação, no *Boston Globe* e no *Arkham Advertiser*, de histórias dominicais sensacionalistas sobre a precocidade do jovem Wilbur, a magia negra do Velho Whateley, as estantes apinhadas de livros antigos e estranhos, o segundo andar lacrado da antiga casa e o mistério que envolvia toda a região com seus ruídos nas colinas. Wilbur tinha quatro anos e meio na ocasião e parecia um rapaz de quinze anos. Os lábios e as bochechas estavam completamente cobertos por uma penugem áspera e escura e a voz havia começado a mudar.

Earl Sawyer foi até a propriedade dos Whateley com equipes de repórteres e fotógrafos e chamou a atenção de todos para o estranho odor que parecia vir do andar superior lacrado. Ele afirmou que era exatamente igual a um cheiro que sentira no galpão de ferramentas abandonado quando a reforma tinha finalmente sido finalizada e semelhante aos odores que, às vezes, parecia sentir perto do círculo de pedras nas montanhas. Os habitantes de Dunwich leram as histórias quando foram publicadas e ironizaram os erros óbvios. Tentaram imaginar, também, por que os escritores se importavam tanto com o fato de que o Velho Whateley sempre pagava pelo gado com moedas de ouro extremamente antigas. Os Whateley não conseguiam disfarçar o desagrado aos visitantes que recebiam, embora não ousassem oferecer resistência alguma ou se recusado a falar, para evitar ainda mais publicidade em relação ao caso.

4

Por uma década, os anais da família Whateley misturaram-se de forma indistinta à vida cotidiana de uma mórbida comunidade acostumada a seus estranhos modos, indiferente às orgias da Véspera do Primeiro de Maio e da Véspera do Dia de Todos os Santos. Duas vezes ao ano, eles acendiam fogueiras no topo da Sentinel Hill; momentos em que os estrondos das montanhas ressurgiam com cada vez mais violência, enquanto que, durante o ano todo, eram realizados atos estranhos e agourentos na solitária casa. Com o tempo, os visitantes afirmaram ter ouvido sons no andar superior lacrado, mesmo quando toda a família estava no andar térreo, e todos se perguntavam quanto tempo de fato demorava para sacrificar uma vaca ou um boi. Falou-se em dar queixa à Sociedade Protetora dos Animais, mas nunca fizeram nada, pois os habitantes de Dunwich nunca desejaram chamar a atenção do mundo exterior para si.

Por volta de 1923, uma segunda grande fase de obras de carpintaria começou na velha casa. Na época, Wilbur era um menino de dez anos e sua mentalidade, voz, estatura e o rosto barbado davam-lhe impressão de maturidade. As obras foram realizadas somente no andar superior, e, pelos pedaços de madeira descartados, as pessoas concluíram que o jovem e o avô haviam arrancado todas as divisórias e até o sótão, deixando somente um espaço vazio e aberto entre o térreo e o telhado pontiagudo. Também haviam derrubado a grande chaminé central, adaptando uma frágil chaminé externa de latão ao enferrujado fogão.

Na primavera após o ocorrido, o Velho Whateley percebeu o número crescente de bacuraus que saíam da ravina da

Fonte Fria para cantar embaixo de sua janela à noite. Parecia dar grande importância ao fato e disse ao pessoal da venda do sr. Osborn que achava que sua hora estava chegando.

— Eles piam bem juntinho da minha respiração agora — disse —, e acho que tão vindo para pegar meu espírito. Eles sabem que ele indo embora e não querem perder ele, não. Ocês vão ficar sabendo, pessoal, depois que eu morrer, se me pegaram ou não. Se pegarem, vão piar e gargalhar até o dia nascer. Se não pegarem, vão ficar bem quietinhos. Espero que eles e os espíritos que caçam tenham umas brigas danadas de boas algum dia desses.

No ritual de Lammas, a festa da colheita, em 1924, o dr. Houghton de Aylesbury foi chamado às pressas por Wilbur Whateley, que galopou a toda velocidade, com o último cavalo no meio da escuridão, para telefonar da venda do sr. Osborn na vila. O doutor encontrou o Velho Whateley em estado muito grave, com taquicardia e a respiração ofegante, o que indicava um fim bem próximo. A disforme filha albina e o estranho neto barbado estavam ao lado da cama, enquanto do andar insondável acima um inquietante som semelhante ao marulho ritmado das ondas em alguma praia de águas calmas era emitido. O que mais incomodava o médico, contudo, era o gorjeio dos pássaros noturnos do lado de fora da casa. Uma legião, aparentemente infinita de bacuraus, gritava a mensagem interminável em repetições diabolicamente sincronizadas com a respiração entrecortada do moribundo. Era incomum e anormal demais, pensou o dr. Houghton, como toda a região havia adentrado de forma tão relutante para atender ao urgente chamado.

Por volta da uma hora, o Velho Whateley recobrou a consciência e interrompeu a respiração ofegante para balbuciar algumas palavras ao neto.

— Mais espaço, Willy, mais espaço logo. Ocê cresce, mais *ele* cresce mais ligeiro. Vai estar pronto para servir ocê logo, fio. Abre os portão pra Yog-Sothoth com aquela reza comprida que ocê vai encontrar na página 751 da *edição completa*, e então bota fogo na prisão. Nenhum fogo na Terra tem a capacidade de queimá ele, não.

Obviamente, estava alucinando. Depois de uma pausa, quando o bando de bacuraus lá fora sincronizou os gritos ao ritmo alterado da respiração do velho, enquanto alguns indícios dos estranhos ruídos nas colinas vinham de bem longe, ele acrescentou mais uma ou duas frases.

— Dá comida pra ele sempre, Willy, e olha o tanto que vai dá; mas não deixa ele crescer muito ligeiro porque se ele arrebentar o lugar dele e sair antes d'ocê abrir para o Yog-Sothoth, está tudo acabado e não vai adiantar nada. Só eles lá de longe podem fazer ele se multiplicar e trabalhar... Só eles, os antigos que querem voltar....

Mas então silenciou, com violenta falta de ar, e Lavinia gritou ao perceber a maneira como os bacuraus acompanhavam a mudança. Por mais de uma hora nada mudou; até que, finalmente, ouviu-se o último suspiro do moribundo. O dr. Houghton cobriu os vidrados olhos acinzentados com as pálpebras enrugadas ao mesmo tempo que o tumulto de pássaros foi aos poucos ficando em silêncio. Lavinia soluçava, mas Wilbur somente ria enquanto os ruídos nas colinas ressoavam debilmente.

— Eles não pegaro ele — murmurou com a voz grossa e baixa.

Na época, Wilbur era um estudioso que expressava erudição extraordinária e unilateral, e muitos bibliotecários de lugares distantes, onde eram mantidos livros raros e proibidos de tempos antigos, o conheciam por correspondência. Era cada vez mais odiado e temido na região de Dunwich por causa de certos desaparecimentos de jovens cujas suspeita levavam vagamente à sua porta; mas conseguia sempre silenciar as investigações intimidando as pessoas ou utilizando o fundo de ouro antigo que, assim como no tempo do avô, era gasto de modo regular e crescente para a compra de gado. Aparentava estar extremamente maduro agora, com estatura no limite normal dos adultos, mas que evidentemente aumentaria ainda mais. Em 1925, quando recebeu a visita de um erudito, correspondente da Universidade de Miskatonic, que saiu de lá pálido e confuso, Wilbur já havia alcançado dois metros de altura.

Ao longo dos anos, Wilbur vinha tratando a mãe albina e meio deformada com desprezo crescente, chegando a proibi-la de ir com ele às colinas na Véspera do Primeiro de Maio e do Dia de Todos os Santos; e, em 1926, a pobre criatura queixou-se a Mamie Bishop de estar com medo dele.

— Sei mais sobr'ele do que posso contar pr'ocê, Mamie — ela disse —, e hoje em dia tem mais ainda que eu nem sei. Juro por Deus, não sei o que ele quer nem o que está tentado fazer.

Naquele Halloween, os ruídos nas colinas ecoavam ainda mais altos, e a fogueira foi acesa como de costume na Sentinel Hill; mas as pessoas prestaram mais atenção aos gritos ritmados de vários bandos de bacuraus, estranhamente tardios, que pareciam estar reunidos perto da sombria casa dos Whateley. Após a meia-noite, os sons estridentes irromperam em uma espécie de gargalhada pandemônica que tomou conta de toda a região. Não se calaram até o nascer do sol. Então, desapareceram rapidamente na direção sul, pois já estavam atrasados um mês. Só depois de um tempo é que conseguiram entender o significado daquilo. Tudo indicava que nenhum dos habitantes da região havia morrido, mas a pobre Lavinia Whateley, a albina deformada, nunca mais foi vista.

No verão de 1927, Wilbur consertou dois barracões do terreiro e começou a transportar seus livros e pertences para lá. Logo depois, Earl Sawyer contou ao pessoal da venda do sr. Osborn que mais obras de carpintaria estavam ocorrendo na casa dos Whateley. Wilbur estava lacrando todas as portas e janelas do andar térreo e parecia estar retirando as divisórias, tal como ele e seu avô haviam feito quatro anos atrás. Estava morando em um dos barracões, e Sawyer tinha a sensação de que ele parecia mais preocupado e trêmulo do que o normal. Em geral, as pessoas suspeitavam de que ele sabia alguma coisa sobre o desaparecimento da mãe, e muito poucas ousavam aproximar-se das terras dele. Wilbur já estava com mais de dois metros de altura, e nada indicava que fosse parar.

5

O inverno seguinte trouxe um acontecimento bem estranho: a primeira viagem de Wilbur para fora da região de Dunwich. Correspondências trocadas com a Biblioteca Widener de Harvard, a Biblioteca Nacional em Paris, o Museu Britânico, a Universidade de Buenos Aires e a Biblioteca da Universidade de Miskatonic, em Arkham, não possibilitaram o empréstimo de um livro que ele desejava desesperadamente. Dessa forma, ele decidiu ir pessoalmente, maltrapilho, sujo, barbado e com o dialeto bronco que possuía, consultar a cópia na biblioteca de Miskatonic, que era o local geograficamente mais próximo. Com quase dois metros e meio de altura, e carregando uma maleta barata e recém-comprada na venda do senhor Osborn, a gárgula morena e com cara de bode apareceu um dia em Arkham à procura do temido volume mantido a sete chaves na biblioteca da faculdade. Tratava-se do temido *Necronomicon*, do insano árabe Abdul Alhazred, na versão latina de Olaus Wormius, impresso na Espanha no século XVII. Ele nunca tinha estado em uma cidade antes, mas não pensava em outra coisa a não ser encontrar o caminho do campus universitário. De fato, chegando lá, passou imprudentemente pelo enorme cão de guarda de dentes brancos, que latiu com fúria e hostilidade incomuns, enquanto puxava violentamente a reforçada corrente que o prendia.

Wilbur trazia a inestimável, mas imperfeita cópia da versão inglesa do dr. Dee que seu avô lhe havia deixado como herança e, ao ter acesso ao exemplar latino, começou a cotejar os dois textos com o objetivo de descobrir uma certa passagem que estaria na página 751 de seu volume incompleto. Por mais que tentasse, não poderia deixar de responder educadamente ao bibliotecário, o mesmo erudito Henry Armitage (mestre pela Miskatonic, doutor pela Princeton e pela Johns Hopkins), que uma vez havia passado pela fazenda e que agora, polidamente, enchia-o de perguntas. Admitiu, finalmente, que procurava um tipo de fórmula ou encantamento que contivesse o temível nome *Yog-Sothoth*, mas as discrepâncias, repetições e ambiguidades o deixavam confuso, e por isso não chegava a uma conclusão precisa. Ao copiar a fórmula que finalmente escolheu, o dr. Armitage olhou involuntariamente por cima de seus ombros para as páginas que estavam abertas; a da esquerda, na versão latina, continha ameaças monstruosas à paz e à sanidade do mundo.

Também não se deve pensar (dizia o texto que Armitage traduzia mentalmente) que o homem é o mais velho ou o último dos senhores da Terra, nem que a massa comum de vida e substância caminha sozinha. Os Antigos foram, os Antigos são e os Antigos serão. Não nos espaços que conhecemos, mas *entre* eles. Caminham serenos e primitivos, sem dimensões e invisíveis a nós. *Yog-Sothoth* conhece o portal. *Yog-Sothoth* é o portal. *Yog-Sothoth* é a chave e o guardião do portal. Passado, presente e futuro, tudo isso é um só em *Yog-Sothoth*. Ele sabe por onde os Antigos irromperam outrora e por onde irão irromper novamente. Ele conhece os campos da Terra que trilharam, os que ainda trilham e por que ninguém pode vê-los quando caminham. Pelo cheiro, os homens conseguem saber que estão próximos, mas ninguém conhece seu semblante, a *não ser pelas feições daqueles que Eles geraram para a humanidade*;

e há muitas espécies deles, com aparência distinta da verdadeira imagem de homem até a forma sem fisionomia nem substância que representa *Eles*. Caminham invisíveis e fétidos em locais solitários em que as Palavras foram proferidas e os Ritos ecoaram pelas Estações. O vento tagarela com Suas vozes, e a Terra murmura com Sua consciência. Eles tomam a floresta e esmagam a cidade, entretanto nenhuma floresta ou cidade pode ver a mão que castiga. Kadath, no frio distante, conheceu-Os, mas que homem conhece Kadath? O deserto de gelo do Sul e as ilhas submersas do Oceano contêm pedras em que Sua marca está selada, mas quem já viu a profunda cidade congelada ou a torre lacrada e toda coroada com algas marinhas e crustáceos? O Grande Cthulhu é Seu primo, entretanto só pode vislumbrá-Los de forma vaga. *Iä! Shub-Niggurath!* Vocês Os reconhecerão pelo fedor. Sua mão está nas gargantas de vocês, entretanto vocês não Os veem, e Sua morada é mesmo única e a entrada é guardada por vocês. *Yog-Sothoth* é a chave do portal, onde as esferas se encontram. O Homem governa agora onde Eles outrora governaram. Em breve, Eles reinarão onde o homem reina agora. Depois do verão virá inverno, e depois do inverno, chegará o verão. Eles esperam pacientes e fortes, pois aqui reinarão novamente.

O dr. Armitage, associando o que estava lendo com o que tinha ouvido sobre Dunwich e as intrigantes presenças do local, e sobre Wilbur Whateley e sua aura sombria e hedionda, que se estendia desde um nascimento dúbio até indícios de um provável matricídio, sentiu uma onda de pavor tão tangível quanto uma lufada vinda da fria viscosidade de um túmulo. O gigante caprino e encurvado diante dele era semelhante à prole de um outro planeta ou dimensão; como algo apenas parcialmente humano e ligado a buracos negros de essência e ser que se estendem como fantasmas titânicos para além de todas as esferas de força e matéria, espaço e tempo. Em seguida, Wilbur levantou a cabeça e começou a falar daquele modo estranho e ressoante que sugeria órgãos produtores de sons diferentes dos comuns aos humanos.

— Sr. Armitage — disse —, acho qu'eu tenho que levar esse livro pra casa. Tem coisa nele que eu tenho que experimentar de modo que não posso aqui, e ia ser um pecado mortal se umas normas bestas me impedissem. Deixa levar ele comigo, senhor, e eu juro que ninguém vai ficar sabendo. Nem preciso dizer pro senhor que vou tomar conta direitinho dele. Não fui eu que deixou essa cópia do Dee do jeito que tá...

Ele parou quando viu a expressão negativa no rosto do bibliotecário, e as próprias feições caprinas tornaram-se maliciosas. Armitage, quase pronto a dizer que poderia tirar uma cópia das partes que precisava, subitamente passou a considerar as possíveis consequências e se conteve. Era uma responsabilidade muito grande oferecer a tal ser a chave para esferas exteriores tão ímpias. Whateley percebeu o rumo que a situação tomava e tentou responder gentilmente.

— Ara, tá certo, se o senhor acha assim. Talvez em Harvard eles não sejam tão cheio de coisa que nem o senhor.

Sem dizer mais nada, levantou-se e saiu caminhando a passos largos, abaixando-se ao passar por cada porta.

Armitage ouviu o latido feroz do enorme cão de guarda e observou o andar de gorila de Whateley ao atravessar a pequena parte do campus visível da janela. Pensou nas temíveis histórias que tinha ouvido e recordou os velhos artigos dominicais do *Advertiser*; disso e dos relatos obtidos dos camponeses e habitantes da vila de Dunwich durante sua única visita ao local. Coisas invisíveis que não eram da Terra, ou, pelo menos, não da Terra tridimensional, percorriam fétidas e horríveis os vales estreitos da Nova Inglaterra e pairavam obscenamente nos topos das montanhas. Há tempos que tinha certeza disso. Agora parecia sentir a presença próxima de alguma fase terrível do horror invasivo e vislumbrava um avanço diabólico no domínio obscuro do antigo e, até então, passivo pesadelo. Fechou o *Necronomicon* à chave com um estremecimento de repugnância, mas a sala ainda exalava um mau cheiro ímpio e indefinível.

— Vocês Os reconhecerão pelo fedor — citou.

Sim, o odor era o mesmo que lhe causou náuseas na casa dos Whateley, há menos de três anos. Pensou uma vez mais em Wilbur, caprino e agourento, e riu ironicamente dos rumores que corriam na vila sobre sua ascendência.

— Endogamia? — Armitage indagou a si mesmo. — Deus meu, que simplórios! Dê-lhes O Grande Deus Pã, de Arthur Machen, e vão pensar que se trata de um escândalo corriqueiro de Dunwich! Mas que coisa, que influência amaldiçoada e disforme dessa ou de fora dessa Terra tridimensional, era o pai de Wilbur Whateley? Nascido no dia da Candelária, nove meses depois da Véspera de Primeiro de Maio de 1912, quando os rumores sobre ruídos esquisitos provenientes da terra chegaram até Arkham, que tipo de ser perambulava pelas montanhas naquela noite de maio? Que horror era aquele que nasceu no dia da Exaltação da Cruz que se prendia ao mundo em carne e osso semi-humanos?

Durante as semanas seguintes, o dr. Armitage começou a coletar todos os dados possíveis sobre Wilbur Whateley e as presenças disformes que rondavam Dunwich. Entrou em contato com o dr. Houghton, de Aylesbury, que havia atendido o Velho Whateley em sua doença fatal, e ponderou muito sobre as últimas palavras do avô, citadas pelo médico. Uma visita à vila de Dunwich não lhe acrescentou fatos novos; mas um estudo minucioso do *Necronomicon*, bem nas partes que Wilbur havia procurado tão avidamente, pareceu fornecer novas e terríveis pistas sobre a natureza, os métodos e os desejos do estranho mal que tão vagamente ameaçava este planeta. Conversas com vários estudiosos de Boston em cultura arcaica, e cartas a outros de diversos lugares, provocaram-lhe um crescente assombro que passou lentamente por vários graus de inquietação até atingir um estado de medo espiritual realmente extremo. À medida que o verão se aproximava, aumentava a sensação de que algo deveria ser feito sobre os terrores ocultos do vale superior do Miskatonic e também sobre o ser monstruoso que os humanos conheciam como Wilbur Whateley.

6

O horror de Dunwich ocorreu de fato entre o dia 1° de agosto, a festa da colheita, e o equinócio de 1928, e o dr. Armitage estava entre os que testemunharam o monstruoso prólogo. Nesse ínterim, ficou sabendo sobre a grotesca viagem de Whateley a Cambridge e sobre os esforços desvairados para pegar emprestado ou copiar o trecho que necessitava do *Necronomicon* na Biblioteca Widener. Tais esforços foram inúteis, já que Armitage havia sido muito perspicaz ao emitir alarmes para todos os bibliotecários que tivessem o temível volume disponível. Wilbur ficou extremamente nervoso em Cambridge; estava ansioso para ter o livro, mas, em contrapartida, mostrava-se igualmente ansioso para voltar para casa de novo, como se temesse as consequências de uma ausência prolongada.

No início de agosto, ocorreu o desfecho já esperado, pois, nas primeiras horas do dia 3, o Dr. Armitage foi subitamente acordado pelos latidos furiosos e ferozes do cão de guarda do campus universitário. Profundos e terríveis, os rosnados e latidos assemelhavam-se aos de um cão raivoso e continuavam de forma crescente, mas com pausas terrivelmente significativas. Então, soou um grito de uma garganta completamente diferente, um grito que acordou metade dos residentes de Arkham, assombrando seus sonhos para sempre, um grito que não poderia vir de nenhum ser nascido na Terra, ou, pelo menos, de um que fosse completamente humano.

Armitage apressou-se em vestir algo e atravessou a rua e o gramado às pressas em direção aos prédios da faculdade. Lá, viu que outros já haviam chegado antes dele e ouviu os ecos estridentes de um alarme antifurto soar da biblioteca. Uma janela aberta mostrava-se como um buraco negro à luz da lua. Era certo que haviam conseguido entrar, pois os latidos e gritos, agora passando gradualmente a uma mistura de baixos ganidos e gemidos, procediam inconfundivelmente de dentro da biblioteca. Uma espécie de instinto avisou Armitage que o que estava acontecendo não era algo para olhos despreparados observarem, então ele empurrou a multidão para trás com autoridade enquanto destrancava a porta do vestíbulo. Entre os demais, viu o professor Warren Rice e o dr. Francis Morgan, para quem havia contado algumas de suas suposições e desconfianças, e acenou para que o acompanhassem. Os ruídos interiores, exceto o ganido contínuo e vigilante do cão de guarda, haviam quase que desaparecido naquele momento; mas foi então que Armitage sobressaltou-se ao perceber que um coro alto de bacuraus entre os arbustos havia começado a piar em um ritmo execrável, como que em uníssono com as últimas respirações do moribundo.

O prédio exalava um terrível mau cheiro que o dr. Armitage conhecia muito bem, e os três homens atravessaram correndo o saguão em direção à pequena sala de leitura genealógica de onde vinha o fraco ganido. Por alguns segundos, ninguém ousou acender a luz, até que Armitage juntou coragem e acionou o interruptor. Um dos três, não se sabe quem, deu um grito agudo ao ver o que se esparramava diante deles entre mesas em desordem e cadeiras viradas. O professor Rice afirma ter perdido completamente a consciência por um instante, embora suas pernas não tivessem bambeado nem ele tivesse caído.

Aquela coisa, deitada de lado em uma poça fétida de linfa amarelo-esverdeada e de uma substância preta, viscosa, e de quem o cão havia rasgado toda a roupa e uns pedaços da pele, tinha quase três metros de altura. Não estava morta ainda, mas contorcia-se de forma silenciosa e espasmódica enquanto o peito arfava em monstruoso uníssono com o enlouquecido piar dos bacuraus que esperavam do lado de fora. Pedaços de couro de sapato e de pano rasgado espalhavam-se pela sala, e, bem perto da janela, um saco de lona vazio estava no local em que, evidentemente, havia sido jogado. Perto da escrivaninha central havia um revólver caído, com um cartucho amassado, mas não utilizado, que mais tarde mostrou por que não tinha sido disparado. Contudo, a própria coisa deixava todas as outras imagens ao seu redor em segundo plano naquele momento. Seria clichê, e talvez inexato, dizer que nenhuma caneta humana teria a capacidade de descrever a cena, mas podemos certamente dizer que não poderia ser visualizada por uma pessoa cujas ideias de aspecto e contorno estejam presas demais às formas de vida comuns deste planeta e das três dimensões conhecidas. Indubitavelmente, era um ser parcialmente humano, com mãos e cabeça muito similares às de um homem, e o rosto caprino e sem queixo tinha a marca dos Whateley. Mas o torso e as partes inferiores do corpo eram tão teratologicamente espantosas que somente as roupas largas permitiam que andasse por este mundo sem ser desafiado ou erradicado.

Acima da cintura, era semiantropomórfico, embora o peito, sobre o qual as patas dilacerantes do cão ainda pousavam vigilantes, tinha a pele reticulada como o couro de um crocodilo. As costas tinham manchas amarelas e pretas, e notava-se certa semelhança com a pele escamosa dos répteis. Contudo, abaixo da cintura era muito pior, pois qualquer similaridade com a forma humana dissipava-se para dar início à pura fantasia. A pele era coberta por uma camada grossa de pelos negros e ásperos, e uma infinidade de compridos tentáculos cinza-esverdeados com ventosas vermelhas brotavam do abdome.

A disposição era esquisita e parecia seguir a simetria de alguma geometria cósmica desconhecida na Terra ou no sistema solar. Nos quadris, em um tipo de órbita rosada e com vários cílios, algo parecido com um olho rudimentar estava encrustado. No lugar da cauda, pendia um tipo de tromba ou antena com marcas anelares arroxeadas e com muitas evidências de ser uma boca ou garganta não desenvolvida. Os membros, exceto pela pelagem negra, pareciam-se com as patas traseiras dos sáurios gigantes da Terra pré-histórica e terminavam em extremidades caneladas com veias saltadas, que não eram nem cascos nem garras. Quando respirava, a cauda e os tentáculos mudavam de cor de maneira ritmada, como que obedecendo a alguma causa circulatória normal de sua ascendência não humana. Nos tentáculos, observava-se um aprofundamento da cor verde, ao passo que na cauda havia a alternância do amarelo com um repugnante branco-acinzentado nos espaços entre os anéis roxos. Não havia sangue genuíno; só mesmo a fétida linfa amarela-esverdeada que escorria pelo assoalho pintado para além do alcance da viscosidade, deixando uma curiosa descoloração por onde passava.

A presença dos três homens pareceu despertar o ser moribundo, e ele começou a resmungar sem se virar nem levantar a cabeça. O dr. Armitage não fez registro escrito de seus murmúrios, mas afirma categoricamente que nada em inglês foi pronunciado. No começo, as sílabas não apresentavam correlação com qualquer linguagem da Terra, mas as últimas trouxeram alguns fragmentos desconexos, certamente extraídos do *Necronomicon*, a monstruosa blasfêmia em busca da qual a coisa havia perecido. Os fragmentos, como Armitage os recorda, diziam algo como "*Ngai, n'gha'ghaa, bugg-shoggog, y'hah: Yog-Sothoth, Yog-Sothoth...*"

Os sons foram extinguindo-se conforme os bacuraus gritavam estridentemente em um crescendo ritmado, pressagiando algo profano.

Então houve uma pausa na respiração ofegante, e o cão levantou a cabeça em um longo e lúgubre uivo. Uma mudança ocorreu no rosto amarelado e caprino da coisa prostrada e os grandes olhos negros fecharam-se de modo apavorante. Do lado de fora da janela, a gritaria dos bacuraus cessou de súbito, e, sobrepondo-se aos murmúrios da multidão reunida, ouviu-se o ruído do bater das asas dominado pelo pânico. Tendo a lua como pano de fundo, vastos bandos de criaturas aladas alçaram voo e sumiram de vista, agitados com a presa que haviam encontrado.

De repente, o cão levantou-se, deu um latido assustador e saltou para fora da janela pela qual havia entrado. Um brado saiu da multidão, e o dr. Armitage gritou para os homens do lado de fora que ninguém poderia entrar até que a polícia ou o médico legista chegassem. Agradecia o fato de que as janelas eram altas demais para permitir olhares curiosos, mas mesmo assim baixou todas as escuras cortinas, deixando cada uma das janelas cuidadosamente fechada. Na mesma hora, chegaram dois policiais, e o dr. Morgan, encontrando-os no vestíbulo, insistia para que eles, para seu próprio bem, não entrassem na sala de leitura malcheirosa até que o médico legista chegasse e a coisa prostrada pudesse ser coberta.

Enquanto isso, mudanças assustadoras aconteciam no chão. Não é necessário descrever o *grau* e a *velocidade* do encolhimento e da desintegração que ocorria diante dos olhos do dr. Armitage e do professor Rice; mas pode-se dizer que, com exceção da aparência externa do rosto e das mãos, o elemento realmente humano em Wilbur Whateley certamente era muito pequeno. Quando o legista chegou, só havia uma massa viscosa esbranquiçada sobre o assoalho pintado, e o pavoroso odor havia quase desaparecido. Aparentemente, Whateley não tinha crânio nem esqueleto ósseo; pelo menos não em uma forma definida e verdadeira. De algum modo, havia puxado ao pai desconhecido.

7

Contudo, isso era somente o prólogo do verdadeiro horror de Dunwich. Funcionários desnorteados cumpriram as formalidades; detalhes anormais foram devidamente ocultados à imprensa e ao público; e homens foram enviados a Dunwich e a Aylesbury para fazer um levantamento dos bens e notificar todos que pudessem ser herdeiros do falecido Wilbur Whateley. Encontraram o vilarejo em grande agitação, tanto devido aos crescentes ruídos que vinham das colinas arredondadas quanto pelo inusitado fedor e pelos sons do marulho das ondas que cada vez mais soavam com intensidade e vinham da casa dos Whateley, que havia sido totalmente encapsulada com forte vedação. Earl Sawyer, que cuidou do cavalo e do gado durante a ausência de Wilbur, lamentavelmente tinha desenvolvido uma crise nervosa aguda. Os oficiais arranjaram desculpas para não entrar naquele local fechado e desagradável e contentaram-se em limitar a investigação a uma única visita aos aposentos do falecido, ou seja, os barracões recém-reformados. Entregaram um volumoso relatório no fórum de Aylesbury, e dizem que litígios referentes à herança ainda estão em tramitação entre os inúmeros membros da família Whateley, pertencentes ou não ao clã decadente, do vale superior do Miskatonic.

Um manuscrito quase interminável, redigido em caracteres estranhos, em um enorme livro, considerado uma espécie de diário devido ao espaçamento e às variações na tinta e caligrafia, tornou-se um enigma intrigante para os que o encontraram na velha cômoda que servia de escrivaninha ao seu proprietário. Após uma semana de discussão, foi enviado para a Universidade de Miskatonic, juntamente com a coleção de livros estranhos do falecido, para estudo e possível tradução; mas, mesmo os melhores linguistas logo notaram ser impossível decifrá-lo. E nenhum vestígio do ouro antigo, com o qual Wilbur e o Velho Whateley sempre pagavam suas dívidas, tinha sido encontrado.

Foi na noite do dia 9 de setembro que o horror se desencadeou. Os ruídos das colinas tornaram-se bem mais intensos no fim da tarde, e os cães latiram freneticamente durante toda a noite. No dia 10, madrugadores perceberam um peculiar mau cheiro no ar. Por volta das sete horas, Luther Brown, capataz da propriedade de George Corey, localizada entre a ravina da Fonte Fria e a vila, voltou correndo, atordoado, de seu passeio matinal ao Prado dos Dez Acres com as vacas. Entrou tropeçando na cozinha de tanto pavor, enquanto lá fora, no pátio, o não menos assustado rebanho dava patadas e mugia de dar dó, após haver acompanhado o pânico do rapaz durante todo o caminho de volta. Arfando, Luther tentou balbuciar a história para a sra. Corey.

— Lá no alto da estrada depois da ravina, dona Corey, aconteceu coisa lá! Tem cheiro de trovão e tudo o mato e as árvores da estrada caíram para trás, como se um trator tivesse passado. E isso nem é o pior. Tem umas *marcas* na estrada, dona Corey, umas marcas redondas e grandonas do tamanho d'um barril, tudo afundado como se um elefante tivesse passado, *e é uma coisa que quatro pés não poderiam ter feito*. Olhei umas duas vezes antes de correr e vi que tava tudo coberto com uns riscos espalhados de um lugar só, como um leque de folha de palmeira, duas ou três vezes maior que as folhas eram essas marcas afundadas na estrada. E o cheiro era horroroso, igual que aquele da casa do bruxo Whateley.

Foi então que ele hesitou e pareceu tremer novamente, sentindo o mesmo pavor que o fez voltar correndo para casa.

A sra. Corey, incapaz de obter mais informações, começou a telefonar para os vizinhos. E foi assim que o prólogo do pânico que anunciava terrores maiores se espalhou pelas redondezas. Quando ligou para Sally Sawyer, caseira da propriedade de Seth Bishop, o lugar mais próximo da propriedade dos Whateley, foi sua vez de escutar em vez de falar, pois Chauncey, filho de Sally, que dormia muito mal, havia subido até o alto da colina em direção à propriedade dos Whateley e voltado em disparada, aterrorizado, após dar uma olhada no lugar e também no pasto em que as vacas do Sr. Bishop haviam sido deixadas a noite toda.

— Sim, dona Corey — respondeu a voz trêmula ao telefone —, Chauncey acabou de voltar de lá e não conseguiu nem falar direito de tanto pavor! Falou que a casa do Velho Whateley explodiu e que tem madeira espalhada por tudo, como se tivesse dinamite dentro, só ficou o chão de baixo, mas tá tudo coberto com uma coisa que parece piche e tem um cheiro muito ruim, e escorre dos cantos pro lugar de onde as madeiras voaram pra longe. E tem umas pagadas feias no pátio também, umas pegadas redondas maiores que um barril, e tudo grudento com aquela coisa que tem na casa que explodiu. Chauncey disse que vão lá pro lado do pasto onde tem um pedaço todo esmagado, do tamanho de um galpão, e os muros desmoronaram tudo por toda a parte.

— E ele disse, dona Corey, que quando foi procurar as vacas do Seth, assustado como tava, encontrou elas no pasto de cima, perto do Terreno do Diabo, num estado horroroso. Metade delas tinha sumido e a outra metade que ficou já não tinha mais sangue, e tinha aquelas feridas nelas, igual as que apareceram no gado dos Whateley desde que o moleque preto da Lavinia nasceu. O Seth saiu agora para olhar elas de novo, mas eu acho que ele não vai querer chegar muito perto do sítio dos Whateley. O Chauncey não reparou direito onde iam as pegadas depois do pasto, mas ele acha que vão para a estrada da ravina até a vila.

— Vou falar uma coisa para a senhora, dona Corey, tem alguma coisa lá fora que não devia estar lá não, e garanto que aquele preto do Wilbur Whateley, que teve o fim que merecia, tá metido nessa história. Ele não era inteiro humano, sempre falo pra todo mundo; e eu acho que ele e o Velho Whateley devem de ter criado alguma coisa naquela casa trancada que era ainda menos humana que ele. Sempre teve umas coisas escondidas em Dunwich, coisa viva, que não é humana e nem bom pra humano.

— O chão falou ontem de noite, e de manhã Chauncey ouviu os bacuraus tão alto na ravina da Fonte Fria que nem conseguiu dormir mais. Então, achou que ouviu outro barulho lá no sítio do bruxo Whateley, era um barulho de madeira quebrando e de alguém serrando, como se alguém estivesse abrindo uma caixa ou engradado grande lá longe. E, com tudo isso, ele não conseguiu dormir até que o sol nasceu, e não acordou muito cedo hoje de manhã, mais ele tem que ir de novo lá no Whateley pra ver o que tá acontecendo. Ele viu bastante, eu falo pra senhora, dona Corey! Isso não é coisa boa, e eu acho que tudo os homens deviam se juntar e ir lá. Eu sei que alguma coisa muito ruim vai acontecer e eu tô sentindo que a minha hora tá chegando, mas eu entrego nas mãos de Deus.

— O Luther percebeu para onde as pegadas iam? Não? Então, dona Corey, se estava na estrada da ravina desse lado de cá e ainda não chegou na sua casa, acho que vão para a ravina mesmo. Deve ser isso. Eu sempre falo que a ravina da Fonte Fria não é lugar saudável nem decente. Os bacuraus e os vaga-lumes nunca agiram como se fossem criaturas de Deus e tem gente que fala que ocê pode ouvir umas coisas estranhas correndo e falando no ar, lá embaixo, entre as pedras da cachoeira e a Toca do Urso.

Por volta do meio-dia, três quartos dos homens e rapazes de Dunwich reuniram-se e percorreram as estradas e campos entre as recentes ruínas da propriedade dos Whateley e a ravina da Fonte Fria, examinando horrorizados as pegadas monstruosas, o gado mutilado dos Bishop, os destroços malcheirosos da casa e a vegetação esmagada e pisoteada dos campos e beiras de estrada. O que quer que estivesse correndo solto pelo mundo, certamente havia descido para o interior da grande e sinistra ravina, pois todas as árvores nas encostas estavam envergadas e quebradas, e uma enorme trilha havia sido aberta na vegetação rasteira de todo o precipício. Era como se uma casa, arrastada por uma avalanche, tivesse deslizado pela emaranhada vegetação em declive quase vertical. Nenhum ruído vinha do fundo da ravina, somente um fedor distante e indefinido; e não é de se surpreender que os homens preferissem ficar na beira, discutindo, em vez de descer e enfrentar o desconhecido horror ciclópico em seu covil. Três cães que estavam com o grupo haviam latido furiosamente no início, mas pareceram amedrontados e acuados ao se aproximar da ravina. Alguém telefonou para o *Aylesbury Transcript* e comunicou os fatos, mas o editor, acostumado às espantosas histórias de Dunwich, não fez mais do que redigir um parágrafo zombeteiro sobre o ocorrido, que foi reproduzido logo depois pela Associated Press.

Naquela noite, todos foram para casa. Em todas as residências e nos celeiros foram feitas barricadas das mais sólidas possíveis. Não é necessário dizer que nenhuma cabeça de gado permaneceu em pasto aberto. Por volta das duas da manhã, um terrível mau cheiro e os latidos furiosos dos cães acordaram a família de Elmer Frye, cuja propriedade ficava na parte leste da ravina da Fonte Fria, e todos confirmaram que podiam ouvir um tipo de zumbido abafado ou marulho que vinha lá de fora. A sra. Frye propôs telefonar aos vizinhos, e Elmer estava prestes a concordar quando o barulho de madeira estilhaçada interrompeu a conversa. Aparentemente, vinha do celeiro, e logo o gado começou a dar patadas no chão e a berrar feito louco. Os cães babavam e rastejavam aos pés da família paralisada de medo. Frye acendeu uma lanterna por força do hábito, mas sabia que seria a morte sair naquele terreiro escuro. As crianças e as mulheres choramingavam, evitando gritar por algum obscuro instinto de defesa que lhes dizia que suas vidas dependiam do silêncio. Por fim, o barulho do gado transformou-se somente em um lamento penoso, seguido por estalidos e crepitações, que soaram ainda mais alto. Os Frye ficaram todos juntos na sala e não ousaram mover-se até que os últimos ecos realmente cessassem ao longe, na ravina da Fonte Fria. Então, entre os desoladores gemidos vindos do estábulo e os demoníacos pios dos últimos bacuraus no fundo da ravina, Selina Frye foi cambaleando até o telefone e espalhou como pôde as notícias sobre a segunda fase do horror.

No dia seguinte, toda a região de Dunwich estava em pânico, e grupos acovardados e absolutamente calados perambulavam por onde o diabólico fato tinha ocorrido. Duas trilhas enormes de destruição estendiam-se da ravina ao pátio dos Frye, pegadas monstruosas cobriam os trechos de terreno sem vegetação e um lado do velho celeiro vermelho havia desmoronado completamente. Somente um quarto do gado pôde ser encontrado e identificado. Alguns dos animais haviam sido despedaçados de modo peculiar, e todos os que sobreviveram tiveram que ser sacrificados. Earl Sawyer sugeriu que pedissem ajuda em Aylesbury ou Arkham, mas outros comentaram que seria uma ação inútil. O Velho Zebulon Whateley, de um ramo que hesitava entre a integridade física e mental e a decadência, insinuou desvarios sinistros sobre ritos que deveriam ser praticados nos topos das colinas. Ele descendia de uma linhagem em que a tradição vigorava, e suas lembranças de cânticos nos grandes círculos de pedra não estavam totalmente ligadas a Wilbur e seu avô.

A noite caiu sobre a região abalada e passiva demais para se organizar para uma defesa real. Em certos casos, famílias muito amigas reuniram-se sob o mesmo teto para vigiar no escuro; mas, em geral, houve somente a repetição das barricadas da noite anterior e um gesto fútil e ineficaz de carregar mosquetes e armar-se com forcados. Porém, nada aconteceu, exceto alguns ruídos nas colinas; e, quando o dia amanheceu, muitos tinham a esperança de que o novo horror tivesse ido embora da mesma forma rápida que havia chegado. E alguns espíritos audaciosos até propuseram uma expedição ofensiva para descer ao fundo da ravina, embora não tivessem se aventurado a dar um exemplo concreto para a maioria ainda relutante.

Quando anoiteceu novamente, as barricadas foram repetidas, embora com menos famílias reunidas. De manhã, tanto os Frye quanto os Bishop relataram a agitação dos cães e os vagos ruídos e maus cheiros que vinham de longe; já os primeiros exploradores ficaram horrorizados ao notar novas pegadas monstruosas na estrada ao longo da Sentinel Hill. Assim como antes, as margens amassadas da estrada indicavam o tamanho do horror blasfemo e assombroso. A disposição das pegadas parecia revelar uma passagem em duas direções, como se a montanha móvel tivesse vindo da ravina da Fonte Fria e retornado a ela pelo mesmo caminho. Ao pé da colina, uma trilha de nove metros de pequenos arbustos esmagados subia colina acima, e os homens ficaram boquiabertos ao ver que nem mesmo os trechos mais íngremes faziam a trilha implacável desviar. O que quer que fosse, aquele horror conseguia escalar um rochedo escarpado e quase completamente vertical; e, como os exploradores subiram até o cume da colina por caminhos mais seguros, viram que as pegadas terminavam por lá, ou melhor, invertiam-se.

Era ali que os Whateley costumavam acender suas fogueiras diabólicas e entoar seus rituais igualmente diabólicos na pedra em forma de mesa na Véspera de Primeiro de Maio e na Véspera de Todos os Santos. Agora aquela mesma pedra era o centro de um vasto espaço tomado pelo horror montanhoso, e sobre a superfície, ligeiramente côncava, havia um espesso e fétido depósito da mesma substância preta e viscosa, observada no chão da casa em ruínas quando o horror escapou. Os homens entreolharam-se e murmuraram alguma coisa. Depois, olharam para baixo. Aparentemente o horror havia descido pelo mesmo caminho em que havia subido. Especular era inútil. Razão, lógica e ideias normais de motivação eram confusas. Somente o velho Zebulon, que não estava com o grupo, era capaz de julgar a situação ou sugerir uma explicação plausível.

A noite de quinta-feira começou como as outras, mas terminou pior. Os bacuraus na ravina haviam gritado com tanta persistência que muitos não conseguiram dormir, e, por volta das três da madrugada, os telefones de todas as pessoas do grupo tocaram tremulamente. Todos que atenderam ouviram uma voz muita assustada gritar: "*Socorro, ai, meu Deus!...*" Alguns pensaram ter ouvido um estrondo, seguido de uma interrupção da exclamação. Não houve mais nada. Ninguém ousou fazer nada, e não se soube até de manhã de onde tinha vindo o chamado, pois todos que receberam a ligação telefonaram uns para os outros e descobriram que somente os Frye não respondiam. A verdade apareceu uma hora depois, quando um grupo de homens armados, reunido às pressas, caminhou penosamente até a propriedade dos Frye no topo da ravina. Foi horrível; no entanto, não foi exatamente uma surpresa. Havia mais pegadas e marcas monstruosas, porém a casa não estava mais lá. Ela tinha desmoronado como uma casca de ovo, e, entre suas ruínas, não foi encontrado nada vivo nem morto. Apenas um mau cheiro e uma substância preta e viscosa. A família de Elmer Frye havia sido erradicada de Dunwich.

8

Nesse meio tempo, uma fase mais calma do horror, contudo ainda mais espiritualmente intensa, foi aos poucos se desenrolando de forma mais obscura, atrás de uma porta fechada de uma sala cheia de estantes em Arkham. O curioso manuscrito ou diário de Wilbur Whateley, entregue à Universidade de Miskatonic para tradução, tinha causado muita preocupação e estarrecimento entre os especialistas em línguas antigas e modernas. O alfabeto próprio, embora semelhante, de forma geral, ao enigmático árabe falado na Mesopotâmia, era completamente desconhecido por qualquer autoridade que estivesse ao alcance para consulta. A conclusão final dos linguistas foi que o texto apresentava um alfabeto artificial, aparentando ser um código cifrado; porém, nenhum dos métodos comuns de solução criptográfica pareciam fornecer qualquer pista, mesmo quando aplicados com base em qualquer língua que o autor pudesse ter usado. Os livros antigos retirados da casa dos Whateley, apesar de extremamente interessantes e, em vários casos, prometendo abrir novas e terríveis linhas de pesquisa entre filósofos e homens de ciência, não ajudaram em nada quanto a essa questão. Um deles, um volume pesado com fecho de ferro, estava escrito em outro alfabeto desconhecido, de aspecto totalmente diferente, que lembrava o sânscrito mais do que qualquer outra coisa. O velho diário, por fim, ficou totalmente sob a responsabilidade do dr. Armitage, tanto devido ao seu interesse peculiar na família Whateley quanto ao amplo conhecimento linguístico e experiência no que se refere a fórmulas místicas da Antiguidade e da Idade Média.

Armitage imaginava que o alfabeto pudesse ser algo esotericamente usado por certos cultos proibidos transmitidos desde tempos antigos e que haviam herdado muitas fórmulas e tradições dos magos do mundo sarraceno. Essa questão, no entanto, ele não considerou vital, já que não seria necessário conhecer a origem dos símbolos se, conforme imaginava, eram usados como uma cifra em uma língua moderna. Acreditava que, considerando a grande quantidade de texto envolvida, não era provável que o autor tivesse tido o trabalho de usar uma outra língua que não a sua, exceto talvez em algumas magias especiais ou encantamentos. Sendo assim, ele examinou o manuscrito pressupondo que a maior parte dele estivesse em inglês.

O dr. Armitage sabia, pelos repetidos fracassos dos colegas, que o enigma era profundo e complexo e que qualquer método simples de solução nem deveria ser tentado. Durante o fim do mês de agosto, ele procurou acumular o máximo de conhecimentos sobre criptografia, recorrendo às fontes mais completas da própria biblioteca e passando diversas noites entre os arcanos das obras: *Poligraphia*, de Trithemius; *De Furtivis Literarum Notis*, de Giambattista Porta; *Traité des Chiffres*, de De Vigenere; *Cryptomenysis Patefacta*, de Falconer; os tratados do século XVIII de Davys e Thicknesse; e autoridades modernas como Blair, von Marten e a *Kryptographik*, de Klüber. Intercalou o estudo dos livros com exames ao manuscrito em si e, com o tempo, concluiu que um daqueles criptogramas especialmente sutis e engenhosos deveria receber mais atenção. Nele, muitas listas separadas de letras correspondentes estavam dispostas como tabuada e a mensagem era construída por palavras-chave arbitrárias, conhecidas apenas pelos iniciados. As autoridades mais antigas pareciam ter mais utilidade que as novas, e Armitage concluiu que o código do manuscrito era muito antigo, sem dúvida legado no decorrer de uma longa linhagem de experimentadores místicos. Várias vezes, ele pareceu ter encontrado a luz, mas logo algum obstáculo desconhecido o fazia retroceder. Então, com a chegada de setembro, as nuvens começaram a clarear. Algumas letras, da forma como usadas em certas partes do manuscrito, emergiram definitiva e indubitavelmente, tornando-se óbvio que o texto estava, de fato, escrito em inglês.

Ao anoitecer do dia 2 de setembro, a última das grandes barreiras caiu de vez, e o dr. Armitage leu, pela primeira vez, uma passagem contínua dos anais de Wilbur Whateley. Era, de fato, um diário, como todos imaginavam, e estava expresso em um estilo que denotava claramente a mistura da erudição em ocultismo e a falta de instrução geral do estranho ser que o escrevera. A primeira passagem longa que Armitage decifrou, um registro datado de 26 de novembro de 1916, provou-se altamente alarmante e estarrecedor. Foi escrita, como o dr. Armitage recordou, por uma criança de três anos e meio que aparentava ser um rapaz de doze ou treze.

Hoje aprendi o Aklo para o Sabaoth (dizia). Não gostei, podia ser respondido da colina, e não do ar. Aquele da parte de cima mais na minha frente que achei que estava, e não parece ter muito cérebro da Terra. Atirei no Jack, o collie do Elam Hutchins, quando ele veio me morder, e Elam disse que me mataria se ele morresse. Acho que não vai. O avô me fez dizer a fórmula Dho ontem à noite, e acho que vi a cidade interna nos dois polos magnéticos. Eu irei àqueles polos quando a Terra for dizimada, se não conseguir irromper com a fórmula Dho-Hna, quando a praticar. Eles do ar me disseram no Sabbat que passarão anos até que eu possa dizimar a Terra, e acho que o avô estará morto então, portanto terei que aprender todos os ângulos dos planos e todas as fórmulas entre o Yr e o Nhhngr. Eles de fora ajudarão, mas não podem ganhar corpo sem sangue humano. O da parte de cima parece que terá a forma certa. Posso vê-lo um pouco quando faço o sinal Voorish ou assopro o pó de Ibn Ghazi nele, e fica quase como eles na Véspera do Primeiro de Maio na Colina. O outro rosto pode desaparecer um pouco. Queria saber como vou ser quando a Terra for dizimada e não houver mais seres terrestres nela. Ele que veio com o Aklo Sabaoth disse que posso ser transfigurado e que existe muito lá fora para ser trabalhado.

Ao amanhecer, o dr. Armitage suava frio de terror e estava extremamente alerta e concentrado na leitura. Não havia largado o manuscrito a noite toda; passou a noite inteira sentado à mesa, sob a luz elétrica, virando página após página com mãos trêmulas para decifrar o texto críptico com a maior velocidade possível. Muito nervoso, havia ligado para a esposa, avisando que não iria para casa, e, quando ela lhe trouxe o café da manhã, ele quase não comeu nada. Durante todo aquele dia, continuou lendo, parando às vezes em alvoroço, quando sentia que era necessário voltar e examinar o código novamente. Trouxeram-lhe o almoço e o jantar, mas ele comeu muito pouco em ambas as refeições. No meio da noite seguinte, cochilou na cadeira, mas logo acordou com um emaranhado de pesadelos quase tão aterradores quanto as verdades e ameaças à existência humana que havia descoberto.

Na manhã do dia 4 de setembro, o professor Rice e o dr. Morgan insistiram em vê-lo um pouco, mas partiram de lá trêmulos e lívidos. Naquela noite, ele foi para a cama, mas seu sono foi muito atribulado. No dia seguinte, uma quarta-feira, voltou para o manuscrito e começou a fazer anotações copiosas das partes que ia lendo e das que já havia decifrado. Na madrugada daquela noite, dormiu um pouco em uma espreguiçadeira do escritório, mas voltou ao manuscrito mais uma vez antes do amanhecer. Pouco antes do meio-dia, seu médico, o dr. Hartwell, telefonou dizendo que queria vê-lo e insistiu que parasse de trabalhar. Recusou-se, alegando que era da mais vital importância concluir a leitura do diário com uma explicação a seu devido tempo. Na hora do crepúsculo, bem quando escureceu, terminou a terrível leitura, recostando-se exausto. A esposa, ao trazer-lhe o jantar, encontrou-o em estado semicomatoso, mas ele ainda estava consciente para detê-la com um grito agudo quando viu seus olhos vagarem por sobre suas anotações. Levantando-se com fraqueza, juntou os papéis rascunhados e lacrou-os em grande envelope, que imediatamente colocou dentro do bolso interno do casaco. Teve força suficiente para chegar em casa, mas era tão evidente que precisava de ajuda médica que o dr. Hartwell foi chamado de imediato. Assim que o médico o pôs na cama, ele só conseguiu murmurar repetidas vezes, *"Mas o que, em nome de Deus, podemos fazer?"*.

O dr. Armitage dormiu, mas estava parcialmente delirante no dia seguinte. Não deu explicações a Hartwell, mas, em seus momentos de calma, falava da necessidade imperativa de uma longa reunião com Rice e Morgan. Seus devaneios mais absurdos eram de fato muito alarmantes, incluindo apelos desesperados de que algo em uma casa de fazenda totalmente vedada fosse destruído e também referências fantásticas a um certo plano de extirpação da humanidade inteira e de toda vida animal e vegetal da face da Terra por parte de uma terrível e mais antiga raça de seres de outra dimensão. Ele bradava que o mundo corria perigo, já que as Coisas Antigas desejavam devastá-lo e aniquilá-lo do sistema solar e do cosmos da matéria para outro plano ou fase de existência do qual havia um dia saído há milhares de trilhões de eras. Em outros momentos, requisitava o temível *Necronomicon* e o *Daemonolatreia*, de Remigius, nos quais parecia ter esperança de encontrar alguma fórmula para conter o perigo que conjurava.

— Detenha-os, detenha-os! — gritava. — Aqueles Whateley queriam deixá-los entrar, e o pior ainda está por vir! Digam a Rice e Morgan que devemos fazer alguma coisa; é o último recurso, mas sei como fazer o pó... não foi alimentado desde o dia dois de agosto, quando Wilbur veio aqui para morrer, e a essa altura...

Mas Armitage tinha um físico saudável apesar dos seus 73 anos e curou-se da indisposição após dormir aquela noite sem desenvolver mais nenhum estado febril. Acordou tarde na sexta, lúcido, embora demonstrando um medo corrosivo e um enorme senso de responsabilidade. Na tarde de sábado, sentiu-se apto para ir até a biblioteca e convocar Rice e Morgan para uma reunião, e, durante o resto do dia, os três homens quebraram a cabeça na mais desatinada especulação e em desesperado debate. Livros estranhos e terríveis foram retirados aos montes das estantes da biblioteca e de lugares em que estavam guardados com segurança; diagramas e fórmulas foram copiados com pressa febril e em quantidade assustadora. De ceticismo, não havia nada. Todos os três haviam visto o corpo de Wilbur Whateley prostrado no chão em uma sala daquele mesmo prédio, e, depois disso, nenhum deles poderia sentir a menor inclinação a tratar o diário como delírio de um louco.

As opiniões estavam divididas a respeito de notificar a Polícia Estadual de Massachusetts, porém a negativa finalmente venceu. Havia coisas envolvidas que as pessoas que nada haviam visto simplesmente não poderiam acreditar, como ficou claro nas investigações subsequentes. Tarde da noite, foi encerrada a reunião sem que houvessem elaborado um plano definitivo, mas, durante todo o domingo, Armitage comparou fórmulas e misturou substâncias químicas obtidas do laboratório da faculdade. Quanto mais refletia sobre o infernal diário, mais estava inclinado a duvidar da eficácia de qualquer agente material para eliminar a entidade que Wilbur Whateley havia deixado para trás, a entidade ameaçadora da Terra que, desconhecida por ele, estava para irromper em poucas horas, tornando-se o memorável horror de Dunwich.

Segunda-feira foi uma repetição de domingo para o dr. Armitage, pois a tarefa em mãos exigia uma infinidade de pesquisas e experimentos. Nova consultas ao diário monstruoso ocasionaram várias mudanças de planos, e ele sabia que, mesmo na conclusão, haveria ainda muita incerteza. Na terça-feira, já tinha uma linha definitiva de ação planejada minuciosamente e penava em ir a Dunwich dentro de uma semana. Então, na quarta-feira, veio o grande choque. Escondida em um canto do *Arkham Advertiser*, uma pequena nota zombeteira da Associated Press, dizia que o uísque de contrabando de Dunwich havia criado um monstro que batia todos os recordes. Armitage, meio atordoado, só conseguiu telefonar para Rice e Morgan. Discutiram madrugada adentro e, no dia seguinte, todos se agitaram com os preparativos. Armitage sabia que estaria lidando com forças terríveis, contudo sabia não haver outra forma de acabar com a mais profunda e maligna interferência que outros haviam realizado antes dele.

9

Na sexta-feira de manhã, Armitage, Rice e Morgan partiram de carro para Dunwich, chegando à vila por volta da uma da tarde. O dia estava agradável, mas mesmo sob a clara luz do sol uma espécie de pavor agourento e silencioso parecia pairar por sobre as estranhas colinas arredondadas e as profundas e sombrias ravinas da região afetada. Por vezes, sobre um topo de montanha, podia-se vislumbrar no céu um lúgubre círculo de pedras. Pelo ar de pavor silencioso presente na venda do sr. Osborn, perceberam que algo horrível havia acontecido e logo ficaram sabendo da aniquilação da casa e da família de Elmer Frye. Durante toda a tarde, percorreram Dunwich de carro, questionando os nativos sobre tudo o que havia acontecido e observando em crescente agonia as sombrias ruínas dos Frye com traços remanescentes da substância preta e viscosa, as pegadas ímpias no pátio dos Frye, o gado ferido de Seth Bishop e as enormes trilhas de vegetação esmagada em vários lugares.

 A trilha que subia e descia a Sentinel Hill tinha para Armitage um significado quase cataclísmico, e ele ficou observando longamente a sinistra pedra em forma de altar no topo.

Por fim, os visitantes, informados sobre um grupo da Polícia Estadual que viera de Aylesbury naquela manhã, atendendo os primeiros relatos telefônicos da tragédia dos Frye, decidiram procurar os oficiais e comparar a viabilidade de suas impressões. Isso, contudo, foi mais fácil de planejar do que de realizar, pois não havia sinal do grupo em parte alguma. Eram cinco em um carro, que agora estava parado e vazio perto das ruínas no terreiro dos Frye. Os moradores da região, que já tinham falado com os policiais, pareciam a princípio tão perplexos quanto Armitage e seus companheiros. Foi quando o velho Sam Hutchins pensou em algo que o fez empalidecer; cutucou Fred Farr e apontou para o buraco úmido e profundo que se escancarava ali perto.

— Deus do céu — disse ofegante. — Eu falei pra eles não descer a ravina, e eu nunca pensei que alguém fosse fazer isso com aquelas pegadas e aquele cheiro e os bacuraus tudo berrando lá embaixo naquela escuridão do meio-dia...

Tanto os habitantes locais quanto os visitantes sentiram um calafrio percorrer o corpo, e todos os ouvidos aguçaram-se de forma instintiva e inconsciente. Armitage, agora que havia verdadeiramente encontrado o horror e seu rastro de destruição, estremeceu diante do peso da responsabilidade que lhe era imposta. A noite cairia em breve, e era então que a blasfêmia montanhosa iria se arrastar para cumprir o trajeto medonho. *Negotium perambulans in tenebris*... O velho bibliotecário recitou a fórmula que havia memorizado e apertou nas mãos o papel que continha a alternativa um que não conseguia memorizar. Verificou que a lanterna elétrica estava em bom funcionamento. Rice, a seu lado, tirou de uma maleta um borrifador de metal do tipo usado para combater insetos;

enquanto Morgan tirava da caixa a espingarda de caça em que confiava, apesar dos avisos dos colegas de que nenhuma arma material ajudaria.

Armitage, que havia lido o horrendo diário, sabia dolorosamente que tipo de manifestação esperar, mas não quis aumentar ainda mais o pavor das pessoas de Dunwich, oferecendo-lhes quaisquer referências ou pistas. Tinha esperança de que a coisa pudesse ser derrotada sem qualquer revelação ao mundo sobre a monstruosidade da qual havia escapado. À medida que escurecia, os habitantes locais começaram a se dispersar em direção a suas casas, ansiosos para ficarem trancados lá dentro, apesar da presente evidência de que todas as fechaduras e trancas humanas eram inúteis perante uma força que podia derrubar árvores e esmagar casas como desejasse. Eles meneavam a cabeça ao saber do plano dos visitantes de ficar a postos nas ruínas dos Frye perto da ravina; e foram embora sem expectativa alguma de voltar a vê-los algum dia.

Houve estrondos embaixo das colinas naquela noite, e os bacuraus piavam ameaçadoramente. De vez em quando, um vento soprava por sobre ravina da Fonte Fria e trazia um toque de inefável fedor para o ar pesado da noite; tal mau cheiro todos os três observadores já haviam sentido uma vez, quando estiveram perto de uma coisa moribunda que havia passado durante quinze anos e meio por um ser humano. Mas o aguardado terror não apareceu. O que quer que estivesse lá embaixo no vale estava esperando o momento exato, e Armitage disse aos colegas que seria suicídio tentar atacá-lo no escuro.

A manhã nasceu lívida, e os sons noturnos cessaram. Era um dia cinza e triste, com uma garoa intermitente; e nuvens cada vez mais carregadas pareciam acumular-se para além das colinas em direção noroeste. Os homens de Arkham estavam indecisos sobre o que fazer. Buscando abrigo contra a chuva que aumentava embaixo de uma das poucas construções que ainda restavam na propriedade dos Frye, discutiram a conveniência de esperar ou partir para a agressão, descendo ravina adentro em busca da inominável e monstruosa presa. O aguaceiro aumentou, e estrépitos de trovões soaram, vindos de horizontes distantes. Relâmpagos difusos tremeluziram, e então um raio bifurcado reluziu próximo de onde estavam, como se tivesse descido para dentro da própria ravina amaldiçoada. O céu ficou ainda mais escuro, e os observadores tinham esperanças de que a tempestade fosse daquelas curtas e violentas que clareiam o céu depois que caem.

Ainda estava terrivelmente escuro quando, não muito mais de uma hora depois, um vozerio confuso soou lá embaixo na estrada. Em seguida, apareceu um grupo de mais de uma dúzia de homens, correndo, gritando e até mesmo soluçando histericamente. Alguém que vinha à frente começou a balbuciar algumas palavras, e os homens de Arkham sobressaltaram-se quando as palavras foram tomando sentido.

— Pai do céu, pai do céu — a voz quase não saiu. — Tá vindo de novo, *e agora de dia*! Tá por aí, tá andando por aí agorinha mesmo, e só Deus sabe quando vai acabar com tudo mundo!

Ofegante, o narrador silenciou, mas outro continuou a história.

— Faz quase uma hora que o Zeb Whateley ouviu o telefone tocar e era a dona Corey, mulher do George, que mora pra baixo da encruzilhada. Ela falou que o Luther estava tocando o gado pra dentro depois que o raio caiu, quando viu que as árvores estavam envergando pra dentro, do outro lado do barranco, e sentiu o mesmo cheiro ruim que sentiu quando encontrou aquelas baita pegadas segunda de manhã. E ela falou que ele disse que ouviu um assobio e depois um barulho de água que as árvores e o mato não podiam fazer sozinhos, e de repente as árvores do lado da estrada começaram a envergar de um lado só, e fizeram um barulho horrível de pisada forte espirrando barro. Mais vê só, o Luther não viu nadinha, só as árvores e o mato envergando.

— Depois, lá na frente onde o córrego dos Bishop passa por baixo da estrada, ele ouviu a ponte ranger e estalar, e dava pra ouvir direitinho o barulho da madeira rachando e quebrando. E ele não viu nadinha mesmo, só as árvores e o mato envergando. E quando a Sentinel Hill começo a estalar, Luther teve coragem de subir até onde ele ouviu o primeiro estalo e olhou pro chão. Só tinha barro e água, e o céu tava escuro, e a chuva tava apagando as pegadas e ligeirinha; mais na boca da ravina, onde as árvores envergaram, inda tinha umas pegadas bem grandes, iguais às de segunda de manhã.

Naquele momento, o primeiro senhor que tinha falado interrompeu, todo agitado.

— Mais o problema agora não é *esse*, não. Isso aí foi só o começo. O Zeb tava chamando o povo e tudo mundo escutou quando ligaram do sítio do Seth Bishop. A Sally, a caseira lá, tava desesperada. Tinha acabado de ver as árvores envergando na beira da estrada, e falou que faziam um barulho igual que um elefante pisando forte e esmagando tudo no caminho pra casa. Daí, ela levantou e falou de repente de um cheiro horrível e disse que o fio dela, Chauncey, tava gritando que era o mesmo cheiro lá de cima nas ruínas dos Whateley na segunda de manhã. E os cães tavam tudo latindo e gemendo feio.

— Então ela deu um berro horrível e disse que o barracão lá embaixo na estrada tinha acabado de desmoronar, como se a tempestade tivesse passado por lá, só que o vento não era forte assim pra fazer aquilo. Tudo mundo tava ouvindo e deu pra escutar a respiração forte de muita gente pelo telefone. De repente, Sally gritou de novo e disse que a cerca da frente da casa tinha acabado de cair inteira, mais não tinha sinal do que tinha feito aquilo. Daí, todo mundo no telefone conseguiu ouvir o Chauncey e o Seth Bishop gritando também, e a

 Sally tava berrando que alguma coisa pesada tinha batido na casa, não era raio, era alguma coisa pesada forçando a frente, que ficava se jogando e forçando, forçando, mais não dava para ver nada das janelas da frente. E então... e então...

O pavor ficou evidente na face de todos; e Armitage, abalado, mal conseguia motivar o senhor a continuar falando.

— Então... a Sally gritou: "Socorro, a casa tá desmoronando"... e pelo telefone a gente ouviu um barulhão assustador e uma gritaria... igual quando o sítio do Elmer Frye sumiu, só que pior...

O homem fez uma pausa, e outro acrescentou.

— Foi só isso mesmo, nenhum barulho nem chiado no telefone despois daquilo. Só silêncio. A gente que ouviu saiu correndo com nossos carros e carroças pra conseguir juntar um monte de homens lá nos Corey e vir aqui pra ver que ocês achava melhor fazer. Eu acho que é o julgamento de Deus por causa dos nossos pecados, que nenhum de nós pode escapar.

Armitage viu que havia chegado o momento para uma ação verdadeira e falou com firmeza para o hesitante grupo de camponeses assustados.

— Devemos seguir essa coisa, rapazes — disse, usando o tom mais seguro possível. — Acredito que exista uma chance de fazer isso parar. Vocês sabem que aqueles Whateley eram bruxos, pois bem, esses eventos são coisa de feitiçaria, que deve ser derrotada pelos mesmos meios. Vi o diário de Wilbur Whateley e li alguns dos estranhos livros antigos que ele costumava ler; e acho que sei o tipo certo de encantamento que deve ser recitado para conter essa coisa. Não tenho como garantir isso, claro, mas temos que tentar. É invisível, sabia que seria, mas há um pó neste borrifador de longa distância que pode torná-la visível por um segundo. Mais tarde vamos usá-lo. É uma coisa pavorosa demais para que possamos deixá-la viva, mas não é tão má quanto teria sido se Wilbur Whateley tivesse vivido

mais tempo. Vocês nunca saberão do que o mundo escapou.
Agora só temos essa única coisa para combater, e ela não pode se multiplicar. Pode, contudo, fazer muito mal ainda; então não devemos hesitar em livrar a comunidade dela.

— É preciso segui-la, e a forma de começar isso é indo até o lugar que acabou de ser destruído. Que alguém vá na frente; não conheço estas estradas muito bem, mas imagino que deva haver uma espécie de atalho pela mata. O que vocês acham?

Os homens hesitaram um pouco, e então Earl Sawyer falou calmamente, apontando com o dedo encardido diante da chuva que diminuía aos poucos.

— Acho que ocê pode chegar até o sítio do Seth Bishop mais depressa se cortar pelo mato mais baixo aqui, passando pela parte rasa do córrego e subindo pelo terreno do Carrier e despois pela mata. O sítio aparece na beira da parte alta da estrada, do outro lado.

Armitage, Rice e Morgan começaram a caminhar na direção indicada; e a maioria dos habitantes locais os seguiu devagar. O céu estava ficando mais limpo, e havia indícios de que a tempestade estava se afastando. Quando Armitage inadvertidamente pegou a direção errada, Joe Osborn passou a andar na frente para indicar o caminho. A coragem e a confiança estavam crescendo, embora o crepúsculo na floresta testasse essas qualidades o tempo todo, pois cobria a colina quase perpendicular localizada no final do atalho, e era preciso escalar as fantásticas árvores antigas como se estivessem subindo uma escada.

Finalmente, chegaram a uma estrada lamacenta no momento em que o sol saía. Eles estavam um pouco além da propriedade de Seth Bishop, mas as árvores envergadas e as horrendas e inconfundíveis pegadas mostravam o que havia acontecido ali. Levaram alguns minutos examinando as ruínas à beira do abismo. Foi exatamente como no incidente dos

 Frye, e nada vivo ou morto foi encontrado em nenhuma das fachadas desmoronadas que haviam sido a casa e o celeiro dos Bishop. Ninguém queria permanecer ali em meio ao mau cheiro e à substância preta e viscosa, mas todos se viraram instintivamente para a trilha de pegadas horríveis que se dirigia para a casa destruída dos Whateley e para as encostas coroadas de altares da Sentinel Hill.

Ao passar pelo local em que Wilbur Whateley morava, os homens estremeceram visivelmente e novamente a hesitação arrefeceu um pouco seu entusiasmo. Não era brincadeira seguir o rastro de algo tão grande quanto uma casa e que não se podia ver, mas aquilo tinha toda a malevolência destrutiva de um demônio. Do lado oposto do pé da Sentinel Hill, a trilha deixava a estrada, e avistava-se mais a vegetação retorcida e emaranhada ao longo da extensa faixa que marcava a primeira trilha do monstro indo e voltando ao topo.

Armitage pegou um binóculo com considerável capacidade de aumento e esquadrinhou a encosta verde e íngreme ao lado da colina. Então, passou o instrumento para Morgan, cuja visão era melhor. Após um momento de observação atenta, Morgan deu um grito agudo, passando-o para Earl Sawyer e indicando com o dedo um certo ponto na encosta. Sawyer, tão desajeitado quanto a maioria dos que não usam instrumentos óticos, atrapalhou-se um pouco, mas, finalmente, conseguiu ajustar as lentes com a ajuda de Armitage. Assim que localizou o ponto, seu grito foi menos contido do que o de Morgan.

— Deus todo poderoso, o capim e os arbustos tão se mexendo! A coisa tá subindo, bem devagarinho, se arrastando lá pra cima agora mesmo, só Deus sabe para fazer o quê!

Então, o germe do pânico pareceu alastrar-se por todo o grupo. Uma coisa era perseguir o ser inominável, outra era encontrá-lo. Os encantamentos podiam estar corretos, mas e se não estivessem? Vozes começaram a questionar Armitage sobre seu conhecimento a respeito da coisa, e nenhuma resposta parecia realmente satisfatória. Todos sentiam-se muito próximos das fases da Natureza e da existência totalmente proibidas e externas à sã experiência da humanidade.

10

Por fim, os três homens de Arkham: o velho de barba branca, dr. Armitage, o atarracado e grisalho professor Rice, e o magricela de aparência jovem, dr. Morgan, subiram a montanha sozinhos. Depois de orientar com muita paciência sobre o ajuste do foco do binóculo, deixaram-no com o amedrontado grupo que permanecia na estrada; e, enquanto subiam, o instrumento era passado de mão em mão para que pudessem ser observados de perto. Era um trajeto difícil, e Armitage teve que ser ajudado em algumas ocasiões. Bem acima do esforçado grupo, a grande faixa pisoteada tremia quando o ser infernal passava de novo por ela com a lentidão de uma lesma. Desse modo, ficou evidente que os perseguidores estavam ganhando terreno.

Curtis Whateley, do clã não decadente, era quem estava com o binóculo quando o grupo de Arkham desviou-se radicalmente da faixa pisoteada. Ele disse à multidão que os homens estavam evidentemente tentando chegar a um pico secundário que tivesse um ângulo de visão para a faixa em um ponto bem à frente de onde a vegetação era esmagada. E era mesmo verdade, pois o grupo foi visto alcançando a elevação menor um pouco depois de a blasfêmia invisível ter passado por lá.

Então, Wesley Corey, que havia pegado o binóculo, gritou que Armitage estava arrumando o borrifador que Rice segurava e que algo estava prestes a acontecer. Os homens inquietaram-se e estavam apreensivos, lembrando que o borrifador poderia tornar visível o horror que não conseguiam ver. Dois ou três homens fecharam os olhos, mas Curtis Whateley pegou o binóculo de volta e ajustou o campo de visão ao máximo. Viu que Rice, do ponto em que o grupo estava, com uma visão privilegiada acima e atrás do ser, tinha uma chance excelente de borrifar o poderoso pó, obtendo ótimo resultado.

Os demais, sem o binóculo, viram apenas por um instante uma nuvem cinzenta, uma nuvem do tamanho de um prédio moderadamente alto, perto do topo da montanha. Curtis, que ainda estava com o binóculo, derrubou-o na lama funda da estrada, com um grito estridente. Ele cambaleou e teria caído no chão se dois ou três de seus companheiros não o tivessem segurado. Tudo o que pôde fazer foi balbuciar algo quase inaudível.

— Ai, ai, Deus todo poderoso... *aquilo... aquilo...*

Houve um pandemônio de perguntas, e somente Henry Wheeler pensou em resgatar o binóculo caído na lama e limpá-lo. Curtis havia perdido a linha de raciocínio, e mesmo respostas isoladas eram demais para ele.

— Maior que um celeiro... todos feito de corda retorcida... parece um ovo de galinha maior que tudo, com mais de uma dúzia de patas como barris que se fecham enquanto pisa... não tem nada de sólido, parece gelatina de cordas retorcidas e apertadas... olhos grandes e saltados pra tudo lado... dez ou vinte bocas ou trombas ao redor dos flancos, do tamanho de uma chaminé de fogão, e tudo se mexendo e abrindo e fechando... tudo cinza, com umas argolas azuis ou roxas... *e, meu Pai do Céu, aquela metade de rosto lá no alto*!

A última lembrança, o que quer que ela fosse, foi demais para o pobre Curtis; e ele desmaiou completamente antes que pudesse dizer qualquer outra coisa. Fred Farr e Will Hutchins carregaram-no para a beira da estrada e o deitaram na grama úmida. Henry Wheeler, trêmulo, virou o binóculo resgatado para a montanha para ver o que estava acontecendo. Pelas lentes, distinguiam-se três figuras minúsculas, correndo em direção ao topo o mais depressa que o íngreme aclive lhes permitia. Só isso, nada mais. Então, todos notaram um barulho estranhamente sem propósito no vale profundo atrás deles, e até na vegetação rasteira da própria Sentinel Hill. Era o piar de inúmeros bacuraus, e, no coro estridente, parecia estar escondida uma nota de tensa e maligna expectativa.

Earl Sawyer, então, pegou o binóculo e relatou que as três figuras estavam no ponto mais alto, praticamente no mesmo nível da pedra-altar, mas a uma distância considerável dele. Um deles parecia estar levantando as mãos acima da cabeça, a intervalos ritmados; e, enquanto Sawyer descrevia a cena, o grupo parecia ouvir a distância um som vago e com certa musicalidade, como se um cântico alto estivesse acompanhando os gestos. A bizarra silhueta no alto do pico remoto parecia um espetáculo infinitamente grotesco e impressionante, mas nenhum observador estava disposto a uma apreciação estética.

— Acho que ele tá falando as palavras mágicas — sussurrou Wheeler pegando o binóculo de volta.

Os bacuraus piavam furiosamente e em um ritmo singularmente curioso e irregular, bem diferente do ritual visível.

Subitamente, o brilho do sol pareceu diminuir sem a intervenção de qualquer nuvem. Era um fenômeno muito peculiar e todos notaram. O som estrondoso de um trovão parecia estar se formando embaixo das colinas, em estranha concordância com um estrondo que vinha claramente do céu. Um raio lampejou no alto, e o grupo, abismado, procurou em vão sinais de tempestade. O cântico dos homens de Arkham agora era nítido, e Wheeler viu pelas lentes do binóculo que eles levantavam os braços ao ritmo do encantamento. De alguma casa ao longo, chegaram frenéticos latidos de cães.

A mudança nas tonalidades da luz do sol aumentava, e o grupo contemplava o horizonte admirado. Uma escuridão arroxeada, provocada por um aprofundamento espectral do azul do céu, abateu-se sobre as colinas trovejantes. Depois, relampejou novamente, de forma mais brilhante do que antes, e o grupo imaginou que havia uma certa neblina ao redor da pedra-altar na crista distante. No entanto, ninguém estava com o binóculo naquele momento. Os bacuraus continuaram com a vibração irregular, e os homens de Dunwich ficavam de sobreaviso, em meio a grande tensão, contra a ameaça imponderável que parecia sobrecarregar a atmosfera.

Sem aviso prévio, chegaram os sons vocais profundos, dissonantes e roucos que nunca sairão da memória do grupo estarrecido que os ouviu. Não foram emitidos de nenhuma garganta humana, pois os órgãos dos homens não podem produzir tais perversões acústicas. É mais provável dizer que eles provinham do próprio abismo, se não fosse tão inconfundível que sua fonte era a pedra-altar no topo. De qualquer modo, é quase um equívoco chamá-los de *sons*, já que muito de seu horripilante e infragrave timbre falava a camadas sombrias de consciência e terror muito mais sutis do que o ouvido. No entanto, algo forçosamente os produzia, já que sua forma era incontestável, embora vagamente, a de *palavras* semiarticuladas. Eram altos, tão altos como os estrondos e o trovão sobre os quais ecoavam, mas não eram emitidos de nenhum ser visível. E como a imaginação pode servir de fonte hipotética para o mundo dos seres não visíveis, o grupo aglomerado no pé da montanha estreitou-se ainda mais e se encolheu, como se estivesse à espera de um desastre.

— *Ygnaiih... ygnaiih... thflthkh 'ngha... Yog-Sothoth...* — soou o horripilante grasnido do espaço. — *Y'bthnk... h 'ehye — n 'grkdl'lh...*

Naquele momento, o impulso da fala parecia ter-se perdido, como se uma terrível luta psíquica estivesse sendo travada. Henry Wheeler voltou a olhar com o binóculo, mas só viu as grotescas silhuetas das três figuras humanas no topo, todas mexendo os braços furiosamente com gestos estranhos, como se o encantamento estivesse próximo do ápice. De quais poços obscuros de medo ou sentimento aquerôntico, de quais abismos insondados de consciência extracósmica ou herança obscura há muito latente foram trazidos aqueles semi-articulados grasnidos estrondosos? Naquele momento, começaram a adquirir força e coerência renovadas enquanto aumentava o ímpeto de sua última e definitiva exaltação.

— *Eh-ya-ya-ya-yahaah — e 'yayayayaaaa... ngh 'aaaaa... ngh 'aaa... h'yuh... hyuh... SOCORRO! SOCORRO!... ff-ff-ff-PAI! PAI! YOG-SOTHOTH!...*

Mas foi só isso. O pálido grupo que estava na estrada, ainda abalado com as sílabas *indiscutivelmente em língua inglesa* que haviam fluído de forma densa e ameaçadora do enfurecido espaço vazio ao lado da estarrecedora pedra-altar, nunca mais ouviria tais sílabas novamente. Em seguida, sobressaltaram-se violentamente com o terrível estrondo que parecia destroçar as colinas; o ensurdecedor e cataclísmico estrépito cuja origem, fosse o interior da Terra ou o céu, nenhum ouvinte foi capaz de afirmar. Um único raio caiu do zênite púrpura e atingiu a pedra-altar, e uma gigantesca onda de invisível força e indescritível mau cheiro vinda da colina espalhou-se por toda a região. As árvores, o mato e a vegetação rasteira foram arrancados pela fúria, e o amedrontado grupo no pé da montanha, enfraquecido pelo fedor letal que parecia estar prestes a asfixiar a todos, foi quase arremessado do chão onde pisava. Cães uivavam a distância; a mata e as folhagens murcharam, passando de verde a um curioso e pálido cinza-amarelado, e sobre o campo e a floresta espalharam-se os corpos dos bacuraus mortos.

O mau cheiro passou rapidamente, mas a vegetação nunca mais voltou a ser a mesma. Até hoje, há algo estranho e ímpio na vegetação que cresce na temível colina ou a seu redor. Curtis Whateley mal havia voltado a si quando os homens de Arkham desceram lentamente a montanha sob os raios de sol agora mais brilhantes e límpidos. Estavam sérios e calados e pareciam atordoados por lembranças e reflexões ainda mais terríveis das que haviam reduzido o grupo de habitantes locais a um estado de desalento e temor. Em resposta a um turbilhão de perguntas, eles apenas balançaram a cabeça, reafirmando um fato de vital importância.

— A coisa se foi para sempre — disse Armitage. — Foi decomposta, transformando-se naquilo que era originalmente e não pode existir outra vez. Era uma impossibilidade em um mundo normal. Somente uma fração minúscula era mesmo matéria em qualquer sentido que conhecemos. Era como seu pai, e a maior parte dela voltou para ele em algum vago domínio ou alguma dimensão exterior ao nosso universo material, em algum vago abismo do qual somente os mais perversos ritos de blasfêmia humana poderiam tê-la chamado por um momento nas colinas.

Houve um breve silêncio, e naquela pausa os sentidos dispersos do pobre Curtis Whateley começaram a se unir de volta em uma espécie de continuidade, e então ele levou as mãos à cabeça, soltando um gemido. A memória parecia retomar do momento que havia parado, e o horror da visão que o havia deixado prostrado arrebatou-o uma vez mais.

— *Ai, ai, Deus meu, aquela metade de rosto, aquela metade de rosto lá no alto... aquele rosto com os olhos vermelhos e o cabelo branco enrolado, e sem queixo, igual que os Whateley... Era um polvo, uma centopeia, parecia uma aranha, mas a metade do rosto era de homem no alto, e parecia o bruxo Whateley, só que era muito, muito maior...*

Exausto, fez uma pausa, enquanto todo o grupo de habitantes locais olhava-o em um estado de perplexidade não totalmente cristalizada em novo terror. Apenas o velho Zebulon Whateley, que vagamente se lembrava de coisas antigas, mas que ficara quieto até então, falou em voz alta.

— Faz quinze anos — disse — que ouvi o Velho Whateley falar que um dia a gente ia ouvir o fio da Lavinia gritar o nome do pai dele lá no alto da Sentinel Hill...

Mas Joe Osborn interrompeu-o para retomar as perguntas aos homens de Arkham.

— *O que era aquilo então*, e como o jovem bruxo Whateley chamou ele lá de onde ele veio?

Armitage escolheu suas palavras com muito cuidado.

— Era, bem, era sobretudo uma espécie de força que não pertence à nossa parte do espaço; um tipo de força que age, cresce e toma forma por outras leis, diferentes das do nosso tipo de natureza. Não devemos invocar essas coisas do exterior, e somente pessoas ou cultos muito perversos é que tentam fazê-lo. Havia alguma coisa dela no próprio Wilbur Whateley, suficiente para torná-lo um demônio e um monstro precoce e fazer de sua morte uma cena terrível aos olhos. Vou queimar seu maldito diário; e, se vocês forem homens sensatos, dinamitem aquela pedra-altar lá no alto e derrubem todos os círculos de pedras verticais das outras colinas. Coisas como essas trouxeram os seres de que os Whateley gostavam tanto, os seres a que eles iam dar forma terrestre para exterminar a humanidade e arrastar a Terra para algum lugar inominável por alguma razão inominável.

— Mas essa coisa que nós acabamos de mandar de volta foi criada pelos Whateley para desempenhar um papel terrível nos feitos que viriam. Cresceu rápido e ficou grande pela mesma razão que Wilbur cresceu rápido e ficou grande, mas o superou porque tinha uma porção maior de *exterioridade* nele. Vocês não precisam perguntar como Wilbur o chamou do espaço. Ele não o chamou. *Era seu irmão gêmeo, mas parecia-se mais com o pai do que ele.*

Nas montanhas da loucura

1936

1

Sou forçado a falar porque homens da ciência se recusaram a seguir meus conselhos sem saber o porquê. É completamente contra minha vontade que contarei os motivos pelos quais me oponho a esta possível expedição à Antártica — com sua vasta busca por fósseis e intento de perfurar e derreter a ancestral calota polar —, e sinto-me ainda mais relutante pois meu aviso pode ser em vão. Duvidar dos fatos, tais como os revelo, é inevitável; apesar disso, se eu omitisse toda a extravagância e os elementos fantásticos de meu relato, nada restaria. As fotografias até então não expostas, tanto as terrestres quanto as aéreas, testemunharão a meu favor, visto que são incrivelmente vívidas e detalhadas. Ainda assim, podem ter a veracidade questionada, em vista da extensão a que a falsificação cuidadosa pode ser submetida. Os desenhos a tinta, é claro, serão ridicularizados e considerados como meros embustes; não obstante a estranheza da técnica que há de suscitar comentários e perplexidade por parte dos especialistas.

No fim, só me resta confiar no julgamento e na autoridade de alguns líderes científicos que desfrutam, por um lado, da independência intelectual necessária para avaliar meus dados em seus próprios méritos terrivelmente convincentes ou à luz de certos ciclos de mitos primordiais e profundamente desconcertantes; e, por outro lado, de influência suficiente para impedir os avanços do mundo exploratório a respeito de qualquer empreendimento imprudente e ambicioso naquelas montanhas da loucura. É um fato lamentável que homens relativamente desconhecidos como eu e meus colegas, ligados apenas a uma pequena universidade, tenham poucas chances de causar uma impressão no que diz respeito a assuntos de natureza extremamente bizarra ou profundamente controversa.

Contra nós também pesa o fato de não sermos, no sentido mais estrito, especialistas nas áreas em que acabamos por nos envolver. Como geólogo, meu objetivo ao liderar a Expedição da Universidade Miskatonic era coletar espécimes de rochas e de solo de várias partes do continente antártico, com auxílio da extraordinária perfuratriz criada pelo Professor Frank H. Pabodie, do departamento de engenharia de nossa universidade. Eu não tinha intenção de ser pioneiro em nenhuma outra área além dessa; mas certamente esperava que, ao usar esse novo dispositivo mecânico em diferentes pontos ao longo de caminhos anteriormente explorados, pudesse trazer à luz certos materiais que ainda não haviam sido coletados pelos métodos tradicionais. Como as pessoas já sabem por conta de nossos relatórios, a perfuratriz de Pabodie era única e radical em sua leveza, portabilidade e capacidade de combinar o princípio da broca artesiana convencional com o da pequena broca circular para trabalhar rapidamente em estratos de dureza variável. Cabeça de aço, hastes articuladas, motor a gasolina, torre desmontável de madeira, equipamentos de dinamitação, cabos, trado de remoção de detritos e tubulação seccionada para perfurações de treze centímetros de largura e até trezentos metros de profundidade, que juntos constituíam, com os devidos acessórios, uma carga que três trenós de sete cães seriam capazes de transportar; isso era possível graças à liga de alumínio que compunha a maioria dos objetos metálicos do aparelho. Quatro grandes aviões Dornier, projetados especialmente para a extraordinária altitude necessária no platô antártico, e com dispositivos de aquecimento e partida rápida projetados por Pabodie, transportariam todos os integrantes da expedição de uma base à beira da grande barreira de gelo para vários pontos de pouso adequados e, a partir dali, uma quantidade suficiente de cães nos bastaria.

Nosso plano era cobrir a maior área possível no decorrer de uma estação antártica — ou mais, se fosse extremamente necessário —, atuando principalmente nas cordilheiras e no platô ao sul do mar de Ross; regiões exploradas em graus variados por Shackleton, Amundsen, Scott e Byrd. Por conta das frequentes mudanças de acampamento, feitas de avião e compreendendo distâncias suficientemente vastas para terem importância geológica, esperávamos descobrir uma quantidade de material sem precedentes; especialmente em estratos pré-cambrianos, dos quais pouquíssimos espécimes antárticos haviam sido coletados. Desejávamos, ainda, obter uma grande variedade de rochas fossilíferas superiores, uma vez que os primórdios da vida nesse reino sombrio de gelo e morte desempenham grande importância para conhecermos o passado da Terra. É sabido por todos que o continente antártico já teve clima temperado e até mesmo tropical em outras épocas, com uma abundante vida vegetal e animal da qual só restaram líquens, fauna marinha, aracnídeos e pinguins que vivem na extremidade norte; e esperávamos expandir essas informações em variedade, precisão e detalhes. Quando uma perfuração simples revelava sinais fossilíferos, aumentávamos a abertura com dinamite para obter espécimes de tamanho e condição adequados.

Nossas perfurações, cuja profundidade variava de acordo com o potencial do solo ou da rocha superior, deveriam se limitar a superfícies terrestres expostas ou quase expostas — geralmente encostas e cristas, por conta da camada de gelo sólido que recobria os níveis mais baixos, de espessura que variava de um quilômetro e meio a três quilômetros. Não podíamos nos dar ao luxo de perfurar um local em que só houvesse glaciação, embora Pabodie tivesse elaborado um plano que consistia em enterrar eletrodos de cobre em densos aglomerados de perfurações e derreter áreas limitadas de gelo com a corrente de um dínamo movido a gasolina. É esse plano — que não poderíamos pôr em prática, exceto de forma experimental em uma expedição como a nossa — que a futura

Expedição Starkweather-Moore pretende seguir, apesar dos alertas que emiti desde que retornamos da Antártica.

O público tomou conhecimento da Expedição Miskatonic por meio dos frequentes relatórios que enviávamos para o *Arkham Advertiser* e para a Associated Press, e pelos artigos que Pabodie e eu publicamos posteriormente. A expedição era composta por quatro homens da universidade — Pabodie, Lake, do departamento de biologia, Atwood, do departamento de física (e que também era meteorologista), e eu, representando o departamento de geologia e encarregado de liderar a equipe — além de dezesseis assistentes; sete alunos de pós-graduação da Miskatonic e nove mecânicos experientes. Desses dezesseis, doze eram pilotos qualificados de avião, e, com exceção de dois, todos sabiam como operar o rádio. Oito deles sabiam se orientar com bússola e sextante, assim como Pabodie, Atwood e eu. Além disso, é claro, nossas duas embarcações — antigos barcos baleeiros de madeira, reforçados para suportar a navegação no gelo e dotados de vapor auxiliar — eram totalmente tripuladas. A Fundação Nathaniel Derby Pickman, com a ajuda de algumas contribuições especiais, financiou a expedição; nossos preparativos, portanto, foram bastante meticulosos, apesar da pouca publicidade. Os cães, trenós, máquinas, materiais de acampamento e partes não montadas de nossos cinco aviões foram entregues em Boston, e lá nossas embarcações foram carregadas. Estávamos muito bem equipados para nossos propósitos específicos e, no que dizia respeito a provisões, alimentação, transporte e montagem de acampamento, nos beneficiamos com o excelente exemplo de nossos muitos predecessores recentes e excepcionalmente brilhantes. Foi por causa da quantidade incomum e da fama desses predecessores que a nossa expedição — por mais grandiosa que fosse — não recebeu tanta atenção do mundo como um todo.

Como foi relatado nos jornais, partimos do porto de Boston em 2 de setembro de 1930; seguimos em um ritmo agradável ao longo da costa e através do canal do Panamá, e atracamos em Samoa e em Hobart, na Tasmânia, onde pegamos os suprimentos que faltavam. Nenhum dos membros da expedição já havia estado nas regiões polares, então dependíamos muito de nossos capitães de navios — J. B. Douglas, comandante do brigue *Arkham* e atuando como líder da equipe marítima, e Georg Thorfinnssen, comandante da barca *Miskatonic* —, ambos baleeiros veteranos em águas antárticas. Depois que deixamos para trás o mundo habitado, a cada dia o sol descia mais ao norte e permanecia cada vez mais tempo acima do horizonte. A cerca de 62° de latitude sul, avistamos nossos primeiros icebergs — que se assemelhavam a mesas com lados verticais —, e pouco antes de chegarmos ao Círculo Polar Antártico, que atravessamos em 20 de outubro com as devidas cerimônias, estávamos bastante incomodados com os blocos de gelo. A temperatura cada vez mais baixa me deixou consideravelmente desconfortável após nossa longa viagem pelos trópicos, mas tentei me preparar para as condições mais rigorosas que ainda teria de enfrentar. Em muitas ocasiões, fiquei profundamente encantado pelos curiosos efeitos atmosféricos; entre eles, uma miragem surpreendentemente vívida — a primeira que vi, na qual icebergs distantes se transformavam em ameias de castelos cósmicos inimagináveis.

Abrindo caminho em meio ao gelo, que por sorte não era nem extenso nem estava densamente compactado, voltamos a navegar por águas abertas na latitude 67° sul, longitude 175° leste. Na manhã de 26 de outubro, avistamos um intenso resplendor ao sul e, antes do meio-dia, todos fomos dominados pela emoção ao contemplar uma vasta e grandiosa cadeia de montanhas coberta de neve que se estendia por todo o horizonte à nossa frente. Enfim havíamos encontrado uma divisa do grande continente desconhecido e seu enigmático mundo de morte gélida. Era óbvio que esses picos compunham a cordilheira do Almirantado, descoberta por Ross, e agora precisávamos contornar o cabo Adare e navegar pela costa leste da terra de Vitória até nossa base na margem do estreito de McMurdo, aos pés do vulcão Erebus, na latitude 77° 9' sul.

A última parte do trajeto foi vívida e comovente, com grandes picos inóspitos e misteriosos delineando-se contra o oeste, enquanto o baixo sol nórdico do meio-dia, ou o ainda mais baixo sol austral da meia-noite, ainda no horizonte, derramava seus raios avermelhados e nebulosos sobre a neve branca, as faixas azuladas de água e gelo e sobre os pontos pretos das encostas graníticas. Rajadas intermitentes e furiosas do implacável vento antártico fustigavam os cumes desolados, com uma cadência que por vezes sugeria um silvo musical primitivo e semiconsciente, com notas de uma variedade ampla que, por alguma razão mnemônica subconsciente, pareciam-me inquietantes e até vagamente terríveis. Algo na cena me lembrou das estranhas e perturbadoras pinturas asiáticas de Nicholas Roerich, e das ainda mais estranhas e perturbadoras descrições do maligno e afamado Platô de Leng, feitas pelo árabe louco Abdul Alhazred no *Necronomicon*. Mais tarde, muito me lamentei por ter folheado esse livro monstruoso na biblioteca da faculdade.

No dia 7 de novembro, depois de temporariamente perder de vista a cordilheira a oeste, passamos pela ilha Franklin; e no dia seguinte avistamos os cones dos montes Erebus e Terror na ilha de Ross, à nossa frente, com as montanhas Parry se estendendo em uma longa fileira adiante. A grande barreira de gelo se estendia ao leste em uma linha branca e baixa, que subia perpendicularmente a uma altura de sessenta metros, como os penhascos rochosos de Quebec, e marcava o fim da navegação em direção ao sul. Na parte da tarde, adentramos o estreito de McMurdo e paramos afastados da costa, a sotavento do fumegante monte Erebus. O pico escoriáceo se elevava cerca de 3.900 metros contra o céu ao leste, como uma gravura japonesa do sagrado monte Fuji; além dele, erguia-se o monte Terror, branco e fantasmagórico, a 3.300 metros de altitude, um vulcão já extinto. Nuvens de fumaça se desprendiam do monte Erebus de tempos em tempos, e um dos alunos de pós-graduação — um jovem brilhante chamado Danforth — apontou para o que parecia lava na encosta salpicada de neve; depois, comentou que essa montanha, descoberta em 1840, sem dúvida havia inspirado Poe a escrever, sete anos mais tarde, sobre

As lavas que carregam pelo solo
Suas correntes sulforosas do Yaanek
Nas regiões derradeiras do polo
Que ululam ao descer o monte Yaanek
Nos reinos boreais do polo.

Danforth era profundo conhecedor da literatura bizarra, e falara bastante de Poe. Interessei-me pelo assunto por conta do tema antártico abordado na única história longa de Poe — sobre o perturbador e enigmático Arthur Gordon Pym. Na costa inóspita e na imponente barreira de gelo ao fundo, miríades de pinguins grasnavam e batiam as nadadeiras; na água, focas roliças nadavam ou emergiam e espalhavam-se nos grandes blocos de gelo que lentamente flutuavam à deriva.

Em nossos pequenos barcos, atracamos com dificuldade na ilha de Ross pouco depois da meia-noite do dia 9, carregando uma linha de cabos de cada uma das embarcações e nos preparando para descarregar os suprimentos por meio de um sistema de boias. Nossas sensações ao darmos o primeiro passo em solo antártico foram intensas e complexas, ainda que, nesse ponto, as expedições de Scott e Shackleton tivessem nos precedido. Nosso acampamento no litoral congelado aos pés da encosta do vulcão era provisório; a sede oficial continuava sendo a bordo do *Arkham*. Desembarcamos todos os nossos equipamentos de perfuração, cães, trenós, barracas, provisões, tanques de gasolina, equipamento experimental de derretimento de gelo, câmeras comuns e aéreas, peças de aviões e outros aparatos, incluindo três pequenos aparelhos de rádio portáteis (além dos que havia nos aviões) capazes de se comunicar com o grande rádio do *Arkham* de qualquer parte do continente antártico que pudéssemos vir a desbravar. O equipamento do navio, responsável pela comunicação com o mundo exterior, servia para transmitir informações à poderosa estação sem fio do *Arkham Advertiser*, em Kingsport Head, Massachusetts. Tínhamos esperança de concluir o trabalho no decorrer de um verão antártico; se isso se provasse impossível, no entanto, passaríamos o inverno a bordo do *Arkham* enquanto o *Miskatonic* seguiria em direção ao norte, antes que as águas congelassem, a fim de conseguir mais suprimentos.

Não preciso repetir o que os jornais já publicaram sobre as primeiras etapas de nosso trabalho: a subida ao monte Erebus; as perfurações de minerais bem-sucedidas em vários pontos da ilha de Ross e a velocidade singular com que o aparelho de Pabodie as realizava, mesmo através de camadas de rocha sólida; o teste preliminar do pequeno equipamento de derretimento de gelo; a perigosa subida à grande barreira, com trenós e suprimentos; e a montagem final de cinco enormes aviões no acampamento no topo da barreira. A saúde do nosso grupo em terra — vinte homens e 55 cães de trenó do Alasca — era notável, embora, é claro, até então não tivéssemos nos deparado com temperaturas realmente desafiadoras ou grandes ventanias. Durante a maior parte do tempo, o termômetro marcou entre -17°C e -6°C, ou de -4°C para cima, e a experiência com os invernos da Nova Inglaterra já havia nos preparado para temperaturas rigorosas desse nível. O acampamento da barreira era semipermanente, e destinado a ser um depósito de gasolina, provisões, dinamite e outros suprimentos. Apenas quatro de nossos aviões eram necessários para transportar o material destinado à exploração, e o quinto ficou no armazém temporário, assim como um piloto e dois homens dos navios, para que pudessem chegar até nós a partir do *Arkham* no caso de perdermos todos os nossos aviões de exploração. Mais tarde, quando não estávamos usando todos os aviões para transportar equipamentos, um ou dois ficavam encarregados de ir e vir da outra base permanente no grande platô, que ficava a cerca de mil quilômetros ao sul, além da geleira Beardmore. Apesar dos relatos quase unânimes a respeito de ventos e tempestades terríveis que assolam o platô, decidimos dispensar bases intermediárias; um risco que optamos por correr pensando na economia e na possível eficiência que nos traria.

Relatórios transmitidos pelo rádio discorreram sobre o voo ininterrupto de quatro horas que nosso esquadrão fez em 21 de novembro, sobrevoando as elevadas banquisas de gelo, com vastos picos se elevando a oeste e o silêncio insondável ecoando ao som de nossos motores. O vento causou apenas um ligeiro incômodo, e nossos radiogoniômetros nos ajudaram a atravessar o nevoeiro opaco com que nos deparamos. Quando a vasta elevação surgiu à frente, entre as latitudes 83° e 84°, sabíamos que havíamos chegado à geleira Beardmore, a maior geleira de vale do mundo, e que o mar congelado agora dava lugar a um litoral montanhoso e sulcado. Enfim adentrávamos o mundo branco, antigo e morto há éons do extremo sul, e, enquanto nos dávamos conta disso, logo avistamos o monte Nansen, a oeste, elevando-se a mais de quatro mil metros.

O estabelecimento bem-sucedido da base sul acima da geleira, na latitude 86° 7', longitude 174° 23' leste, e as perfurações e dinamitações rápidas e eficazes feitas em vários pontos que alcançamos com nossas viagens de trenó e voos curtos de avião integram os anais da história; assim como a árdua e triunfante escalada ao monte Nansen realizada por Pabodie e dois dos alunos de pós-graduação — Gedney e Carroll — de 13 a 15 de dezembro. Estávamos a cerca de 2.500 metros acima do nível do mar e, quando as perfurações experimentais revelaram terreno sólido sob uma camada de neve e gelo de apenas quatro metros em determinados pontos, fizemos uso considerável do pequeno aparelho de derretimento, da perfuratriz e de dinamites em muitos locais em que nenhum explorador que nos precedeu jamais pensou ser possível coletar espécimes minerais. Os granitos pré-cambrianos e os arenitos de Beacon coletados confirmaram nossa crença de que o platô tinha composição idêntica à da maior parte do continente a oeste, mas um pouco diferente das partes situadas a leste abaixo da América do Sul — que, à época, pensávamos se tratar de um continente menor e independente, dividido do maior por uma junção congelada dos mares de Ross e de Weddell, embora Byrd tenha refutado a hipótese desde então.

Em alguns dos arenitos, dinamitados e escavados depois de a perfuração tê-los revelado, encontramos algumas marcações e fragmentos fósseis muito interessantes — principalmente samambaias, algas marinhas, trilobitas, crinoides e moluscos como língulas e gastrópodes —, e todos pareciam dotados de um significado real que se interligava à história primordial da região. Havia também uma marcação estranha, estriada e triangular, com cerca de trinta centímetros de diâmetro, que Lake reuniu a partir de três fragmentos de ardósia trazidos de uma abertura profunda. Os fragmentos eram oriundos de um ponto a oeste, perto da cordilheira Rainha Alexandra; e Lake, como biólogo, parecia achar sua curiosa marcação estranhamente intrigante e instigante, embora, para meus olhos treinados para a geologia, muito se assemelhasse a ondulações razoavelmente comuns em rochas sedimentares. Sendo a ardósia uma formação metamórfica na qual um estrato sedimentar é pressionado, e podendo a própria pressão causar distorções em quaisquer marcações que possam existir, não vi motivo para tamanha admiração por aquela depressão estriada.

Em 6 de janeiro de 1931, Lake, Pabodie, Danforth, os seis alunos, quatro mecânicos e eu voamos diretamente sobre o polo sul em dois dos grandes aviões, sendo forçados a diminuir a altitude em uma ocasião por conta de um vento forte que, felizmente, não se tornou uma das típicas tempestades. Esse foi, como os jornais declararam, um dos inúmeros voos de observação que fizemos, durante os quais tentávamos discernir novas características topográficas em áreas não desbravadas por exploradores que nos precederam. Nossos primeiros voos deixaram muito a desejar nesse aspecto, ainda que tenham nos proporcionado alguns vislumbres magníficos das miragens fantásticas e enganosas das regiões polares, das quais nossa viagem marítima nos fornecera breves amostras. Montanhas longínquas flutuavam no céu como cidades encantadas, e era frequente que o mundo branco se dissolvesse em uma terra feita em ouro, prata e escarlate, remetendo aos sonhos dunsanianos e a uma expectativa de aventura sob a magia do baixo sol da meia-noite. Em dias nublados, tivemos certa dificuldade em voar, visto que a terra coberta de neve e o céu tendiam a se fundir em um vazio opalescente místico, sem horizonte visível para delimitar a junção dos dois.

Por fim, resolvemos executar nosso plano original de voar oitocentos quilômetros em direção ao leste com os quatro aviões exploradores e estabelecer uma nova sub-base em um ponto que, de acordo com nossa suposição equivocada, provavelmente estaria na menor divisão continental. Espécimes geológicos coletados lá seriam desejáveis para fins de comparação. Até então, nossa saúde permanecia excelente; o suco de limão contrabalanceava a dieta composta por alimentos enlatados e salgados, e as temperaturas, que geralmente eram superiores a -17°, nos permitiam dispensar os casacos de pele mais pesados. Estávamos no meio do verão, e se fôssemos apressados e cuidadosos, poderíamos concluir o trabalho em março e evitar um tedioso inverno passado no decorrer da longa noite antártica. Fomos fustigados por muitas ventanias selvagens que vinham do oeste, mas conseguimos escapar dos danos graças à habilidade de Atwood em elaborar abrigos rudimentares para os aviões e quebra-ventos feitos a partir de pesados blocos de neve, além de reforçar as principais instalações do acampamento com neve. Nossa boa sorte e eficiência foram de fato quase sobrenaturais.

O mundo exterior sabia, é claro, dos nossos planos, e também havia sido informado da estranha e obstinada insistência de Lake em fazer uma viagem de prospecção para o oeste — ou melhor, para o noroeste — antes que nos mudássemos para a nova base. Ao que parece, ele ponderou bastante, e com uma ousadia assustadoramente radical, a respeito da marcação estriada e triangular na ardósia; nela, ele enxergava certas contradições relativas à natureza e ao período geológico que despertaram sua curiosidade e a elevaram ao nível máximo, tornando-o ávido por realizar mais perfurações e explosões na formação a oeste, à qual os fragmentos coletados evidentemente pertenciam. Ele estava estranhamente convencido de que a marcação era a impressão de algum organismo volumoso, desconhecido e não classificável, de evolução consideravelmente avançada, apesar de a rocha em que estava contida ser de uma datação tão antiga — cambriana, ou até mesmo pré-cambriana — a ponto de inviabilizar a existência não apenas de toda a vida altamente evoluída, mas de qualquer forma de vida acima do estágio unicelular ou, no máximo, trilobita. Esses fragmentos, com suas marcações singulares, deviam ter de meio a um bilhão de anos.

2

A imaginação popular, penso eu, reagiu ativamente aos nossos relatórios de rádio sobre a incursão de Lake para as regiões a noroeste, nunca antes exploradas por pés humanos ou mesmo desbravadas pela imaginação dos homens; ainda que não tenhamos mencionado as esperanças desenfreadas de Lake de revolucionar totalmente as ciências da biologia e geologia. De 11 a 18 de janeiro, fez sua primeira jornada de trenó e perfuração, acompanhado de Pabodie e mais cinco homens; a empreitada foi prejudicada pela perda de dois cães em um acidente, quando atravessavam uma das grandes cristas de pressão no gelo, mas ainda assim a jornada trouxe à tona cada vez mais ardósia arqueana. Até mesmo eu fiquei interessado na profusão singular de marcas fósseis evidentes naquele estrato incrivelmente antigo. Essas marcações, porém, pertenciam a formas de vida muito primitivas, e não representavam um grande paradoxo, exceto que quaisquer formas de vida pudessem ocorrer em uma rocha datada do período pré-cambriano, como esta parecia ser; desse modo, não consegui enxergar o bom senso na insistência de Lake em interromper nossa programação de economia de tempo — uma interrupção que demandaria todos os quatro aviões, muitos homens e todos os equipamentos mecânicos da expedição. No fim das contas, não me opus ao plano, embora tenha decidido não acompanhar o grupo que partiria a noroeste, apesar de Lake ter requisitado meus conselhos geológicos. Enquanto eles estivessem fora, eu permaneceria na base com Pabodie e mais cinco homens, elaborando os planos finais para nossa mudança para o leste. Como parte dos preparativos, um dos aviões começara a levar boa parte do suprimento de gasolina do estreito de McMurdo; mas, por ora, isso podia esperar. Mantive comigo um trenó e nove cães, uma vez que não é sensato ficar sem meios de transporte, ainda que por pouco tempo, em um mundo totalmente desabitado e morto há éons.

A subexpedição de Lake rumo ao desconhecido, como todos devem se lembrar, enviou seus próprios relatórios a partir dos transmissores de ondas curtas presentes nos aviões; estes sendo captados simultaneamente por nosso aparelho na base sul e pelo *Arkham* no estreito de McMurdo, de onde eram retransmitidos para o mundo exterior em comprimentos de onda de até cinquenta metros. A expedição teve início às quatro horas da manhã do dia 22 de janeiro, e recebemos a primeira mensagem apenas duas horas mais tarde, quando Lake contou sobre os planos de pousar e iniciar um procedimento para derreter e perfurar o gelo em um ponto a cerca de quinhentos quilômetros de onde estávamos. Seis horas depois, uma segunda mensagem muito animada discorreu sobre o trabalho frenético, semelhante ao de castores, pelo qual um poço raso havia sido perfurado e dinamitado, culminando na descoberta de fragmentos de ardósia com várias marcações semelhantes àquela que causara a perplexidade inicial.

Três horas depois, um breve comunicado anunciou que haviam levantado voo em meio a um vendaval bruto e mordaz; e, quando enviei uma mensagem de protesto em relação a perigos adicionais, Lake respondeu secamente que seus novos espécimes valiam qualquer risco. Percebi que sua empolgação havia chegado à beira de um motim, e que não havia nada que eu pudesse fazer para impedir aquilo que poderia comprometer o sucesso de toda a expedição; mas era assustador pensar que ele mergulhava cada vez mais fundo naquela imensidão branca, traiçoeira e sinistra, repleta de tempestades e mistérios insondáveis, que se estendia por cerca de dois mil quilômetros até a costa parcamente conhecida da porção de terra Queen Mary e da de Knox.

Então, cerca de uma hora e meia depois, recebemos uma mensagem ainda mais animada do avião de Lake, que quase reverteu meus sentimentos e me fez desejar ter me juntado àquela expedição.

"22:05. Em voo. Depois da nevasca, avistamos cordilheiras mais altas do que as vistas até então. Talvez iguais aos Himalaias, em vista da altura do platô. Latitude provável 76° 15', longitude 113° 10' leste. Estende-se até onde a vista alcança, tanto à direita quanto à esquerda. Suspeita de dois cones vulcânicos. Todos os picos negros e sem neve. Vendaval que os fustiga impede a navegação."

Depois disso, Pabodie, os homens e eu ficamos sem fôlego ao lado do receptor. Pensar nessa muralha titânica a mil quilômetros de distância inflamava nossos sentimentos de aventura mais profundos; e nos alegramos com a ideia de que nossa expedição a tivesse descoberto, ainda que não tenhamos participado pessoalmente. Meia hora mais tarde, Lake nos contatou novamente.

"O avião de Moulton foi forçado a aterrissar no platô, no sopé das montanhas, mas ninguém se machucou, e talvez haja conserto. O essencial será transferido para os outros três para o retorno, ou demais viagens, se necessárias, mas por ora não há necessidade de fazer viagens longas. As montanhas superam qualquer coisa que se possa imaginar. Vou subir para explorar no avião de Carroll, deixando toda a carga em terra. Vocês não imaginam o que estamos vendo. Os picos mais altos devem ultrapassar dez mil metros. O Everest encontrou algo que o superasse. Atwood vai medir a altura com o teodolito enquanto Carroll e eu voamos. Provavelmente estou errado quanto aos cones vulcânicos, pois as formações parecem estratificadas. Possivelmente ardósia pré-cambriana misturada a outros estratos. Efeitos estranhos no horizonte — partes regulares de cubos pendendo dos picos mais altos. A coisa toda fica maravilhosa na luz vermelha e dourada do sol baixo. Como uma terra de mistério em um sonho ou a porta de entrada para o mundo proibido de maravilhas não exploradas. Queria que você estivesse aqui para analisar."

Embora fosse tecnicamente nosso horário de dormir, nenhum de nós pensou em se recolher. O mesmo deve ter acontecido no estreito de McMurdo, onde o armazém temporário e o *Arkham* também recebiam as mensagens, uma vez que o capitão Douglas entrou em contato para parabenizar a todos pela importante descoberta, e Sherman, o responsável pelo armazém, fez o mesmo. Lamentamos, é claro, pelo avião danificado, mas torcíamos para que pudesse ser consertado sem grandes problemas. Então, às onze da noite, Lake entrou em contato novamente.

"Com Carroll no sopé mais alto. Não nos atrevemos a nos aproximar dos picos mais altos no clima atual, mas devemos fazê-lo mais tarde. Uma subida assustadora, e difícil de subir a essa altitude, mas vale a pena. Maior cordilheira bastante sólida, então não consigo vislumbrar o que há além dela. Os cumes principais são mais altos do que os dos Himalaias, e de aparência muito estranha. A cordilheira parece de ardósia pré-cambriana, com sinais claros de outros estratos soerguidos. Estava errado sobre vulcanismo. Estende-se para os dois lados até onde a vista alcança. Livre de neve acima dos seis mil metros de altura. Estranhas formações nas encostas das montanhas mais altas. Grandes blocos baixos e quadrados com lados verticais e linhas retangulares de muralhas verticais baixas, como os antigos castelos asiáticos construídos em montanhas íngremes nas pinturas de Roerich. Impressionantes à distância. Voamos perto de alguns, e Carroll pensou que fossem formados por peças separadas, mas provavelmente é resultado do desgaste causado pelas intempéries. A maioria das bordas desmoronou e ganhou um aspecto arredondado, como se tivesse ficado exposta a tempestades e mudanças climáticas por milhões de anos. Alguns pedaços, principalmente os mais altos, parecem ser feitos de uma rocha de um tom mais claro do que qualquer estrato visível nas encostas, evidenciando uma origem claramente cristalina. Ao aproximarmos o avião, avistamos muitas entradas de cavernas, algumas de contorno muito irregular, quadradas ou semicirculares. Você precisa vir averiguar. Acho que vi uma muralha quadrada sobre um cume. Altura aproximada de nove a dez mil metros. Estamos a quase sete mil metros, e faz um frio demoníaco. O vento assobia e ricocheteia ao passar entre desfiladeiros e no interior e exterior das cavernas, mas não ofereceu nenhum perigo ao voo até agora."

A partir de então, Lake continuou enviando comentários por mais meia hora, e externou sua intenção de escalar alguns dos cumes. Respondi que me juntaria a ele assim que um avião me fosse enviado, e que Pabodie e eu pensaríamos na melhor estratégia a respeito da gasolina — sobre onde e como armazenar nosso suprimento em vista das mudanças que ocorriam na expedição. Era evidente que, com as perfurações de Lake e suas atividades com o avião, haveria necessidade de que muito combustível fosse levado até a nova base que ele pretendia estabelecer no sopé das montanhas; e era possível que, no fim das contas, o voo para leste não fosse realizado ainda naquela estação. Entrei em contato com o capitão Douglas e pedi a ele que reunisse a maior quantidade possível de combustível nos navios e os levasse barreira acima com a única matilha de cães que havíamos deixado lá. Uma rota direta cortando a região desconhecida entre Lake e o Estreito de McMurdo era o que realmente deveríamos estabelecer.

Lake entrou em contato mais tarde para contar que havia decidido montar acampamento onde o avião de Moulton fora forçado a pousar, e onde os reparos já estavam em progresso. A camada de gelo era muito fina, com partes do solo escuro visíveis em certos pontos, e ele faria algumas perfurações e explosões naquele local antes de realizar quaisquer excursões de trenó ou expedições de escalada. Falou sobre a grandiosidade inefável do local, e sobre como era estranho estar perante vastos pináculos silenciosos, cujas fileiras se elevavam como uma muralha que tocava o céu na borda do mundo. As medições do teodolito de Atwood estimaram que os cinco picos mais altos tinham de nove a dez mil metros de altura. O fato de o terreno ser tão varrido pelos ventos claramente perturbava Lake, visto que implicava na existência de vendavais espantosos e violentos, muito além de qualquer coisa que havíamos encontrado até então. Seu acampamento ficava a pouco mais de oito quilômetros de onde as colinas mais altas emergiam abruptamente. Quase captei um vestígio de preocupação subconsciente em suas palavras — mesmo com os mil quilômetros de vazio glacial que havia entre nós — ao insistir que todos nos apressássemos e nos livrássemos daquela nova e estranha região o mais rápido possível. Ele ia descansar dentro em pouco, depois de um dia de trabalho ininterrupto, com velocidade, força e resultados quase inigualáveis.

Pela manhã, tive uma conversa de três pontas via rádio com Lake e o capitão Douglas, cada um em sua base extensivamente distantes; e foi decidido que um dos aviões de Lake viria à minha base para transportar Pabodie, os cinco homens e eu, bem como todo o combustível que pudesse. Outros assuntos relacionados ao combustível, a depender de nossa decisão sobre uma viagem a leste, poderiam esperar alguns dias, uma vez que Lake tinha o bastante para aquecer o acampamento e realizar suas perfurações. A antiga base sul deveria ser reabastecida em algum momento; se adiássemos a viagem ao leste, porém, não seria usada até o verão seguinte. Entrementes, Lake precisaria enviar um avião para explorar a rota direta entre as montanhas que descobriu e o estreito de McMurdo.

Pabodie e eu nos preparamos para fechar nossa base por um período curto ou longo, a depender do que viria a seguir. Se passássemos o inverno no continente antártico, provavelmente voaríamos direto da base de Lake para o *Arkham* sem necessidade de retornar a esse local. Algumas de nossas tendas cônicas já haviam sido reforçadas por blocos de neve compactada, e decidimos concluir o trabalho de construir um vilarejo esquimó permanente. Devido a um suprimento de barracas deveras generoso, Lake tinha tudo de que sua base poderia precisar mesmo após nossa chegada. Por rádio, avisei-o de que Pabodie e eu estaríamos prontos para a jornada para o noroeste depois de um dia de trabalho e uma noite de descanso.

Nosso trabalho, porém, não foi muito consistente depois das quatro da tarde; pois, durante esse período, Lake passou a enviar mensagens extraordinárias e empolgadas. Seu dia de trabalho não havia começado de forma muito auspiciosa, já que um voo sobre as superfícies rochosas quase expostas revelou a ausência dos estratos arqueanos e primordiais que ele tanto procurava, e que formavam uma parte tão vasta dos pináculos colossais que se elevavam a uma distância tentadora do acampamento. A maioria das rochas avistadas parecia arenito jurássico e comanchiano, e xisto permiano e triássico, com pontos ocasionais de um preto brilhante que sugeriam um carvão duro e rico em ardósia. Isso desencorajou Lake, cujos planos envolviam descobrir espécimes com mais de quinhentos milhões de anos. Estava claro para Lake que, a fim de recuperar o veio de ardósia arqueana no qual encontrara as estranhas marcações, precisaria fazer uma longa viagem de trenó, partindo do sopé das gigantescas montanhas em direção às suas encostas íngremes.

Ele decidira, porém, fazer algumas perfurações no local, como parte do programa geral da expedição; montou a perfuratriz, portanto, e colocou cinco homens para trabalhar, enquanto os demais terminavam de montar o acampamento e reparar o avião danificado. A rocha visível de menor dureza — um arenito encontrado a cerca de quatrocentos metros do acampamento — havia sido escolhida para a primeira amostragem; e a perfuratriz fez um excelente progresso sem que houvesse necessidade de muitas explosões suplementares. Cerca de três horas mais tarde, após a primeira explosão grandiosa da operação, ouviram-se gritos vindos da equipe de perfuração; e o jovem Gedney — que supervisionava a perfuração — adentrou o acampamento às pressas com notícias surpreendentes.

Eles haviam encontrado uma caverna. No início da perfuração, o arenito havia dado lugar a um veio de calcário comanchiano repleto de minúsculos fósseis de cefalópodes, corais, equinoides e espiríferos, com sugestões ocasionais de esponjas silicosas e ossos de vertebrados marinhos — sendo esses provavelmente de teleósteos, tubarões e ganoides. Isso por si só já era de grande importância, visto que fornecia os primeiros fósseis de vertebrados coletados na expedição; quando a ponta da perfuratriz atravessou o estrato e caiu em uma cavidade, uma nova e ainda mais intensa onda de empolgação se espalhou entre os escavadores. Uma explosão relativamente grande havia revelado o segredo subterrâneo; e agora, através de uma abertura irregular com cerca de um metro e meio de diâmetro e um metro de espessura, revelava-se aos ávidos pesquisadores uma formação côncava e rasa de calcário, desgastada há mais de cinquenta milhões de anos pelo gotejar das águas subterrâneas de um mundo tropical e extinto.

A camada oca não tinha mais do que dois ou três metros de profundidade, mas se estendia indefinidamente em todas as direções e expelia lufadas de um ar fresco e em ligeiro movimento que sugeria que era parte de um extenso sistema subterrâneo. O teto e o chão eram cobertos por estalactites e estalagmites, algumas interligadas em formas colunares; o mais importante, porém, era a vasta quantidade de conchas e ossos que, em alguns pontos, quase chegava a obstruir a passagem. Carregada a partir de florestas desconhecidas de samambaias e fungos mesozoicos, e florestas de cicadáceas do período Terciário, palmeiras-leque e angiospermas primitivas, essa amálgama óssea continha representantes de tantas espécies do Cretáceo, do Eoceno e de outros animais que nem o maior dos paleontólogos seria capaz de contá-los e classificá-los em menos de um ano. Moluscos, exoesqueletos de crustáceos, peixes, anfíbios, répteis, pássaros e mamíferos primitivos — grandes e pequenos, conhecidos e desconhecidos. Não era de se admirar que Gedney tivesse voltado ao acampamento aos gritos, nem que todos os outros largassem o que estavam fazendo e corressem em meio ao frio cortante até o ponto em que a torre alta marcava uma nova porta de entrada para os segredos de locais subterrâneos e eras desaparecidas.

Quando Lake saciou a primeira parcela de sua curiosidade, rabiscou uma mensagem em seu caderno e ordenou ao jovem Moulton que retornasse ao acampamento e a enviasse pelo rádio. Foi a primeira notícia que recebi sobre a descoberta. Falava a respeito da identificação de conchas primitivas, ossos de ganoides e placodermos, resquícios de labirintodontes e tecodontes, grandes fragmentos de crânio de mosassauro, vértebras e couraças de dinossauros, dentes e ossos de asas de pterodáctilos, restos de arqueópterix, dentes de tubarões do Mioceno, crânios de pássaros primitivos e crânios, vértebras e outros ossos de mamíferos arcaicos, como paleoterídeos, xifodontes, dinoceratos, hiracotérios, oreodontídeos e titanotérios. Não havia nada tão recente, como mastodontes, elefantes, camelos verdadeiros, cervos e animais bovinos;

Lake, portanto, concluiu que os últimos depósitos aconteceram durante o Oligoceno, e que o estrato oco permanecera em seu atual estado seco, morto e inacessível por pelo menos trinta milhões de anos.

Por outro lado, a predominância de formas de vida tão primordiais era extremamente singular. Embora a formação de calcário fosse, com base na presença de fósseis tão típicos como ventriculites, certa e inconfundivelmente comanchiana, e de modo algum de épocas anteriores, os fragmentos soltos no espaço oco incluíam uma quantidade surpreendente de organismos até então considerados como pertencentes a períodos muito mais remotos — até peixes rudimentares, moluscos e corais tão antigos quanto o Siluriano ou Ordoviciano. A dedução inevitável foi que, naquela parte do mundo, houvera um grau de continuidade único e notável entre a vida de mais de trezentos milhões de anos atrás e a de apenas trinta milhões de anos atrás. Até que ponto essa continuidade se estendeu para além do Oligoceno, quando a caverna foi fechada, obviamente estava além de qualquer especulação. De todo modo, a chegada do terrível período glacial no Pleistoceno, cerca de quinhentos mil anos atrás — quase nada comparado com a idade dessa cavidade —, deve ter acabado com qualquer uma das formas de vida primitivas que ali haviam conseguido sobreviver além de seu tempo devido.

Não satisfeito com apenas uma mensagem, Lake logo escreveu e despachou em meio à neve outro relatório para o acampamento, antes que Moulton tivesse tempo de voltar. Depois disso, Moulton permaneceu no rádio de um dos aviões, transmitindo para mim — e para o *Arkham*, que retransmitiria ao mundo exterior — os frequentes acréscimos que Lake enviava por uma sucessão de mensageiros. Aqueles que acompanharam os jornais vão se lembrar da empolgação que os relatórios daquela tarde despertaram nos homens da ciência — relatórios que acabaram culminando, depois de todos esses anos, na Expedição Starkweather-Moore, a mesma que tento dissuadir tão avidamente. É melhor que eu reproduza integralmente as mensagens de Lake, da forma como foram enviadas e traduzidas por nosso operador de base, McTighe, a partir da própria taquigrafia a lápis.

"Fowler fez uma descoberta da mais alta importância em fragmentos de arenito e calcário das explosões. Várias marcações estriadas e triangulares distintas, como as da ardósia arqueana, provando que a fonte sobreviveu de mais de seiscentos milhões de anos atrás até o Comanchiano com apenas algumas alterações morfológicas moderadas e diminuição no tamanho. Marcações comanchianas aparentemente mais primitivas e decadentes, quando muito, do que as mais antigas. Enfatizar a importância da descoberta na imprensa. Significará para a biologia o que Einstein significou para a matemática e a física. Agrega-se ao meu trabalho anterior e expande as conclusões. Parece indicar, como eu suspeitava, que a Terra contou com um ou mais ciclos de vida orgânica antes do ciclo de que temos conhecimento, aquele que tem início com células arqueozoicas. Evoluiu e especializou-se um bilhão de anos atrás, quando o planeta era jovem, e inabitável para quaisquer formas de vida ou estruturas protoplásmicas normais. Surge a questão de quando, onde e como o desenvolvimento se sucedeu."

***

"Mais tarde. Examinando certos fragmentos esqueléticos de grandes sáurios e mamíferos primitivos, terrestres e marinhos, descobri feridas ou lesões singulares na estrutura óssea não atribuíveis a nenhum predador ou carnívoro conhecido de qualquer era. De dois tipos — furos retos e profundos e incisões aparentemente cortantes. Um ou dois casos de ossos cortados. Poucos espécimes afetados. Pedi que trouxessem lanternas elétricas do acampamento. Ampliarei a área de pesquisa subterrânea cortando estalactites."

***

"Ainda mais tarde. Encontrei um fragmento peculiar de esteatito com cerca de quinze centímetros de diâmetro e quatro de espessura, totalmente diferente de qualquer formação visível no local. Esverdeado, mas não há evidências para determinar a qual período pertence. Apresenta simetria e regularidade curiosas. Formato de estrela de cinco pontas, com extremidades quebradas, e sinais de outras segmentações em ângulos internos e no centro da superfície. Depressão pequena e lisa no centro da superfície intacta. Desperta muita curiosidade quanto à origem e intemperismo. Provavelmente alguma ação estranha da água. Usando uma lupa, Carroll acredita ser capaz de identificar marcas adicionais de importância geológica. Aglomerados de pontinhos em padrões regulares. Cães cada vez mais inquietos à medida que o trabalho prossegue, e parecem odiar o esteatito. Preciso conferir se há algum odor peculiar. Mando novo relato quando Mills retornar com a luz e começarmos a explorar a área subterrânea."

***

"22h15. Descoberta importante. Orrendorf e Watkins, trabalhando no subsolo às 21h45, com luz, encontraram um fóssil hediondo em forma de barril, de natureza totalmente desconhecida; provavelmente vegetal, a menos que seja um espécime enorme e desconhecido de radiata marinha. Tecido evidentemente preservado por sais minerais. Rígido como couro, mas surpreendentemente flexível em alguns pontos. Marcas de partes quebradas nas extremidades e laterais. Um metro e oitenta de uma ponta à outra, um metro de diâmetro central, afunilando-se até chegar a trinta centímetros em cada extremidade. Como um barril com cinco cristas salientes no lugar de ripas. Rupturas laterais, como se de talos finos, estão posicionadas bem no meio dessas cristas. Há formações curiosas nos sulcos entre as cristas. Rebarbas ou asas que abrem e fecham como leques. Todas muito danificadas, com exceção de uma, que apresenta uma envergadura de asa de mais de dois metros. Assemelha-se a um monstro dos mitos primitivos, especialmente os lendários Antigos mencionados no *Necronomicon*. As asas parecem ser membranosas, e estendem-se sobre uma estrutura de tubulação glandular. Minúsculos orifícios aparentes na tubulação nas pontas das asas. As extremidades do corpo estão retraídas, e não fornecem pistas da composição interna ou de partes faltantes. Devo dissecar quando voltar ao acampamento. Não consigo determinar se é vegetal ou animal. Muitas características evidentes de uma primitividade quase inacreditável. Ordenei que todos cortassem estalactites e procurassem outros espécimes. Foram encontrados ossos lacerados adicionais, mas isso pode esperar. Os cães estão causando problemas. Não suportam o espécime encontrado e provavelmente o dilacerariam se não os mantivéssemos afastados."

***

"23h30. Atenção, Dyer, Pabodie, Douglas. Assunto de maior importância – diria até que transcendental. *Arkham* deve retransmitir à Estação Kingsport Head imediatamente. Estranho espécime em forma de barril é a coisa arqueana que deixou marcações nas rochas. Mills, Boudreau e Fowler encontraram mais treze em um ponto subterrâneo a dez metros da abertura. Misturado com fragmentos de esteatito de forma curiosamente arredondada e harmoniosa, menores do que o encontrado anteriormente — em formato de estrela, mas sem marcas de quebra, exceto em alguns pontos. Quanto aos espécimes orgânicos, oito aparentemente intactos, com todas as partes. Trouxemos todos à superfície, mantendo os cães afastados. Eles não suportam essas coisas. Prestem muita atenção à descrição e repitam para que não haja nenhum erro. Os jornais devem relatar da forma correta.

"Os objetos têm dois metros e quarenta centímetros de comprimento. Torso em forma de barril com cinco cristas medindo um metro e oitenta, um metro de diâmetro central e trinta centímetros de diâmetro nas extremidades. Cinza-escuro, flexível e extremamente rígido. Asas membranosas da mesma cor, com mais de dois metros de comprimento, encontradas dobradas, estendem-se por sulcos entre as cristas. Estrutura da asa tubular ou glandular, de um cinza mais claro, com orifícios nas pontas. Quando abertas, as asas têm bordas serrilhadas. Bem no meio, no vértice central de cada uma das cinco saliências verticais em forma de ripa, há cinco sistemas de braços ou tentáculos flexíveis cinza-claros, encontrados firmemente dobrados junto ao torso, mas expansíveis até um comprimento máximo de um metro. Como braços de crinoides primitivos. Talos individuais com sete centímetros de diâmetro ramificam-se, quinze centímetros depois, em cinco subtalos, cada um se ramificando, depois de vinte centímetros, em cinco pequenos tentáculos ou gavinhas afunilados, conferindo a cada talo um total de vinte e cinco tentáculos.

"No topo do torso, há um pescoço bulboso de um tom mais claro de cinza, com partes que se assemelham a guelras, encimado pela provável cabeça amarelada e com formato de estrela-do-mar de cinco pontas, coberta por cílios finos de cores prismáticas medindo oito centímetros. A cabeça é grossa e inchada, com cerca de sessenta centímetros de uma extremidade à outra, e é dotada de tubos flexíveis amarelados de oito centímetros projetando-se de cada ponta. Há uma fenda exatamente no centro da parte superior, provavelmente um orifício respiratório. No fim de cada tubo, há uma extensão esférica, na qual a membrana amarelada retrátil revela um globo vítreo com íris vermelha, sem dúvida um olho. Cinco tubos avermelhados um pouco mais compridos saem da base da cabeça em formato de estrela-do-mar e terminam em calombos da mesma cor que, quando pressionados, se abrem e revelam orifícios em forma de sino com no máximo cinco centímetros de diâmetro, rodeados por fileiras de saliências afiadas em formato de dentes. Provavelmente bocas. Os tubos, os cílios e as pontas da cabeça em formato de estrela-do-mar foram encontrados dobrados; tubos e pontas atados ao pescoço bulboso e ao torso. Flexibilidade surpreendente, apesar da rigidez.

"Na parte inferior do torso, existem partes equivalentes aos atributos da cabeça, mas de funcionamento diferente. Um pseudopescoço cinza-claro e bulboso, sem evidências de guelras, é encimado por uma estrutura esverdeada de estrela-do-mar de cinco pontas. Braços fortes e musculosos com um metro e vinte de comprimento, afunilando-se de dezessete centímetros de diâmetro na base para cerca de seis centímetros na ponta. Cada ponta está fixada a uma pequena extremidade de um triângulo membranoso e esverdeado com cinco veios, medindo vinte centímetros de comprimento e quinze de largura na extremidade mais afastada. Foi a nadadeira, barbatana ou o pseudópode que deixou aquelas marcações nas rochas de um bilhão a cinquenta ou sessenta milhões de anos atrás. A partir do ângulo interno da cabeça em formato de estrela-do-mar, saem tubos avermelhados de sessenta centímetros que se afunilam de sete centímetros de diâmetro na base a dois centímetros e meio na extremidade. Orifícios nas pontas. Todas essas partes são extremamente rígidas e coriáceas, mas bastante flexíveis. Braços medem um metro e vinte e apresentam terminações semelhantes a nadadeiras, sem dúvida usadas para locomoção marítima ou de outro tipo. Ao serem movidos, mostram sinais de musculosidade excessiva. Quando foram encontrados, todas essas projeções estavam dobradas firmemente sobre o pseudopescoço e a base do torso, correspondendo às projeções presentes na outra extremidade.

"Ainda não é possível determinar se pertence ao reino animal ou vegetal, mas as probabilidades tendem ao primeiro. Provavelmente representa uma evolução incrivelmente avançada de radiata, sem a perda de certas características primitivas. Semelhanças inconfundíveis com equinodermos, apesar de algumas evidências contraditórias. A presença de asas é muito intrigante, em vista do provável *habitat* marinho, mas pode ter algum uso na locomoção aquática. A simetria é curiosamente semelhante à vegetal, sugerindo a estrutura orientada por um topo e uma base típica deste reino, em vez da estrutura com frente e costas do reino animal. A formidável data inicial da evolução, precedendo até mesmo os protozoários arqueanos mais simples de que temos conhecimento, dificulta todas as conjecturas a respeito da origem.

"Espécimes completos apresentam uma semelhança tão excepcional com certas criaturas dos mitos primitivos que a sugestão de uma existência ancestral fora da Antártica se torna inevitável. Dyer e Pabodie já leram o *Necronomicon* e viram as monstruosidades que Clark Ashton Smith pintou com base nos textos, então vão entender quando eu mencionar os Antigos que teriam criado toda a vida na Terra como um logro ou brincadeira. Os estudiosos sempre acreditaram que a concepção se originou a partir de um tratamento imaginativo mórbido de radiatas tropicais muito antigas. Também se assemelham às coisas do folclore pré-histórico das quais Wilmarth falou — ramificações do culto a Cthulhu etc.

"Vasta área de estudo foi aberta. Depósitos provavelmente datam do fim do Cretáceo ou início do Eoceno, a julgar pelos espécimes encontrados. Imensas estalagmites depositadas acima deles. Foi muito difícil escavá-los, mas a rigidez dos espécimes evitou os danos. Estado de preservação milagroso, evidentemente devido à ação do calcário. Nada mais foi encontrado até agora, mas a busca continuará mais tarde. Vai ser trabalhoso levar catorze espécimes enormes até o acampamento sem a ajuda dos cães, que latem furiosamente e não podem ficar perto deles de forma alguma. Com nove homens — três ficarão para vigiar os cães —, devemos ser capazes de administrar os três trenós com relativa facilidade, embora o vento não esteja favorável. É necessário estabelecer comunicação aérea com o estreito de McMurdo e começar a transportar o material. Mas, antes de descansar, preciso dissecar uma dessas coisas. Gostaria de ter um laboratório de verdade aqui. Espero que Dyer se puna por ter tentado impedir minha incursão a oeste. Primeiro, as maiores montanhas do mundo, e agora isso. Se esse não é o ponto alto da expedição, não sei o que poderia ser. Entramos para a história da ciência. Parabéns, Pabodie, pela perfuratriz que abriu a caverna. Agora, será que o *Arkham* pode repetir a descrição, por favor?"

Os meus sentimentos e os de Pabodie ao receber este relatório eram quase indescritíveis, e o entusiasmo de nossos companheiros se equiparava ao nosso. McTighe, que rapidamente traduzira alguns pontos importantes assim que chegavam ao receptor, transcreveu a mensagem inteira a partir de sua versão taquigrafada assim que Lake parou de transmitir. Todos regozijaram-se com aquela descoberta que marcava uma nova era, e enviei meus cumprimentos a Lake assim que o operador do *Arkham* terminou de repetir as partes descritivas conforme solicitado; e meu exemplo foi seguido por Sherman, do armazém temporário no estreito de McMurdo, bem como pelo capitão Douglas, de sua base no *Arkham*. Mais tarde, como líder da expedição, adicionei alguns comentários a serem transmitidos através do *Arkham* para o mundo exterior. Pensar em descanso em meio a essa empolgação era absurdo, e meu único desejo era chegar ao acampamento de Lake o mais rápido possível. Fiquei decepcionado quando ele enviou a notícia de que um vendaval nas montanhas impossibilitava a viagem aérea.

Dentro de uma hora e meia, no entanto, a decepção deu lugar ao interesse. Lake enviava mais mensagens, e contou sobre o transporte bem-sucedido dos catorze espécimes até o acampamento. Foi um trabalho árduo, pois eram surpreendentemente pesados, mas os nove homens haviam dado conta. Naquele momento, alguns dos homens da equipe apressavam-se em construir um cercado de neve a uma distância segura do acampamento, para onde poderiam levar os cães na hora da alimentação. Os espécimes foram colocados na neve dura perto do acampamento, com exceção de um, no qual Lake fazia tentativas grosseiras de dissecação.

Essa dissecação estava se revelando uma tarefa mais difícil do que o esperado; pois, apesar do calor proveniente de um fogão a gasolina que se encontrava na recém-montada barraca de laboratório, os tecidos enganosamente flexíveis do espécime escolhido — um intacto e de aparência poderosa — não perderam nem um pouco da sua rigidez coriácea. Lake estava confuso sobre como poderia fazer as incisões sem causar danos que arruinassem as sutilezas estruturais que buscava. Ele tinha, é claro, mais sete espécimes perfeitos; mas ainda assim eram poucos para desperdiçar de forma tão imprudente, a menos que a caverna mais tarde revelasse um suprimento ilimitado. Desse modo, ele levou o espécime para fora e o trocou por um que, apesar de apresentar resquícios das estruturas semelhantes a estrelas-do-mar nas duas pontas, estava muito esmagado e parcialmente danificado em um dos grandes sulcos do torso.

Os resultados, relatados rapidamente pelo rádio, eram de fato desconcertantes e estimulantes. Não era possível obter algo muito detalhado ou preciso com instrumentos que não serviam para cortar o tecido anômalo, mas o pouco que se conseguiu nos deixou impressionados e confusos. A biologia atual teria que ser totalmente revisada, pois aquela coisa não era produto de nenhum crescimento celular conhecido pela ciência. Quase não houvera reposição mineral e, apesar de uma idade de talvez quarenta milhões de anos, os órgãos internos estavam completamente intactos. A estrutura coriácea, não deteriorável e quase indestrutível, era um atributo inerente à forma de composição da coisa, e dizia respeito a algum ciclo paleógeno de evolução de invertebrados totalmente além das nossas capacidades de especulação. A princípio, tudo o que Lake encontrou estava seco, mas à medida que a barraca aquecida produzia o degelo, revelava-se uma umidade orgânica, de odor pungente e ofensivo, no lado não ferido da coisa. Não era sangue, e sim um fluido espesso e verde-escuro que provavelmente servia ao mesmo propósito. Quando Lake chegou a essa parte, todos os 37 cães haviam sido levados para o cercado ainda incompleto nos arredores do acampamento; e, mesmo a essa distância, latiam com selvageria e demonstravam inquietação diante do odor acre e difuso.

Em vez de ajudar a revelar os segredos dessa estranha entidade, a dissecação só serviu para torná-la ainda mais misteriosa. Todas as conjecturas a respeito de seus membros externos estavam corretas e, com base nessas evidências, não havia por que hesitar em classificar a criatura como um animal; a inspeção dos órgãos internos, porém, trouxe à tona tantas evidências vegetais que Lake viu-se irremediavelmente perdido mais uma vez. A criatura tinha sistema digestório e circulatório, e eliminava seus dejetos por meio dos tubos avermelhados de sua base em formato de estrela-do-mar. Um exame superficial apontava que seu aparelho respiratório metabolizava oxigênio em vez de dióxido de carbono, e havia evidências estranhas de câmaras de armazenamento de ar e métodos de transferência da respiração do orifício externo para pelo menos outros dois sistemas respiratórios totalmente desenvolvidos: guelras e poros. A criatura era obviamente anfíbia e provavelmente adaptada a longos períodos de hibernação sem ar. Os órgãos vocais pareciam se conectar ao sistema respiratório principal, mas apresentavam anomalias para as quais não era possível encontrar uma explicação imediata. A fala articulada, no sentido de enunciar sílabas, parecia pouco concebível; mas as notas musicais em sopro, cobrindo uma ampla variedade de frequências, eram altamente prováveis. O sistema muscular era quase sobrenaturalmente desenvolvido.

O sistema nervoso era tão complexo e desenvolvido que deixou Lake atemorizado. Embora excessivamente primitiva e arcaica em alguns aspectos, a criatura apresentava um conjunto de gânglios centrais e nervos conectivos correspondentes a um desenvolvimento extremamente avançado. Seu cérebro de cinco lóbulos era surpreendentemente avançado, e havia sinais de sistema sensorial, servido em parte por meio dos cílios finos da cabeça, envolvendo fatores estranhos a qualquer outro organismo terrestre. Provavelmente era dotada de mais de cinco sentidos, de modo que seus hábitos não poderiam ser previstos a partir de qualquer analogia existente. Devia ser, de acordo com Lake, uma criatura de sensibilidade apurada, com funções delicadamente diferenciadas em seu mundo primitivo, muito semelhante às formigas e abelhas de hoje. Reproduzia-se como os criptógamos vegetais, especialmente as pteridófitas, em vista dos esporos presentes nas pontas das asas e da evidência de desenvolvimento a partir de um talo ou protalo.

Mas nomeá-la a essa altura era apenas uma tolice. Assemelhava-se a uma radiata, mas claramente era algo a mais. Embora parcialmente vegetal, tinha três quartos dos elementos essenciais da estrutura animal. Seu contorno simétrico e alguns outros atributos eram indícios claros de que tinha origem marinha; apesar disso, não havia como definir com exatidão os limites de suas adaptações posteriores. As asas, afinal, mantinham uma sugestão persistente de características aéreas. Saber como poderia ter sofrido uma evolução tão tremendamente complexa em uma Terra recém-nascida a tempo de deixar marcações em rochas arqueanas era tão inconcebível que fez Lake se lembrar dos mitos primordiais sobre os Grandes Antigos, que desceram por entre as estrelas e criaram a vida na Terra como um logro ou brincadeira; lembrou-se também dos contos estranhos de seres cósmicos vindos de Fora, contados por um colega folclorista do departamento de inglês da Miskatonic.

Lake considerou, é claro, a possibilidade de as marcações pré-cambrianas terem sido feitas por um ancestral menos evoluído dos espécimes atuais; a teoria foi rapidamente rejeitada, porém, ao considerar as qualidades estruturais avançadas dos fósseis mais antigos. Pois, quando muito, os contornos mais recentes davam indícios de decadência, e não de um grau mais elevado de evolução. O tamanho dos pseudopés havia diminuído, e toda a morfologia parecia mais grosseira e simplificada. Além disso, os nervos e órgãos examinados apresentavam sugestões singulares de retrocesso de estruturas ainda mais complexas. Surpreendentemente, as partes atrofiadas e vestigiais prevaleciam. No todo, não se podia afirmar que muito tivesse sido resolvido, e Lake recorreu à mitologia em busca de um nome provisório — jocosamente apelidando seus achados de "Os Antigos".

Por volta das duas e meia da madrugada, tendo decidido adiar o trabalho e descansar um pouco, ele cobriu o organismo dissecado com uma lona, saiu da barraca do laboratório e observou os espécimes intactos com renovado interesse. O incessante sol antártico começara a aquecer alguns dos tecidos, de modo que as pontas da cabeça e os tubos de dois ou três criaturas mostravam sinais de desdobramento; mas Lake não achava que houvesse perigo de decomposição imediata na atmosfera de quase -17°. Ainda assim, ele agrupou todos os espécimes não dissecados e os cobriu com uma barraca sobressalente a fim de evitar os raios solares diretos. Isso também ajudaria a manter os possíveis odores afastados dos cães, cuja inquietação hostil começava a se tornar um problema, mesmo a uma distância razoável e atrás dos muros cada vez mais altos de neve que uma quantidade cada vez maior de homens se apressava em erguer em torno do cercado. Lake precisou colocar pesados blocos de neve nos cantos da barraca para mantê-la no lugar em meio ao vendaval crescente, pois as montanhas titânicas pareciam prestes a lançar rajadas de vento muito severas. Os primeiros receios a respeito dos súbitos ventos antárticos foram revividos e, sob a supervisão de Atwood, medidas foram tomadas para proteger as barracas, o novo cercado dos cães, e os rústicos abrigos de avião ao lado das montanhas. Esses abrigos, iniciados com grandes blocos de neve em momentos livres, não estavam de modo algum tão altos quanto deveriam; e Lake enfim ordenou que os demais interrompessem seus afazeres e se dedicassem a essa atividade.

Passava das quatro quando Lake preparou-se para desconectar, e nos aconselhou a compartilhar o período de descanso que sua equipe teria quando as paredes dos abrigos estivessem um pouco mais altas. Teve uma conversa amigável com Pabodie pelo rádio, e elogiou novamente as maravilhosas perfuratrizes que o ajudaram na descoberta. Atwood também expressou seus cumprimentos e elogios. Transmiti a Lake um caloroso parabéns, admitindo que ele estava certo sobre a viagem a oeste, e combinamos de estabelecer novo contato às dez da manhã. Se o vendaval tivesse passado até lá, Lake enviaria um avião para o grupo em minha base. Pouco antes de me recolher, enviei uma última mensagem ao *Arkham* com instruções de atenuar as notícias do dia para o mundo exterior, já que os detalhes pareciam demasiadamente radicais e capazes de provocar uma onda de incredulidade até que houvesse provas mais concretas.

3

Imagino que nenhum de nós dormiu muito ou de maneira contínua naquela manhã, pois tanto a emoção pela descoberta de Lake quanto a crescente fúria do vento se opunham a isso. As rajadas eram tão intensas, mesmo onde estávamos, que era inevitável pensar em como deveria estar pior no acampamento de Lake, localizado diretamente sob os vastos picos desconhecidos que concebiam e espalhavam aquele vendaval. McTighe estava acordado às dez da manhã e tentou entrar em contato com Lake, conforme havíamos combinado, mas algum problema elétrico no ar tumultuoso do oeste parecia impedir a comunicação. Conseguimos, porém, estabelecer contato com o *Arkham*, e Douglas me disse que também tentara se comunicar com Lake, mas sem sucesso. Ele não sabia sobre o vendaval, pois este não havia chegado ao estreito de McMurdo, ainda que açoitasse nossa base com uma raiva persistente.

Passamos o dia apreensivos e tentamos contatar Lake de tempos em tempos, mas todas as tentativas foram frustradas. Ao meio-dia, uma intensa lufada de vento veio do oeste, fazendo-nos temer pela segurança de nosso acampamento; acabou diminuindo, porém, e tornou a soprar de forma moderada às duas da tarde. Depois das três, tudo se tranquilizou, e redobramos nossos esforços para contatar Lake. Sabendo que ele tinha quatro aviões, cada um deles equipado com um excelente transmissor de ondas curtas, não conseguíamos imaginar nenhum tipo de acidente capaz de danificar todos os seus equipamentos ao mesmo tempo. O silêncio pétreo continuou, porém; e, quando pensamos na força delirante com que o vento devia fustigar o acampamento de Lake, foi inevitável não fazer as mais terríveis conjecturas.

Às seis horas, nossos medos haviam se tornado intensos e definidos e, após estabelecer contato com Douglas e Thorfinnssen, resolvi tomar providências para uma investigação. O quinto avião, que havíamos deixado no armazém temporário do estreito de McMurdo com Sherman e dois marinheiros, estava em boas condições e pronto para o uso; e parecia que a situação emergencial para a qual ele havia sido poupado agora se impunha sobre nós. Contatei Sherman pelo rádio e ordenei que viesse, com o avião e os dois marinheiros, até minha base sul o mais rápido possível, visto que as condições atmosféricas pareciam altamente favoráveis. Conversamos então sobre quem faria parte da equipe de investigação, e decidimos que todos os homens deveriam integrá-la, bem como o trenó e os cães que eu mantinha comigo. Apesar de grandiosa, a carga não seria demasiada para um dos grandes aviões que haviam sido construídos para atender aos nossos pedidos especiais de transporte de máquinas pesadas. De tempos em tempos, eu tentava contatar Lake pelo rádio, mas não obtive sucesso.

Sherman, acompanhado dos marinheiros Gunnarsson e Larsen, decolou às sete e meia, e relatou um voo tranquilo a partir de vários pontos da rota. Chegaram à nossa base à meia-noite, e todos nos pusemos a discutir o próximo passo. Sobrevoar o antártico em um único avião seria arriscado, especialmente sem bases a que pudéssemos recorrer, mas ninguém hesitou diante do que parecia ser uma necessidade premente. Recolhemo-nos às duas horas para um breve descanso, depois de termos feito um carregamento preliminar do avião, mas quatro horas depois já estávamos de pé novamente, prontos para terminar os ajustes e os preparativos.

Às sete e quinze da manhã de 25 de janeiro, começamos a voar em direção ao noroeste, com McTighe como piloto, e uma carga composta por dez homens, sete cães, um trenó, combustível, alimentos e outros itens, incluindo o equipamento sem fio do avião. A atmosfera estava límpida, razoavelmente silenciosa e com temperatura relativamente amena; e previamos pouquíssimos problemas em alcançar a latitude e longitude designadas por Lake como o local do acampamento. Nossos receios diziam respeito ao que poderíamos encontrar, ou deixar de encontrar, no fim de nossa jornada, visto que todas as nossas tentativas de contato eram respondidas com silêncio.

Todos os acontecimentos daquele voo de quatro horas e meia estão gravados em minha mente devido à importância crucial que têm em minha vida. A jornada representou para mim, aos 54 anos de idade, a perda de toda aquela paz e equilíbrio que a mente normal possui por manter a compreensão convencional da Natureza e de suas leis. A partir de então, nós dez – mas principalmente Danforth e eu – enfrentaríamos um mundo terrivelmente agravado de horrores ocultos, do qual não conseguimos esquecer, e que, se pudéssemos, não compartilharíamos com o restante da humanidade. Os jornais publicaram os relatórios que enviamos do avião em movimento, contando sobre o trajeto ininterrupto, as duas batalhas que travamos contra vendavais traiçoeiros, o vislumbre da superfície fendida onde Lake afundara sua broca três dias antes, e a visão de um aglomerado daqueles estranhos cilindros de neve fofa, já observados por Amundsen e Byrd, que rolavam ao sabor do vento pelas intermináveis léguas do platô congelado. Em determinado momento, porém, nossos sentimentos não mais poderiam ser transmitidos de uma forma que a imprensa compreendesse; e, no momento seguinte, tivemos que adotar uma postura de censurar e omitir informações.

O marinheiro Larsen foi o primeiro a avistar a linha irregular de cones e pináculos misteriosos à frente, e seus gritos levaram todos às janelas do grande avião. Apesar de nossa velocidade, eles demoraram muito a se destacar no horizonte; sabíamos, portanto, que deveriam estar incrivelmente distantes, visíveis apenas por conta de sua altura colossal. Pouco a pouco, porém, elevaram-se sombriamente contra o céu ocidental, permitindo-nos distinguir vários cumes sombrios e enegrecidos, e captar o curioso sentimento de fantasia que inspiravam, vistos daquela forma sob a luz antártica avermelhada com nuvens iridescentes de poeira de gelo ao fundo. Em toda essa visão espetacular, havia uma sugestão insistente e penetrante de um estupendo segredo e uma revelação potencial, como se esses pináculos severos e aterrorizantes marcassem os pilares de uma passagem assustadora para esferas proibidas de sonho, e abismos complexos de um tempo, espaço e uma dimensão remotos. Foi inevitável sentir que eram coisas más — montanhas da loucura cujas encostas mais distantes desembocavam em um grande abismo amaldiçoado. O panorama nebuloso, fervilhante e ligeiramente iluminado continha sugestões inefáveis de um local vago e etéreo, que ficava muito além dos planos terrestres; dava lembretes terríveis do afastamento, separação, desolação e morte eterna daquele mundo austral inexplorado e desconhecido.

Foi o jovem Danforth quem chamou nossa atenção para as curiosas regularidades no topo das montanhas mais altas — regularidades que se assemelhavam a fragmentos de cubos perfeitos, as mesmas que Lake mencionara em suas mensagens, e que de fato justificavam sua comparação com as sugestões oníricas das ruínas de templos primordiais no topo das montanhas asiáticas nebulosas, retratadas de forma tão sutil e estranha por

 Roerich. De fato, havia algo assustadoramente semelhante às pinturas de Roerich em todo esse continente sobrenatural de mistério montanhoso. Eu o sentira em outubro, logo que avistamos a Terra de Vitória, e tornei a senti-lo naquele momento. Também senti outra onda de consciência inquieta a respeito das semelhanças com mitos arcaicos, e de como esse reino letal correspondia, de forma tão perturbadora, ao malignamente lendário Platô de Leng dos escritos primitivos. Os mitologistas sugeriam que o Leng ficava na Ásia Central, mas a memória racial do homem — ou de seus predecessores — é extensa, e pode ser que algumas histórias tenham vindo de terras, montanhas e templos do horror antes da existência da Ásia e de qualquer mundo humano por nós conhecido. Alguns místicos ousados sugeriram uma origem pré-Pleistoceno para os fragmentos dos *Manuscritos Pnakóticos*, e insinuaram que os devotos de Tsathoggua eram tão estranhos à humanidade quanto o próprio Tsathoggua. Leng, onde quer que estivesse no espaço e tempo, não era uma região da qual eu gostaria de me aproximar; também não apreciei a proximidade com um mundo que criara monstruosidades tão ambíguas e arqueanas, como aquelas que Lake mencionara. Naquele momento, fiquei arrependido por ter lido o odioso *Necronomicon*, e por ter conversado tanto com Wilmarth, o desagradável e erudito folclorista, na universidade.

Esse estado de espírito sem dúvida serviu para agravar minha reação à miragem bizarra que irrompeu do zênite cada vez mais opalescente conforme nos aproximávamos das montanhas e passávamos a distinguir as ondulações agrupadas do sopé. Eu avistara dezenas de miragens polares durante as semanas anteriores, algumas tão misteriosas e fantasticamente vívidas quanto a ilusão à minha frente; mas esta era dotada de uma qualidade totalmente nova e obscura de um simbolismo ameaçador, e estremeci quando o labirinto fervilhante de fabulosas muralhas, torres e minaretes assomou-se em meio aos conturbados vapores de gelo acima de nossas cabeças.

Causava o efeito de uma cidade ciclópica, com uma arquitetura diferente de todas as conhecidas pelo homem ou pela imaginação humana, com vastos aglomerados de alvenaria negra que incorporavam perversões monstruosas das leis geométricas e atingiam os extremos mais grotescos de uma excentricidade sinistra. Havia cones truncados, às vezes escalonados ou estriados, encimados por altas colunas cilíndricas de pontos em pontos, ampliadas de forma bulbosa e muitas vezes cobertas por discos finos e recortados; também havia construções estranhas e proeminentes, em forma de mesa, sugerindo montes de numerosas placas retangulares ou circulares ou estrelas de cinco pontas, cada uma sobreposta à de baixo. Havia cones e pirâmides combinados, sozinhos ou sobre cilindros ou cubos, ou cones e pirâmides truncados, com ocasionais pináculos em forma de agulha formando grupos curiosos de cinco. Todas essas estruturas febris pareciam unidas por pontes tubulares, que se cruzavam de uma a outra em várias alturas vertiginosas, e a escala implícita do conjunto era aterrorizante e opressiva em seu absoluto gigantismo. O tipo geral da miragem não era diferente de algumas das variedades mais fantásticas observadas e desenhadas por Scoresby, o baleeiro do Ártico, em 1820; mas naquele momento e local, porém, com os picos escuros e desconhecidos emergindo estupendamente das montanhas à frente, e estando nossas mentes voltadas àquela descoberta anômala e oriunda de um mundo antigo, tudo isso acrescido ao manto de desastre iminente recobrindo a maior parte de nossa expedição, todos parecíamos avistar nesta miragem uma mácula de malignidade latente e um portento infinitamente maligno.

Alegrei-me quando a miragem começou a se dissipar, ainda que durante o processo as várias torres e os cones de pesadelo assumissem temporariamente formas distorcidas e ainda mais hediondas. Quando a ilusão se dissolveu em agitação opalescente, tornamos a mirar a terra, e constatamos que o fim de nossa jornada se aproximava. As montanhas desconhecidas à frente erguiam-se vertiginosamente como uma temível muralha de gigantes, as curiosas regularidades impunham-se com uma nitidez surpreendente, mesmo sem auxílio da luneta. Sobrevoávamos o sopé mais baixo agora, e podíamos ver, em meio à neve, ao gelo e às manchas descobertas do platô principal, alguns pontos escuros que julgamos ser o acampamento e o local de perfuração de Lake. Os sopés mais altos afloravam entre oito e dez quilômetros à frente, formando uma cordilheira quase distinta da linha pavorosa de picos mais altos que os do Himalaia além deles. Por fim, Ropes — o aluno que substituíra McTighe nos controles — começou a descer em direção à mancha escura da esquerda, que, pelo tamanho, devia ser o acampamento. Enquanto isso, McTighe enviou a última mensagem radiofônica sem censura que o mundo receberia de nossa expedição.

Todos, é claro, leram os breves e insatisfatórios relatos do restante de nossa permanência na Antártica. Algumas horas depois de pousarmos, enviamos um relatório ponderado sobre a tragédia que encontramos e, relutantemente, anunciamos a extinção de toda a equipe de Lake, causada pelo vendaval terrível do dia ou da noite anterior. Onze mortos encontrados, o jovem Gedney desaparecido. As pessoas perdoaram a vagueza e a falta de detalhes de nosso relato quando se deram conta do choque que o triste acontecimento devia ter nos causado, e acreditaram quando explicamos que a ação devastadora do vento havia impossibilitado que transportássemos os onze corpos para o mundo exterior. Lisonjeio-me de que, mesmo em meio à nossa angústia, perplexidade e mais absoluto horror, não nos afastamos da verdade em qualquer instância específica. O imenso significado reside no que não tivemos ousadia de revelar — naquilo que eu não revelaria mesmo agora, não fosse a necessidade de alertar os outros sobre a existência de terrores inomináveis.

O vento de fato causou danos terríveis. Se teria sido possível sobreviver ao vendaval, mesmo sem a outra parte, é uma grande dúvida. A tempestade, com sua fúria que arrastava partículas de gelo de forma desvairada, deve ter superado qualquer coisa que nossa expedição já presenciara. Um abrigo de avião — tudo, ao que parece, havia sido deixado em um estado muito frágil e inadequado — foi quase pulverizado, e a torre no distante ponto de perfuração foi completamente abalada. O metal exposto dos aviões abrigados e das máquinas de perfuração foi fustigado e adquiriu um alto grau de polimento, e duas das pequenas barracas haviam sido achatadas contra o solo, apesar da neve que as reforçava. As superfícies de madeira expostas às rajadas de vento foram alvejadas e perderam toda a tinta, e todas as marcas de pegadas na neve foram completamente apagadas. Também é verdade que não encontramos nenhum dos objetos biológicos arqueanos em condições que permitissem seu transporte. Coletamos alguns minerais de uma vasta pilha colapsada, incluindo vários fragmentos de esteatitos esverdeados, cujas superfícies arredondadas de cinco pontas e os padrões fracos de pontos agrupados haviam suscitado tantas comparações duvidosas; e alguns outros ossos fósseis, entre os quais estavam os mais típicos dos espécimes curiosamente feridos.

Nenhum dos cães sobreviveu, e o cercado de neve em que ficavam, construído às pressas nas proximidades do acampamento, estava quase que totalmente destruído. O vento pode ter sido responsável, embora a maior ruptura na lateral virada para o acampamento, que não ficava a barlavento, sugerisse que as bestas frenéticas pudessem ter saltado para fora. Os três trenós desapareceram, e tentamos conceber uma explicação de que o vento os teria levado rumo ao desconhecido. As máquinas de perfuração e o equipamento de derreter gelo estavam demasiadamente danificados para serem salvos, então os usamos para bloquear aquele portal para o passado, sutilmente perturbador, aberto por Lake. Do mesmo modo, deixamos no acampamento os dois aviões mais danificados, já que nosso grupo sobrevivente contava com apenas quatro pilotos — Sherman, Danforth, McTighe e Ropes —, estando Danforth com os nervos demasiadamente abalados para pilotar. Recolhemos todos os livros, equipamentos científicos e outros acessórios que conseguimos encontrar, embora muitas coisas tenham se perdido de forma inexplicável. Barracas e casacos de pele sobressalentes estavam ou desaparecidos ou muito danificados.

Eram aproximadamente quatro da tarde, depois de termos feito uma vasta busca aérea que nos forçara a aceitar que Gedney estava desaparecido, quando enviamos nossa mensagem sigilosa ao *Arkham* para retransmissão; e acho que fizemos bem em relatá-la de forma tão calma e descomprometida. O máximo que abordamos sobre a agitação dizia respeito a nossos cães, cuja inquietação frenética diante dos espécimes biológicos já era esperada por conta dos relatos de Lake. Não mencionamos, pelo que me lembro, que eles exibiam a mesma inquietação ao farejar os estranhos esteatitos esverdeados e alguns outros objetos da região desordenada; objetos, incluindo equipamentos científicos, aviões e máquinas, tanto no acampamento quanto no local de perfuração, cujas partes haviam sido afrouxadas, movidas ou adulteradas por rajadas de vento que deviam ter suscitado curiosidade e investigação singulares.

Em relação aos catorze espécimes biológicos, fornecíamos relatos justificadamente vagos. Dissemos que os únicos que encontramos estavam danificados, mas intactos o suficiente para corroborar a descrição de Lake de maneira total e impressionante. Foi um trabalho árduo manter nossos sentimentos fora do assunto — e não mencionamos números nem dissemos exatamente como havíamos encontrado os que encontramos.

Já tínhamos decidido que não relataríamos nada que sugerisse que os homens de Lake haviam sido acometidos pela loucura, e certamente parecia loucura encontrar seis monstruosidades imperfeitas cuidadosamente enterradas de pé, em túmulos de neve de três metros, sob montículos de cinco pontas perfurados por agrupamentos de pontos em padrões exatamente iguais aos dos estranhos esteatitos esverdeados dos períodos Mesozoico ou Terciário. Os oito espécimes perfeitos mencionados por Lake pareciam ter desaparecido por completo.

Também estávamos preocupados com a paz de espírito do público, e por esse motivo Danforth e eu pouco falamos sobre aquela terrível viagem pelas montanhas que fizemos no dia seguinte. O fato de que apenas um avião extremamente leve seria capaz de atravessar uma cordilheira tão alta foi o que, misericordiosamente, limitou aquela excursão de busca a apenas nós dois. Quando retornamos, à uma da manhã, Danforth beirava a histeria, mas manteve um autocontrole admirável. Não foi necessária muita persuasão para fazê-lo prometer que não mostraria nossos desenhos nem as outras coisas que trouxemos nos bolsos, bem como não diria mais nada aos outros além do que havíamos concordado em transmitir para o mundo exterior e esconder os filmes das câmeras para que fossem revelados em sigilo posteriormente. Por esse motivo, essa parte da história será novidade para Pabodie, McTighe, Ropes, Sherman e os outros, como será para o restante do mundo. De fato, Danforth é melhor em guardar segredos do que eu, pois ele viu — ou pensa ter visto — uma coisa que se recusa a compartilhar até comigo.

Como todos sabem, nosso relato incluiu a história sobre uma subida difícil; a confirmação da opinião de Lake de que os grandes picos eram de ardósia arqueana e outros estratos muito primitivos e inalterados desde a metade da era comanchiana; um comentário a respeito da regularidade das formações cúbicas e amuralhadas; um parecer apontando que as entradas das cavernas indicavam veias calcárias dissolvidas; a conjectura de que certas encostas e passagens permitiriam que alpinistas experientes escalassem a cordilheira; e uma observação sobre o misterioso outro lado da montanha, que abriga um platô imenso e sublime, tão antigo e imutável quanto as próprias montanhas — seis mil metros de altitude, com grotescas formações rochosas projetando-se através de uma fina camada de gelo, e com sopés gradualmente baixos entre a superfície do platô e os cumes mais altos.

Esse conjunto de dados é verdadeiro em todos os aspectos, até onde se sabe, e satisfez os homens que estavam no acampamento. Atribuímos nossa ausência de dezesseis horas — um tempo superior ao que nosso programa de voo, pouso, reconhecimento e coleta de rochas requeria — a um longo período mítico de condições climáticas adversas, e contamos a verdade a respeito de nossa aterrissagem no sopé mais distante. Felizmente, nossa história soou suficientemente realista e prosaica para não suscitar nos demais a vontade de repetir nosso feito. Se algum deles tivesse tentado, eu teria usado todo o meu poder de persuasão para impedir a viagem — e não sei o que Danforth teria feito. Enquanto estávamos fora, Pabodie, Sherman, Ropes, McTighe e Williamson haviam trabalhado arduamente nos dois melhores aviões de Lake; conseguiram deixá-los em condições de uso, apesar dos danos inexplicáveis nos mecanismos de operação.

Decidimos carregar todos os aviões na manhã seguinte e retornar à nossa antiga base o mais rápido possível. Ainda que não fosse uma rota direta, essa era a forma mais segura de chegar ao estreito de McMurdo, visto que um voo em linha reta sobre os trechos mais desconhecidos do continente morto há tantos éons envolveria muitos perigos adicionais. Era pouco viável que déssemos seguimento à exploração, em vista da nossa trágica dizimação e do estado deplorável de nossas máquinas de perfuração; e as dúvidas e os horrores que nos cercavam — que não revelamos — nos fizeram desejar nada além de escapar daquele mundo austral de desolação e loucura tão rápido quanto pudéssemos.

Como o público sabe, nosso regresso ao mundo exterior foi realizado sem desastres adicionais. Todos os aviões chegaram à base antiga no fim da tarde do dia seguinte — 27 de janeiro — após um voo rápido e sem escalas. No dia 28, chegamos ao estreito de McMurdo depois de duas etapas, sendo a única pausa muito breve e ocasionada por um defeito no leme em meio ao vento furioso que varria a plataforma de gelo depois de termos sobrevoado o grande platô. Cinco dias mais tarde, o *Arkham* e o *Miskatonic*, com todos os homens e equipamentos a bordo, navegavam para longe do grosso campo de gelo e cruzavam o mar de Ross; a oeste, as montanhas zombeteiras da Terra de Vitória pairavam contra o agitado céu antártico e transformavam as rajadas de vento em um silvo musical que enregelou a minha alma. Menos de duas semanas depois, deixamos para trás o último indício da terra polar, e agradecemos aos céus por estarmos livres de um reino maldito e assombrado, no qual vida e morte, espaço e tempo haviam firmado alianças sombrias e blasfemas nas épocas imemoriais, desde que a primeira forma de matéria se contorceu e nadou na crosta ligeiramente resfriada do planeta.

Desde nosso regresso, todos empreendemos esforços constantes para desencorajar expedições à Antártica, e guardamos certas dúvidas e suposições para nós mesmos de forma esplendidamente coordenada e fiel. Nem o jovem Danforth, que sofrera um colapso nervoso, vacilou nem revelou seus segredos aos médicos — na verdade, como já mencionei, há algo que ele pensa ter visto e que não pretende contar nem a mim, embora eu acredite que isso ajudaria a acalmar seu estado de nervos. Poderia explicar certas coisas e servir como alívio, embora talvez não tenha passado de uma consequência ilusória de um choque anterior. Essa é a impressão que formei após aqueles raros momentos de irresponsabilidade em que ele sussurra coisas desconexas para mim — coisas que repudia com veemência tão logo se recompõe.

Não será fácil impedir que outros tentem explorar o vasto sul branco, e alguns de nossos esforços podem causar danos diretos à nossa causa, jogando-a sob a luz. Devíamos ter percebido desde o início que a curiosidade humana é insaciável, e que os resultados que descrevemos bastariam para estimular outros a avançar na mesma busca eterna pelo desconhecido. Os relatórios de Lake sobre as monstruosidades biológicas haviam causado o mais alto grau de empolgação em naturalistas e paleontólogos, apesar de termos sido sensatos o suficiente para não revelar as amostras que havíamos coletado dos espécimes enterrados, nem as fotografias que tiramos dos espécimes ao serem encontrados. Também não revelamos os ossos lacerados e os intrigantes esteatitos esverdeados, visto que Danforth e eu escondemos as fotografias que tiramos e desenhos que fizemos no grandioso platô do outro lado da cordilheira, bem como as coisas amassadas que alisamos, examinamos aterrorizados e trouxemos nos bolsos. Mas agora o grupo da Expedição Starkweather-Moore está se preparando, com rigor e cuidado muito superiores aos de nossa equipe. Caso não sejam dissuadidos, atingirão o núcleo mais interno da Antártica, e vão derreter e perfurar até trazer à tona aquilo que pode acabar com o mundo que conhecemos. Devo, portanto, finalmente deixar minha reticência de lado e revelar tudo — até mesmo a coisa inominável que fica além das montanhas da loucura.

4

É com grande hesitação e repugnância que deixo minha mente retornar ao acampamento de Lake e ao que encontramos lá — e àquela outra coisa que avistamos do outro lado da muralha montanhosa. Fico constantemente tentado a omitir os detalhes, deixando apenas sugestões dos fatos reais e deduções inevitáveis. Espero já ter dito o bastante para poder passar brevemente pelo restante, isto é, do horror que encontramos no acampamento. Contei sobre o terreno devastado pelo vento, os abrigos danificados, as máquinas avariadas, a inquietação dos cães, os trenós e demais itens desaparecidos, as mortes de homens e cães, o desaparecimento de Gedney e os seis espécimes biológicos — enterrados de forma insana e em estado estranhamento intacto mesmo com todos os ferimentos em sua estrutura — pertencentes a um mundo morto quarenta milhões de anos antes. Não me lembro se mencionei que, ao conferir os cadáveres dos cães, notamos que um estava desaparecido. Só tornamos a pensar nisso mais tarde — na verdade, apenas Danforth e eu pensamos sobre o assunto.

Dentre as coisas que tenho mantido em segredo, as principais dizem respeito aos corpos e a certos pontos sutis que podem ou não incutir um tipo horrível e inacreditável de lógica no aparente caos. À época, tentei impedir que a mente dos homens se fixassem nesses pontos, pois era muito mais simples — muito mais normal — atribuir tudo a um surto de loucura que assolou a equipe de Lake. A julgar pelas coisas que vimos, o vento demoníaco da montanha deve ter sido suficiente para enlouquecer qualquer homem que estivesse naquele centro de todo o mistério e desolação terrestres.

A principal anormalidade, é claro, era a condição dos corpos — homens e cães. Todos pareciam ter travado uma terrível luta, e tinham sido despedaçados e mutilados de maneiras diabólicas e completamente inexplicáveis. As mortes, até onde pudemos determinar, foram causadas por estrangulamento ou laceração. Era evidente que os cães tinham iniciado o problema, pois o estado de seu cercado mal construído revelava que o rompimento viera de uma força de dentro. Ficava afastado do acampamento por conta do ódio que os animais nutriam por aqueles organismos arqueanos diabólicos, mas a precaução parece não ter adiantado de nada. Quando foram deixados sozinhos naquele vento monstruoso, presos atrás de paredes frágeis e demasiadamente baixas, devem ter debandado — se isso foi causado pelo próprio vento ou pelo odor sutil e crescente que emanava dos espécimes monstruosos, não sei dizer. Aqueles espécimes, é claro, haviam sido cobertos por uma lona de barraca, mas o sol antártico incidia sobre ela, e Lake mencionara que o calor solar fazia os tecidos estranhamente rígidos e sólidos das coisas relaxarem e se expandirem. Talvez o vento tenha feito a lona voar longe, soprando sobre os espécimes de tal forma que seus traços olfativos mais pungentes se revelassem, a despeito de sua antiguidade inacreditável.

Mas independentemente do que tenha acontecido, foi demasiado horrível e revoltante. Talvez seja melhor deixar as ressalvas de lado e contar o pior de uma vez — embora seja uma declaração de opinião categórica, com base nas observações e deduções mais inflexíveis que Danforth e eu fizemos em primeira mão, de que o então desaparecido Gedney não fora de modo algum responsável pelos horrores repugnantes que encontramos. Já comentei que os corpos estavam terrivelmente mutilados. Agora, devo acrescentar que alguns haviam sofrido incisões e retalhos de caráter curioso, desumano e frio. Aconteceu tanto com os homens quanto com os cães. Os corpos mais saudáveis e adiposos, quadrúpedes ou bípedes, tiveram suas partes mais sólidas de tecido cortadas e removidas, como se feito por um açougueiro cuidadoso; em torno deles, havia uma estranha pitada de sal — tirado dos destroçados baús de provisões dos aviões — que evocava as mais terríveis das associações. Isso se sucedera em um dos abrigos rudimentares de avião, do qual a aeronave fora arrastada, e ventos subsequentes apagaram qualquer vestígio que pudesse ter fornecido uma teoria plausível. Pedaços espalhados de roupas, cortados grosseiramente dos corpos humanos que haviam sofrido incisão, não deram nenhuma pista. É inútil comentar sobre certas marcas fracas na neve, encontradas em um canto protegido do recinto em ruínas, pois se tinha a impressão de que não eram de forma alguma humanas, e sim algo claramente influenciado por todos os relatos de marcações fósseis que Lake fizera nas semanas anteriores. Era preciso tomar cuidado com o que vinha à imaginação ante aquelas sombrias montanhas da loucura.

Como mencionei, Gedney e um dos cães estavam desaparecidos. Quando chegamos àquele abrigo horrível, tínhamos perdido dois cães e dois homens. A barraca na qual a dissecação ocorrera, que continuava relativamente intacta e a qual adentramos após investigar as monstruosas sepulturas, tinha algo a revelar. Não estava como Lake a deixara, pois as partes cobertas da monstruosidade primitiva haviam sido removidas da mesa improvisada. De fato, já tínhamos percebido que uma das seis coisas imperfeitas e enterradas de forma tão insana — aquela com vestígios de um odor particularmente detestável — deveria representar as partes coletadas da entidade que Lake tentara examinar. Havia outras coisas esparramadas sobre a mesa do laboratório e em volta dela, e não demorou para que percebêssemos que se tratava de partes dissecadas cuidadosamente, ainda que de forma estranha e inexperiente, de um homem e um cão. Vou omitir a identidade do homem a fim de poupar o sentimento dos sobreviventes. Os instrumentos anatômicos de Lake haviam desaparecido, mas havia evidências de que tinham passado por uma limpeza meticulosa. O fogão a gasolina também se fora, mas havia fósforos usados espalhados ao redor de onde ele estivera. Enterramos as partes humanas ao lado dos outros dez homens, e as partes caninas junto aos 35 cães. Quanto às manchas insólitas espalhadas sobre a mesa do laboratório e sobre a miscelânea de livros ilustrados e desgastados junto a ela, estávamos demasiado perplexos para especular.

Isso constituía a pior parte dos horrores do acampamento, ainda que outras coisas fossem igualmente perturbadoras. O desaparecimento de Gedney, do cão, dos oito espécimes biológicos intactos, dos três trenós e de certos instrumentos, livros técnicos e científicos ilustrados, materiais de escrita, lanternas e baterias elétricas, alimentos e combustível, aparelhos de aquecimento, barracas sobressalentes, casacos de pele, dentre outros, estava totalmente além de qualquer conjectura sã; assim como os borrifos de tinta que revestiam certos pedaços de papel, e os curiosos indícios de buscas e experimentos atrapalhados e estranhos em torno dos aviões e de todos os outros dispositivos mecânicos, tanto no acampamento quanto no local de perfuração. Os cães pareciam abominar essa maquinaria estranhamente desordenada. Além disso, a despensa fora revirada, ocasionando no desaparecimento de alguns suprimentos e na pilha chocantemente cômica de latas que haviam sido abertas das formas e nos lugares mais improváveis. A profusão de fósforos espalhados, intactos, quebrados ou usados, representava um enigma menor; assim como as duas ou três lonas de barraca e casacos de pele que encontramos largados por ali, com cortes peculiares e displicentes, concebíveis devido a esforços desajeitados de adaptações inimagináveis.

A crueldade cometida contra os corpos humanos e caninos, e o enterro insano dos espécimes arqueanos danificados condiziam com aquela aparente loucura destruidora. Em vista de um acontecimento como o atual, fotografamos cuidadosamente as principais evidências da desordem insana que encontramos no acampamento, e as usaremos para endossar nossos argumentos contra a partida da Expedição Starkweather-Moore.

A primeira coisa que fizemos depois de encontrar os corpos no abrigo foi fotografar e abrir a fileira de sepulturas insanas encimadas por montículos de neve de cinco pontas. Era impossível não notar a semelhança entre esses montículos monstruosos, com seus aglomerados de pontos agrupados, e as descrições do pobre Lake sobre os estranhos esteatitos esverdeados; e, quando nos deparamos com alguns dos esteatitos na grande pilha de minerais, nos demos conta de que de fato eram muito semelhantes. A forma geral, como um todo, devo esclarecer, assemelhava-se terrivelmente à cabeça em formato de estrela-do-mar das criaturas arqueanas; e concordamos que a semelhança deve ter agido profundamente sobre as mentes sensibilizadas e exaustas da equipe de Lake. Nossa primeira visão das entidades enterradas consistiu em um momento horrível, e fez com que a minha imaginação e a de Pabodie viajassem até alguns dos mitos primitivos absurdos sobre os quais tínhamos lido e escutado. Todos concordamos que a mera visão e a presença contínua daquelas coisas, acrescidas da solidão polar opressiva e do vento demoníaco da montanha, contribuíram para levar a equipe de Lake à loucura.

Pois a loucura — centrada em Gedney, como era o único possível sobrevivente — foi a explicação adotada espontaneamente por todos quando o assunto era discutido em voz alta; embora eu não seja tão ingênuo a ponto de negar que cada um de nós deve ter concebido conjecturas perversas que a sanidade proibia de enunciar na íntegra. Sherman, Pabodie e McTighe fizeram um trajeto de avião exaustivo por todo o território adjacente à tarde, perscrutando o horizonte com a ajuda de lunetas em busca de Gedney e das várias coisas desaparecidas; nada apareceu, no entanto. O grupo relatou que a cordilheira titânica se estendia indefinidamente tanto à direita quanto à esquerda, sem sofrer qualquer diminuição na altura ou estrutura. Em alguns dos picos, porém, as formações regulares cúbicas e amuralhadas eram mais arrojadas e nítidas, apresentando similitudes fantásticas com as ruínas das colinas asiáticas pintadas por Roerich. A disposição das enigmáticas entradas de cavernas nos cumes negros e desnudos de neve parecia praticamente constante até onde a vista alcançava.

Apesar de todos os horrores predominantes, conservamos entusiasmo científico e aventureiro suficiente para nos perguntarmos a respeito do reino desconhecido que se estendia além daquelas montanhas misteriosas. Conforme relatado em nossas mensagens circunspectas, descansamos à meia-noite após nosso dia de terror e perplexidade, mas não sem antes traçar um plano vago para sobrevoar a cordilheira uma ou duas vezes na manhã seguinte, em um avião leve e dotado de câmera aérea e equipamentos de geologia. Ficou decidido que Danforth e eu seríamos os primeiros a ir, então acordamos às sete a fim de partir o quanto antes. Os ventos fortes, porém, mencionados no breve relato que transmitimos ao mundo exterior, atrasaram nossa partida para quase nove horas da manhã.

Já repeti a história descompromissada que contamos aos homens no acampamento — e que retransmitimos para o mundo exterior — quando retornamos, dezesseis horas mais tarde. Agora tenho o terrível dever de ampliar esse relato, preenchendo as misericordiosas lacunas com sugestões do que realmente vimos no mundo escondido além das montanhas — sugestões das revelações que acabaram por culminar no colapso nervoso de Danforth. Eu gostaria que ele acrescentasse seu relato franco a respeito do que pensa ter visto — embora provavelmente tenha sido uma ilusão causada pelo nervosismo — e que talvez tenha sido a última gota que o levou ao estado em que se encontra, mas ele se opõe firmemente a isso. Só me resta repetir seus sussurros desconexos sobre o que o fez gritar quando o avião retornava pela passagem entre as montanhas fustigadas pelo vento, depois do choque real e tangível que também vivenciei. Esse será meu argumento final a esse respeito. Se os claros sinais de horrores antigos sobreviventes não bastarem para impedir que outros se embrenhem no interior antártico — ou ao menos que adentrem demais nesse antro de segredos proibidos e desolação desumana e amaldiçoada há éons —, a responsabilidade por males inomináveis e talvez imensuráveis não deverá recair sobre mim.

Danforth e eu, analisando as anotações feitas por Pabodie em seu voo vespertino e apurando com um sextante, calculamos que a passagem mais baixa por entre a cordilheira ficava ligeiramente à nossa direita, à vista do acampamento, a cerca de sete mil metros acima do nível do mar. Foi nessa direção, portanto, que seguimos com o avião ao embarcarmos em nosso voo exploratório. O próprio acampamento, no sopé que se estendia a partir de um alto platô continental, estava a cerca de três mil e quinhentos metros de altitude, então não ganhamos tanta altura no voo como pode ter parecido. Não obstante, tomamos consciência do ar rarefeito e do frio intenso à medida que subíamos. Por conta da visibilidade, tivemos que deixar as janelas da cabine abertas. Trajávamos, é claro, nossos casacos de pele mais pesados.

Ao nos aproximarmos dos cumes proibidos, escuros e sinistros acima da linha de neve cortada por fendas e geleiras intersticiais, distinguimos cada vez mais as formações curiosamente regulares que pendiam das encostas, e nosso pensamento voltou novamente às estranhas pinturas asiáticas de Nicholas Roerich. Os estratos rochosos, antigos e desgastados pelo vento, confirmavam todos os relatos de Lake e provavam que esses pináculos ocultos elevavam-se exatamente desse modo desde uma época surpreendentemente primordial da história da Terra — talvez mais de cinquenta milhões de anos. Qual altura teriam atingido antigamente, era inútil tentar adivinhar, mas tudo nessa estranha região indicava influências atmosféricas obscuras e adversas à mudança, feitas para retardar os processos climáticos habituais de desintegração de rochas.

Mas foi o emaranhado de cubos, muralhas e entradas de cavernas de contornos regulares nas encostas das montanhas que mais nos causou fascínio e perturbação. Analisei-os com a luneta e tirei fotografias aéreas enquanto Danforth pilotava. Às vezes eu assumia o comando — ainda que meus conhecimentos de aviação fossem estritamente amadores — para permitir que ele usasse a luneta. Conseguimos divisar claramente que grande parte do material que as compunha era um quartzito arqueano leve, diferente de qualquer formação visível sobre as vastas áreas da superfície montanhosa, e que sua regularidade era muito mais intensa e misteriosa do que nos fora sugerido pelo pobre Lake.

Como ele havia dito, as arestas estavam desgastadas e arredondadas devido a éons de exposição a incontáveis intempéries, mas a solidez sobrenatural e o material resistente os haviam salvado da destruição. Muitas partes, principalmente as mais próximas das encostas, pareciam idênticas à superfície rochosa que as circundava. O conjunto se assemelhava às ruínas de Machu Picchu, nos Andes, ou às fundações primitivas de Kish, escavadas pela Expedição Oxford-Field Museum em 1929; Danforth e eu tivemos aquela impressão ocasional de blocos ciclópicos separados que Lake atribuíra a Carroll, seu companheiro de voo. Explicar a presença dessas coisas naquele lugar estava além de minha capacidade e, como geólogo, senti-me estranhamente humilhado. As formações ígneas costumam apresentar regularidades estranhas — como a Calçada dos Gigantes, na Irlanda —, mas apesar de Lake ter comentado sobre possíveis cones de fumaça, aquela cordilheira estupenda era, acima de tudo, não vulcânica em sua estrutura evidente.

As curiosas entradas das cavernas, perto das quais as estranhas formações pareciam mais abundantes, representavam outro ponto intrigante, ainda que em menor intensidade, por conta da regularidade de seu contorno. Muitas vezes apresentavam, como dissera o relato de Lake, formato quadrado ou semicircular, como se os orifícios naturais tivessem sido modelados com maior simetria por alguma mão mágica. Eram notáveis em número e distribuição, e sugeriam que toda a área era alveolada por túneis dissolvidos a partir de estratos de calcário. Não conseguimos vislumbrar o interior das cavernas com nitidez, mas notamos que aparentavam estar livres de estalactites e estalagmites. Do lado de fora, as partes das encostas das montanhas adjacentes às aberturas pareciam invariavelmente suaves e regulares, e Danforth foi da opinião de que as leves rachaduras e fendas causadas pelas intempéries apresentavam padrões incomuns. Tão impressionado pelos horrores e estranhezas encontrados no acampamento, ele sugeriu que as fendas se assemelhavam vagamente àqueles grupos desconcertantes de pontos espalhados sobre os primitivos esteatitos esverdeados, tão horrivelmente replicados nos insanos montículos de neve que recobriam aquelas seis monstruosidades enterradas.

Fomos gradualmente ganhando altitude à medida que sobrevoávamos o sopé mais alto e seguíamos em direção à passagem relativamente baixa que havíamos escolhido. Conforme avançávamos, lançávamos olhares ocasionais para a neve e o gelo da rota terrestre, imaginando se teria sido possível seguir esse caminho com os equipamentos menos sofisticados de antigamente. Para nossa surpresa, percebemos que o terreno não era tão difícil como havíamos imaginado, e que, apesar das fendas e de outros pontos problemáticos, seria pouco provável que dissuadisse os trenós de um Scott, um Shackleton ou um Amundsen. Algumas geleiras pareciam levar a passagens expostas ao vento com continuidade incomum e, quando chegamos à passagem escolhida, descobrimos que o mesmo se aplicava a ela.

Seria impossível descrever a expectativa carregada de tensão que sentíamos enquanto nos preparávamos para contornar o cume e avistar um mundo desconhecido, ainda que não tivéssemos motivos para acreditar que as regiões que se estendiam além fossem diferentes daquelas já vistas e percorridas. O toque de mistério maligno nessas montanhas grandiosas e no vasto céu opalescente que se estendia por entre seus cumes tratava-se de uma questão altamente sutil e atenuada, que não se poderia explicar de forma manifesta. Pelo contrário, tratava-se de um simbolismo psicológico vago e de uma associação estética — algo misturado com poesias e pinturas exóticas, com mitos arcaicos espreitando em livros proibidos e rejeitados. Até mesmo as rajadas de vento eram dotadas de uma pressão peculiar de malignidade consciente, e por um segundo pareceu que o som continha um silvo musical bizarro ou uma sonoridade ampla à medida que as lufadas entravam e saíam das onipresentes e ressonantes entradas das cavernas. Havia uma nota nebulosa de repulsão remanescente naquele som, tão complexa e inclassificável quanto qualquer outra impressão sombria.

Depois de uma lenta subida, encontrávamo-nos agora a uma altura de sete mil metros, de acordo com o aneroide, e havíamos deixado a região recoberta de neve para trás. Na altitude em que estávamos, havia apenas encostas rochosas escuras e desnudas, e o início de geleiras de superfície escarpada — encimadas por aqueles intrigantes cubos, muralhas e entradas de caverna ecoantes que conferiam ao cenário um efeito sobrenatural, fantástico e onírico. Ao observar a linha de picos altos, pensei ter divisado aquele mencionado pelo pobre Lake, que tinha uma muralha exatamente no topo. Parecia envolto por uma estranha névoa antártica; a mesma névoa que, talvez, tivesse sido responsável pela suspeita inicial de vulcanismo levantada por Lake. A passagem pairava bem diante de nós, suave e varrida pelo vento entre suas torres irregulares e malignamente retorcidas. Adiante, o céu era iluminado pelo baixo sol polar e pontilhado por vapores espiralados — o céu daquele reino misterioso mais além, que sentíamos que jamais havia sido admirado por olhos humanos.

Bastariam mais alguns metros de altitude para que contemplássemos aquele reino. Danforth e eu, incapazes de falar de outro modo que não fosse gritando em meio ao vento uivante e penetrante que atravessava a passagem e se juntava ao ruído dos motores do avião, trocamos olhares eloquentes. E então, tendo vencido os últimos metros de altitude necessários, olhamos através da formidável fronteira e avistamos os segredos não revelados de uma terra anciã e totalmente desconhecida.

5

Acho que nós dois começamos a gritar ao mesmo tempo, em um misto de reverência, admiração, terror e descrença em nossos próprios sentidos quando finalmente atravessamos a passagem e avistamos o que se estendia além dela. É claro que devíamos ter formulado alguma teoria natural no fundo de nossa mente para firmar nossas faculdades mentais no momento. Provavelmente enxergamos tais coisas como o Jardim dos Deuses, no Colorado, com suas pedras esculpidas grosseiramente pelo vento, ou como as rochas incrivelmente simétricas, também por obra do vento, do deserto do Arizona. Talvez até cogitássemos que se tratasse de uma miragem, como a que tínhamos visto na manhã anterior ao nos aproximarmos pela primeira vez daquelas montanhas da loucura. Certamente devemos ter tido algumas noções de normalidade às quais recorrer à medida que nossos olhos varriam o platô infindável e marcado por tempestades e tentávamos compreender o labirinto quase infinito de pedras colossais, regulares e geometricamente eurrítmicas que se estendia, com suas cristas desgastadas e esburacadas, sobre uma camada de gelo de doze ou quinze metros de profundidade, nos pontos mais espessos, com partes obviamente mais estreitas.

O efeito causado pela visão monstruosa foi indescritível, pois desde o início parecia certo que o lugar era resultado de alguma violação demoníaca das leis naturais. Ali, em um terreno plano infernalmente antigo, com mais de seis mil metros de altura e com um clima que, mesmo antes do surgimento dos humanos, era mortal para qualquer habitante havia no mínimo meio bilhão de anos, estendia-se, até onde a vista alcançava, um emaranhado de pedras ordenadas que apenas o desespero da autodefesa mental poderia atribuir a outra causa senão uma consciente e artificial. Anteriormente havíamos descartado, guiados pelo raciocínio sério, qualquer teoria de que os cubos e as muralhas das encostas montanhosas fossem de origem artificial. Como poderia ser diferente, visto que os seres humanos dificilmente poderiam ser diferenciados dos grandes primatas na época em que essa região sucumbiu ao atual reino ininterrupto de morte glacial?

Agora, no entanto, o domínio da razão parecia irrefutavelmente abalado, pois esse labirinto ciclópico de blocos quadrados, curvos e angulosos tinha características que dizimavam qualquer refúgio confortável. Tratava-se, muito claramente, da cidade blasfema da miragem, em uma realidade dura, objetiva e inevitável. Aquele maldito portento tinha uma base sólida, no fim das contas — havia um certo estrato horizontal de partículas de gelo no ar, e esse sobrevivente rochoso e chocante projetara sua imagem através das montanhas por meio das leis da reflexão. É claro que a projeção fora distorcida e exagerada, e era dotada de coisas que a fonte verdadeira não possuía; agora, porém, como contemplávamos a face verdadeira, a achávamos mais hedionda e ameaçadora do que sua imagem distante.

Apenas a incrível e desumana imensidão daquelas vastas torres e muralhas de pedra impedira que a coisa assustadora fosse aniquilada nas centenas de milhares — talvez milhões — de anos que ela havia passado ali, em meio às rajadas de vento de uma montanha desolada. "Corona Mundi", "Teto do mundo". Uma profusão de frases fantásticas brotaram em nossos lábios quando, atordoados, admiramos aquele espetáculo inacreditável. Lembrei-me novamente dos mitos primordiais que haviam me assombrado desde o instante em que pusera os olhos sobre aquele morto mundo antártico — o demoníaco Platô de Leng, os Mi-Go e os abomináveis Homens das Neves dos Himalaias, dos *Manuscritos Pnakóticos*, com suas implicações pré-humanas, do culto a Cthulhu, do *Necronomicon* e das lendas hiperbóreas sobre o amorfo Tsathoggua e aquelas ainda mais amorfas crias estelares associadas a essa semientidade.

A coisa se estendia por quilômetros sem fim, em todas as direções e com pouca diminuição; de fato, quando varremos com os olhos, tanto à direita quanto à esquerda, a base do sopé baixo e gradual que a separava da verdadeira borda da montanha, percebemos que não havia sinal de afinamento, exceto por uma interrupção à esquerda da passagem pela qual havíamos chegado. Tínhamos penetrado, por acaso, uma pequena parte de algo de extensão incalculável. O sopé era polvilhado esparsamente com estruturas grotescas de pedra, ligando a terrível cidade aos cubos e às muralhas que evidentemente consistiam em seus postos avançados nas montanhas. Esses últimos, assim como as estranhas entradas das cavernas, eram tão frequentes no lado interno quanto no externo das montanhas.

O inominável labirinto de pedra consistia, em grande parte, de paredes de gelo translúcido medindo entre três e cinquenta metros de altura, e de uma espessura que variava de um metro e meio a três metros. Era composto principalmente de extraordinários blocos de ardósia, xisto e arenito, todos escuros e antigos — blocos que por vezes chegavam a medir 1 x 2 x 2,5 metros —, embora em diversos pontos parecesse ser esculpido em uma rocha sólida e irregular de ardósia pré-cambriana. As construções certamente não apresentavam tamanhos uniformes, havendo inúmeros arranjos alveolados de vasta extensão, bem como estruturas separadas e menores. A maior parte apresentava formato cônico, piramidal ou escalonado, embora houvesse muitos cilindros e cubos perfeitos, bem como aglomerados de cubos e de outras formas retangulares e um punhado de construções angulares cuja planta de cinco pontas sugeria fortificações mais modernas. Em muitos casos, os construtores fizeram uso profícuo das construções em arco, e provavelmente havia cúpulas na época do apogeu da cidade.

A edificação labiríntica fora severamente desgastada pelas intempéries, e a superfície glacial da qual as torres emergiam estava coberta de blocos caídos e detritos imemoriais. Nos pontos em que a glaciação era transparente, podíamos enxergar as partes inferiores das pilhas gigantescas, e notamos as pontes de pedra preservadas pelo gelo que ligavam as diferentes torres a distâncias variadas sobre o solo. Nas paredes expostas, podíamos divisar os locais erodidos onde outras pontes do mesmo tipo haviam existido no passado. Uma análise mais minuciosa revelou inúmeras janelas largas; algumas tinham sido fechadas com persianas de um material petrificado, que originalmente deve ter sido madeira, embora a maioria estivesse escancarada de forma sinistra e ameaçadora. Muitas das ruínas, é claro, estavam sem teto e apresentavam bordas superiores irregulares e arredondadas pelo vento; enquanto outras, de formatos mais cônicos ou piramidais, protegidas por estruturas circundantes mais elevadas, preservavam contornos intactos, apesar dos onipresentes desgastes e fendas. Com a luneta, mal conseguimos distinguir o que pareciam ser decorações esculturais em faixas horizontais — decorações que incluíam aqueles curiosos grupos de pontos cuja presença nos antigos esteatitos agora assumia um significado muito maior.

Em muitos lugares, as construções estavam completamente arruinadas e o manto de gelo fora profundamente sulcado por causas geológicas variadas. Em outros pontos, as construções de pedra estavam tão desgastadas que se alinhavam ao nível da glaciação. Em uma faixa ampla, que se estendia do interior do platô até uma fenda no sopé da montanha, a cerca de um quilômetro e meio à esquerda da passagem que havíamos atravessado, não havia nenhuma construção; concluímos que provavelmente havia abrigado um grande rio que, no período Terciário — milhões de anos atrás —, meandrava-se pela cidade e desembocava em um imenso abismo subterrâneo das grandes cordilheiras. Certamente, aquela era, acima de tudo, uma região repleta de cavernas, abismos e segredos subterrâneos impenetráveis pela humanidade.

Rememorando nossos sentimentos e lembrando nosso atordoamento ao avistar essa monstruosidade, sobrevivente de éons que julgávamos ser pré-humanos, só me resta o assombro por termos conseguido preservar a aparência de equilíbrio mental. É claro que sabíamos que alguma coisa — cronologia, teoria científica ou nossa própria consciência — estava terrivelmente errada; mantivemos, contudo, equilíbrio suficiente para pilotar o avião, observar muitas coisas de forma bastante minuciosa e tirar uma série de fotografias que ainda podem ser muito úteis ao mundo e a nós mesmos. A meu respeito, o hábito científico enraizado pode ter sido de muita ajuda, pois, superior à minha perplexidade e sensação de perigo, foi a curiosidade dilacerante que senti para compreender aquele segredo antigo — saber que tipo de seres haviam construído e vivido naquele lugar gigantesco, e de que maneira tal concentração singular de vida poderia ter se relacionado com o mundo geral de seu tempo ou de outras épocas.

Pois aquele lugar não poderia ser uma cidade comum. Deve ter formado o núcleo e o centro de algum capítulo arcaico e inacreditável da história da Terra, cujas ramificações externas, lembradas de forma vaga nos mitos mais obscuros e distorcidos, haviam desaparecido completamente em meio ao caos das convulsões terrenas muito antes de qualquer raça humana conhecida deixar as características simiescas para trás. Ali se esparramava uma megalópole paleógena e, se comparadas a ela, a lendária Atlântida e Lemúria, Commoriom e Uzuldaroum, e Olathoë, na terra de Lomar, são demasiado recentes. Uma megalópole equiparável às blasfemas pré-humanas Valúsia, R'lyeh, Ib, na terra de Mnar, e a Cidade Sem Nome da Arábia Deserta. Enquanto sobrevoávamos aquele emaranhado de brutas torres titânicas, minha imaginação por vezes ultrapassava todos os limites e vagava sem rumo por reinos de associações fantásticas — chegando a traçar elos entre esse mundo perdido e alguns dos meus sonhos mais insanos sobre o terror enlouquecedor do acampamento.

O tanque de combustível do avião, visando à leveza, havia sido enchido apenas parcialmente; tínhamos, portanto, de prosseguir em nossas explorações com cautela. Mesmo assim, porém, cobrimos uma enorme extensão de solo — ou de ar, melhor dizendo — depois de descermos a um nível em que o vento se tornou praticamente insignificante. Parecia não haver limite para a cordilheira ou para a extensão da terrível cidade de pedra que margeava seu sopé interno. Voamos por oitenta quilômetros para os dois lados e não notamos grandes diferenças no labirinto de rochas e alvenaria que estiravamse cadavericamente em meio ao gelo eterno. Havia, porém, algumas variações altamente envolventes, como as esculturas no cânion, onde certa vez correra um rio largo que penetrava o sopé e seguia em direção ao local em que desembocava na grande cordilheira. Os promontórios na nascente do rio tinham sido esculpidos de modo arrojado, adquirindo a forma de torres ciclópicas; e alguma coisa nos desenhos em forma de barril com cristas despertou lembranças estranhamente vagas, odiosas e confusas tanto em Danforth quanto em mim.

Também nos deparamos com vários espaços abertos em formato de estrela, evidentemente praças públicas, e avistamos várias ondulações no terreno. Onde uma colina acentuada se erguia, geralmente era escavada em algum tipo de construção de pedra, mas havia ao menos duas exceções. Entre elas, uma estava muito desgastada pelas intempéries para revelar o que havia estado na elevação saliente, ao passo que a outra ainda ostentava um fantástico monumento cônico, esculpido em rocha sólida e que trazia algumas semelhanças com a lendária Tumba da Cobra no antigo vale de Petra.

Quando voamos para o interior a partir das montanhas, descobrimos que a cidade não era de largura infinita, embora seu comprimento ao longo do sopé assim o parecesse. Depois de cerca de cinquenta quilômetros, as grotescas construções de pedra começaram a ficar mais esparsas, e quinze quilômetros depois alcançamos um ermo ininterrupto praticamente sem sinais de artifício inteligente. O curso do rio que se estendia para além da cidade parecia marcado por uma ampla linha côncava, ao passo que a terra ficava ligeiramente mais acidentada, parecendo inclinar-se levemente para cima à medida que recuava no oeste recoberto de névoa.

Não havíamos aterrissado até então, mas seria inconcebível ir embora do platô sem tentar entrar em algumas das estruturas monstruosas. Decidimos, então, encontrar um local plano no sopé da montanha, próximo de nossa passagem, e lá pousar o avião e nos preparar para empreender uma exploração a pé. Ainda que essas encostas estivessem parcialmente cobertas por ruínas, a diminuição da altitude do voo logo revelou inúmeros locais onde o pouso seria possível. Escolhemos o mais próximo da passagem, visto que nosso voo seguinte sobrevoaria as cordilheiras e seguiria em direção ao acampamento. Fizemos um pouso bem-sucedido por volta do meio-dia, aterrissando em um campo de neve plano e sólido, totalmente livre de obstáculos e perfeito para uma decolagem rápida e favorável mais tarde.

Não parecia haver necessidade de abrigar o avião em uma barreira de neve, já que passaríamos tão pouco tempo ali e os ventos fortes haviam cessado. Então, apenas verificamos se os esquis de pouso estavam guardados em segurança e se as partes vitais da máquina estavam protegidas contra o frio. Para nossa jornada a pé, deixamos para trás as partes mais pesadas dos trajes de pele e levamos alguns equipamentos, como bússola de bolso, câmera manual, aparatos leves, cadernos e papéis, martelo geológico e cinzel, sacos para coletar amostras, corda de escalada e poderosas lanternas elétricas com baterias extras; tínhamos trazido esses itens no avião, para o caso de conseguirmos pousar, tirar fotos do solo, fazer desenhos e esboços topográficos e coletar amostras de rochas de alguma encosta, algum afloramento ou alguma caverna da montanha. Felizmente, tínhamos um suprimento sobressalente de papel para rasgar, colocar em um saco de amostras e usá-lo para fazer uma trilha que sinalizasse nosso percurso em quaisquer labirintos internos em que pudéssemos nos embrenhar. Tínhamos trazido isso para o caso de encontrarmos algum sistema de cavernas com ar parado o suficiente para permitir um método rápido e fácil, em vez do usual método de lascar rochas para delimitar o caminho.

Descemos cautelosamente a encosta, sobre a neve compactada, em direção ao estupendo labirinto de pedra que se erguia contra o oeste opalescente, e sentimos uma sensação quase tão intensa de maravilhas iminentes como a que havíamos sentido ao nos aproximarmos da insondável passagem na montanha, quatro horas antes. É verdade que havíamos nos familiarizado com a vista do incrível segredo escondido pelos picos da cordilheira. Apesar disso, a perspectiva de realmente adentrar muros primordiais criados por seres conscientes, talvez milhões de anos atrás — antes que qualquer raça de homens de que tivéssemos conhecimento pudesse existir —, não era menos impressionante e potencialmente terrível em suas implicações de anormalidade cósmica. Embora a rarefação do ar naquela altitude extraordinária tornasse o esforço um pouco mais intenso, Danforth e eu suportamos muito bem e nos sentimos preparados para enfrentar quase todas as tarefas que pudessem recair sobre nós. Foram necessários apenas alguns passos para chegarmos a uma ruína disforme, desgastada até o nível da neve, e cinquenta a setenta e cinco metros adiante havia uma imensa muralha a céu aberto, com seu contorno de cinco pontas intacto e elevando-se a uma altura irregular de três metros. Seguimos em direção a ela e, quando por fim conseguimos tocar seus blocos ciclópicos desgastados pelo tempo, sentimos que havíamos estabelecido um vínculo sem precedentes e quase blasfemo com eras esquecidas e normalmente inacessíveis por nossa espécie.

Essa muralha, em formato de estrela e talvez medindo noventa metros de uma ponta à outra, foi construída com blocos de arenito jurássico de tamanho irregular, com média de dois metros por dois metros e meio de superfície. Havia uma fileira de frestas ou janelas arqueadas com cerca de um metro de largura e um metro e meio de altura, dispostas simetricamente ao longo das pontas da estrela e em seus ângulos internos, com a base a aproximadamente um metro acima da superfície glaciada. Examinando-as, verificamos que a alvenaria tinha um metro e meio de espessura, sem divisórias no interior, e que havia vestígios de entalhes em faixas ou baixos-relevos nas paredes internas; fatos sobre os quais havíamos conjecturado antes, quando sobrevoamos aquela muralha e outras como ela. Embora as partes inferiores devessem ter estado lá antigamente, qualquer indício de tais coisas estava agora totalmente obscurecido pela profunda camada de gelo e neve que as recobria.

Rastejamos por uma das janelas e tentamos em vão decifrar os desenhos quase apagados dos murais, mas não fizemos nenhuma tentativa de revirar o solo glaciado. Nossos voos exploratórios haviam mostrado que muitas construções da cidade estavam menos obstruídas pelo gelo, e que talvez pudéssemos encontrar interiores totalmente livres, que conduziriam ao verdadeiro nível térreo se entrássemos nas estruturas em que os telhados ainda estivessem intactos. Antes de deixarmos a muralha, a fotografamos com cuidado e analisamos, totalmente perplexos, sua alvenaria ciclópica e desprovida de argamassa. Desejamos que Pabodie estivesse ali, pois seu conhecimento de engenharia poderia ter nos ajudado a adivinhar como esses blocos titânicos poderiam ter sido transportados naquela época incrivelmente remota em que a cidade e seus arredores foram construídos.

A caminhada de oitocentos metros encosta abaixo até a cidade verdadeira, com o vento uivando vã e selvagemente entre os picos elevados ao fundo, foi algo que permanecerá gravado em minha mente em seus mínimos detalhes. Apenas em pesadelos fantásticos é que seres humanos, exceto Danforth e eu, poderiam conceber tais efeitos ópticos. Entre nós e os vapores agitados do oeste jazia aquele emaranhado de torres de pedra escura, e a cada novo ângulo ficávamos novamente impressionados com suas formas exorbitantes e incríveis. Era uma miragem em pedra sólida e, não fosse pelas fotografias, eu ainda duvidaria de sua existência. O tipo de alvenaria era idêntico ao da muralha que havíamos examinado, mas as formas extravagantes que a alvenaria ostentava em suas manifestações urbanas eram totalmente indescritíveis.

Até mesmo as fotografias só mostram uma ou duas partes de sua infinita bizarrice, variedade ilimitada, imensidão sobrenatural e exotismo totalmente incomum. Havia formas geométricas que nem Euclides seria capaz de nomear — cones com os mais diversos graus de irregularidade e truncamento; terraços com todo tipo de desproporção instigante; hastes com estranhas ampliações bulbosas; colunas quebradas em curiosos agrupamentos e arranjos de cinco pontas ou sulcos de loucura grotesca. Ao nos aproximarmos, pudemos divisar, por baixo de certas partes transparentes do manto de gelo, algumas das pontes tubulares de pedra que ligavam as estruturas dispostas de forma insana em alturas variadas. Não parecia haver ruas ordenadas, e a única faixa larga e aberta ficava a um metro e meio à esquerda, onde o antigo rio sem dúvida corria em meio à cidade até chegar às montanhas.

Nossas lunetas mostravam a predominância de faixas horizontais externas de esculturas e aglomerados de pontos quase apagados, e quase conseguíamos imaginar como a cidade teria sido — embora a maioria dos telhados e torres tivesse sucumbido. O local fora um complexo emaranhado de vias e becos tortuosos, todos eles desfiladeiros profundos, e alguns pouco melhores que túneis, por conta da alvenaria suspensa ou pontes que se arqueavam sobre eles. Agora, estendendo-se sob nós, parecia uma fantasia onírica contra a névoa ao oeste, através da qual o avermelhado e vespertino sol antártico reluzia com esforço; e quando o sol encontrou um obstáculo mais denso e mergulhou a cena em sombras momentâneas, causou um efeito sutilmente ameaçador, de uma forma que espero nunca precisar descrever. Até os uivos e rajadas débeis do vento absorto que soprava das grandes montanhas chegavam a nós com uma nota mais selvagem de malignidade intencional. A última parte de nossa descida em direção à cidade foi estranhamente íngreme e abrupta, e um afloramento de rochas na borda em que o nível havia mudado nos levou a pensar que devia ter existido um terraço artificial naquele ponto. Sob a glaciação, acreditávamos, devia haver alguns degraus ou coisa parecida.

Quando finalmente adentramos a cidade labiríntica, passando por cima de alvenarias caídas e nos encolhendo diante da proximidade opressiva e altura esmagadora de paredes arruinadas onipresentes e esburacadas, novamente nossas sensações se tornaram tais que fico admirado por termos conseguido manter o autocontrole. Danforth estava deveras sobressaltado, e começou a conceber conjecturas ofensivamente irrelevantes a respeito do horror no acampamento — o que me deixava ainda mais ressentido, visto que não pude deixar de compartilhar certas conclusões que nos eram impostas em razão de muitas características desse pesadelo antigo, mórbido e sobrevivente. As especulações também fervilhavam na mente de Danforth, pois em certo ponto — onde um beco coberto de escombros fazia uma curva acentuada — ele insistiu que tinha visto leves marcações no solo das quais não gostara; em outros lugares, parou para ouvir um som imaginário sutil que vinha de um ponto indefinido — um silvo musical abafado, disse ele, semelhante ao ruído do vento das montanhas, mas, de certo modo, perturbadoramente diferente. A quantidade imensurável de estruturas de cinco pontas presente na arquitetura circundante e os poucos arabescos distinguíveis nos murais carregavam uma sugestão ligeiramente sinistra da qual não podíamos escapar, e nos forneceu um indício de terrível certeza subconsciente em relação às entidades primordiais que haviam criado e habitado aquele lugar profano.

Nossa alma científica e aventureira, porém, não estava totalmente morta, e foi de forma mecânica que realizamos nossa tarefa de coletar espécimes dos diferentes tipos de rochas presentes na alvenaria. Queríamos reunir um conjunto completo a fim de tirar conclusões mais precisas sobre a idade do local. Nada nas grandes paredes externas parecia datar de um período posterior ao Jurássico e Comanchiano, e não havia nenhuma pedra de uma era mais recente do que o Plioceno. Certamente vagávamos em meio a uma morte que reinou por pelo menos meio bilhão de anos e, provavelmente, até mais que isso.

Enquanto percorríamos aquele labirinto de pedras sombreadas pelo crepúsculo, paramos em todas as aberturas existentes para analisar o interior e buscar uma forma de entrada. Algumas pairavam acima de nosso alcance, enquanto outras desembocavam em ruínas obstruídas pelo gelo, tão descobertas e inóspitas quanto a muralha da montanha. Uma delas, apesar de espaçosa e convidativa, abria-se em um abismo aparentemente sem fundo, sem meios visíveis de descida. Vez ou outra, tínhamos a chance de analisar a madeira petrificada de uma persiana sobrevivente, e ficávamos impressionados com a fabulosa antiguidade implícita nos veios discerníveis. Tais coisas eram oriundas de gimnospermas e coníferas mesozoicas — principalmente cicadáceas do Cretáceo — e de palmeiras e angiospermas primitivas que claramente datavam do Terciário. Estava evidente que nada posterior ao Plioceno seria descoberto ali. A função dessas persianas — cujas bordas indicavam a presença de dobradiças esquisitas e desaparecidas há muito — parecia variar; algumas estavam do lado de fora e, outras, do lado interno das frestas profundas. Pareciam ter se incrustado na rocha, sobrevivendo à ferrugem de seus antigos suportes e ferrolhos provavelmente metálicos.

Um tempo depois, deparamo-nos com uma fileira de janelas — nas protuberâncias de um colossal cone de cinco pontas com vértice intacto — que levava a um cômodo vasto, bem preservado e com piso de pedra, demasiadamente elevado para que a descida sem corda fosse possível. Tínhamos uma corda conosco, mas não queríamos experimentar aquela descida de seis metros, a menos que fosse estritamente necessário — especialmente em meio ao ar rarefeito do platô, que muito exigia do coração. O enorme cômodo provavelmente era uma espécie de salão ou saguão, e nossas lanternas elétricas iluminavam esculturas arrojadas, distintas e potencialmente surpreendentes, dispostas ao redor das paredes em faixas largas e horizontais, separadas por faixas igualmente amplas de arabescos convencionais. Analisamos o local cuidadosamente e decidimos que exploraríamos seu interior, a menos que encontrássemos um local que pudesse ser acessado mais facilmente.

Finalmente, porém, encontramos exatamente a abertura que estávamos procurando: uma passagem abobadada com cerca de dois metros de largura e três de altura, marcando o que antes havia sido a extremidade de uma ponte suspensa que atravessava um beco cerca de um metro e meio acima do atual nível de glaciação. Essas arcadas, é claro, alinhavavam-se com os andares superiores e, naquele caso, um dos andares ainda existia. A construção, portanto, era acessível, e composta por uma série de terraços retangulares voltados para o oeste, à nossa esquerda. Do outro lado do beco, onde a arcada se abria, havia um cilindro decrépito, sem janelas e com uma curiosa protuberância a cerca de três metros acima da abertura. O interior estava completamente escuro, e a passagem abobadada parecia desembocar em um poço de vazio ilimitado.

Escombros amontoados tornavam ainda mais fácil adentrar a vasta construção à esquerda, mas tivemos um momento de hesitação antes de aproveitar a chance que havíamos desejado. Pois, embora tivéssemos adentrado esse emaranhado de mistério arcaico, era necessária uma nova deliberação para que nos embrenhássemos em uma construção íntegra e sobrevivente de um fabuloso mundo antigo, cuja natureza se tornava cada vez mais terrivelmente clara para nós. Por fim, porém, decidimos seguir em frente, e subimos pelos escombros em direção à fresta aberta. O piso adiante era composto por grandes placas de ardósia, e parecia formar a saída de um longo e alto corredor ladeado por paredes esculpidas.

Observando as inúmeras arcadas internas que se espalhavam a partir do corredor, e percebendo a provável complexidade do ninho de cômodos na parte interna, decidimos que era chegada a hora de começar a marcar nosso trajeto com pedaços de papel. Até aquele momento, verificar a direção na bússola, assim como os frequentes vislumbres da vasta cadeia de montanhas entre as torres em nossa retaguarda, havia sido suficiente para que não nos perdêssemos. A partir dali, porém, nosso substituto artificial seria necessário. Assim, picotamos nosso suprimento extra de papel em pedaços de tamanho adequado, os colocamos em um saco que Danforth carregaria e nos preparamos para usá-los apenas quando necessário, conforme a segurança permitisse. Esse método provavelmente impediria que nos perdêssemos, pois não parecia haver correntes de ar fortes no interior da alvenaria primordial. Caso as correntes se intensificassem, ou nosso suprimento de papel chegasse ao fim, é claro que poderíamos recorrer ao método mais seguro, ainda que mais fastidioso e demorado, de lascar pedras.

A extensão do território pelo qual nos embrenhávamos era impossível de ser definida sem realizar um teste. Por conta da estreita e frequente conexão entre as construções, era possível que passássemos de uma para outra através de pontes cobertas de gelo, exceto onde impedidos por colapsos e fendas geológicas, pois muito pouca glaciação parecia ter penetrado as grandiosas construções. Quase todas as áreas de gelo transparente revelaram janelas submersas fortemente fechadas, como se a cidade tivesse sido deixada naquele estado uniforme até que a camada de gelo cristalizasse a parte inferior no tempo subsequente. De fato, tinha-se a curiosa impressão de que aquele lugar havia sido deliberadamente fechado e abandonado em alguma época sombria e esquecida, em vez de sobrepujado por qualquer calamidade repentina ou até mesmo decadência gradual. Teria a chegada do gelo sido prevista, e teria uma população inominável debandado em massa à procura de uma morada menos condenada? As condições fisiográficas correspondentes à formação do manto de gelo naquele ponto teriam que esperar por uma solução posterior. Claramente não se tratara de um acontecimento repentino. Talvez a pressão oriunda de neve acumulada tivesse sido responsável; e talvez alguma inundação do rio, ou o rompimento de alguma antiga represa glacial na grande cordilheira, tivesse ajudado a moldar aquele estado que observávamos agora. A imaginação poderia conceber quase tudo a respeito daquele lugar.

6

Seria penoso fornecer um relato detalhado e sequencial de nossas andanças no interior daquele local alveolado, cavernoso e morto de alvenaria primitiva; aquele covil monstruoso de segredos antigos que agora ecoava pela primeira vez, depois de incontáveis eras, ao passo de pés humanos. Isso é ainda mais verdadeiro porque grande parte do drama e da revelação horríveis veio de uma mera análise das onipresentes gravuras em murais. As fotografias que tiramos dessas gravuras serão muito úteis para provar a veracidade do que estamos divulgando, e é lamentável que não tivéssemos um suprimento maior de filmes fotográficos conosco. Por esse motivo, depois que os filmes se acabaram, desenhamos grosseiramente certas características importantes no caderno.

A construção que havíamos adentrado era grandiosa em tamanho e complexidade, e nos deu uma noção impressionante da arquitetura daquele passado geológico inominável. As divisórias internas eram menores do que aquelas nas paredes externas, mas conservavam excelente estado de preservação nos níveis mais baixos. A complexidade labiríntica, envolvendo diferenças curiosamente irregulares nos níveis do piso, definiam todo o conjunto, e nós certamente teríamos nos perdido, não fosse pelo rastro de papel rasgado que havíamos deixado ao longo do caminho. Decidimos explorar as partes superiores mais decrépitas primeiro, então subimos no labirinto por cerca de trinta metros, até onde a camada mais elevada das câmaras se abria, arruinada e coberta de neve, para o céu polar. Subimos rampas de pedra íngremes e recobertas de nervuras transversais ou planos inclinados que faziam as vezes de escada por toda parte. Nos cômodos que encontramos havia todas as formas e proporções imagináveis, variando de estrelas de cinco pontas a triângulos e cubos perfeitos. Pode-se afirmar com certa segurança que, em média, deviam ter nove metros quadrados de área útil e seis metros de altura, embora houvesse muitos cômodos maiores. Depois de analisar minuciosamente as regiões superiores e o nível glacial, descemos, andar por andar, até a parte submersa, onde logo percebemos que de fato estávamos em um labirinto contínuo de câmaras e passagens interligadas, provavelmente levando a áreas ilimitadas no exterior daquela construção em particular. A grandiosidade ciclópica e colossal de tudo ao redor tornou-se curiosamente opressiva, e havia algo vago, ainda que profundo, e desumano em tudo: contornos, dimensões, proporções, decorações e nuances construtivas do trabalho em pedra arcaico e blasfemo. Logo percebemos, a partir do que os entalhes revelavam, que a cidade monstruosa tinha muitos milhões de anos.

Ainda não somos capazes de explicar os princípios de engenharia usados no balanceamento e ajuste anômalos das vastas massas rochosas, ainda que as construções em arco tenham sido muito utilizadas. Os cômodos que visitamos não dispunham de nenhum objeto portátil, uma circunstância que sustentava nossa suposição de uma deserção deliberada da cidade. A principal característica decorativa era o sistema quase unânime de esculturas em murais, que tendiam a se estender em faixas horizontais contínuas de um metro de largura, dispostas do chão ao teto de forma alternada com faixas igualmente largas de arabescos geométricos. Havia algumas exceções a esse tipo de arranjo, mas era absolutamente predominante. Muitas vezes, porém, uma série de cartelas oblongas e lisas, estampadas com estranhos agrupamentos de pontos, aparecia ao longo de uma das faixas de arabesco.

A técnica, logo percebemos, era desenvolvida, consumada e evoluída esteticamente no mais alto grau de maestria civilizada, ainda que totalmente diferente, em todos os detalhes, de qualquer tradição artística conhecida pela raça humana. Nenhuma escultura que já vi consegue se igualar a ela na delicadeza da execução. Os mínimos detalhes da vegetação elaborada, ou da vida animal, eram reproduzidos com uma vivacidade surpreendente, apesar da arrojada escala das esculturas; os desenhos convencionais, por sua vez, eram maravilhas intrincadas e engenhosas. Os arabescos indicavam um vasto uso de princípios matemáticos, e eram compostos de curvas e ângulos de uma simetria obscura, baseados no número cinco. As faixas pictóricas seguiam uma tradição altamente estruturada e apresentavam um tratamento peculiar de perspectiva; ainda assim, eram dotadas de uma força artística que nos causou profunda comoção, apesar do abismo que havia entre nossos períodos geológicos. Seu método de execução dependia de uma singular justaposição da parte transversal com a silhueta bidimensional, e expressava uma psicologia analítica além de qualquer raça conhecida da antiguidade. É inútil tentar comparar essa arte com as representadas em nossos museus. Aquele que observar nossa fotografias provavelmente encontrará suas equivalentes mais próximas em certas concepções grotescas dos futuristas mais ousados.

O traçado de arabescos consistia em linhas côncavas, cuja profundidade nas paredes intactas variava de dois a cinco centímetros. Quando apareciam cartelas oblongas com agrupamentos de pontos — evidentemente inscrições em alguma linguagem e alfabeto desconhecidos e primordiais —, a depressão da superfície lisa apresentava cerca de quatro centímetros, e a dos pontos talvez um centímetro a mais. As faixas pictóricas eram de baixo-relevo escareado, com o segundo plano cerca de cinco centímetros mais fundo em relação à superfície verdadeira da parede. Em alguns casos, era possível detectar marcas de uma coloração anterior, embora os éons incontáveis tivessem desintegrado e eliminado quaisquer pigmentos que ali pudessem ter sido aplicados. Quanto mais se estudava a maravilhosa técnica, mais se admirava a coisa toda. Sob sua estrita convencionalidade, era possível apreender a observação minuciosa e precisa e a maestria dos artistas; e, de fato, as próprias convenções serviam para simbolizar a acentuar a essência verdadeira ou diferenciação vital de cada objeto delineado. Sentimos também que, além dessas excelências reconhecíveis, devia haver outras espreitando além do alcance de nossas percepções. Certos toques aqui e ali forneciam indícios vagos de símbolos e estímulos latentes que, se fôssemos dotados de outros antecedentes mentais e emocionais e de um aparato sensorial mais completo ou distinto, poderiam ter apresentado um significado profundo e comovente.

Era evidente que a temática das esculturas relacionava-se à vida da extinta época de sua criação, e continha uma vasta proporção de história. Foi a importância anormal que a raça primitiva dava à própria história — uma circunstância do acaso que opera, por coincidência, milagrosamente a nosso favor — que tornou as gravuras tão informativas para nós, e o que nos levou a dar prioridade às suas fotografias e cópias em detrimento de todas as outras considerações. Em certos cômodos, o arranjo predominante era uma variação de mapas, mapas astronômicos e outros desenhos científicos em escala ampliada — sendo estes responsáveis por fornecer uma ingênua e terrível confirmação ao que havíamos apreendido dos frisos e lambris pictóricos. Ao dar indícios do que foi revelado pelo todo, só posso esperar que meu relato não desperte uma curiosidade que supere a prudência daqueles que acreditarem em mim. Seria trágico se alguém fosse atraído para aquele reino de morte e horror por conta do aviso destinado a desencorajá-lo.

Intercaladas a essas paredes esculpidas havia janelas altas e imensas portas de mais de três metros; retendo, vez ou outra, as tábuas de madeira petrificadas — esculpidas e polidas de forma elaborada — das persianas e portas verdadeiras. Todos os acessórios de metal haviam desaparecido muito antes, mas algumas das portas permaneciam de pé e era necessário forçá-las para o lado à medida que avançávamos de cômodo em cômodo. Os caixilhos das janelas, com estranhos painéis transparentes — elípticos, em sua maioria —, sobreviveram em alguns pontos, ainda que em quantidade insignificante. Havia também nichos frequentes de grande magnitude, geralmente vazios, mas vez ou outra contendo algum objeto bizarro entalhado em esteatito esverdeado, que ou estava quebrado ou talvez tenha sido considerado tão sem importância que fora deixado para trás. Outras aberturas estavam, indubitavelmente, interligadas a instalações mecânicas do passado — aquecimento, iluminação e coisas do tipo — de uma variedade sugerida em muitas das esculturas. A maioria dos tetos era lisa, mas em alguns havia incrustações de esteatitos esverdeados ou ladrilhos, caídos em grande parte agora. Os pisos também haviam sido pavimentados com esses ladrilhos, embora predominassem os trabalhos em pedra lisa.

Como já mencionei, todos os móveis e outros objetos portáteis não estavam mais ali, mas as esculturas forneciam ideias claras a respeito dos estranhos dispositivos que certa vez encheram esses cômodos sepulcrais e ecoantes. Acima da camada glacial, os pisos geralmente estavam recobertos por uma grossa camada de detritos, escombros e sujeira; mais abaixo, porém, isso diminuía. Em alguns cômodos e corredores inferiores, havia pouco mais que poeira arenosa ou incrustações antigas, e certas áreas davam a impressão de que haviam sido limpas recentemente. É claro que, em pontos em terem fendas ou desmoronamentos, os níveis mais baixos eram tão cheios de detritos quanto os superiores. Um pátio central — presente também em outras estruturas que vimos do avião — impedia que as regiões internas mergulhassem em escuridão total, de modo que raramente tivemos que usar as lanternas elétricas nos cômodos superiores, exceto quando analisamos os detalhes esculpidos. Abaixo da calota de gelo, porém, o crepúsculo reinava, e em muitas partes do emaranhado andar térreo a escuridão era quase absoluta.

Para formar uma ideia rudimentar de nossos pensamentos e nossas sensações ao penetrar naquele silencioso e antigo labirinto de alvenaria desumana, é preciso correlacionar um caos irremediavelmente confuso de humores, lembranças e impressões fugazes. A absoluta antiguidade assustadora e a desolação letal do lugar bastavam para oprimir qualquer pessoa sensível, e adicionados a esses elementos estavam o recente horror inexplicável do acampamento e as revelações que logo foram feitas pelas terríveis esculturas nos murais à nossa volta. No momento que encontramos uma parte perfeita de escultura, na qual não era possível haver ambiguidade de interpretação, uma breve análise bastou para nos revelar a verdade hedionda — e seria ingênuo afirmar que Danforth e eu não suspeitávamos disso antes, ainda que tivéssemos evitado sugerir isso um ao outro. Agora não havia mais lugar para dúvidas misericordiosas sobre a natureza dos seres que haviam construído e habitado essa monstruosa cidade morta de milhões de anos, quando os ancestrais do homem eram mamíferos arcaicos e primitivos, e imensos dinossauros vagavam pelas estepes tropicais da Europa e da Ásia.

Antes disso, havíamos nos apegado a uma alternativa desesperada e insistido — cada um para si mesmo — que a onipresença das cinco pontas não passava de alguma exaltação cultural ou religiosa do objeto natural arqueano que tão claramente incorporava a qualidade das cinco pontas; da mesma forma que a temática decorativa da Creta minoica exaltava o touro sagrado; a do Egito, os escaravelhos; a de Roma, o lobo e a águia; e a de vários tribos selvagens, algum animal guardião escolhido. Mas esse refúgio solitário tinha sido despojado de nós, e fomos obrigados a encarar de uma vez por todas a verdade tremenda que o leitor destas páginas certamente já sabe há muito tempo. Mal posso suportar escrever tudo às claras agora, mas talvez isso não seja necessário.

As criaturas que outrora criaram e habitaram essa terrível alvenaria na era dos dinossauros de fato não eram dinossauros, mas algo muito pior. Dinossauros eram algo recente e quase sem cérebro — os construtores da cidade, porém, eram sábios e velhos, e tinham deixado certos vestígios nas rochas

que, mesmo naquela época, estavam ali havia quase um bilhão
de anos... rochas que estavam ali antes que a verdadeira vida na Terra evoluísse a partir de aglomerados de células... rochas que estavam ali antes que a verdadeira vida terrestre existisse. Eles foram os criadores e tiranos dessa vida e, sem sombra de dúvidas, os seres originais mencionados nos antigos mitos demoníacos narrados nos *Manuscritos Pnakóticos* e no *Necronomicon*. Eram os Grandes Antigos que haviam descido por entre as estrelas quando a Terra era jovem — seres de substância moldada por evolução estranha e de poderes tão grandiosos que não poderiam ter sido criados neste planeta. E pensar que no dia anterior Danforth e eu tínhamos visto fragmentos de sua substância milenarmente fossilizada... e que o pobre Lake e sua equipe tinham visto suas silhuetas completas.

É claro que não me é possível relatar, na devida ordem, os estágios pelos quais descobrimos o que sabemos sobre aquele capítulo monstruoso da vida pré-humana. Depois do primeiro choque da revelação, tivemos que fazer uma pausa para nos recuperar, e já eram três horas quando começamos nosso percurso de pesquisas sistemáticas. As esculturas na construção em que entramos datavam de um período relativamente tardio — talvez dois milhões de anos antes —, de acordo com suas características geológicas, biológicas e astronômicas, e a arte que ostentava poderia ser considerada decadente se comparada com aquelas que encontramos em construções mais antigas depois de atravessarmos pontes sob a camada glacial. Um edifício escavado na rocha sólida parecia remontar quarenta ou mesmo cinquenta milhões de anos — ao Eoceno inferior ou ao Cretáceo superior —, e era dotado de baixos-relevos de uma arte que superava qualquer outra coisa, com uma tremenda exceção, que encontramos. Aquela era, concordamos a partir de então, a estrutura doméstica mais antiga que havíamos adentrado.

Não fosse a confirmação fornecida por aquelas fotografias que logo virão a público, eu me absteria de contar o que encontrei e deduzi, temendo ser trancafiado como louco. É claro que as partes infinitamente primitivas do conto retalhado — representando a vida pré-terrestre dos seres com cabeça em formato de estrela, em outros planetas, outras galáxias, outros universos — podem ser facilmente interpretadas como a fantástica mitologia dessas criaturas; essas partes, contudo, às vezes apresentavam desenhos e diagramas tão estranhamente semelhantes às descobertas mais recentes da matemática e astrofísica que eu mal sabia o que pensar disso. Que os outros julguem ao ver as fotografias que publicarei.

Naturalmente, nenhum conjunto de esculturas que encontramos relatou mais do que uma fração de qualquer história relacionada; nem mesmo nos deparamos com as várias partes dessa história em sua devida ordem. Alguns dos vastos cômodos eram independentes no que dizia respeito à sua concepção, ao passo que, em outros, uma crônica contínua era contada no decorrer de uma série de cômodos e corredores. Os melhores mapas e diagramas estavam expostos nas paredes de um abismo terrível, inferior ao antigo nível térreo — uma caverna com cerca de sessenta metros quadrados e dezoito metros de altura, que suspeito que tenha sido algum tipo de centro educacional. Havia muitas repetições intrigantes do mesmo material em diferentes cômodos e construções, visto que certos capítulos de experiências, e certas partes ou fases da história da raça, pareciam ser favoritos de diversos decoradores ou habitantes. Às vezes, porém, versões diferentes do mesmo tema provavam-se úteis para resolver pontos discutíveis e preencher lacunas.

Ainda me pergunto como deduzimos tantas coisas no curto espaço de tempo de que dispúnhamos. Certamente, ainda hoje temos apenas uma parte ínfima, e muito disso foi obtido posteriormente a partir de uma análise das fotografias que tiramos e desenhos que fizemos. Pode ter sido essa análise posterior — as lembranças revividas e as impressões vagas que atuam juntamente à sua sensibilidade geral e àquele suposto vislumbre final de horror cuja essência ele não vai revelar nem para mim — que tenha causado o colapso nervoso de Danforth. Mas era necessário, pois não poderíamos transmitir nosso aviso de uma maneira inteligente sem antes reunir a maior quantidade de informações possível, e transmiti-lo é uma necessidade primordial. Certas influências remanescentes naquele mundo antártico desconhecido de tempo desordenado e lei natural alienígena tornam imperativo que a sua exploração seja desencorajada.

7

A história completa, até onde foi decifrada, aparecerá em breve em um comunicado oficial da Universidade Miskatonic. Aqui, mencionarei apenas os pontos mais relevantes, de forma desordenada e desconexa. Mito ou não, as esculturas relatavam a vinda daquelas criaturas com cabeça em formato de estrela para a Terra incipiente e sem vida, a partir do espaço cósmico — sua vinda, e a de muitas outras entidades alienígenas que, em certos momentos, embarcaram no pioneirismo espacial. Elas pareciam capazes de atravessar o éter interestelar com suas vastas asas membranosas — confirmando os relatos folclóricos nas montanhas contados há muito tempo por um colega antiquário. Elas haviam vivido no fundo do mar por bastante tempo, construindo cidades fantásticas e travando batalhas terríveis com adversários inomináveis por meio de intrincados dispositivos que empregavam princípios desconhecidos de energia. Estava evidente que seus conhecimentos científicos e mecânicos superaram em muito os dos homens, embora eles só fizessem uso de suas formas mais difundidas e elaboradas quando obrigados. Algumas das esculturas sugeriam que haviam passado por uma fase de vida mecanizada em outros planetas, mas recuaram ao considerar seus efeitos emocionalmente insatisfatórios. Sua resistência sobrenatural e a simplicidade das necessidades naturais os tornaram particularmente aptos a viver em um plano elevado sem precisar de produtos especializados de fabricação artificial e até de roupas, exceto por uma proteção ocasional contra as intempéries.

Foi no fundo do mar, primeiro para alimentação e depois para outros fins, que criaram as primeiras formas de vida na Terra — usando as substâncias disponíveis e empregando métodos conhecidos há muito. Os experimentos mais elaborados vieram depois da aniquilação de vários inimigos cósmicos. Eles fizeram o mesmo em outros planetas, fabricando não apenas os alimentos de que precisavam, mas certas massas protoplásmicas multicelulares capazes de, sob influência hipnótica, transformar seus tecidos em todo tipo de órgãos temporários e, desse modo, criaram escravos ideais para realizar o trabalho árduo da comunidade. Essas massas viscosas sem dúvida eram o que Abdul Alhazred chamara de "shoggoths" em seu terrível *Necronomicon*, embora nem mesmo o árabe louco tivesse insinuado que tais coisas existissem na Terra, exceto nos delírios daqueles que haviam ingerido uma certa erva alcaloide. Quando os Grandes Antigos deste planeta tinham sintetizado suas fontes de alimento e criado um bom suprimento de shoggoths, permitiram que outros grupos de células se desenvolvessem em outras formas de vida animal e vegetal para os mais diversos fins, extirpando qualquer um cuja presença se tornasse problemática.

Com a ajuda dos shoggoths, que conseguiam se moldar para suportar enormes quantidades de peso, as pequenas cidades no fundo do mar se tornaram vastos e imponentes labirintos de pedra, não muito diferentes daqueles que mais tarde surgiriam em terra. Certamente os Antigos, altamente adaptáveis, passaram muito tempo vivendo em terras em outras partes do universo, e provavelmente mantiveram muitas tradições de construção em terra. Enquanto analisávamos a arquitetura de todas essas cidades paleógenas esculpidas, incluindo aquelas cujos corredores de morte antiga estávamos cruzando naquele momento, ficamos impressionados com uma coincidência curiosa que ainda não tentamos explicar, nem para nós mesmos. Os topos das construções, que na cidade à nossa volta haviam se tornado ruínas deformadas séculos antes, estavam claramente representados nos baixos-relevos, e exibiam vastos aglomerados de pináculos em forma de agulha, florões delicados em certos vértices de cones e pirâmides e camadas de discos finos, arredondados e horizontais sobre hastes cilíndricas. Foi exatamente o que vimos naquela miragem monstruosa e grandiosa — projetada por uma cidade morta na qual essas características do horizonte estiveram ausentes por milhares e dezenas de milhares de anos —, que surgiu diante de nossos olhos ignorantes em meio às insondáveis montanhas da loucura quando nos aproximamos do acampamento malfadado do pobre Lake.

Sobre a vida dos Antigos, tanto no fundo do mar quanto depois que uma parcela deles migrou para a terra, livros e mais livros poderiam ser escritos. Aqueles que habitavam as águas rasas continuaram a usar os olhos nas extremidades dos cinco tentáculos principais, e praticaram as artes da escultura e da escrita da forma usual, sendo a escrita realizada por meio de um estilete em superfícies de cera à prova d'água. Aqueles que habitavam as profundezas do oceano, embora fizessem uso de um curioso organismo fosforescente para fornecer luz, desenvolveram sua visão com obscuros aparelhos sensórios especiais que operavam por meio de cílios prismáticos na cabeça — sentidos que tornavam todos os Antigos relativamente independentes de luz em situações de emergência. Suas formas de esculpir e escrever sofreram mudanças curiosas durante a descida para o fundo do mar, incorporando certos processos de revestimento aparentemente químicos — provavelmente para garantir fosforescência — mas não conseguimos entender isso com clareza nos baixos-relevos. No mar, as criaturas se moviam nadando — usando os braços crinoides laterais — e debatendo a camada inferior de tentáculos que apresentavam os pseudopés. Vez ou outra, conseguiam dar longos impulsos, auxiliados por dois ou mais conjuntos de suas asas dobráveis em forma de leque. Em terra, movimentavam-se com os pseudopés, mas de vez em quando usavam as asas para voar a grandes alturas ou por longas distâncias. Os tentáculos delgados nos quais os braços crinoides se ramificavam eram excepcionalmente delicados, flexíveis, fortes e dotados de uma coordenação muito precisa entre músculos e nervos, garantindo a máxima habilidade e destreza em todas as operações artísticas e manuais.

A resistência das criaturas era quase inacreditável. Nem mesmo a pressão excepcional do fundo do mar parecia capaz de prejudicá-los. Poucos pareciam ter morrido, exceto de forma violenta, e os cemitérios eram raros. O fato de eles terem enterrado seus mortos verticalmente sob montículos com inscrições de cinco pontas despertou muitos pensamentos em Danforth e em mim, o que serviu como uma pausa e recuperação necessárias depois do que foi revelado pelas esculturas. As criaturas se multiplicavam por meio de esporos — como os pteridófitos vegetais, algo de que Lake já suspeitava —, mas devido à sua resistência e longevidade prodigiosas, e ausência de necessidade de substituição, não incentivavam o desenvolvimento em larga escala de novos protalos, exceto quando precisavam colonizar novas regiões. Os jovens amadureciam rapidamente e recebiam uma educação que evidentemente superava qualquer padrão que possamos conceber. A vida intelectual e estética predominante era muito evoluída, e criou um conjunto resistente e duradouro de costumes e instituições, que abordarei mais detalhadamente na monografia que escreverei em breve. Os costumes apresentavam ligeiras variações a depender da residência marítima ou terrestre, mas contavam com as mesmas bases e fundamentos.

Embora fossem capazes de, assim como vegetais, obter nutrição de substâncias inorgânicas, tinham uma vasta predileção por alimentos orgânicos, especialmente animais. Alimentavam-se da vida marinha crua no fundo do mar, mas cozinhavam seus alimentos em terra. Caçavam animais e criavam rebanhos — matando com armas afiadas cujas marcas estranhas em certos ossos fósseis foram notadas por nossa expedição. Resistiam a todas as temperaturas de forma surpreendente, e em seu estado natural poderiam viver em água quase congelada. Quando o grande frio do Pleistoceno se instalou, no entanto, quase um milhão de anos atrás, os habitantes terrestres tiveram que recorrer a medidas especiais, incluindo aquecimento artificial, até que, por fim, o frio mortal parece tê-los levado de volta ao mar. Em seus voos pré-históricos pelo espaço cósmico, dizia a lenda, eles haviam absorvido certos produtos químicos e se tornaram quase independentes de alimentação, respiração ou aquecimento; na época do grande frio, porém, eles não mais sabiam como empregar tal método. De todo modo, não poderiam prolongar o estado artificial por tempo indefinido sem que com isso sofressem danos.

Por terem estrutura semivegetal e não acasalarem, os Antigos não tinham base biológica para a organização familiar dos mamíferos, mas pareciam organizar grandes moradias com base nos princípios de utilidade espacial confortável e — como deduzimos a partir das ocupações e distrações retratadas por outros habitantes — uma associação mental por afinidade. Ao mobiliar suas casas, mantinham tudo no centro dos enormes cômodos, deixando todas as paredes livres para os entalhes decorativos. A decoração, no caso dos habitantes terrestres, era realizada por um dispositivo de natureza provavelmente eletroquímica. Tanto em terra quanto debaixo d'água, usavam curiosas mesas, cadeiras e sofás de formato cilíndrico — pois descansavam e dormiam em pé, com os tentáculos dobrados junto ao corpo — e prateleiras para os conjuntos de superfícies pontilhadas, que caracterizavam seus livros.

A forma de governo era evidentemente complexa e provavelmente socialista, embora nenhuma certeza pudesse ser apreendida a partir das esculturas que encontramos. Havia um vasto comércio, tanto local quanto entre cidades diferentes, e uma pequena ficha plana de cinco pontas, repleta de inscrições, servia como dinheiro. É provável que os menores esteatitos esverdeados encontrados por nossa expedição fossem empregados para tal fim. Embora a cultura fosse urbana em sua maioria, havia agricultura e muita criação de gado. Mineração e uma quantidade limitada de fabricação também eram praticadas. As viagens eram muito frequentes, mas migrações permanentes pareciam relativamente raras, exceto pelos vastos movimentos colonizadores por meio dos quais a raça se expandia. Para locomoção individual, nenhum auxílio externo era usado, visto que os Antigos pareciam dotados de extrema velocidade tanto na terra quanto no ar e na água. As cargas, porém, eram transportadas por animais de carga — shoggoths, no fundo do mar, e uma curiosa variedade de vertebrados primitivos nos subsequentes anos de existência sobre a terra.

Os vertebrados, assim como uma infinidade de outras formas de vida — animal e vegetal, marinha, terrestre e aérea —, foram resultado da evolução livre que agiu sobre as células vivas criadas pelos Antigos, e que haviam escapado de seu raio de atenção. Sofreram um desenvolvimento descontrolado, pois não haviam entrado em conflito com os seres dominantes. Formas de vida incômodas, é claro, eram totalmente exterminadas. Despertou-nos interesse avistar, em algumas das esculturas mais recentes e decadentes, um mamífero primitivo e de andar arrastado — por vezes usado como alimento e, em outras, servindo como bufão cômico para os habitantes da terra —, cujos traços eram inconfundivelmente simiescos e humanos. Na construção de cidades terrestres, os enormes blocos de pedra das torres altas costumavam ser erguidos por pterodáctilos com asas amplas, de uma espécie até então desconhecida pela paleontologia.

Os Antigos sobreviveram a várias mudanças e revoluções geológicas da crosta terrestre com uma persistência quase milagrosa. Embora poucas ou nenhuma de suas primeiras cidades pareçam ter se mantido de pé após o período Arqueano, sua civilização não foi interrompida, nem a transmissão de seus registros. Seu local original de chegada ao planeta tinha sido o Oceano Antártico, e é provável que tenham chegado pouco depois de a matéria que forma a lua ter sido tirada do vizinho Pacífico Sul. De acordo com um dos mapas esculpidos, todo o globo estava submerso à época, com cidades de pedra espalhando-se cada vez mais distantes da Antártica à medida que as eras transcorriam. Outro mapa mostrava uma vasta porção de terra seca em torno do Polo Sul, onde evidentemente algumas das criaturas firmaram assentamentos experimentais, ainda que seus principais centros tenham sido transferidos para o fundo do mar mais próximo. Mapas posteriores, que mostram essa porção de terra fissurada e à deriva, com certos fragmentos se desprendendo e seguindo para o norte, sustentam de forma impressionante as teorias da deriva continental postuladas recentemente por Taylor, Wegener e Joly.

O cataclismo de novas terras no Pacífico Sul desencadeou uma série de eventos tremendos. Algumas cidades marinhas foram irremediavelmente destruídas, mas esse não foi o pior dos infortúnios. Outra raça — uma raça terrestre de criaturas em forma de polvo e provavelmente pertencente à fabulosa prole pré-humana de Cthulhu — logo começou a descer do infinito cósmico e provocou uma guerra monstruosa que, por um tempo, levou os Antigos de volta ao mar; um golpe colossal, levando-se em consideração os crescentes assentamentos em terra. A paz foi alcançada posteriormente, e as novas terras foram oferecidas à prole de Cthulhu, enquanto os Antigos mantiveram o mar e as terras mais longevas. Novas cidades terrestres foram fundadas — a maior delas na Antártica, visto que a região em que haviam chegado ao planeta era sagrada. A partir de então, assim como antes, a Antártica permaneceu como o centro da civilização dos Antigos, e todas as cidades construídas ali pela prole de Cthulhu foram destruídas. Então, repentinamente, as terras do Pacífico tornaram a afundar, carregando consigo a terrível cidade de pedra de R'lyeh e todos os polvos cósmicos, de modo que os Antigos recuperaram a soberania do planeta, exceto por um medo sombrio sobre o qual não gostavam de comentar. Algum tempo depois, suas cidades espalhavam-se por inúmeras áreas terrestres e aquáticas do globo — por isso que, em minha monografia que logo será publicada, sugiro que algum arqueólogo faça perfurações sistemáticas com aparelhos semelhantes aos de Pabodie em certas regiões que ficavam bastante distantes uma das outras.

O curso de ação mais constante ao longo dos tempos foi da água à terra, um movimento encorajado pelo surgimento de novas porções de terra, embora o oceano nunca estivesse totalmente deserto. Outra causa do movimento em direção à terra foi a dificuldade então adquirida de criar e cuidar dos shoggoths, dos quais o sucesso da vida marinha dependia.

Com o passar do tempo, como as esculturas relatavam tristemente, a arte de criar vida a partir de matéria inorgânica se perdeu, de modo que os Antigos passaram a depender da moldagem de formas já existentes. Em terra, os grandes répteis se mostraram altamente domesticáveis; os shoggoths do mar, porém, reproduzindo-se por divisão e adquirindo um grau perigoso de inteligência acidental, representaram um problema formidável por um tempo.

Eles sempre haviam sido controlados pela sugestão hipnótica dos Antigos, e tinham modelado sua plasticidade dura em vários membros e órgãos temporários úteis; então, passaram a exercer seus poderes de automodelagem de forma independente, e imitando vários formatos sugeridos anteriormente. Ao que parecia, haviam desenvolvido um cérebro semiestável, cuja volição, independente e ocasionalmente teimosa, ecoava a vontade dos Antigos, sem necessariamente obedecê-la. Retratos esculpidos desses shoggoths encheram a Danforth e a mim de horror e repúdio. Eram entidades amorfas, compostas por uma geleia viscosa que parecia um aglomerado de bolhas; mediam cerca de quatro metros e meio de diâmetro quando assumiam a forma esférica. Sua forma e volume, porém, estavam em constante mudança; eliminando desenvolvimentos temporários e formando órgãos aparentes de visão, audição e fala, semelhantes aos de seus senhores, de forma espontânea ou por sugestões hipnóticas.

Parecem ter se tornado particularmente incontroláveis no meio do período Permiano, talvez 150 milhões de anos atrás, quando foi travada uma verdadeira guerra entre eles e os Antigos marinhos em uma tentativa de subjugá-los novamente. Imagens da guerra, e do modo como os shoggoths deixavam suas vítimas — decapitadas e cobertas de gosma —, mantinham uma qualidade maravilhosamente assustadora, apesar do abismo temporal que havia entre as épocas incontáveis. Os Antigos haviam usado curiosas armas de perturbação molecular contra os seres rebeldes e, no fim, alcançaram a vitória. Depois disso, as esculturas mostravam um período em que os shoggoths eram domesticados e amansados por Antigos armados, assim como os cavalos selvagens do oeste americano eram domados por caubóis. Ainda que durante a rebelião os shoggoths tivessem demonstrado que eram capazes de viver fora da água, essa transição não foi incentivada, visto que a sua utilidade em terra dificilmente compensaria o problema de tentar controlá-los.

Durante o período Jurássico, os Antigos enfrentaram novos adversários, oriundos de uma nova invasão do espaço sideral — dessa vez por criaturas meio fungoides e meio crustáceos do remoto e recém-descoberto planeta Plutão. As mesmas criaturas que, sem dúvida, figuram em certas lendas sussurradas no norte, e chamadas no Himalaia de os Mi-Go, ou Abomináveis Homens das Neves. Para combater esses seres, os Antigos tentaram, pela primeira vez desde sua chegada à Terra, retornar ao éter planetário; apesar de todos os preparativos, porém, descobriram que não mais podiam deixar a atmosfera da Terra. Qualquer que tenha sido o segredo da viagem interestelar, agora estava definitivamente perdido para aquela raça. No fim, os Mi-Go expulsaram os Antigos de todas as terras ao norte, apesar de não terem poder suficiente para incomodar os que estavam no mar. Pouco a pouco tinha início a lenta retirada da antiga raça para seu *habitat* antártico original.

Foi curioso perceber, por meio das batalhas retratadas, que tanto a prole de Cthulhu quanto os Mi-Go pareciam feitos de uma matéria extremamente diferente daquela que sabemos que compõe os Antigos. Eles eram capazes de passar por transformações e reintegrações impossíveis para seus adversários e, portanto, pareciam ter vindo de abismos ainda mais remotos do espaço cósmico. Os Antigos, exceto por sua resistência anormal e propriedades vitais peculiares, eram estritamente materiais, e devem ter se originado dentro do *continuum* espaço-tempo conhecido; ao passo que a origem primordial dos outros seres só podia ser imaginada em um estado de emoção suspensa. Tudo isso, é claro, supondo que as ligações não terrestres e as anomalias atribuídas aos inimigos invasores não sejam mitologia pura. É possível que os Antigos tenham inventado uma estrutura cósmica para explicar suas derrotas ocasionais, uma vez que o interesse histórico e o orgulho evidentemente constituíam seu principal elemento psicológico. É significativo que suas histórias não mencionem muitas raças avançadas e poderosas de seres cujas culturas grandiosas e cidades imponentes aparecem com frequência em certas lendas obscuras.

As mudanças ocorridas no mundo ao longo das eras geológicas são retratadas com surpreendente vivacidade em muitos dos mapas e cenas entalhados. Em certos casos, a ciência existente precisará ser revisada, ao passo que em outros suas deduções ousadas mostram-se magnificamente corretas. Como já mencionei, a hipótese de Taylor, Wegener e Joly de que todos os continentes são fragmentos de uma porção de terra antártica que se partiu com a força centrífuga e se separou sobre uma superfície inferior tecnicamente viscosa — uma hipótese levantada à vista de algumas características, como a complementaridade dos contornos da África e da América do Sul, e o modo como as grandes cadeias de montanhas são onduladas e sedimentares — é impressionantemente corroborada por essa fonte misteriosa.

Mapas que retratavam o mundo carbonífero de cem milhões de anos atrás — ou mais — apresentavam fendas e abismos significativos que posteriormente viriam a separar a África dos reinos outrora contínuos da Europa (a então Valúsia da lenda primitiva infernal), da Ásia, das Américas e da Antártica.

Outros mapas — e, mais significativamente, um relacionado à fundação da cidade morta ao nosso redor, cinquenta milhões de anos antes — mostravam todos os atuais continentes bem separados. E no mapa mais recente que encontramos — datado talvez do período Plioceno —, o mundo atual era mostrado com clareza, apesar da ligação entre o Alasca e a Sibéria, América do Norte e Europa, por meio da Groenlândia, e da América do Sul com a Antártica por meio da Terra de Graham. No mapa carbonífero, o globo inteiro — o leito oceânico e a faixa de terra fragmentada — ostentava símbolos das vastas cidades de pedra dos Antigos, mas a recessão gradual em direção ao antártico tornava-se muito clara nos mapas posteriores. O mapa do Plioceno não retratava cidades terrestres, exceto no continente antártico e na ponta da América do Sul, nem cidades oceânicas ao norte do quinquagésimo paralelo da latitude sul. Entre os Antigos, era evidente que o conhecimento e interesse a respeito do mundo ao norte havia declinado, com exceção de uma análise das linhas costeiras, provavelmente feita durante longos voos de exploração naquelas asas membranosas semelhantes a leques.

A destruição de cidades devido ao surgimento de montanhas, a ruptura centrífuga dos continentes, os abalos sísmicos da terra ou do fundo do mar e outras causas naturais eram um assunto comum, e era curioso observar como cada vez menos substituições eram feitas com o passar das eras. A vasta megalópole morta que se estendia ao nosso redor parecia ser o último centro da raça, construída no início do período Cretáceo, depois de um titânico abalo de terra ter obliterado sua predecessora ainda mais vasta, em um ponto não muito distante dali. Parecia que aquela região era o local mais sagrado de todos, onde supostamente os primeiros Antigos se estabeleceram no fundo de um mar primitivo. Na nova cidade — da qual pudemos reconhecer muitas dessas características nas esculturas, mas que se estendia por quase duzentos quilômetros ao longo da cordilheira em cada direção, muito além dos limites de nossa exploração aérea –, supunha-se haver certas pedras sagradas que haviam formado parte da primeira cidade do fundo do mar, e que foram trazidas à tona após longas eras no decurso do colapso geral dos estratos.

8

Naturalmente, Danforth e eu analisamos com especial interesse e um sentimento de admiração peculiarmente pessoal tudo o que pertencia ao distrito em que estávamos. Desse tipo de material havia, é claro, uma vasta abundância e, no emaranhado do nível térreo da cidade, tivemos a sorte de encontrar uma casa de datação muito tardia, cujas paredes, embora um pouco danificadas por uma fenda contígua, continham esculturas de artesanato decadente que expandiam a história da região para muito além do mapa do período Plioceno do qual derivava nosso último vislumbre do mundo pré-humano. Esse foi o último local que analisamos minuciosamente, pois o que encontramos lá nos forneceu um novo objetivo urgente.

Certamente estávamos em um dos cantos mais estranhos, esquisitos e terríveis do mundo. De todas as terras existentes, definitivamente era a mais antiga, e crescia em nós a convicção de que esse horrendo planalto devia ser o lendário e assustador Platô de Leng, que até mesmo o autor louco do *Necronomicon* relutava em abordar. A grande cadeia de montanhas era tremendamente longa – começando como uma cordilheira baixa em Terra de Luitpold, na costa do Mar de Weddell, e praticamente cruzando todo o continente. A parte realmente alta se estendia em um arco poderoso a partir de 82° de latitude, 60° de longitude leste, até 70° de latitude, 115° de longitude leste, com o lado côncavo virado para nosso acampamento e sua extremidade litorânea voltada para a região daquela longa costa coberta de gelo, cujas colinas foram avistadas por Wilkes e Mawson no Círculo Antártico.

Ainda assim, exageros ainda mais monstruosos da Natureza pareciam perturbadoramente próximos. Já mencionei que esses picos são mais altos do que os Himalaias, mas as esculturas me impedem de dizer que são os mais altos da Terra. Essa honra sombria está, sem dúvida, reservada para algo que metade das esculturas não registrou de forma alguma, ao passo que a outra metade abordou com repugnância e receio óbvios. Parece que havia uma parte da antiga Terra – a primeira porção que emergiu das águas depois que a lua se desprendeu da Terra e que os Antigos desceram por entre as estrelas – que passou a ser evitada por sua natureza vagamente maligna. As cidades construídas ali desmoronavam antes do tempo e eram encontradas subitamente desertas. Então, quando a primeira grande convulsão terrestre abalou a região no período Comanchiano, uma fileira assustadora de picos assomou-se repentinamente em meio ao mais horrendo pânico e caos – e a Terra ganhou suas montanhas mais altas e terríveis.

Se a escala dos entalhes estava correta, essas coisas abomináveis deviam ultrapassar em muito doze mil metros de altura – drasticamente maiores do que as montanhas da loucura que havíamos atravessado. Aparentemente, elas se estendiam a partir da latitude 77°, 70° de longitude leste até a latitude 70°, 100° de longitude leste – a menos de quinhentos quilômetros de distância da cidade morta, de modo que poderíamos ter divisado seus temíveis cumes em meio à penumbra a oeste, não fosse aquela vaga névoa opalescente. Sua extremidade norte deveria, do mesmo modo, poder ser avistada a partir da longa costa do Círculo Antártico, na porção de terra Queen Mary.

Alguns dos Antigos, nos dias de decadência, fizeram estranhas orações àquelas montanhas, mas nenhum jamais se aproximou delas ou ousou adivinhar o que havia além.

Nenhum olho humano jamais as avistara e, enquanto analisava as emoções transmitidas nos entalhes, rezei para que ninguém jamais o fizesse. Há colinas interpostas entre elas e a costa — as terras Queen Mary e Kaiser Wilhelm —, e agradeço aos céus por ninguém ter sido capaz de se aproximar e escalar aquelas colinas. Não sou tão cético em relação aos velhos contos e histórias amedrontadores como costumava ser, e não desdenho da convicção do escultor pré-humano de que, vez ou outra, raios caíam de forma significativa sobre as cristas inquietantes, e que um brilho inexplicável reluzia em um daqueles terríveis pináculos durante a longa noite polar. Pode haver um significado muito real e monstruoso nos velhos relatos pnakóticos sobre Kadath e o Ermo Gélido.

Mas o território ao redor era igualmente estranho, ainda que menos assolado por inefáveis maldições. Logo após a fundação da cidade, a grande cadeia de montanhas tornou-se a sede dos principais templos, e muitos entalhes mostravam as grotescas e fantásticas torres que perfuravam o céu, onde agora víamos apenas os cubos e as muralhas que pendiam de forma tão curiosa. Com o passar do tempo, as cavernas apareceram e foram moldadas como complementos dos templos. No decorrer de eras posteriores, todos os veios de calcário da região foram escavados pelas águas subterrâneas, de modo que as montanhas, os sopés e as planícies abaixo deles formavam uma verdadeira rede de cavernas e galerias interligadas. Muitas esculturas mostravam as explorações subterrâneas e a descoberta do mar sem sol, semelhante ao Estige, que fluía nas entranhas da Terra.

Esse vasto abismo sombroso sem dúvida fora desgastado pelo grande rio que descia das montanhas horríveis e inomináveis a oeste, e que antes meandrava-se na base da cordilheira dos Antigos e fluía até o Oceano Índico entre a Terra de Budd e a Terra de Totten, na costa de Wilkes. Pouco a pouco havia corroído a base da colina de calcário em uma de suas curvas, até que por fim suas correntes devastadoras atingiram as cavernas de águas subterrâneas e juntaram-se a elas na escavação de um abismo ainda mais profundo. Por fim, todo o seu volume escoou para as colinas ocas, secando seu velho leito que desembocava no oceano. Grande parte da cidade, como descobrimos, foi construída sobre o antigo leito. Os Antigos, compreendendo o que havia acontecido, e manifestando sua sempre aguçada sensibilidade artística, haviam esculpido em torres ornamentadas os promontórios das colinas em que a grande corrente iniciava seu trajeto descendente em direção à escuridão eterna.

O rio, antes atravessado por dezenas de nobres pontes de pedra, certamente era aquele cujo curso extinto tínhamos visto ao sobrevoar a região. Sua posição em diferentes entalhes da cidade nos ajudou a ter uma ideia de como havia sido a paisagem em várias fases da história daquela região morta séculos antes; de modo que conseguimos desenhar um mapa apressado, mas meticuloso, ilustrando as características mais importantes — praças, construções importantes e coisas do tipo — para servir como guia em explorações posteriores. Logo pudemos recriar, em nossa imaginação, como havia sido aquele local estupendo de um ou dez ou cinquenta milhões de anos atrás, pois as esculturas nos mostravam exatamente como tinha sido tudo: construções, montanhas, praças, subúrbios, o cenário paisagístico e a vegetação terciária luxuriante. Deve ter sido de uma beleza maravilhosa e mística, e, diante desse pensamento, quase me esqueci da sensação pegajosa de opressão sinistra com a qual a antiguidade desumana da cidade, bem como sua grandeza, imortalidade, isolamento e o crepúsculo glacial haviam sufocado e sobrepesado meu espírito. De acordo com certos entalhes, porém, os próprios habitantes daquela cidade estavam familiarizados com o terror opressivo; pois nas esculturas havia uma cena recorrente e sombria que mostrava os Antigos recuando amedrontados de algum objeto — nunca revelado nas ilustrações — que havia sido trazido pelas águas do grande rio, arrastado em meio àquelas florestas de cicadáceas cobertas de videiras daquelas horríveis montanhas a oeste.

Foi apenas em uma casa construída tardiamente, com entalhes decadentes, que obtivemos qualquer prenúncio da calamidade final que culminou na deserção da cidade. Sem dúvida, deve ter havido muitas esculturas igualmente antigas em outros lugares, a despeito das energias e aspirações reduzidas de um período estressante e incerto; de fato, pouco tempo depois encontramos evidências muito claras da existência de outras esculturas. Mas esse foi o primeiro e único conjunto que encontramos diretamente. Pretendíamos continuar explorando, mas, como mencionei, as condições ditaram outro objetivo imediato. Haveria, porém, um limite — pois, depois de toda a esperança de uma ocupação futura ter perecido entre os Antigos, seria improvável que não houvesse uma interrupção completa da decoração em mural. O golpe final, é claro, foi a chegada do grande frio, que outrora mantivera toda a Terra como prisioneira, e que nunca mais se afastou dos malfadados polos — o grande frio que, na outra extremidade do mundo, exterminou as lendárias terras de Lomar e Hiperbórea.

Seria difícil determinar exatamente em que época o frio chegou à Antártica. Atualmente, estabelecemos que os períodos glaciais tiveram início a cerca de quinhentos mil anos atrás, mas nos polos a terrível calamidade deve ter começado muito antes. Todas as estimativas quantitativas são meras especulações, mas é bem provável que as esculturas decadentes tenham sido feitas menos de um milhão de anos atrás, e que a deserção da cidade tenha acontecido muito antes do início do

 Pleistoceno — quinhentos mil anos atrás —, como é calculado em termos da superfície total da Terra.

Nas esculturas decadentes, havia sinais de uma vegetação menos densa em todos os lugares e de uma diminuição da vida no campo por parte dos Antigos. Aparelhos de aquecimento eram mostrados nas casas, e os viajantes invernais eram representados cobertos de tecidos protetores. Em seguida, vimos uma série de cartelas oblongas (o arranjo contínuo de faixas sendo interrompido com frequência nesses entalhes posteriores) representando uma migração cada vez mais constante em direção aos refúgios mais quentes — alguns seguindo para cidades sob o mar ao longo da costa distante e alguns descendo pelas redes de cavernas de calcário nas colinas ocas em direção ao abismo negro de águas subterrâneas.

No fim das contas, parece que foi o abismo contíguo que recebeu a maior colonização. Isso sem dúvida se deveu, em parte, à sacralidade tradicional daquela região específica; mas um fator mais determinante pode ter a ver com as oportunidades proporcionadas pelo abismo de continuar a usar os grandes templos das montanhas alveoladas e de manter a vasta cidade terrestre como residência de veraneio e base de comunicação com várias minas. A ligação entre moradias novas e antigas tornou-se mais eficaz por conta de várias melhorias e nivelamentos feitos ao longo das rotas de conexão, incluindo a escavação de vários túneis que ligavam diretamente a antiga metrópole ao abismo negro — túneis virados para baixo, cujas entradas desenhamos com esmero, de acordo com nossas estimativas mais ponderadas, no mapa que estávamos compilando. Era evidente que pelo menos dois desses túneis ficavam a uma distância razoável de onde estávamos, visto que ambos encontravam-se na extremidade montanhosa da cidade, um a menos de quatrocentos metros em direção ao antigo curso do rio, e o outro talvez a oitocentos metros na direção oposta.

O abismo, ao que parece, tinha encostas de terra seca em certos pontos, mas os Antigos construíram sua nova cidade debaixo d'água — sem dúvida por conta da maior possibilidade de calor uniforme. O mar oculto parece ter sido de uma profundidade enorme, de modo que o calor interno da Terra pudesse garantir sua habitabilidade por tempo indeterminado. Parece que as criaturas não tiveram problemas para se adaptar a uma residência parcial — e eventualmente, é claro, permanente — debaixo d'água, visto que nunca haviam permitido que seus sistemas branquiais atrofiassem. Muitas esculturas mostravam que eles costumavam prestar visitas frequentes aos parentes submarinos em outros lugares, e que tinha o hábito de se banhar no fundo do grande rio. Do mesmo modo, a escuridão do interior da Terra não seria um obstáculo para uma raça acostumada às longas noites antárticas.

Por mais decadente que fosse seu estilo, esses entalhes mais recentes apresentavam uma qualidade verdadeiramente épica no que dizia respeito às ilustrações mostrando a construção da nova cidade no mar cavernoso. Os Antigos haviam prosseguido de forma científica, extraindo rochas insolúveis do coração das montanhas alveoladas e empregando trabalhadores experientes da cidade submarina mais próxima para seguir os melhores métodos na construção. Os trabalhadores levaram com eles tudo de que precisavam para estabelecer o novo empreendimento — tecidos de shoggoths, com os quais criavam levantadores de pedras e, posteriormente, animais de carga para a cidade da caverna, e outras matérias protoplásmicas a serem transformadas em organismos fosforescentes para prover iluminação.

Por fim, uma imponente metrópole surgiu no fundo daquele mar estígio. Sua arquitetura muito se assemelhava à da cidade acima, e a obra apresentava pouquíssima decadência por conta da precisão matemática adotada nas operações de construção. Os shoggoths recém-criados atingiram tamanho significativo e inteligência singular, e eram representados recebendo e executando ordens com rapidez espantosa. Pareciam conversar com os Antigos imitando suas vozes – uma espécie de silvo musical com ampla gama de variações, se a dissecação do pobre Lake estava correta –, e seguir mais ordens faladas do que sugestões hipnóticas, ao contrário do que acontecia em épocas anteriores. Eles eram, porém, controlados de forma admirável. Os organismos fosforescentes forneciam luz com grande eficácia e sem dúvida compensavam a perda das conhecidas auroras polares das noites do mundo exterior.

Arte e decoração ainda eram praticadas, embora, é claro, com certa decadência. Os Antigos parecem ter percebido que haviam decaído nesse aspecto e, em muitos casos, anteciparam a política de Constantino, o Grande, de transferir belíssimos blocos de escultura antiga de sua cidade terrestre – da mesma forma que o imperador, em uma época de semelhante declínio, despojou a Grécia e a Ásia de suas melhores artes para conferir à sua nova capital bizantina esplendores maiores do que seu próprio povo poderia criar. O fato de a transferência de blocos esculpidos não ter sido mais vasta deveu-se, sem dúvida, à cidade não ter sido completamente abandonada. Quando o abandono permanente ocorreu – e certamente deve ter ocorrido antes que o Pleistoceno polar estivesse muito avançado –, os Antigos talvez estivessem satisfeitos com sua arte decadente, ou não mais reconheciam o mérito superior dos entalhes antigos. De qualquer modo, as ruínas à nossa volta, ancestralmente silenciosas, certamente não haviam sofrido nenhuma dilapidação discriminada de suas esculturas, embora as melhores estátuas, assim como outros móveis, tivessem sido levadas.

As cartelas oblongas e lambris decadentes que retratam essa história foram, como mencionei, os mais recentes que encontramos em nossa busca limitada. Eles nos passaram uma imagem dos Antigos se locomovendo entre a cidade terrestre, no verão, e a cidade do mar sob a caverna, no inverno, e às vezes fazendo trocas comerciais com as cidades do fundo do mar na costa antártica. Àquela altura, o destino condenado da cidade terrestre já devia ser conhecido, pois as esculturas mostravam muitos sinais do avanço maligno do frio. A vegetação estava decaindo, e as terríveis neves invernais não mais derretiam por completo, mesmo em pleno verão. Quase todo o gado de sáurios havia morrido, e os mamíferos não estavam lidando muito bem com a situação. Para dar continuidade ao trabalho do mundo superior, tornou-se necessário adaptar alguns dos shoggoths amorfos e resistentes ao frio à vida terrestre, algo que os Antigos haviam relutado em fazer anteriormente. Não havia mais vida no grande rio, e o mar superior perdera a maioria de seus habitantes, com exceção das focas e baleias. Todos os pássaros voaram para longe, exceto os grandes e grotescos pinguins.

O que aconteceu depois disso, só nos resta imaginar. Por quanto tempo a nova cidade do mar cavernoso sobrevivera? Ainda estaria lá embaixo, um cadáver pétreo na escuridão eterna? As águas subterrâneas teriam congelado, enfim? Qual teria sido o destino das cidades do fundo do oceano? Teria algum dos Antigos se mudado para o norte, fugindo da insidiosa calota de gelo? A geologia existente não mostra nenhum vestígio de sua presença. Poderiam os terríveis Mi-Go ainda representarem uma ameaça nas terras ao norte? Alguém poderia saber ao certo o que ainda existe nos abismos escuros e insondados das águas mais profundas da Terra? Aparentemente, essas criaturas tinham sido capazes de suportar qualquer pressão — e os homens do mar por vezes pescam objetos curiosos. E será que a teoria das baleias-assassinas realmente explicou as cicatrizes selvagens e misteriosas observadas nas focas antárticas uma geração atrás por Borchgrevingk?

Os espécimes encontrados pelo pobre Lake não integraram essas suposições, pois seu cenário geológico indicava que tinham vivido em uma fase muito recente na história da cidade. Eles tinham, de acordo com sua localização, ao menos trinta milhões de anos, e concluímos que, na época em que viveram, a cidade do mar da caverna e a própria caverna ainda não existiam. Eles remontavam a uma época mais remota, em que a exuberante vegetação terciária estava presente em toda parte, com uma cidade jovem de artes pujantes ao redor e um grande rio fluindo para o norte ao longo da base das poderosas montanhas, em direção a um distante oceano tropical.

E, no entanto, era inevitável não pensar nesses espécimes — especialmente naqueles oito intactos que sumiram do acampamento terrivelmente devastado de Lake. Havia algo anormal em relação àquilo tudo: as coisas estranhas que tentamos atribuir à loucura de alguém; aquelas sepulturas assustadoras; a quantidade e a natureza do material que desaparecera; a rigidez sobrenatural das monstruosidades arcaicas e a estranha vitalidade que agora sabíamos, por conta das esculturas, que a raça tinha... Danforth e eu tínhamos visto muitas coisas naquelas horas e estávamos preparados para acreditar em — e manter silêncio sobre — inúmeros segredos tremendos e incríveis da Natureza primordial.

9

Já mencionei que a análise das esculturas decadentes alterou nosso objetivo imediato. Evidentemente isso se relacionava aos túneis escavados no interior sombrio do mundo, dos quais não tínhamos conhecimento antes, mas que, a partir de então, estávamos ansiosos para encontrar e desbravar. A partir da evidente escala dos entalhes, deduzimos que um caminho descendente de cerca de um quilômetro e meio em qualquer um dos túneis adjacentes nos levaria à beira dos penhascos vertiginosos e sombrios ao redor do grande abismo; cujos caminhos, aprimorados pelos Antigos, levavam à costa rochosa do oceano oculto e sombroso. Contemplar esse fabuloso abismo em meio à dura realidade exerceu uma atração aparentemente impossível de resistir, assim que tomamos conhecimento dele — mas percebemos que deveríamos dar início à busca o quanto antes, se esperávamos realizá-la naquela mesma expedição.

Eram oito da noite e não tínhamos baterias suficientes para manter as lanternas acesas por muito tempo mais. Tínhamos dispensado tanto tempo em nossas análises e nos desenhos abaixo do nível glacial que as baterias aguentaram pelo menos cinco horas de uso quase contínuo; e, apesar da composição especial de células secas, só teríamos bateria para mais quatro horas — porém, se mantivéssemos uma lanterna apagada, exceto em lugares muito interessantes ou difíceis, talvez conseguíssemos mantê-las acesas por um tempo extra. Não seria possível explorar aquelas catacumbas ciclópicas sem lanternas e, portanto, tínhamos de abrir mão de continuar explorando e decifrando os murais. É claro que pretendíamos voltar ao local e permanecer por dias ou mesmo semanas imersos em análises intensivas e tirando fotografias — a curiosidade já havia superado o medo —, mas precisávamos nos apressar naquele momento. Nosso suprimento de papel para demarcar a trilha era limitado, e estávamos relutantes em sacrificar cadernos e papéis de desenho para aumentá-lo; abrimos mão de um grande bloco de notas, no entanto. Na pior das hipóteses, poderíamos lascar as rochas — e seria possível, é claro, mesmo se estivéssemos totalmente perdidos, chegar até a luz do dia de uma forma ou de outra, se tivéssemos tempo suficiente para tais tentativas. Por fim, partimos ansiosamente na direção do túnel mais próximo.

De acordo com as esculturas que consultamos para esboçar nosso mapa, a entrada do túnel desejado devia estar a pouco mais de quatrocentos metros de onde estávamos; o trajeto estava polvilhado de construções de aparência sólida, com bastante chance de serem acessíveis ainda no nível subglacial. A entrada em si seria no porão — no ângulo mais próximo do sopé — de uma grandiosa estrutura de cinco pontas, de natureza evidentemente pública e talvez cerimonial, que tentamos identificar com base em que nos lembrávamos de nossa exploração aérea das ruínas. Nenhuma estrutura veio à nossa mente ao recordarmos o voo; concluímos, portanto, que sua superfície devia estar muito danificada ou totalmente destruída em uma fenda de gelo que havíamos notado. Se a última possibilidade fosse a verdadeira, o túnel provavelmente estaria bloqueado pelo gelo, de modo que precisaríamos seguir para o segundo túnel mais próximo — aquele a menos de um quilômetro ao norte. O curso do rio impossibilitava que seguíssemos qualquer um dos túneis mais ao sul, e se os dois túneis mais próximos estivessem cobertos de gelo, dificilmente nossas baterias permitiriam uma tentativa no túnel mais ao norte — um quilômetro além de nossa segunda opção.

Enquanto desbravávamos o labirinto sombrio, com auxílio de mapas e bússolas — atravessando cômodos e corredores em construções arruinadas ou preservadas, subindo rampas, cruzando níveis e pontes superiores e descendo novamente, encontrando passagens bloqueadas e pilhas de detritos, acelerando o passo vez ou outra em trechos bastante preservados e estranhamento imaculados, seguindo pistas falsas e refazendo o caminho (nesses casos, removíamos a trilha de papel que havíamos deixado para trás) e, de vez em quando, chegando ao fundo de um túnel aberto através do qual a luz diurna se infiltrava —, éramos frequentemente tentados pelas paredes esculpidas em nosso trajeto. Muitas deviam relatar acontecimentos de uma importância histórica desmedida, e apenas a perspectiva de visitas posteriores nos fez aceitar que precisávamos passar direto por elas. Ainda assim, diminuíamos a velocidade vez ou outra e acendíamos nossa segunda lanterna. Se tivéssemos mais filmes fotográficos, certamente teríamos feito uma breve pausa para fotografar alguns baixos-relevos, mas nos demorarmos para copiá-los à mão estava fora de cogitação.

Agora chego novamente a um ponto em que a tentação de hesitar, ou de sugerir, em vez de afirmar, é muito forte. É necessário, porém, revelar o restante, a fim de justificar minha motivação para desencorajar novas explorações. Estávamos muito próximos do local calculado como a entrada do túnel — tendo atravessado uma ponte no segundo andar em direção ao que parecia a extremidade de uma parede pontiaguda e descido até um corredor em ruínas repleto de esculturas decadentes, bem elaboradas e aparentemente ritualísticas datando de um trabalho posterior — quando, por volta das oito e meia da noite, as narinas jovens e aguçadas de Danforth nos forneceram o primeiro indício de algo incomum. Se tivéssemos levado um cão conosco, imagino que já teríamos sido avisados antes. A princípio, não saberíamos dizer com precisão qual era o problema com o ar, anteriormente puro como cristal; depois de alguns segundos, porém, nossas memórias reagiram de forma inequívoca. Deixe-me tentar afirmar a coisa sem hesitar. Havia um odor — um odor vago, sutil e inconfundivelmente semelhante ao que nos causara náuseas quando abrimos a sepultura insana do horror que o pobre Lake havia dissecado.

É claro que a revelação não surgiu de forma tão clara na época quanto pode parecer agora. Havia várias explicações razoáveis, e passamos uma boa quantidade de tempo sussurrando, indecisos. Mais importante ainda, não demos meia-volta antes de investigar mais um pouco, visto que, tendo chegado tão longe, relutávamos em ser detidos por qualquer coisa que não fosse um desastre certeiro. De todo modo, aquilo de que suspeitávamos era demasiado selvagem para que acreditássemos. Tais coisas não aconteciam em um mundo normal. Provavelmente deve ter sido o puro instinto irracional que nos motivou a diminuir a luz da lanterna — já não tentados pelas esculturas decadentes e sinistras que pairavam ameaçadoramente nas paredes opressivas — e transformou nosso progresso em uma caminhada cautelosa na ponta dos pés em meio ao chão cada vez mais coberto de detritos.

Os olhos de Danforth, assim como o nariz, se provaram melhores que os meus, pois foi ele quem notou o estranho aspecto dos detritos depois que passamos por muitos arcos, parcialmente bloqueados, que levavam a câmaras e corredores no nível inferior. A aparência não era a esperada de um lugar desertado incontáveis milhares de anos antes, e quando cautelosamente aumentamos a intensidade da luz, vimos que uma espécie de passagem parecia ter sido aberta ali em tempos recentes. A natureza irregular dos detritos impedia que quaisquer marcas definidas fossem identificadas, mas nos lugares mais planos havia indícios de que objetos pesados haviam sido arrastados. Em certo ponto, pensamos ter visto uma marca de rastros paralelos, como se deixados por duas criaturas. Foi isso que nos fez parar novamente.

Foi nessa pausa que captamos — ao mesmo tempo dessa vez — outro odor à frente. Era, paradoxalmente, um odor menos e mais assustador — menos assustador intrinsecamente, mas infinitamente alarmante naquele lugar e sob aquelas circunstâncias... a não ser, é claro, que Gedney... Pois era o simples e familiar odor da gasolina comum — a gasolina do dia a dia.

O que nos deu motivação depois disso é algo que deixarei para os psicólogos. Sabíamos, então, que alguma extensão terrível dos horrores do acampamento devia ter se arrastado para esse cemitério sombrio dos éons e, portanto, não podíamos mais duvidar da existência de circunstâncias inomináveis — presentes ou ao menos recentes — logo adiante. No fim, porém, foi a pura curiosidade insaciável, ou ansiedade, ou auto-hipnose, ou vagas sensações de responsabilidade em relação a Gedney, ou o que for que nos impeliu adiante. Danforth sussurrou novamente sobre a marcação que pensava ter visto ao dobrarmos um corredor nas ruínas acima, e sobre o fraco silvo musical — com um tremendo significado potencial à luz do relatório de dissecação de Lake, apesar de sua semelhança com os ecos causados pelo vento nos cumes e entradas das cavernas — que ele pensou ter escutado vindo das profundidades desconhecidas abaixo. Por minha vez, sussurrei sobre o estado em que o acampamento fora deixado — sobre o que havia desaparecido e como a loucura de um sobrevivente solitário poderia ter concebido o inconcebível, uma viagem insana pelas montanhas monstruosas e uma descida à alvenaria primal desconhecida.

Mas não éramos capazes de convencer um ao outro, nem a nós mesmos, de coisa alguma. Tínhamos apagado toda a luz enquanto permanecíamos ali parados, e vagamente percebemos que um traço de luz do dia, profundamente filtrado, impedia que a escuridão fosse total. Começamos a seguir em frente de forma automática, e nos guiamos por fachos de luz ocasionais da lanterna. Os detritos remexidos haviam causado uma impressão que não conseguíamos esquecer, e o cheiro de gasolina se intensificou. Ruínas e mais ruínas nos rodeavam e atrapalhavam nosso avanço, até que, pouco depois, vimos que o caminho adiante estava prestes a terminar. Estávamos confiantes demais em nosso palpite pessimista sobre a fenda vislumbrada no ar. Nossa jornada pelo túnel era cega, e nem conseguiríamos alcançar o porão onde havia a entrada para o abismo.

O facho de luz da lanterna, iluminando as paredes grotescamente esculpidas do corredor bloqueado em que estávamos, mostrava várias portas em vários estados de obstrução; de uma delas, o cheiro de gasolina veio de forma inequívoca, ainda que bastante misturado a outro indício de odor. Quando firmamos o olhar, vimos que, sem sombra de dúvida, os detritos que obstruíam aquela abertura haviam sido removidos recentemente. Qualquer que fosse o horror à espreita, acreditávamos que o caminho direto para ele agora estava completamente delimitado. Não acredito que alguém há de se perguntar por que hesitamos por um tempo considerável antes de agir.

E, no entanto, quando nos aventuramos para além daquele arco sombrio, nossa primeira impressão foi de anticlímax. Pois, em meio à vastidão da cripta esculpida — um cubo perfeito com lados medindo cerca de seis metros —, não havia nenhum objeto recente e de tamanho discernível; de modo que instantaneamente passamos a procurar, ainda que em vão, uma porta mais além. Alguns instantes depois, porém, a visão afiada de Danforth avistou um local em que os detritos haviam sido remexidos, e ligamos as duas lanternas na potência máxima. Embora o que avistamos sob essa luz tenha sido bastante simples e insignificante, não diminui em nada minha relutância em compartilhá-lo, em razão de suas implicações. Era um nivelamento grosseiro de detritos, sobre o qual uma porção de objetos estava esparramada, e em um dos cantos uma quantidade considerável de gasolina deve ter sido derramada, a ponto de deixar um odor forte mesmo na extrema altitude do platô. Em outras palavras, não poderia ter sido outra coisa senão uma espécie de acampamento — um acampamento feito por seres que, como nós, tiveram que recuar por conta da obstrução inesperada do caminho até o abismo.

Permita-me dizer com mais clareza. Os objetos espalhados eram oriundos, no que diz respeito à sua natureza, do acampamento de Lake, e consistiam em latas abertas de formas tão estranhas quanto as que vimos naquele lugar devastado. Havia muitos fósforos usados, três livros ilustrados e curiosamente borrados, um frasco de tinta vazio e sua embalagem pictórica e instrutiva, uma caneta-tinteiro quebrada, alguns retalhos de lona de barraca e de casacos de pele, uma bateria elétrica usada e seu manual de instruções, um manual de instruções do aquecedor, do tipo folheto, usado em nossas barracas, e alguns papéis amassados. Como se já não fosse ruim o suficiente, quando alisamos os papéis e analisamos seu conteúdo, sentimos que o pior havia chegado. No acampamento, havíamos encontrado alguns papéis com borrões inexplicáveis, mas isso não tinha bastado para nos preparar; pois o que vimos ali, no jazigo pré-humano de uma cidade do pesadelo, era quase demais para suportar.

Um Gedney enlouquecido poderia ter feito os grupos de pontos imitando aqueles encontrados nos esteatitos esverdeados, do mesmo modo que os pontos naqueles insanos túmulos de cinco pontas poderiam ter sido feitos; e era concebível que ele tivesse feito esboços grosseiros e apressados — com precisão, ou falta dela, variada — que delineavam as regiões adjacentes da cidade e traçavam o caminho de um local, representado circularmente, fora de nossa rota anterior — um local que reconhecemos como a grandiosa torre cilíndrica das esculturas e como o vasto abismo circular que vislumbramos ao sobrevoar a área — para a atual estrutura de cinco pontas e a abertura do túnel nela contida. Ele poderia, repito, ter feito esses esboços, pois os que estavam diante de nós tinham sido compilados, assim como os nossos, a partir de entalhes mais recentes de algum lugar do labirinto glacial, embora não dos que vimos e usamos. Mas o que aquele homem atrapalhado e desprovido de veia artística jamais poderia ter feito era executar esses esboços em uma técnica estranha e confiante, talvez superior —

 apesar da pressa e do descuido — a qualquer um dos entalhes decadentes dos quais foram tirados: a técnica característica e inconfundível dos próprios Antigos no apogeu da cidade morta.

Alguns dirão que Danforth e eu estávamos dominados pela loucura para não termos fugido às pressas depois disso, já que naquele momento nossas conclusões tinham sido — apesar de sua insanidade — completamente corroboradas, e de tal natureza que nem preciso mencionar para aqueles que leram meu relato até esse ponto. Talvez estivéssemos loucos — pois não disse que aqueles cumes horríveis eram montanhas da loucura? Mas acho que consigo identificar uma semelhança de espírito — ainda que de caráter menos extremo — nos homens que perseguem feras mortíferas nas savanas africanas para fotografá-las e estudar seus hábitos. Por mais que estivéssemos parcialmente paralisados de medo, dentro de nós ardia uma chama de estarrecimento e curiosidade que, no fim, acabou por sair vitoriosa.

É claro que não tínhamos a intenção de enfrentar a coisa — ou coisas — que sabíamos ter estado lá, mas achamos que eles já teriam desaparecido. Àquela altura, já teriam encontrado outra entrada para o abismo e adentrado quaisquer fragmentos sombrios do passado que os aguardassem no abismo derradeiro — o derradeiro abismo que nunca tinham visto. Ou se a segunda entrada também estivesse bloqueada, teriam seguido em direção ao norte em busca de outra. Pois eles eram, lembramos, parcialmente independentes da luz.

Relembrando esse momento, mal consigo recordar exatamente que forma nossas emoções assumiram — exatamente que mudança de objetivo imediato ocorreu para aguçar tanto nossa sensação de expectativa. Certamente não tínhamos intenção de encarar o que temíamos — mas não negarei que talvez tivéssemos sido tomados pelo desejo inconsciente de espionar certas coisas a partir de um ponto privilegiado e escondido. Provavelmente não havíamos desistido de nosso entusiasmo por vislumbrar o próprio abismo, embora agora houvesse um novo objetivo, que consistia naquele grande local circular retratado nos esboços amassados que encontramos. Nós o havíamos reconhecido de imediato como a monstruosa torre cilíndrica que aparecia nas primeiras esculturas, ainda que, vista de cima, tivesse a aparência de uma abertura grandiosa. Algo na imponência com que foi retratada, mesmo naqueles diagramas apressados, nos fez pensar que seus níveis subglaciais ainda deviam representar uma funcionalidade de importância singular. Talvez contivesse maravilhas arquitetônicas que ainda não havíamos encontrado. Sua idade era certamente incrível, de acordo com as esculturas em que aparecia — de fato configurando uma das primeiras coisas construídas na cidade. Suas esculturas, se preservadas, não poderiam deixar de ser altamente significativas. Além disso, poderia representar um elo atual com a superfície — um caminho mais curto do que aquele que estávamos trilhando tão cautelosamente, e provavelmente o caminho pelo qual aqueles outros haviam descido.

De todo modo, o que fizemos foi analisar os terríveis esboços — que correspondiam aos nossos perfeitamente — e seguir o percurso indicado para o local circular; o trajeto que nossos antecessores sem nome devem ter percorrido duas vezes antes de nós. A outra entrada para o abismo estaria além disso. Não preciso relatar nossa jornada — durante a qual continuamos a deixar um rastro frugal de papel —, pois assemelhava-se imensamente à que havíamos feito até o beco sem saída; exceto que se mantinha mais perto do nível do solo e chegava a descer até os corredores subterrâneos. Vez ou outra, conseguíamos avistar algumas marcas perturbadoras nos detritos e escombros sob nossos pés. E, depois que o cheiro de gasolina tinha se dissipado, tornamo-nos mais uma vez vagamente conscientes daquele odor mais hediondo e persistente. Depois que a trilha que seguíamos se ramificou, às vezes passávamos o facho de nossa única lanterna acesa em uma varredura furtiva pelas paredes, avistando, quase sempre, as esculturas quase onipresentes, que de fato parecem ter formado o principal meio de expressão artística dos Antigos.

Por volta das nove e meia da noite, enquanto atravessávamos um corredor abobadado, cujo piso cada vez mais coberto de gelo parecia estar abaixo do nível térreo e cujo teto ficava mais baixo à medida que avançávamos, avistamos logo à frente a forte luz do dia e apagamos a lanterna. Parecia que estávamos próximos ao vasto local circular, e não devíamos estar muito distantes do ar livre da superfície. O corredor terminava em um arco surpreendentemente baixo para aquelas ruínas megalíticas, mas conseguimos enxergar o que havia além dele mesmo antes de atravessá-lo. Adiante, estendia-se um espaço grandioso e circular — com sessenta metros de diâmetro —, coberto de escombros e repleto de arcadas obstruídas, que correspondiam àquela que estávamos prestes a atravessar. As paredes eram — nos espaços vazios — esculpidas de forma arrojada em uma faixa espiral de proporções épicas; e ostentavam, apesar do desgaste causado pela abertura que havia no cômodo, um esplendor artístico muito superior a tudo que havíamos encontrado. O chão coberto de detritos estava sob bastante glaciação, e calculamos que o solo verdadeiro devia estar a uma profundidade consideravelmente maior.

Mas o objeto de maior destaque no local era a titânica rampa de pedra que, desviando-se das arcadas com uma curva acentuada para o chão aberto, serpenteava em espiral pela estupenda parede cilíndrica como aquelas que circundavam as monstruosas torres e zigurates da antiga Babilônia. A rapidez do nosso voo, e a perspectiva que causava confusão entre a descida e a parede interna da torre, impediu que percebêssemos essa característica ao sobrevoá-la e, assim, procuramos outro caminho para o nível subglacial. Pabodie provavelmente teria sido capaz de dizer que tipo de engenharia a mantinha de pé, mas Danforth e eu só pudemos admirá-la e nos maravilhar. Avistamos pilares e colunas poderosos em alguns pontos, mas tudo parecia inadequado para a função desempenhada. A estrutura estava em excelente estado de preservação até o topo da torre — algo extremamente notável em vista de sua exposição —, e o abrigo que oferecia havia protegido as cósmicas, bizarras e perturbadoras esculturas nas paredes.

Quando nos aproximamos da impressionante luz do dia na base monstruosa do cilindro — com cinquenta milhões de anos, e sem dúvida a estrutura primordial mais antiga já construída —, vimos que as laterais atravessadas pela rampa se elevavam vertiginosamente até uma altura de dezoito metros. Isso significava, como recordamos em nossa pesquisa aérea, uma glaciação externa de doze metros, já que o abismo escancarado que havíamos avistado do avião estava no topo de um monte de alvenaria desmoronada, de aproximadamente seis metros, de certo modo protegida por três quartos de sua circunferência pelas enormes paredes curvas de uma fileira de ruínas mais altas. De acordo com as esculturas, a torre original ficava no centro de uma imensa praça circular, e medira entre cento e cinquenta e duzentos metros de altura, com camadas de discos horizontais próximas ao topo e uma fileira de pináculos em formato de agulha ao longo da borda superior. A maior parte da alvenaria havia desmoronado para o lado de fora, e não para dentro — um golpe de sorte, pois, caso contrário, a rampa poderia ter se despedaçado, obstruindo o interior da estrutura. Da forma que estava, a rampa apresentava alguns sinais de desgaste, ao passo que os entulhos eram tantos que todas as arcadas na base pareciam ter sido desobstruídas recentemente.

Só precisamos de um instante para concluir que aquele realmente era o caminho pelo qual aqueles outros haviam descido, e que seria a rota mais lógica para nossa própria ascensão, apesar da longa trilha de papel que havíamos deixado em outro ponto. A abertura da torre não ficava mais afastada do sopé e do nosso avião do que a grande construção com terraço em que havíamos entrado, e qualquer outra exploração subglacial que pudéssemos empreender nessa viagem se limitaria àquela região. Era estranho que ainda cogitássemos viagens posteriores, mesmo depois de tudo que tínhamos visto e deduzido. Então, enquanto caminhávamos cautelosamente sobre os escombros do grande piso, surgiu uma visão que minou todas as outras questões.

Havia três trenós cuidadosamente dispostos no ângulo mais distante do percurso externo e inferior da rampa, que até então estivera fora de nosso campo de visão. Lá estavam eles — os três trenós que haviam desaparecido do acampamento de Lake —, avariados pelo uso fastidioso que deve ter incluído arrastamentos forçados ao longo de grandes extensões de alvenaria e escombros sem neve, além de muitos transportes manuais por lugares em que a passagem era impossível. Tinham sido embalados e amarrados de forma cuidadosa e engenhosa, e carregavam coisas demasiadamente familiares — fogão a gasolina, latas de combustível, estojos de instrumentos, latas de provisões, lonas cheias de livros e outras repletas de um conteúdo menos óbvio —, todas oriundas do acampamento de Lake. Depois do que havíamos descoberto naquele outro cômodo, estávamos, de certo modo, preparados para esse encontro. O grande choque ocorreu quando nos aproximamos e levantamos a lona cujos contornos nos haviam causado uma inquietação singular. Parece que, assim como Lake, outros também estavam interessados em coletar espécimes, pois havia dois ali, ambos rígidos e congelados, em perfeito estado de preservação, com esparadrapos cobrindo algumas feridas ao redor do pescoço e envoltos com evidente cuidado para evitar mais danos. Eram os corpos do jovem Gedney e do cão desaparecido.

10

Muitas pessoas provavelmente nos tacharão de insensíveis e loucos por termos pensado no túnel ao norte e no abismo logo após termos feito essa sombria descoberta, e não tenho como afirmar que teríamos nos voltado para esses pensamentos se não fosse por uma circunstância específica que se rompeu sobre nós e nos levou a uma nova trilha de especulações. Havíamos recolocado a lona sobre o pobre Gedney e estávamos parados em uma espécie de perplexidade silenciosa quando os sons finalmente chegaram à nossa consciência — os primeiros sons que ouvíamos desde que havíamos deixado o ar livre, onde o vento da montanha sibilava fracamente de suas alturas sobrenaturais. Por mais familiares e mundanos que fossem os sons, sua manifestação naquele mundo remoto da morte era mais inesperada e inquietante do que qualquer som grotesco ou assombroso poderia ter sido — visto que representava uma nova perturbação a todas as nossas noções de harmonia cósmica.

Se houvesse algum indício daquele silvo musical bizarro em ampla faixa que o relatório de dissecação de Lake nos levou a atribuir a esses seres — e que nossas fantasias exageradas nos faziam entreouvir a cada uivo do vento desde que nos deparamos com o horror do acampamento —, teria representado uma adequação infernal com a morta região ancestral que nos rodeava. A voz de outras épocas pertence ao cemitério de outras épocas. O barulho, porém, perturbou todos os nossos ajustes profundamente estabelecidos — toda a nossa aceitação tácita do núcleo antártico como um ermo tão absoluta e irrevogavelmente desprovido de quaisquer vestígios da vida normal como o árido disco da lua. O que ouvimos não era a nota assombrosa de qualquer blasfêmia enterrada da Terra anciã, de cuja rigidez soberana o sol polar, renegado por eras, evocara uma resposta monstruosa. Em vez disso, era algo tão zombeteiramente normal e infalivelmente familiar, aludindo aos dias que havíamos passado no mar, perto da terra de Vitória, e aos dias de acampamento no estreito de McMurdo, que estremecemos ao pensar que ecoava ali, em um local em que tais coisas não deviam existir. Para ser breve — era apenas o grasnado estridente de um pinguim.

O som abafado elevava-se das reentrâncias subglaciais quase opostas ao corredor pelo qual havíamos chegado — regiões que ficavam na mesma direção daquele outro túnel que desembocava no vasto abismo. A presença de uma ave aquática viva em tal direção — em um mundo cuja superfície era inteiramente desprovida de vida havia anos — só poderia significar uma coisa; nosso primeiro pensamento, portanto, foi conferir a veracidade do som. De fato se repetiu, e às vezes parecia se originar de mais de uma garganta. Perseguindo a origem do som, entramos em uma passagem arqueada da qual muitos detritos haviam sido retirados; tornamos a deixar rastros de papel — com um suprimento adicional que pegamos, com certa repugnância, de um dos pacotes de lona nos trenós — e deixamos a luz do dia para trás.

Quando o piso glaciado deu lugar a uma camada de detritos, conseguimos divisar com clareza algumas marcas curiosas de algo que fora arrastado; em certo ponto, Danforth encontrou uma marcação distinta, cuja descrição seria demasiado supérflua. O caminho indicado pelos grasnidos do pinguim era exatamente o que nosso mapa e bússola apontavam como uma rota para a entrada do túnel mais ao norte, e regozijamo-nos ao descobrir que parecia haver uma passagem sem ponte aberta nos níveis térreo e subterrâneo. O túnel, de acordo com o mapa, deveria ter início no porão de uma grande estrutura piramidal que, pelo que recordávamos de nossa exploração aérea, estava em um estado de conservação notável. No decorrer do caminho, o facho de nossa única lanterna mostrava a profusão habitual de esculturas, mas não nos detivemos para examinar nenhuma delas.

De repente, uma forma branca e volumosa assomou à nossa frente, e ligamos a segunda lanterna. É estranho pensar em como aquela nova missão havia anuviado nossa mente para os medos que poderiam estar à espreita. Aqueles outros, tendo deixado seus suprimentos no grande local circular, provavelmente planejavam retornar após sua viagem de reconhecimento até o abismo; havíamos, porém, nos despido completamente de toda cautela em relação a eles, como se nunca tivessem existido. A coisa branca e cambaleante tinha um metro e oitenta de altura, mas percebemos de imediato que não se tratava de um daqueles outros. Os outros eram maiores e escuros e, de acordo com as esculturas, moviam-se sobre a superfície terrestre de forma veloz e firme, apesar da estranheza de seus tentáculos desenvolvidos na vida marinha. Mas dizer que a coisa branca não nos causou um medo atroz seria mentir. Por um instante, realmente fomos invadidos por um medo primitivo quase mais intenso que o pior dos nossos medos justificados em relação àqueles outros. Então experimentamos certo alívio quando a forma branca seguiu por uma arcada à nossa esquerda e se juntou a outras duas iguais a ela, que a haviam convocado em tons estridentes. Pois não passava de um pinguim — ainda que de uma espécie enorme e desconhecida, maior que o mais grandioso dos pinguins-rei já avistados, e monstruosa por seu albinismo e a ausência dos dois olhos.

Quando seguimos a criatura arcada adentro e apontamos o facho das duas lanternas para o trio indiferente e desatento, vimos que todos eram albinos e desprovidos de olhos e da mesma espécie desconhecida e gigantesca. Seu tamanho se assemelhava ao de alguns dos pinguins arcaicos retratados nas esculturas dos Antigos, e logo concluímos que deviam ser descendentes daquela espécie – sem dúvida sobrevivendo por terem se retirado para uma região interna mais quente, cuja escuridão perpétua havia aniquilado a pigmentação e atrofiado seus olhos até se tornarem fendas inúteis. Não duvidamos por um instante sequer que habitavam o vasto abismo que procurávamos, e a evidência do calor remanescente e da habitabilidade do abismo nos encheu das mais curiosas e sutilmente perturbadoras fantasias.

Nós nos questionamos, também, sobre o que havia acontecido para que essas três aves se aventurassem para longe de seu território costumeiro. O estado e o silêncio da grande cidade morta deixavam claro que fora usada como uma colônia sazonal, e, considerando a evidente indiferença do trio ante nossa presença, era estranho pensar que teriam se sobressaltado diante daqueles outros. Seria possível que os outros tivessem agido de forma agressiva ou tentado acrescentá-los a seu suprimento de carne? Não sabíamos se aquele odor pungente que os cães odiavam despertaria a mesma antipatia nesses pinguins, visto que era evidente que seus ancestrais tinham convivido muito bem com os Antigos – uma relação amigável que deve ter sobrevivido no abismo abaixo enquanto os Antigos por lá permaneceram. Lamentando – em um lampejo do velho espírito movido à ciência – por não poder fotografar essas criaturas anômalas, logo as deixamos com seus grasnados e seguimos em direção ao abismo, cuja abertura nos tinha sido confirmada, e cuja direção exata era apontada por rastros ocasionais que os pinguins haviam deixado no caminho.

Pouco tempo depois, uma descida íngreme em um corredor longo, baixo, desprovido de portas e de esculturas nos fez acreditar que estávamos enfim nos aproximando da entrada do túnel. Tínhamos passado por mais dois pinguins, e ouvimos outros logo à frente. Então o corredor desembocou em um grandioso espaço aberto que nos fez arfar involuntariamente — um hemisfério perfeitamente invertido, obviamente nas profundezas do subsolo. Media trinta metros de diâmetro e quinze de altura, com arcadas baixas espalhadas por todos os pontos da circunferência, com exceção de um, no qual se abria uma cavernosa abertura preta e arqueada, que quebrava a simetria daquele sepulcro, chegando a uma altura de quase cinco metros. Era a entrada para o grande abismo.

Naquele vasto hemisfério, dotado de um impressionante teto côncavo, embora esculpido de forma decadente à semelhança da cúpula celestial primeva, cambaleavam alguns pinguins albinos — não pertenciam ao ambiente, mas eram indiferentes e cegos. O túnel negro se abria indefinidamente em um declive íngreme, o contorno da abertura adornado por jambas e lintéis esculpidos grosseiramente. Daquela abertura misteriosa, pensávamos ter sentido uma corrente de ar um pouco mais cálida, talvez até mesmo vestígios de vapor; e nos perguntamos que outras entidades vivas, além dos pinguins, poderiam estar escondidas naquele vazio infindável abaixo, e em suas passagens alveoladas contíguas da Terra e das montanhas titânicas. Também nos perguntamos se os indícios de fumaça no topo da montanha, que o pobre Lake pensava ter visto, bem como a estranha névoa que havíamos avistado em torno do pico coroado por muralhas, não eram decorrentes da ascensão tortuosa de alguns desses vapores que se desprendiam das regiões insondáveis do centro da Terra.

Ao entrarmos no túnel, vimos que seu contorno media — ao menos no início — cerca de cinco metros para cada direção; laterais, piso e teto arqueado eram feitos da costumeira alvenaria megalítica. As laterais eram escassamente decoradas com cartelas oblongas e desenhos convencionais em um estilo tardio e decadente; e a construção, assim como as esculturas, estavam maravilhosamente bem preservadas. O chão estava bastante desobstruído, exceto por alguns detritos e rastros dos pinguins, e as trilhas internas daqueles outros. Quanto mais avançávamos, mais quente ficava, de modo que logo tivemos de desabotoar nossas roupas mais grossas. Ficamos nos perguntando se realmente haveria alguma manifestação ígnea mais abaixo, e se as águas daquele mar sem sol estariam quentes. Após uma curta distância, a alvenaria deu lugar a rochas sólidas, embora o túnel mantivesse as mesmas proporções e o mesmo aspecto de regularidade esculpida. Vez ou outra, seu nível ficava tão íngreme que o chão se recobria de sulcos. Diversas vezes avistamos as entradas de pequenas galerias laterais que não estavam registradas em nossos mapas; nenhuma delas representaria dificuldade em nosso caminho de volta, e todas eram oportunas para uso como possíveis refúgios, caso encontrássemos entidades indesejadas ao retornarmos do abismo. O odor inominável de tais coisas era muito distinto. Não havia dúvida de que se aventurar naquele túnel, considerando as condições em que estávamos, era algo insensato e suicida, mas a atração que lugares inexplorados exercem sobre algumas pessoas é mais forte do que se imagina — e, no fim das contas, tinha sido exatamente essa atração que nos levara àquele ermo polar sobrenatural. Vimos vários pinguins enquanto seguíamos nosso caminho e especulamos a distância que ainda teríamos de percorrer. Por conta do que tínhamos visto nas esculturas, estávamos esperando uma subida íngreme de cerca de um quilômetro até o abismo, mas nossas andanças anteriores eram prova de que não se podia confiar totalmente na escala.

Depois de cerca de quatrocentos metros, aquele odor inominável ficou bastante acentuado, e vigiamos cautelosamente as inúmeras aberturas laterais pelas quais passávamos. Não havia tanto vapor visível quanto na abertura, mas isso sem dúvida era decorrente da ausência de um ar mais frio para contrastar com o mais quente. A temperatura estava subindo rapidamente, e não ficamos surpresos ao encontrar uma pilha de materiais que nos era tremendamente familiar. Era composta de peles e tecidos de barraca retirados do acampamento de Lake, e não paramos para analisar as formas bizarras em que os tecidos haviam sido cortados. Um pouco além desse ponto, notamos um aumento na quantidade e no tamanho das galerias laterais, e concluímos que devíamos ter chegado à região densamente alveolada sob o sopé mais alto. O cheiro inominável agora se misturava a outro odor menos ofensivo — não podíamos adivinhar sua natureza, embora pensássemos em organismos em decomposição e talvez fungos subterrâneos desconhecidos. Então veio uma surpreendente expansão do túnel para a qual as esculturas não haviam nos preparado — uma ampliação e elevação até uma caverna grandiosa, elíptica e de aparência natural, com piso plano. Media cerca de vinte e três metros de comprimento e quinze de largura, com muitas passagens laterais imensas que levavam à escuridão enigmática.

Apesar da aparência natural da caverna, uma análise com o auxílio das duas lanternas sugeria que havia sido formada pela destruição artificial de várias paredes entre as passagens alveoladas adjacentes. As paredes eram ásperas, e o teto alto e abobadado estava cheio de estalactites; o sólido chão rochoso, porém, havia sido alisado e estava livre de detritos, escombros e até poeira, de um modo estranhamente anormal. Exceto pelo caminho por onde havíamos chegado, o chão de todas as grandes galerias que o circundavam estava igualmente desobstruído, e a singularidade da condição era tal que nos deixou vãmente intrigados. O novo e curioso fedor que complementara o cheiro inominável era extremamente pungente naquele ponto; tanto que dissipou todos os vestígios do outro. Algo a respeito daquele lugar, com seu piso polido e quase brilhante, nos pareceu mais vagamente desconcertante e horrível do que qualquer uma das coisas monstruosas que havíamos encontrado anteriormente.

A regularidade da passagem bem à nossa frente, assim como a maior quantidade de excrementos de pinguins presente ali, impediu que nos confundíssemos quanto ao caminho certo em meio àquela infinidade de entradas de caverna igualmente grandes. Não obstante, decidimos continuar deixando nossa trilha de papéis, para o caso de aparecer alguma complexidade adicional; uma vez que não podíamos mais esperar encontrar rastros deixados na poeira. Ao retomarmos nosso progresso direto, direcionamos um facho de luz da lanterna para as paredes do túnel — e logo interrompemos o passo, embasbacados com a mudança supremamente radical que havia afetado as esculturas naquela parte da passagem. Percebemos, é claro, a grande decadência das esculturas dos Antigos na época da escavação, e tínhamos notado o acabamento inferior dos arabescos nos trechos que deixáramos para trás. Mas agora, nessa parte mais profunda da caverna, havia uma súbita diferença totalmente transcendente e inexplicável — uma diferença tanto na natureza quanto na qualidade, e envolvendo uma degradação tão profunda e calamitosa da técnica que nem mesmo o declínio que já havíamos observado em outras esculturas poderia ter nos preparado para isso.

Aquele trabalho novo e degenerado era grosseiro, chamativo e totalmente desprovido de riqueza de detalhes. Fora talhado com profundidade exagerada em faixas que seguiam a mesma linha geral das cartelas oblongas esparsas dos segmentos anteriores, mas a altura dos relevos não chegava ao nível da superfície. Danforth foi da opinião de que se tratava de uma escultura sobreposta — uma espécie de palimpsesto incorporado depois de um projeto anterior ser destruído. Era de natureza totalmente decorativa e convencional, e consistia em espirais grosseiras e ângulos brutos, seguindo mais ou menos a tradição matemática de quintil dos Antigos, ainda que se assemelhasse mais a uma paródia do que a uma perpetuação dessa tradição. Não conseguíamos parar de pensar que algum elemento sutil, mas profundamente estranho, tinha sido acrescentado ao projeto estético por trás da técnica — um elemento estranho, de acordo com Danforth, que tinha sido responsável pela substituição tão trabalhosa. Assemelhava-se, ainda que de forma perturbadora, ao que passamos a reconhecer como arte dos Antigos; e minha mente foi persistentemente lembrada de coisas híbridas, como as esculturas desarmoniosas de Palmira feitas à maneira romana. Aqueles outros provavelmente haviam contemplado a faixa entalhada recentemente, e isso foi sugerido pela presença de uma bateria de lanterna que avistamos no chão, em frente a um dos desenhos mais característicos.

Como não podíamos nos dar ao luxo de passar muito tempo mergulhados em análises, retomamos nosso caminho depois de um olhar superficial, embora frequentemente lançássemos fachos de luz sobre as paredes para conferir se outras mudanças decorativas haviam se desenvolvido. Não encontramos mais nada desse tipo, embora as esculturas estivessem em locais bastante espaçados por conta das numerosas entradas de túneis laterais de chão liso. Vimos e ouvimos menos pinguins, mas pensamos ter escutado um coro de grasnados vindo de algum lugar infinitamente distante nas profundezas da Terra. O novo e inexplicável odor era abominavelmente forte, e mal conseguíamos detectar qualquer vestígio daquele outro cheiro inominável. Fiapos de vapor à frente indicavam crescentes contrastes de temperatura e a relativa proximidade das falésias sem sol do grande abismo. Então, inesperadamente, avistamos certas obstruções no piso polido adiante — obstruções que certamente não eram pinguins — e ligamos nossa segunda lanterna, depois de ter certeza de que os objetos estavam imóveis.

11

Mais uma vez cheguei a um ponto em que é muito difícil prosseguir. Já deveria estar calejado a essa altura, mas há algumas experiências e sugestões que deixam marcas tão profundas que não cicatrizam jamais, resultando em tamanha sensibilidade que qualquer lembrança é capaz de trazer à tona todo o horror original. Vimos, como mencionei, algumas obstruções no piso polido à nossa frente, e devo acrescentar que nossas narinas foram imediatamente invadidas por uma intensificação muito curiosa do estranho fedor predominante, agora claramente misturado ao cheiro inominável daqueles outros que vieram antes de nós. A luz da segunda lanterna eliminou quaisquer dúvidas a respeito da natureza das obstruções, e só ousamos nos aproximar delas porque pudemos ver, mesmo à distância, que já não podiam causar qualquer mal, assim como acontecera com os seis espécimes semelhantes desenterrados dos túmulos monstruosos com montículos em formato de estrela no acampamento do pobre Lake.

Eles eram, de fato, tão incompletos quanto a maioria dos que tínhamos desenterrado — apesar de ficar cada vez mais claro, por conta da espessa poça verde-escura que os cercava, que sua incompletude era de caráter muito mais recente. Parecia haver apenas quatro deles, mas os relatórios de Lake haviam sugerido nada menos que oito integrantes do grupo que nos precedera. Foi totalmente inesperado encontrá-los daquela forma, e nos perguntamos que tipo de luta monstruosa teria ocorrido naquela profundeza escura.

Pinguins, quando atacados, retaliam ferozmente com o bico, e nossos ouvidos nos garantiam de que havia uma colônia deles muito além. Teriam aqueles outros perturbado tal lugar e causado uma perseguição assassina? As obstruções não o sugeriam, pois os bicos dos pinguins contra os tecidos rígidos que Lake dissecara dificilmente poderiam explicar os danos tão terríveis que começamos a distinguir. Além disso, as enormes aves cegas que vimos pareciam especialmente pacíficas.

Houvera, então, uma luta entre aqueles outros, e os quatro ausentes foram responsáveis? Em caso afirmativo, onde estariam eles? Perto o suficiente para representar uma ameaça a nós? Lançamos olhares ansiosos para algumas das passagens laterais de piso liso à medida que prosseguíamos de forma lenta e relutante. Independentemente de qual tenha sido o conflito, claramente fora o que amedrontara os pinguins e os induzira a essas andanças inusitadas. Deve ter surgido, portanto, perto daquela colônia cujos sons, vindos do incalculável abismo adiante, conseguíamos ouvir vagamente, pois não havia indícios de que aquelas aves habitassem o lugar em que estávamos. Talvez, ponderamos, tenha havido uma perseguição hedionda, com o grupo mais fraco tentando voltar aos trenós armazenados e então sendo abatidos por seus perseguidores. Era possível imaginar a briga demoníaca entre as monstruosas entidades inomináveis vindas do abismo negro e a torrente de pinguins frenéticos grasnando e correndo à frente.

Devo dizer que nos aproximamos daquelas obstruções vastas e incompletas de forma lenta e relutante. Por tudo que me é mais sagrado, queria que nunca tivéssemos nos aproximado, e sim corrido a toda velocidade para fora daquele túnel blasfemo com pisos lisos e untuosos e murais degenerados imitando e zombando das coisas que haviam sucedido — fugir antes que víssemos o que havíamos visto, e antes que nossa mente fosse marcada a ferro com algo que nunca mais nos deixaria respirar com tranquilidade!

Direcionamos o facho das duas lanternas para os objetos prostrados, de modo que logo nos demos conta do fator dominante de sua incompletude. Por mais maltratados, comprimidos, retorcidos e desintegrados que estivessem, o principal ferimento em todos era a decapitação. A cabeça de estrela-do-mar fora arrancada de cada um deles; e, quando nos aproximamos, vimos que a forma de remoção mais se assemelhava a um rasgo ou sucção infernal do que a uma decapitação comum. Seu ruidoso icor verde-escuro formava uma poça ampla, mas o fedor tinha sido um pouco ofuscado por aquele fedor mais novo e estranho, mais pungente ali do que em qualquer outro ponto de nossa rota. Apenas quando chegamos muito perto das enormes obstruções é que pudemos rastrear a fonte desse segundo fedor inexplicável — e, assim que o fizemos, Danforth, lembrando-se de algumas esculturas muito vívidas das histórias dos Antigos do período Permiano, 150 milhões de anos atrás, deu vazão a um grito torturado e exasperado que ecoou histericamente por aquela passagem abobadada e arcaica repleta de malignas esculturas de palimpsesto.

Por pouco meu grito não se juntou ao dele, pois eu também tinha visto aquelas esculturas primitivas, e admirado, em meio ao horror, a forma como o artista desconhecido sugerira aquele hediondo revestimento lodoso encontrado em certos Antigos mutilados e prostrados — aqueles que haviam sido abatidos e sofrido uma terrível e característica decapitação pelos horríveis shoggoths na grande guerra de ressubjugação. Eram esculturas infames e sinistras, mesmo que retratassem coisas antigas e pertencentes a eras passadas, pois os shoggoths e seus atos não deveriam ser vistos por humanos nem retratados por quaisquer seres. O autor louco do *Necronomicon* havia jurado, ainda que com certo nervosismo, que nenhum deles havia sido criado neste planeta, e que só haviam sido concebidos na mente de sonhadores entorpecidos. Protoplasmas amorfos capazes de imitar e assumir todas as formas, órgãos e processos vitais — aglutinações viscosas de células borbulhantes; esferoides elásticos medindo cinco metros e de constituição infinitamente plástica e flexível; escravos de sugestões, construtores de cidades; cada vez mais sombrios, mais inteligentes, mais anfíbios, mais imitativos; Deus do céu! Que loucura acometeu aqueles Antigos blasfemos para que estivessem dispostos a usar e esculpir tais monstruosidades?

E então, quando Danforth e eu vimos o lodo negro, fresco, untuoso e iridescente densamente impregnado àqueles corpos decapitados, e que exalava aquele novo odor obsceno e desconhecido, cuja causa apenas uma fantasia doentia poderia conceber — espalhado sobre os corpos e reluzindo, em menor quantidade, em uma parte lisa da parede amaldiçoadamente retrabalhada, em uma série de pontos agrupados —, entendemos a natureza do medo cósmico até suas profundezas mais abissais. Não temíamos aqueles quatro desaparecidos, pois tínhamos uma forte suspeita de que não voltariam a fazer mal. Pobres demônios! Afinal, eles não eram seres maus. Eram homens de outra era e outra ordem de existência. A natureza lhes pregara uma peça demoníaca — do mesmo modo que fará com qualquer um que, impelido pela loucura, insensibilidade ou crueldade humanas, resolver adentrar aquele ermo polar terrivelmente morto ou adormecido — e aquele fora seu trágico retorno ao lar.

Não eram nem mesmo selvagens, afinal o que tinham feito, de fato? Aquele terrível despertar em meio ao frio de uma época desconhecida, talvez atacados pelos quadrúpedes peludos que latiam freneticamente, e tentando se defender contra eles e contra os símios brancos igualmente frenéticos, com seus esquisitos invólucros e aparatos... Pobre Lake, pobre Gedney... e pobres Antigos! Cientistas até o fim. Não teríamos feito o mesmo em seu lugar? Deus, quanta inteligência e persistência! Que capacidade de encarar o inacreditável, assim como aqueles parentes e antepassados esculpidos haviam encarado coisas um pouco menos incríveis! Radiatas, vegetais, monstruosidades, crias das estrelas... o que quer que tenham sido, eram homens, afinal!

Haviam atravessado os picos nevados em cujas encostas cultuaram templos e vagaram em meio às samambaias. Haviam encontrado sua cidade morta, imóvel sob sua maldição, e contemplado seus últimos dias entalhados, como havíamos feito. Haviam tentado chegar a seus companheiros vivos na escuridão lendária e profunda que nunca tinham visto, e o que haviam encontrado? Tudo isso invadiu meus pensamentos e os de Danforth enquanto nosso olhar se desviava daquelas formas decapitadas cobertas de lodo e recaía sobre as repugnantes esculturas de palimpsesto e os demoníacos grupos de pontos de lodo fresco na parede ao lado deles. Olhamos e entendemos o que devia ter triunfado e sobrevivido lá embaixo, na cidade aquática ciclópica daquele abismo noturno e cercado de pinguins, de onde naquele momento uma névoa sinistra e ondulante começara a emergir palidamente, como se em resposta ao grito histérico de Danforth.

O choque de avistar o lodo monstruoso e os seres decapitados nos transformou em estátuas mudas e imóveis, e foi só mediante conversas posteriores que descobrimos a total extensão de nossos pensamentos naquele momento. Pareceu que ficamos prostrados ali por éons, mas na verdade não poderia ter sido mais do que dez ou quinze segundos. A névoa pálida e detestável pendeu para a frente como se fosse impulsionada por algum vulto que avançava logo atrás — e então veio um som que abalou muito do que havíamos acabado de decidir e, desse modo, quebrou o feitiço e nos permitiu correr como loucos, ultrapassando os pinguins confusos que grasnavam, retomando nossa trilha anterior em direção à cidade, ao longo de corredores megalíticos cobertos de gelo até o grande círculo aberto, e então subir a arcaica rampa em espiral em uma busca frenética e automática pelo ar puro e pela luz do dia.

Aquele novo som, como disse, abalou o que havíamos decidido, pois era o mesmo que a dissecação do pobre Lake nos levara a atribuir àqueles que havíamos acabado de julgar como mortos. Mais tarde, Danforth me contou exatamente o que havia captado em meio àquele som profundamente abafado quando estava em um ponto além da curva acima do nível glacial; e certamente apresentava uma semelhança chocante com os silvos do vento que tínhamos ouvido nas grandiosas cavernas das montanhas. Correndo o risco de soar pueril, acrescentarei outro ponto; nem que apenas por conta da forma surpreendente com que a impressão de Danforth coincidiu com a minha. É claro que havíamos lido as mesmas coisas, e que tinham sido elas as responsáveis por nos levar àquela interpretação, embora Danforth tenha comentado sobre estranhas fontes proibidas e suspeitas às quais Poe pode ter tido acesso ao escrever a história de Arthur Gordon Pym, um século atrás. Todos devem se lembrar de que, nesse conto fantástico, há uma palavra com significado desconhecido, ainda que terrível e grandioso, ligada à Antártica e gritada eternamente pelos gigantescos pássaros espectrais e brancos como a neve do cerne daquele região maligna. "Tekeli-li! Tekeli-li!". Foi isso, devo admitir, que pensávamos ter escutado naquele som repentino, trazido até nós pela névoa branca que se aproximava – aquele insidioso silvo musical em uma faixa singularmente ampla de notas.

Estávamos em plena fuga antes que três notas ou sílabas fossem enunciadas, embora soubéssemos que a rapidez dos

 Antigos permitiria que qualquer sobrevivente do massacre, despertado pelos gritos, nos ultrapassasse em segundos se realmente quisesse. Tínhamos uma tênue esperança, porém, de que uma conduta pacífica e uma demonstração de razão semelhante pudessem fazer com que tal ser nos poupasse caso fôssemos capturados; ainda que a motivação fosse apenas curiosidade científica. Afinal, se tal criatura não tivesse nada a temer, não teria motivo para nos machucar. Como era inútil nos esconder àquela altura, usamos a lanterna para espiar o caminho a nossas costas e percebemos que a névoa estava se dissipando. Veríamos, enfim, um espécime vivo e inteiro daqueles outros? Novamente escutamos aquele silvo musical insidioso — "Tekeli-li! Tekeli-li!".

Então, percebendo que estávamos na dianteira, ocorreu-nos que a entidade que nos perseguia pudesse estar ferida. Não podíamos nos arriscar, porém, visto que sua aproximação obviamente se dava em resposta ao grito de Danforth, e não por estar fugindo de alguma outra entidade. Quanto a isso não havia dúvida, pois pusera-se em movimento logo após o grito. Não tínhamos como adivinhar o paradeiro daquele outro pesadelo menos concebível e menos mencionável — aquela montanha fétida jamais avistada de protoplasma lodoso, cuja raça havia conquistado o abismo e enviado pioneiros em terra para reesculpir e se contorcer pelos túneis das colinas. E foi com uma pontada genuína de dor que deixamos aquele Antigo, provavelmente aleijado — talvez um sobrevivente solitário —, para trás, correndo o risco de ser capturado e levado a um destino inominável.

Agradeço aos céus por não termos diminuído o ritmo de nossa fuga. A névoa ondulante estava espessa novamente, e se lançava à frente com velocidade ainda maior. Os pinguins perdidos às nossas costas grasnavam e berravam, exibindo sinais de pânico realmente surpreendentes, em vista de sua reação pouco perplexa quando passamos por eles. Mais uma vez escutamos aquele silvo musical sinistro em várias frequências — "Tekeli-li! Tekeli-li!". Tínhamos nos enganado. A criatura não estava ferida, tinha apenas parado ao encontrar os cadáveres de seus semelhantes derrotados e a inscrição demoníaca e lodosa acima deles. Jamais saberíamos o que aquela mensagem demoníaca significava, mas os montes funerários que vimos no acampamento de Lake mostravam a importância que os seres atribuíam a seus mortos. Nossa lanterna, que usávamos de forma imprudente àquela altura, revelou a grande caverna à nossa frente, onde vários caminhos convergiam, e ficamos felizes por deixar aquelas mórbidas esculturas de palimpsesto para trás — esculturas quase sentidas, mesmo quando mal as víamos.

Outro pensamento que nos invadiu ao vislumbrar a caverna foi a possibilidade de despistar nosso perseguidor naquele antro desconcertante de grandes galerias. Havia vários pinguins albinos e cegos no espaço aberto, e parecia claro que o medo que sentiam da entidade que se aproximava era tremendamente inexplicável. Se naquele ponto diminuíssemos a intensidade das lanternas até o mínimo necessário para permitir que continuássemos nos orientando, mantendo o facho estritamente à nossa frente, os movimentos assustados e os grasnados das enormes aves em meio à névoa poderiam abafar o som de nossos passos, ocultar nosso verdadeiro trajeto e, de algum modo, configurar uma pista falsa. Em meio à névoa agitada e espiralada, o chão fosco e coberto de detritos do túnel principal além daquele ponto, ao contrário dos outros túneis morbidamente polidos, dificilmente poderia formar um rastro muito distinto; nem mesmo, tanto quanto pudemos conjecturar, para aqueles sentidos apurados que tornaram os Antigos parcialmente, embora de maneira imperfeita, independentes de luz em casos emergenciais. Estávamos, na verdade, um pouco preocupados de nos perdermos devido à nossa pressa. Pois tínhamos decidido, é claro, seguir em frente em direção à cidade morta, uma vez que as consequências de nos perdermos naquelas colinas alveoladas e desconhecidas seriam impensáveis.

O fato de termos sobrevivido e escapado é prova suficiente de que a criatura adentrou uma galeria errada, ao passo que nós oportunamente escolhemos a correta. A distração fornecida pelos pinguins não teria sido suficiente para nos salvar, mas, acrescida da névoa, parecem ter conseguido. Foi obra de um destino benigno que os vapores ondulantes se mantivessem espessos o suficiente nos momentos certos, pois estavam constantemente se deslocando e ameaçando se dissipar. Eles de fato se dispersaram por um segundo, logo antes de sairmos do túnel nauseante e adentrarmos a caverna; de modo que conseguimos ter o primeiro e único vislumbre da entidade que se aproximava, quando lançamos um último e amedrontado olhar para trás, antes de diminuirmos a luz da lanterna e nos misturarmos aos pinguins a fim de escapar da perseguição. Se o destino que nos ocultou foi benigno, aquele que nos forneceu o vislumbre foi infinitamente o oposto; pois àquele lampejo de visão se pode atribuir metade do horror que nos assombra desde então.

O motivo exato que nos levou a olhar para trás talvez não passasse do instinto imemorial dos perseguidos de avaliar a natureza e o percurso de seus perseguidores; ou talvez tenha sido uma tentativa automática de responder a uma pergunta subconsciente formulada por um de nossos sentidos. Em meio à fuga, com todas as nossas faculdades mentais voltadas para a questão de como escapar, não estávamos em condições de observar e analisar em minúcias; ainda assim, nossas células cerebrais latentes devem ter ficado curiosas a respeito da mensagem levada até elas por nossas narinas. Mais tarde, percebemos do que se tratava — foi o fato de que, depois de recuarmos das obstruções decapitadas e impregnadas com aquele lodo fétido, e da aproximação da entidade perseguidora responsável por aquilo, não houve uma substituição de um odor fétido pelo outro, como a lógica mandava. Nos arredores das criaturas prostradas, aquele novo e inexplicável fedor tinha sido totalmente predominante; mas, àquela altura, devia ter dado lugar ao fedor inominável associado àqueles outros. Mas isso não acontecera — pois, em vez disso, o odor mais recente e menos suportável estava agora demasiado pungente, e cada vez mais tóxico em sua insistência.

Então olhamos para trás, ao mesmo tempo, parece; embora sem dúvida o movimento incipiente de um induzisse a imitação por parte do outro. Ao fazê-lo, ligamos as duas lanternas e as direcionamos para a névoa momentaneamente dissipada; seja por pura ansiedade primitiva para ver tudo que pudéssemos, ou em um esforço menos primitivo, mas igualmente inconsciente, de ofuscar a visão da entidade antes de diminuirmos nossa luz e nos esquivarmos por entre os pinguins no centro do labirinto à frente. Que ato infeliz! Nem o próprio Orfeu, ou a esposa de Ló, pagou tão caro por olhar para trás. E novamente escutamos aquele chocante silvo musical de ampla gama de frequências — "Tekeli-li! Tekeli-li!".

É melhor que eu seja franco — mesmo que não consiga ser demasiado direto — ao narrar o que vimos; embora à época achássemos que era melhor não admitir nem um ao outro. As palavras que chegam ao leitor jamais conseguirão exprimir inteiramente o horror daquela visão. Aquilo prejudicou nossa consciência de tal modo que me pergunto de onde tiramos aquele bom senso residual de enfraquecer a luz das lanternas, conforme planejado, e adentrar o túnel certo em direção à cidade morta. Somente o instinto poderia ter nos levado adiante — talvez até melhor que a razão poderia ter feito; embora, se foi realmente isso o que nos salvou, tenhamos pagado um preço alto. É certo que não havia nos sobrado muita razão. Danforth estava completamente transtornado, e a primeira coisa de que me lembro do restante da jornada foi ouvi-lo entoar uma fórmula histérica na qual somente eu, dentre toda a humanidade, poderia ter encontrado algo que não fosse uma insana irrelevância. Reverberou em falsetes ecoantes em meio aos grasnados dos pinguins; reverberou pelas paredes abobadadas à frente e — graças a Deus — pelas paredes abobadadas vazias às nossas costas. Ele não poderia ter começado aquilo de imediato, caso contrário, não estaríamos vivos e fugindo às cegas. Estremeço ao pensar no que poderia ter acontecido se houvesse uma simples mudança em suas reações nervosas.

"South Station Under — Washington Under — Park Street Under — Kendall — Central — Harvard..." O pobre rapaz entoava o nome das familiares estações do metrô Boston-Cambridge que se estendia por nossa pacífica terra natal a milhares de quilômetros de distância, na Nova Inglaterra, ainda que para mim o ritual não despertasse sentimentos de irrelevância nem sensação de estar de volta ao lar. Continha apenas o horror, porque eu indubitavelmente sabia que analogia monstruosa e nefanda o havia sugerido. Ao olhar para trás, e se a névoa estivesse suficientemente dissipada, esperávamos ver uma entidade terrível e profundamente comovente; mas, daquela entidade, havíamos formado uma ideia clara. O que vimos, no entanto — pois a névoa havia se dissipado malignamente —, foi algo completamente diferente, e incomensuravelmente mais hediondo e detestável. Era a corporificação absoluta e objetiva da "coisa que não deveria existir", como narrada pelo romancista fantástico; e o seu análogo mais próximo é um vasto trem do metrô, como se vê de uma plataforma na estação — a grande frente negra surgindo de forma colossal a uma distância subterrânea infinita, pontilhada por luzes de cores estranhas e enchendo o túnel grandioso como um pistão enche um cilindro.

Mas não estávamos em uma plataforma na estação. Estávamos no trilho, adiante, enquanto a coluna sombria e flexível de iridescência negra e fétida deslizava à frente naquela cavidade de cinco metros de altura; acumulando velocidade profana e guiando diante de si uma nuvem espiralada e espessa do pálido vapor do abismo. Era uma coisa terrível e indescritível, maior do que qualquer trem do metrô — um aglomerado disforme de bolhas protoplásmicas, ligeiramente luminoso, e com miríades de olhos temporários surgindo e desaparecendo como pústulas de luz esverdeada por toda a sua frente, preenchendo todo o túnel enquanto deslizava em nossa direção, esmagando os sôfregos pinguins e deslizando sobre o chão brilhante que ele e sua espécie tinham polido e limpado tão maldosamente de toda a sujeira. E então veio aquele brado terrível e zombeteiro — "Tekeli-li! Tekeli-li!". E, por fim, lembramos que os demoníacos shoggoths — cuja vida, pensamentos e padrões de órgãos flexíveis tinham sido fornecidos pelos Antigos, e não tendo linguagem própria, exceto a representada pelos aglomerados de pontos — tampouco eram dotados de voz, salvo quando imitavam os ruídos de seus antigos mestres.

12

Danforth e eu nos lembramos de ter emergido no grande hemisfério esculpido e de refazer nossa trilha pelos cômodos e corredores ciclópicos da cidade morta; essas reminiscências, porém, são puramente oníricas, e não compreendem as lembranças de nossa vontade, dos detalhes ou do esforço físico. Foi como se tivéssemos flutuado em um mundo ou uma dimensão nebulosos em que não havia tempo, causalidade ou orientação. A cinzenta luz do dia que incidia no espaço circular nos deixou um pouco mais calmos; mas não nos aproximamos daqueles trenós arranjados nem tornamos a olhar para o pobre Gedney e o cão. Eles jazem em um mausoléu estranho e titânico, e espero que continuem imperturbados até que este planeta chegue ao fim.

Foi enquanto avançávamos com dificuldade pela colossal rampa em espiral que sentimos, pela primeira vez, o terrível cansaço e falta de ar resultantes de nossa corrida pelo ar rarefeito do platô; mas nem mesmo o medo de um desmaio poderia nos deter antes de chegarmos ao reino da superfície sob o sol e o céu. Havia algo vagamente apropriado a respeito de nossa partida daquelas épocas enterradas; pois, enquanto avançávamos ofegantes pelo cilindro de alvenaria primitiva com quase vinte metros de altura, vislumbramos ao nosso lado uma procissão contínua de esculturas heroicas feitas com a técnica mais antiga e intacta da raça morta — uma despedida dos Antigos, escrita cinquenta milhões de anos atrás.

Conseguimos enfim atingir o topo, e nos vimos em um grande monte de blocos caídos; as paredes curvas da cantaria mais elevada se erguiam a oeste, e os picos sombrios das grandes montanhas se projetavam além das estruturas desmoronadas a leste. O baixo sol antártico da meia-noite lançava raios avermelhados por entre as fendas das ruínas irregulares, e a terrível antiguidade e morte da cidade sombria pareciam ainda mais marcantes em contraste com coisas relativamente conhecidas e familiares, como os elementos da paisagem polar. O céu era uma massa agitada e opalescente de tênues vapores de gelo, e o frio se agarrava a nossos órgãos vitais. Exaustos, apoiamos no chão as bolsas de equipamentos às quais havíamos nos agarrado instintivamente durante toda nossa fuga desesperada, e tornamos a vestir nossas roupas pesadas para a descida desafiadora do monte e para a caminhada pelo ancestral labirinto de pedra até o sopé onde estava o avião. Sobre o que nos levou a fugir dos abismos secretos e arcaicos da Terra, nada dissemos.

Em menos de quinze minutos, tínhamos encontrado a encosta íngreme que levava até o sopé — o provável terraço antigo —, pela qual havíamos descido, e podíamos ver a forma escura do nosso grande avião em meio às ruínas esparsas na encosta à frente. No meio do caminho em direção ao nosso objetivo, fizemos uma pausa para recuperar o fôlego e nos viramos para olhar novamente o fantástico emaranhado paleógeno de pedras abaixo de nós — mais uma vez delineadas misticamente contra um oeste desconhecido. Ao fazê-lo, vimos que o céu adiante havia perdido a nebulosidade matinal; os inquietos vapores de gelo espiralavam-se até o zênite, onde seus contornos zombeteiros pareciam se moldar em um padrão bizarro que temiam tornar definitivo ou conclusivo.

Revelava-se agora, no longínquo horizonte branco atrás da cidade grotesca, uma linha violeta, turva e delicada de pináculos, cujas pontas em forma de agulha erguiam-se de forma onírica contra os tons róseos do céu ocidental. Elevando-se em direção a essa borda cintilante, estava o antigo planalto, o curso do antigo rio cortando-o como uma faixa irregular de sombra. Por um segundo, ficamos boquiabertos e admirados pela beleza cósmica e sobrenatural da paisagem, e, em seguida, um vago horror começou a rastejar em nossas almas. Pois aquela longínqua linha violeta não poderia ser outra coisa senão as terríveis montanhas da terra proibida — os picos mais altos e o âmago do mal da Terra; portadores de horrores inomináveis e segredos arcaicos; objetos de preces e temores daqueles que temiam esculpir seu significado; jamais desbravados por seres vivos da Terra, mas visitados pelos relâmpagos sinistros e projetando estranhos raios através das planícies na noite polar — sem dúvida o arquétipo desconhecido da temida Kadath no Ermo Gélido, além do abominável Platô de Leng, sugeridos tão evasivamente pelas profanas lendas primitivas. Fomos os primeiros seres humanos a vê-los — e, por Deus, espero que sejamos os últimos.

Se os mapas e as figuras entalhados naquela cidade pré-humana estivessem corretos, as enigmáticas montanhas violeta deveriam estar a quase quinhentos quilômetros de distância; ainda assim, era com muita nitidez que sua turva e delicada essência se salientava sobre aquela borda remota e nevada, como a orla serrilhada de um planeta alienígena e monstruoso prestes a se elevar a céus insólitos. Sua altura, portanto, devia ser tremenda, além de qualquer comparação possível — erguendo-se até tênues estratos atmosféricos povoados por espectros gasosos, sobre os quais os aviadores imprudentes não sobreviveram para contar após sofrerem quedas inexplicáveis. Contemplando-as, lembrei-me com nervosismo de algumas sugestões esculpidas a respeito das coisas que o grande e antigo rio havia carregado até a cidade a partir daquelas encostas amaldiçoadas — e me perguntei quanto sentido e quanto desvario haveria nos medos daqueles Antigos que as esculpiram de forma tão reticente. Lembrei-me de como a extremidade norte das montanhas devia se aproximar da costa da porção de terra Queen Mary, onde naquele momento a expedição de Sir Douglas Mawson sem dúvida trabalhava, a menos de dois mil quilômetros de distância; e torci para que nenhum destino maligno oferecesse a Sir Douglas e seus homens um vislumbre do que poderia estar além da extensão costeira que os protegia. Tais pensamentos sobrepesaram sobre minha condição já bastante extenuada — e Danforth parecia estar ainda pior.

Muito antes de termos passado pela grande ruína em formato de estrela e chegado ao avião, porém, nossos medos haviam sido transferidos para a cordilheira menor, ainda assim imensa, cuja travessia nos aguardava. A partir desse sopé, as encostas negras e incrustadas de ruínas erguiam-se de forma severa e hedionda contra o leste, lembrando-nos novamente daquelas estranhas pinturas asiáticas de Nicholas Roerich; e quando pensamos nas malditas passagens alveoladas em seu interior, e nas terríveis entidades amorfas que poderiam ter rastejado fetidamente até os pináculos ocos e elevados, só nos restava encarar, em pânico, a perspectiva de voltar a percorrer aquelas sugestivas entradas de caverna próximas ao céu, onde o vento uivava em um silvo musical maligno em uma ampla gama de notas. Para piorar a situação, avistamos traços distintos de névoa circundando os cumes — como o pobre Lake deve ter visto, quando cometeu aquele erro inicial sobre vulcanismo. Estremecendo, nós nos lembramos da névoa semelhante da qual havíamos acabado de escapar; e também do abismo blasfemo, berço dos horrores, de onde todos aqueles vapores se originavam.

Estava tudo certo com o avião, e vestimos desajeitadamente nossos pesados trajes de pele. Danforth deu partida no motor sem problemas, e fizemos uma decolagem tranquila por sobre a cidade dos pesadelos. Abaixo de nós, a alvenaria primitiva e ciclópica se espalhava como havia feito quando a vimos pela primeira vez — há um período tão curto, mas infinitamente longo, de tempo —, e começamos a ganhar altitude e manobrar a fim de testar as correntes de vento antes de atravessar a passagem. A turbulência devia estar elevada nos níveis mais altos, visto que as nuvens de partículas de gelo do zênite comportavam-se de maneira fantástica; mas a sete mil metros, altura de que precisávamos para atravessar a passagem, a navegação estava bastante viável. Quando nos aproximamos dos picos salientes, o estranho silvo do vento manifestou-se novamente, e pude ver Danforth com as mãos trêmulas. Apesar de ser um piloto amador, naquele momento pensei que seria melhor se eu efetuasse a manobra perigosa entre os pináculos; e quando fiz um sinal para que trocássemos de lugar e eu assumisse o comando, Danforth aquiesceu. Tentei reunir toda a habilidade e o autocontrole que pude, e encarei o trecho de céu avermelhado entre as encostas da passagem, determinado a não prestar atenção nas lufadas de vapor no topo da montanha e desejando cera para tapar os ouvidos — como os homens de Ulisses o fizeram no litoral repleto de sereias —, para assim manter o perturbador silvo do vento afastado de minha consciência.

Mas Danforth, liberado de suas funções como piloto e com a voz elevada a um tom perigosamente nervoso, não conseguiu ficar quieto. Pude senti-lo virando e se contorcendo enquanto voltava o olhar para a terrível cidade a nossas costas, cuja frente era voltada para os picos repletos de cavernas e cubos, a lateral para o mar sombrio de montanhas nevadas e polvilhada de muralhas, e sob o céu grotescamente nebuloso. Então, no momento em que eu tentava manobrar com segurança pela passagem, seus gritos loucos quase causaram um desastre, pois perdi todo o autocontrole que eu havia reunido, e me deixaram atrapalhado no manche por um momento. Um segundo depois, minha firmeza saiu vitoriosa e fizemos a travessia com segurança, mas ainda tenho medo de que Danforth nunca mais volte a ser o mesmo.

Já mencionei que Danforth se recusou a me contar sobre o horror final que o fez gritar tão intensamente, mas tenho certeza de que foi essa a causa do atual colapso nervoso de meu companheiro. Conversamos de forma entrecortada e aos gritos em meio aos silvos do vento e ao ronco do motor enquanto chegávamos ao lado seguro da cordilheira e descíamos lentamente em direção ao acampamento, mas o principal teor de tais interlocuções dizia respeito às promessas de sigilo que tínhamos feito quando nos preparávamos para deixar a cidade do pesadelo para trás. Certas coisas, tínhamos concordado, não deviam ser de conhecimento dos outros, nem por eles discutidas com leviandade — e eu não as contaria agora de modo algum, não fosse a necessidade suscitada por aquela Expedição Starkweather-Moore, e outras que podem vir. É extremamente necessário, visando a paz e a segurança da humanidade, que alguns cantos sombrios e mortos da Terra e suas profundezas inexploradas sejam deixados em paz, para que as anormalidades adormecidas não despertem para a vida revigorada, e os pesadelos que sobrevivem de modo blasfemo não se contorçam e saíam de seus covis negros em busca de novas e grandiosas conquistas.

Danforth deu a entender que a causa de seu horror tinha sido apenas uma miragem. Não relacionava-se, declara ele, com os cubos e as cavernas daquelas ecoantes, alveoladas e vaporosas montanhas da loucura que atravessamos; mas a um único vislumbre demoníaco e fantástico, entre as nuvens agitadas do zênite, daquilo que se escondia atrás das outras montanhas violetas do oeste, as mesmas que os Antigos haviam evitado e temido. É muito provável que tudo isso não tenha passado de pura ilusão suscitada pelas tensões anteriores que havíamos enfrentado e pela miragem real, embora não compreendida, da cidade morta além das montanhas presenciada nos arredores do acampamento de Lake no dia anterior; mas havia sido tão real para Danforth que até hoje ele sofre com isso.

Em raras ocasiões, ele murmurou coisas desconexas e irresponsáveis sobre "o fosso negro", "a borda esculpida", "os protoshoggoths", "os sólidos de cinco dimensões e sem janelas", "o cilindro inominável", "o farol mais antigo", "Yog-Sothoth", "a geleia branca primordial", "a cor que caiu do céu", "as asas", "os olhos na escuridão", "a escada da lua", "o original, o eterno, o imortal", entre outras concepções bizarras. Quando ele está em seu perfeito juízo, porém, repudia essas palavras e as atribui às macabras e curiosas leituras que fez ao longo dos anos. De fato, Danforth é notável por estar entre os poucos que já ousaram fazer a leitura completa daquela cópia devorada pelas traças do *Necronomicon*, guardada a sete chaves na biblioteca da universidade.

Quando atravessamos a cordilheira, a parte mais elevada do céu estava demasiado vaporosa e turbulenta; e, embora eu não tenha visto o zênite, posso muito bem imaginar que as partículas de gelo espiraladas possam ter assumido formas estranhas. A imaginação, ciente de como cenas distantes às vezes podem ser refletidas de forma vívida, refratadas e ampliadas por essas camadas de nuvens inquietas, poderia facilmente fornecer o restante — e, é claro, Danforth não deu nenhuma sugestão a respeito desses horrores específicos até que sua memória tivesse uma chance para delineá-los a partir de leituras anteriores. Ele nunca poderia ter visto tanta coisa em apenas um vislumbre.

Naquele momento, seus gritos limitavam-se à repetição de uma única palavra louca, oriunda de uma fonte demasiado óbvia:

"Tekeli-li! Tekeli-li!"

A sombra de Innsmouth

1936

1

Durante o inverno de 1927 para 1928, autoridades do governo federal fizeram uma investigação estranha e secreta a respeito de determinadas condições na antiga cidade portuária de Innsmouth, em Massachusetts. A princípio, as pessoas ficaram sabendo sobre isso em fevereiro, depois de uma série de ações policiais e prisões, seguidas de explosões e incêndios deliberados, realizados com as devidas precauções, em um grande número de casas em ruínas, carcomidas e, supostamente, desabitadas na orla abandonada. Pessoas pouco curiosas acreditaram que tais ocorridos não passavam de grandes enfrentamentos da guerra espasmódica contra o álcool.

Entretanto, leitores de jornais mais vorazes espantaram-se com o número prodigioso de prisões, o uso anormal de força policial para tais atos e o sigilo em relação ao local para onde os prisioneiros foram levados. Não se falou em julgamentos nem em acusações definidas, e cativo algum foi visto depois em nenhuma prisão regular do país. Houve rumores sobre doenças e campos de concentração e, mais tarde, sobre a dispersão de pessoas em vários presídios navais e militares, mas jamais houve qualquer conclusão positiva. Innsmouth ficou quase deserta e somente nos dias de hoje começa a dar sinais bem lentos de revitalização.

Houve manifestações de muitas organizações liberais, seguidas de longas discussões secretas, e alguns representantes foram levados para visitar certos acampamentos e presídios. Em seguida, essas sociedades mostraram-se surpreendentemente passivas e reticentes. As autoridades tiveram dificuldade de lidar com os jornalistas no começo, mas, no final, a imprensa parecia cooperar totalmente com o governo. Somente um jornal, um tabloide não muito respeitado devido à política sensacionalista, mencionou o submarino de águas profundas que lançou torpedos no fundo do mar um pouco mais para a frente do Recife do Diabo. Essa notícia, descoberta por acaso em um encontro de marinheiros, pareceu de fato um tanto exagerada, pois o escuro recife baixo fica em mar aberto, a quase três quilômetros do porto de Innsmouth.

Habitantes de toda a região e das cidades vizinhas sussurravam entre si, mas comentaram muito pouco com forasteiros. Falaram sobre a moribunda e quase deserta Innsmouth durante quase um século, e nada de novo poderia ser mais monstruoso ou bizarro do que aquilo que já haviam cochichado e insinuado anos antes. Muitas coisas haviam ensinado discrição a todos eles, portanto não era necessário pressioná-los. Além disso, sabiam muito pouco mesmo, pois enormes, desolados e desertos pântanos mantinham a vizinhança de Innsmouth bem distante pelo lado do continente.

Contudo, vou finalmente desafiar o silêncio imposto sobre o assunto. Estou certo de que as conclusões são tão minuciosas que nenhum dano público, exceto por um tremor repulsivo, poderá decorrer a partir do que os homens aterrorizados encontraram em Innsmouth. Além do mais, é possível que haja mais de uma explicação para o que foi encontrado. Não sei quanto da história toda me foi contada, e tenho muitas razões para não querer investigar mais a fundo. Pois meu contato com esse evento foi mais curto que o de qualquer outro leigo, e fiquei com impressões que ainda me levarão a tomar medidas drásticas.

Fui eu que fugi de forma frenética de Innsmouth na madrugada de 16 de julho de 1927, e os vários apelos apavorados à realização de um inquérito e ações do governo provocaram todo o episódio relatado. Optei por não me pronunciar enquanto o caso estava recente e incerto, mas agora que se tornou uma história antiga, e não há mais interesse nem curiosidade pública, sinto um estranho desejo de revelar as poucas horas apavorantes no mortal porto sinistro e infame de anormalidade e blasfêmias. O simples fato de contar me ajuda a recuperar a confiança em minhas próprias faculdades mentais, e me tranquiliza, já que não fui o primeiro que sucumbiu a uma alucinação de pesadelo contagioso. Ajuda-me, também, a tomar a decisão sobre um certo terrível passo que terei que dar em breve.

Nunca tinha ouvido falar de Innsmouth até o dia que a vi pela primeira e, até agora, última vez. Estava comemorando minha maioridade com uma excursão pela Nova Inglaterra, visitando pontos turísticos, genealógicos e antiquários, e planejando ir diretamente da velha Newburyport a Arkham, cidade de origem da família da minha mãe. Não tinha carro e estava viajando de trem, bonde e ônibus, procurando sempre o itinerário mais barato possível. Em Newburyport, disseram-me que o trem a vapor era a condução a ser tomada para Arkham, e foi só na bilheteria da estação, quando vacilei com o preço da tarifa, que fiquei sabendo de Innsmouth. O funcionário robusto, de expressão astuta e com um sotaque que não era da região, solidarizou-se com meus esforços de economia e me fez uma sugestão que nenhum de meus outros informantes havia oferecido.

— Acho que você podia pegar o velho ônibus — disse ele com certa hesitação —, mas ele não é muito usado por aqui. Passa por Innsmouth, você já deve ter ouvido falar, e por isso as pessoas não gostam dele. Quem dirige é um rapaz de Innsmouth, Joe Sargent, mas acho que ele nunca pega passageiro algum daqui ou de Arkham. Fico surpreso em saber que ele continua fazendo essa rota. Acho que é bem barato, mas nunca vi mais de duas ou três pessoas nele; só mesmo moradores de Innsmouth. A saída é na praça, em frente à Farmácia Hammond's, às dez da manhã e às sete da noite, se não mudou ultimamente. Parece uma maldita ratoeira, nunca entrei nele.

Foi a primeira vez que ouvi falar na sombria Innsmouth. Qualquer referência a uma cidade inexistente em mapas comuns ou não listada nos guias recentes teria interessado a mim, e a estranha forma como o agente falou despertou em mim verdadeira curiosidade. Uma cidade capaz de inspirar tal aversão na vizinhança, pensei, devia ser pelo menos incomum e merecedora da atenção de um turista. Se ficasse antes de Arkham, eu desceria lá, por isso pedi que o funcionário me contasse alguma coisa sobre ela. Ele foi muito comedido, e me pareceu que se sentia um pouco superior a tudo que contava.

— Innsmouth? Bem, é um estranho vilarejo na embocadura do Manuxet*. Quase chegou a ser uma cidade, tinha um porto e tanto antes da guerra de 1812, mas tudo foi involuindo nos últimos cem anos. Não tem mais a ferrovia, a B. e M. nunca passou por lá e a ramificação de Rowley foi abandonada anos atrás.

— Acho que há mais casas vazias do que moradores, e não há comércio expressivo, com exceção da pesca de lagosta e pescados. Todos geralmente vivem de permuta por aqui, em Arkham ou Ipswich. Houve um tempo em que a cidadezinha chegou a ter algumas fábricas, mas agora não sobrou nada, exceto uma refinaria de ouro funcionando de maneira bem precária.

— A refinaria costumava ser bem grande, e o velho Marsh, o dono, deve ser mais rico do que Creso†. Marsh não passa de um velho estranho que vive trancado em casa. Dizem que pegou alguma doença de pele ou deformidade depois de velho, e por isso vive recluso. É neto do capitão Obed Marsh, que fundou

* O Rio Manuxet é um rio fictício que atravessa Massachusetts e deságua no mar na cidade de Innsmouth, também fictícia. Embora haja um rio Manuxet em -Worcester, Massachusetts, acredita-se que Lovecraft baseou-se no rio Merrimack.

† Creso foi o último rei da Lídia, da dinastia Mermnada (560-546 a.C.), filho e sucessor de Aliates. Morreu em 560 a.C. Creso era famoso pela riqueza, atribuída à exploração das areias auríferas do Pactolo, afluente do Hermo onde, segundo a lenda, banhava-se o Rei Midas, que transformava em ouro tudo o que tocava.

 o negócio. Acho que a mãe era forasteira, de alguma ilha dos Mares do Sul, pois houve muito falatório quando ele se casou com uma garota de Ipswich há cinquenta anos. Sempre fazem isso com o povo de Innsmouth, e o pessoal da região sempre tenta esconder se tem sangue de Innsmouth nas veias. Mas os filhos e netos de Marsh, pelo que sei, têm aparência comum. Já vi seus filhos por aqui, mas os filhos mais velhos não têm vindo muito nos últimos tempos. O velho, eu nunca vi.

— E por que todo mundo é tão insatisfeito com Innsmouth? Bem, meu caro, você não deve levar muito a sério o que as pessoas daqui dizem. Elas são resistentes no começo, mas depois, quando começam a falar, não param mais. Vêm contando coisas sobre Innsmouth, fofocando mesmo, nos últimos cem anos, eu acho, e imagino que elas tenham mais medo do que outra coisa. Algumas dessas histórias fariam você dar risada, como a do velho capitão Marsh fazendo pactos com o diabo e trazendo duendes do inferno para viverem em Innsmouth, ou sobre uma espécie de adoração ao diabo e sacrifícios terríveis em algum lugar perto do cais que derrubaram em 1845. Mas eu sou de Panton, Vermont, e esse tipo de história não me atrai.

— Mas você devia ouvir o que os antigos contam sobre o recife negro que fica na costa. Eles o chamam de Recife do Diabo. Fica bem acima da água boa parte do tempo e nunca muito abaixo dela, mas isso não é motivo para chamar aquele lugar de ilha. A história é que toda uma legião de demônios é vista, às vezes, em cima daquele recife, espalhada por lá ou entrando e saindo de umas espécies de cavernas perto do topo. É uma coisa áspera, irregular, a mais de dois quilômetros de distância, e, no final dos tempos da navegação, os marinheiros costumavam fazer grandes desvios só para evitá-la.

— Isto é, os marinheiros que não eram de Innsmouth. Uma coisa que eles tinham contra o velho capitão Marsh é que ele atracava por lá de vez em quando, à noite, quando a maré estava baixa. Talvez ele tenha feito isso, pois ouso dizer que a formação do rochedo é interessante, e é muito possível que ele estivesse procurando tesouros de piratas, e talvez tenha até encontrado, mas havia boatos de que ele na verdade lidava com demônios lá. O fato é que, de forma geral, creio eu, o próprio Capitão é o responsável pela má reputação do recife.

— Isso foi antes da grande epidemia de 1846, quando mais da metade da população de Innsmouth padeceu. Eles nunca souberam direito o que foi, provavelmente algum tipo de doença estrangeira trazida da China, ou de algum outro lugar, pela navegação. Foi bem difícil mesmo, houve tumultos por causa disso, e todo tipo de coisas horríveis que nunca saíram da cidade, creio eu. A epidemia deixou a cidade em péssimo estado. Nunca aconteceu novamente. Não deve haver mais de 300 ou 400 pessoas vivendo por lá agora.

— Mas a verdade por trás do sentimento das pessoas é simplesmente o preconceito racial, e não estou dizendo que as culpo por serem preconceituosas. Eu mesmo detesto aquele povo de Innsmouth, e nem me daria ao trabalho de pisar naquela cidade. Creio que você saiba, mesmo percebendo que você é do Ocidente, pelo modo de falar, que muitos de nossos navios da Nova Inglaterra negociavam nos portos exóticos da África, da Ásia e dos Mares do Sul, e por todos os outros lugares, e às vezes traziam pessoas estranhas desses lugares. Você deve ter ouvido falar do homem de Salem que voltou para casa com uma esposa chinesa, e talvez saiba que ainda existe um grupo de residentes das Ilhas Fiji vivendo perto do Cape Cod.

— Bem, deve haver alguma coisa por trás do povo de Innsmouth. O lugar sempre ficou muito isolado do restante do país por pântanos e córregos, e não se pode ter muita certeza sobre as vantagens e as desvantagens do assunto, mas está bem claro que o velho capitão Marsh deve ter trazido para casa alguns espécimes estranhos quando estava com os três navios em operação entre 1820 e 1830. Certamente há algum tipo de vestígio estranho entre os habitantes de Innsmouth de hoje. Não sei como explicar, mas é algo que causa arrepios. Você vai perceber isso um pouco em Joe Sargent, se pegar o ônibus dele. Alguns têm a cabeça estranha e estreita, com nariz chato e carnudo, olhos saltados que parecem nunca se fechar, e há algo errado com a pele: áspera e seca, e as laterais do pescoço são enrugadas ou bem marcadas. Ficam calvos bem cedo também. Os mais velhos têm a pior aparência. O fato é que jamais vi alguém velho demais por lá. Acho que eles morrem só de se olhar no espelho! Os animais os detestam. Eles tinham muito trabalho com os cavalos antes de aparecerem os automóveis.

— Ninguém daqui, nem de Arkham ou Ipswich, quer nada com eles, e eles são um tanto reservados quando vêm à cidade ou quando alguém tenta pescar no seu território. Estranho como os peixes se juntam perto do porto de Innsmouth e não são vistos em nenhuma outra parte por lá. Mas tente pescar por lá para ver como vão expulsá-lo! Eles vinham até aqui de trem, caminhavam e pegavam o trem em Rowley, depois que fecharam a ramificação, mas agora usam esse ônibus.

— Sim, há um hotel em Innsmouth, chama-se Gilman House, mas não acho que seja grande coisa. Eu não o aconselharia a experimentá-lo. Melhor ficar por aqui e tomar o ônibus das dez, amanhã de manhã; depois você pode pegar o ônibus noturno de lá para Arkham às oito da noite. Um inspetor de fábrica ficou hospedado na Gilman House há uns dois anos e passou por uma série de situações desagradáveis por lá. Parece que eles reúnem uma multidão estranha. Pois o sujeito ouviu vozes em outros quartos, mesmo com a maior parte vazia, que lhe deixaram arrepiado. Ele achou que fosse uma língua estrangeira, mas disse que o ruim mesmo era uma voz que falava de vez em quando. Não soava natural, ele disse que era meio lamacenta. Ele nem ousou sequer tirar a roupa e dormir. Ficou esperando acordado e saiu correndo assim que amanheceu. A conversa ocorreu durante quase toda a noite.

— Esse sujeito, Casey era o nome dele, falou sobre o jeito que os caras de Innsmouth olhavam para ele, parecendo que estavam de guarda. Ele achou a refinaria Marsh um lugar muito estranho. Fica em uma velha fábrica ao lado das cachoeiras menores do Manuxet. O que ele disse batia exatamente com o que eu tinha ouvido. Livros malcuidados e nenhuma contabilidade clara referente a qualquer tipo de transação. Sabe, o lugar que os Marsh usam para refinar o ouro sempre foi um mistério. Eles nunca compraram muito nessa linha, mas, há alguns anos, embarcaram uma quantidade enorme de lingotes.

— Costumavam falar de uns tipos estranhos de joias estrangeiras que os marinheiros e os trabalhadores da refinaria vendiam de vez em quando, clandestinamente, ou que foram vistas uma ou duas vezes com as mulheres da família Marsh. Diziam que o velho capitão Obed talvez as tivesse comprado em algum porto pagão, especialmente porque ele sempre encomendava uma grande quantidade de contas de vidro e bijuterias como as que os homens do mar levavam para negociar com nativos. Outros achavam, e ainda acham, que ele encontrou um velho tesouro pirata no Recife do Diabo. Mas tem uma coisa engraçada. O velho capitão já morreu há sessenta anos, e nenhum navio de bom tamanho saiu do lugar desde a guerra civil, mas a família Marsh continua comprando um pouco dessas mercadorias nativas, a maioria, bugigangas de vidro e de borracha. Isso é o que me disseram. Talvez o povo de Innsmouth goste de se enfeitar com elas. Sabe Deus se não ficaram tão ruins quanto os canibais dos Mares do Sul e os selvagens da Guiné.

— A praga de 1846 deve ter varrido o sangue bom do lugar. De qualquer forma, agora são pessoas suspeitas, e a família Marsh, e outras pessoas ricas, são tão ruins como qualquer outra. Como eu disse, é provável que não haja mais de 400 pessoas na cidade toda, apesar de todas as ruas que dizem existir. Acho que são o que chamam de "lixo branco" lá no Sul, pessoas astutas e foras da lei, e cheias de segredos. Conseguem muitos peixes e lagostas, que exportam de caminhão. Estranho como os peixes se reúnem por lá e não em outros lugares.

— Ninguém consegue manter o controle dessas pessoas, e as autoridades escolares do Estado e os recenseadores sofrem. Pode apostar que forasteiros curiosos não são bem-vindos em Innsmouth. Ouvi pessoalmente que mais de um negociante ou funcionário público desapareceu por lá, e há uma história sobre um homem que ficou louco e está em Danvers* agora. Eles devem ter dado um susto terrível no rapaz.

— É por isso que eu não iria à noite se fosse você. Nunca estive lá e nem desejo ir, mas acho que uma viagem durante o dia não fará mal algum, mesmo que as pessoas por aí o aconselhem a não ir. Se está apenas passeando e procurando velharias, Innsmouth deve ser um bom lugar para você.

E assim passei parte daquela noite na Biblioteca Pública de Newburyport, pesquisando informações sobre Innsmouth. Quando tentei questionar os nativos nas lojas, lanchonetes, oficinas e no Corpo de Bombeiros, achei-os ainda mais difíceis de começar uma conversa do que o funcionário na bilheteria da rodoviária havia previsto, e percebi que não devia perder tempo tentando vencer a reticência instintiva. Eles tinham uma espécie de desconfiança obscura, como se houvesse algo errado em alguém se interessar demais por Innsmouth. Na Associação Cristã de Moços, onde me hospedei, o funcionário limitou-se a desencorajar minha ida a um lugar tão soturno e decadente; e as pessoas da biblioteca tiveram a mesma atitu-

* Cidade de Massachusetts localizada próxima ao rio Danvers.

de. Com certeza, aos olhos das pessoas instruídas, Innsmouth não passava de um caso exagerado de degeneração cívica.

As histórias do Condado de Essex nas estantes da biblioteca tinham muito pouco a dizer, exceto que a cidade havia sido fundada em 1643, e era conhecida pela construção naval antes da Revolução, um local de grande prosperidade naval no começo do século XIX que, mais tarde, tornou-se um centro fabril que usava o Manuxet como fonte de energia. A epidemia e os tumultos de 1864 foram poucas vezes relatados, como se fossem uma mácula para o condado.

As referências ao declínio eram poucas, embora o significado do último registro fosse inconfundível. Depois da guerra civil, toda a vida industrial ficou restrita à Companhia de Refinação Marsh, e a comercialização de lingotes de ouro era o único comércio importante que restara além da eterna pesca. A atividade tornou-se cada vez menos rentável conforme o preço da mercadoria caía e as corporações de pesca em larga escala passaram a concorrer, mas nunca houve escassez de peixes nas imediações do porto de Innsmouth. Forasteiros eram raros por lá e houve algumas evidências veladas de que alguns poloneses e portugueses, que tentaram permanecer por lá, haviam sido enxotados de forma bem drástica.

O mais interessante de tudo foi uma referência visual às estranhas joias associadas à Innsmouth. Elas, com certeza, tinham impressionado muito toda a região, pois havia menções de seus exemplares no museu da Universidade de Miskatonic, em Arkham, e na sala de exposição da Sociedade Histórica de Newburyport. As descrições fragmentárias dos itens eram simples e prosaicas, mas deixaram-me com uma sensação persistente de estranhamento. Havia algo tão bizarro e provocativo nas peças, que não consegui tirá-las da cabeça e, apesar do avançado da hora, resolvi ver a amostra local, que, conforme diziam, era grande, de proporções únicas, provavelmente para ser usada como tiara, se fosse possível.

O bibliotecário me deu um bilhete de apresentação à curadora da Sociedade, uma tal de srta. Anna Tilton, que vivia por perto, e, depois de uma breve explicação, a velha senhora teve a gentileza de me deixar entrar no edifício fechado, pois ainda não era tão tarde. A coleção era, de fato, notável, mas meu estado de espírito só me permitiu observar o objeto bizarro que reluzia em um armário de canto, iluminado por luzes elétricas.

Não precisei ter excessiva sensibilidade à beleza para literalmente perder o fôlego diante do esplendor único da fantasia suntuosa e estranha sobre uma almofada de veludo púrpura. Até agora não consigo descrever bem o que vi, embora fosse, evidentemente, algum tipo de tiara, conforme afirmava a descrição. Era alta na frente e tinha o desenho da base muito grande e estranhamente irregular, como se tivesse sido feita para uma cabeça de contorno quase elíptico. O material predominante parecia ser o ouro, mas um estranho lustro mais leve sugeria uma liga bizarra com algum metal igualmente bonito, mas difícil de identificar. Estava em condições quase perfeitas e era possível ficar horas estudando os desenhos admiráveis e incomuns, alguns apenas geométricos, outros totalmente marítimos, cinzelados ou moldados em alto-relevo na superfície, com uma arte de incrível graça e habilidade.

Quanto mais eu observava, mais fascinado ficava, e nisso havia um elemento curiosamente perturbador, difícil de classificar ou explicar. A princípio, decidi que era a qualidade curiosa da arte que me incomodava, pois parecia ser de outro mundo. Todos os outros objetos de arte que eu conhecia ou pertenciam a alguma vertente racial ou nacional conhecida, ou eram deliberados desafios modernistas às correntes reconhecidas. Aquela tiara não era nem uma coisa nem outra. Pertencia com toda evidência a alguma técnica acabada com enorme maturidade e perfeição, não obstante essa técnica fosse de todo anterior a qualquer outra, ocidental ou oriental, antiga ou moderna, que eu tivesse ouvido ou visto exemplificada. Era como se a arte fosse de outro planeta.

Entretanto, logo vi que minha inquietação tinha uma segunda e, talvez, também poderosa fonte na sugestão pictórica e matemática dos curiosos desenhos. Os padrões sugeriam segredos remotos e abismos inimagináveis no tempo e no espaço, e a monotonia da natureza aquática dos relevos tornava-se quase sinistra. Entre os relevos, havia monstros grotescos, aparentando malignidade abominável, metade ícticos, metade batráquios, que não poderiam ser dissociados de uma sensação assustadora e incômoda de pseudomemória, como se evocassem uma imagem de células e tecidos profundos cujas funções de retenção são inteiramente primitivas e incrivelmente ancestrais. Algumas vezes imaginei que cada contorno dos blasfemos peixes-sapos transbordava a quintessência de um mal desconhecido e inumano.

Em estranho contraste com o aspecto da tiara, era a sua história curta e prosaica, como relatou a srta. Tilton. Havia sido penhorada por uma quantia ridícula em uma loja da rua State, em 1873, por um bêbado de Innsmouth, que logo em seguida foi morto em uma briga. A Sociedade a comprou diretamente da loja de penhores, dando-lhe o local de destaque na loja que era digno da sua qualidade. A etiqueta atribuía a provável proveniência às Índias Orientais ou à Indochina, mas não passava de mera especulação.

A srta. Tilton, comparando todas as hipóteses possíveis relativas à origem e à presença na Nova Inglaterra, inclinava-se a acreditar que a joia havia pertencido a algum exótico tesouro de piratas descoberto pelo velho capitão Obed Marsh. A opinião era reforçada pelas insistentes ofertas de compra por um alto preço que a família Marsh começou a fazer tão logo soube de sua existência e que continua fazendo até os dias de hoje, apesar da invariável determinação da Sociedade de não vender.

Enquanto a boa senhora me levava até a saída, deixou claro que a teoria sobre a origem pirata da fortuna da família Marsh era popular entre as pessoas instruídas da região. Sua própria atitude em relação à sombria Innsmouth, que ela nunca chegou a conhecer, era a de aversão por uma comunidade que havia descido tão baixo na escala cultural, e ela me garantiu que os rumores sobre adoração ao demônio eram em parte justificados por um certo culto secreto que ganhou força por lá, engolindo todas as igrejas ortodoxas.

Segundo ela, chamava-se "A Ordem Esotérica de Dagon" e era, indubitavelmente, uma coisa aviltante, quase pagã, importada do Oriente um século antes, em uma época em que parecia não haver mais peixes em Innsmouth. Sua persistência entre as pessoas mais simples era bem natural, tendo em vista a volta súbita e permanente da abundância de peixes de boa qualidade. Assim, logo adquiriu a principal influência na cidade, substituindo por completo a Maçonaria e estabelecendo a sede principal na velha Casa Maçônica em New Church Green.

Tudo aquilo, para a devota srta. Tilton, servia de motivo para evitar a velha cidade decadente e desolada, mas, para mim, só reafirmava o interesse. Às minhas expectativas arquitetônicas e históricas somou-se um agudo entusiasmo antropológico, e eu mal consegui dormir em meu quartinho na ACM durante aquela noite.

2

Um pouco antes das dez horas da manhã seguinte, eu estava com uma pequena mala na frente da farmácia Hammond's, na velha Market Square, esperando o ônibus para Innsmouth. Quando a hora da chegada se aproximava, percebi uma debandada geral das pessoas que estavam por ali para outros lugares da rua ou para a lanchonete Ideal Lunch, do outro lado da praça. O bilheteiro certamente não havia exagerado sobre a repulsa que os moradores locais tinham por Innsmouth e seus habitantes. Poucos minutos depois, um pequeno ônibus cinza, sujo e caindo aos pedaços desceu sacolejando pela rua State, fez a volta e encostou no meio-fio ao meu lado. Imediatamente soube que o ônibus era aquele mesmo, suspeita que o letreiro pouco legível no para-brisas — Arkham-Innsmouth-Newb'port — logo confirmou.

Trazia três passageiros apenas, homens negros, desarrumados, de aparência pesada, porém jovem. Quando o veículo parou, desceram cambaleando, desajeitados, e foram caminhando silenciosamente pela rua State, de maneira quase furtiva. O motorista também desceu e eu o fiquei observando entrar na farmácia. Deve ser o Joe Sargent mencionado pelo bilheteiro, pensei comigo mesmo, e, antes mesmo de notar qualquer detalhe, fui tomado por uma onda de aversão espontânea que não pude identificar nem explicar. Subitamente, pareceu-me muito natural que as pessoas do local não quisessem andar em um ônibus que pertencia a alguém como ele, pior ainda, conduzido por ele, nem visitar com mais frequência o hábitat de tal homem e de seu povo.

Quando o motorista saiu da farmácia, observei-o com mais atenção, tentando determinar a origem da má impressão que ele havia me causado. Era um homem magro, meio corcunda, com pouco mais de um metro e oitenta de altura, trajando roupas azuis comuns e surradas, e um boné de golfe puído. Devia ter uns trinta e cinco anos, mas as rugas estranhas e profundas nas laterais do pescoço o faziam parecer mais velho, se o foco de atenção não fosse seu rosto apático e inexpressivo. Tinha cabeça estreita, olhos azuis lacrimejantes e arregalados, que pareciam nunca piscar. O nariz era chato, a testa e o queixo eram retraídos, e as orelhas, pouco desenvolvidas. Os lábios eram grandes e carnudos, e as bochechas, acinzentadas e ásperas. Quase não tinha barba, exceto por uns raros fios louros, encaracolados de forma bem irregular, e, em alguns pontos, a superfície da pele era bem peculiar, parecia estar descamando, como se ele tivesse alguma doença dermatológica. As mãos eram grandes e tão marcadas pelas veias que tinham uma coloração azul-acinzentada nada natural. Os dedos eram curtos demais em relação ao restante do corpo e pareciam tender a se enrolar pela palma enorme. Enquanto ele caminhava até o ônibus, notei seu andar cambaleante e percebi como os pés eram anormais de tão grandes. Quanto mais eu os examinava, mais me intrigava onde ele comprava sapatos que lhe servissem.

Aparentava ser seboso, e isso só contribuiu para o meu sentimento de aversão. Com certeza estava acostumado a trabalhar ou perambular pelos cais de pesca e exalava o cheiro característico desses lugares. Não consegui inferir qual tipo de sangue estrangeiro corria em suas veias. Os traços não pareciam asiáticos, polinésios, levantinos ou negroides, mas dava para entender por que as pessoas o consideravam estrangeiro. Se bem que eu teria pensado mais em degeneração biológica do que em origem estrangeira.

Fiquei preocupado quando percebi que era o único passageiro no ônibus. Por algum motivo, viajar sozinho com aquele motorista era algo que não me agradava. Mas, quando chegou a hora de partir, reuni minhas forças, entrei no ônibus atrás do homem, estendi uma nota de um dólar para ele e disse apenas: “Innsmouth”. Ele me olhou com curiosidade por um segundo e devolveu-me os quarenta centavos de troco sem dizer nada. Sentei-me bem lá no fundo, mas do mesmo lado do ônibus em que ele estava, pois queria ficar admirando a praia durante a viagem.

O decrépito veículo acabou arrancando com um solavanco e avançou chacoalhando ruidosamente em meio às construções de tijolos da rua State, deixando para trás uma nuvem de vapor pelo escapamento. Observando as pessoas nas calçadas, percebi nelas um curioso desejo de não olhar para o ônibus, ou, pelo menos, de não demonstrar que estavam olhando para ele. Depois viramos à esquerda na rua High, onde o trajeto pareceu mais suave, passando pelas velhas mansões imponentes dos primórdios da República e pelos solares rurais mais antigos dos tempos coloniais, atravessando os rios Lowery Green e Parker, e saindo, por fim, em um trecho longo e monótono de terreno costeiro descampado.

O dia estava quente e ensolarado, mas a paisagem de areia, grama de junça e arbustos atrofiados foi ficando cada vez mais desolada conforme prosseguíamos. Do lado de fora, era possível observar a água azul e a linha de areia da Ilha Plum enquanto avançávamos ao longo da praia, depois de sair da estrada estreita e acessar a estrada principal de Rowley a Ipswich. Não havia nenhuma casa à vista, e as condições da estrada indicavam que quase não se transitava por lá. Os pequenos postes telefônicos, mostrando as marcas do tempo, exibiam dois fios apenas. Vez ou outra, cruzávamos pontes de madeira bruta sobre canais de maré que se estendiam por estradas de terra, deixando a região totalmente isolada.

Em várias ocasiões percebi tocos de madeira e ruínas de fundações na areia ondulada, o que me fez lembrar da velha tradição mencionada em uma das histórias que li, de que aquela região havia sido fértil e muito bem habitada. A transformação, ao que se dizia, ocorrera na mesma época da epidemia de 1864 em Innsmouth, e as pessoas mais simples achavam que ela estava relacionada, de forma sinistra, com forças malignas ocultas. Na verdade, era o resultado do estúpido desmatamento perto da praia que havia tirado do solo a sua melhor proteção, abrindo caminho para o avanço das dunas.

Finalmente, a Ilha Plum ficou para trás enquanto a imensidão do Atlântico estava à nossa esquerda. O caminho estreito iniciou uma subida íngreme e senti certa inquietação ao olhar para a crista solitária em frente ao local em que a rodovia esburacada encontrava-se com o céu. Era como se o ônibus fosse continuar subindo, deixando por completo a terra sã para se fundir com uma arcana desconhecida da atmosfera superior e do céu enigmático. O cheiro do mar passou a assumir implicações ameaçadoras, e as costas rígidas e encurvadas e a cabeça estreita do silencioso motorista tornavam-se cada vez mais detestáveis. Ao olhar para ele, percebi que a parte de trás da cabeça descamava tanto quanto o rosto, exibindo apenas uns tufos loiros desgrenhados sobre a áspera superfície cinzenta.

Então chegamos à crista e avistamos o vale que se estendia à nossa frente, onde o Manuxet encontra-se com o mar ao norte da extensa linha de penhascos que culmina em Kingsport Head e desvia para Cape Ann. No horizonte longínquo e enevoado, mal dava para distinguir o recorte sinuoso do pico, sendo base para a estranha casa antiga da qual haviam me contado tantas lendas, mas, naquele momento, minha atenção foi atraída para o cenário mais próximo, logo abaixo de mim. Ali estava, conforme percebi, a sombria e misteriosa Innsmouth.

Era uma cidade de ampla extensão e construções densas, mas a ausência de sinais de vida era extraordinária. Apenas débeis sinais de fumaça elevavam-se do emaranhado de chaminés e os três altos campanários projetavam-se inteiros, e já sem pintura, contra o horizonte marinho. O topo de um deles estava desmoronando e, tanto nele como em um outro, havia apenas orifícios negros vazios no local em que deviam estar os relógios. O vasto amontoado de caibros e cumeeiras pontudas abauladas transmitia, com chocante clareza, a ideia de algo decadente e carcomido, e, conforme fomos nos aproximando pela estrada, agora em declive, vi que muitos tetos haviam desabado completamente. Havia também algumas casas no estilo georgiano que eram grandes e quadradas, com telhados pontiagudos, cúpulas e telhados com mirantes. A maioria ficava longe da água, e uma ou duas pareciam estar em condições razoáveis. Mais para o interior da cidade, por entre as casas, era possível ver os trilhos enferrujados e cobertos de mato na ferrovia abandonada, com os postes de telégrafo inclinados e já sem fios, e o traçado meio obscuro das antigas estradas de rodagem para Rowley e Ipswich.

A deterioração era pior à beira-mar, apesar de ser possível espiar o campanário branco de uma construção de tijolos muito bem preservada com um ar de uma pequena fábrica. O porto, há muito tempo obstruído pela areia, era protegido por um velho quebra-mar de pedra sobre o qual eu pude, enfim, começar a discernir as formas diminutas de alguns pescadores sentados e em cuja ponta havia o que pareciam ser as fundações de um antigo farol. Uma língua de areia formou-se no interior dessa barreira, e sobre ela vi algumas cabanas decrépitas, botes ancorados e armadilhas de lagostas espalhadas. O único trecho de água profunda parecia ser o do rio que corria atrás da construção com o campanário, virando-se para o sul para desaguar no oceano, no fim do quebra-mar.

Em todo o lugar, ruínas do cais projetavam-se da costa e terminavam em uma podridão indistinta, cuja extremidade sul parecia ser a mais deteriorada. E mar adentro, bem ao longe, apesar da maré alta, vislumbrei uma extensa linha negra que mal se sobressaía acima da água, mas que dava uma impressão de bizarra malignidade latente. Tinha certeza de que era ali o Recife do Diabo. Enquanto olhava, uma sensação curiosa e sutil, de atração, pareceu atrelar-se à sombria repulsa e, por incrível que pareça, essa impressão pareceu-me ainda mais perturbadora que a primeira.

Não encontramos pessoa alguma na estrada, mas, quando começamos a passar por fazendas desertas em diferentes estágios de deterioração, percebi algumas casas habitadas com trapos pendurados nas janelas quebradas e conchas e peixes mortos espalhados pelos quintais repletos de sujeira. Uma ou duas vezes consegui ver pessoas com expressões apáticas trabalhando em quintais estéreis ou catando mariscos na praia malcheirosa lá embaixo e grupos de crianças imundas, de feições símias, brincando perto das portas cercadas por ervas daninhas. De alguma forma, essas pessoas pareceram mais perturbadoras do que as casas sombrias, pois quase todas apresentavam certas peculiaridades de expressões e movimentos que, instintivamente, me desagradavam sem que eu conseguisse definir ou compreender por quê. Por um segundo, pensei que aqueles traços físicos sugeriam alguma imagem já vista, talvez em um livro, em circunstâncias de particular horror ou melancolia, mas essa pseudomemória se desfez rapidamente.

Quando o ônibus chegou a um nível mais baixo, comecei a captar o ruído insistente de uma cachoeira em meio ao silêncio nada natural. As casas inclinadas e sem pintura ladeavam as duas margens da estrada, exibindo uma tendência mais urbana do que as que estavam sendo deixadas para trás. O panorama à frente transformara-se em um cenário de rua, e em alguns trechos era possível perceber os pontos em que um pavimento de pedra e uma calçada de tijolos haviam existido. Todas as casas pareciam desertas e havia brechas ocasionais, em que chaminés e paredes de porões em ruínas deixavam claro o colapso de antigas construções. Um cheiro repulsivo de peixe tomava conta de todo o ambiente.

Logo depois, começaram a surgir cruzamentos e bifurcações de ruas. Os da esquerda, na direção da praia, eram caminhos sem pavimento que conduziam a uma região miserável e sombria; os da direita davam indícios da grandeza de outrora. Até o momento eu não tinha visto pessoas na cidade, mas agora começavam a aparecer sinais esparsos de habitantes: janelas acortinadas aqui e ali e a carcaça de um automóvel ocasional no meio-fio. Pavimentos e calçadas definiam-se cada vez mais e, embora a maior parte das casas fosse bem antiga, com estrutura de tijolos e madeira do começo do século 19, obviamente estavam em condições de ser habitadas. Como antiquário amador, quase esqueci a repugnância que o cheiro me provocava e a ameaçadora sensação de repulsa em meio aos ricos e inalterados resquícios do passado.

Mas eu não chegaria ao meu destino sem uma impressão muito forte de uma característica pungentemente desagradável. O ônibus havia parado em uma espécie de praça ou ponto radial com igrejas dos dois lados e os restos sujos de um gramado circular no centro, e eu observei um grande edifício público, sustentado por colunas, no cruzamento à direita à minha frente. A tinta branca do edifício agora estava cinza e descascada, e o letreiro preto e dourado no frontão estava tão desbotado que foi com dificuldade que consegui distinguir as palavras "Ordem Esotérica de Dagon". Aquela era, então, a antiga loja maçônica agora entregue a um culto infame. Enquanto eu me esforçava para decifrar a inscrição, minha atenção foi atraída pelos sons estridentes de um sino quebrado do outro lado da rua e virei-me rapidamente para olhar pela janela do meu lado do ônibus.

O som vinha de uma igreja de pedra com a torre atarracada, cuja construção era certamente posterior à da maioria das demais, erguida em um estilo gótico deturpado e com um porão mais alto que o normal, resguardado por persianas fechadas. Embora os ponteiros do relógio não estivessem na face avistada por mim, eu sabia que aquelas graves badaladas marcavam onze horas. Subitamente, toda noção de tempo apagou-se com o aparecimento repentino de uma imagem muito expressiva e do horror indizível que tomou conta de mim antes mesmo de perceber do que realmente se tratava. A porta do porão da igreja estava aberta, revelando um retângulo de escuridão no interior. Enquanto olhava, um certo objeto atravessou, ou pareceu atravessar, o retângulo escuro, fazendo meu cérebro queimar com a imagem instantânea de um pesadelo que era ainda mais alucinante, porque, analisando a situação friamente, não restava a menor característica de pesadelo.

Era um objeto vivo, o primeiro, com exceção do motorista, que eu vi desde o momento em que entrei na parte mais compacta da cidade, e, se estivesse mais equilibrado mentalmente, não teria visto nada de aterrorizante nele. Tratava-se, certamente, como percebi pouco depois, do pastor, usando roupas peculiares, sem dúvida introduzidas desde que a Ordem de Dagon havia modificado o ritual das igrejas locais. A coisa que captou primeiramente meu olhar subconsciente, produzindo o traço de horror bizarro foi, talvez, a tiara alta que ele usava, uma duplicata quase perfeita daquela que a srta. Tilton havia-me mostrado na noite anterior. Aquilo, agindo em minha imaginação, tinha emprestado qualidades sinistras ao rosto impreciso e ao vulto de batina que bamboleava sob ela. Não havia, como logo percebi, a menor razão para aquela apavorante pseudomemória maligna. Não seria natural que um culto secreto local adotasse, como parte da vestimenta, um tipo único de chapéu que, de alguma forma, fosse familiar à comunidade, como se talvez fosse um tesouro encontrado?

Avistei nas calçadas alguns jovens de aspecto repulsivo, andando sozinhos ou em silenciosos grupos de dois ou três. Os pisos térreos das casas deterioradas abrigavam lojinhas com placas esquálidas e notei um ou dois caminhões estacionados enquanto avançávamos aos sacolejos. O barulho da cachoeira foi ficando cada vez mais forte até que eu avistei uma garganta de rio bem profunda à frente, cortada por uma larga ponte, com corrimãos de ferro, que terminava em uma ampla praça. Enquanto atravessamos a ponte com grande estardalhaço, notei alguns barracões de fábrica à beira das encostas cobertas pelo mato ou nos próprios declives. A água corria abundantemente mais abaixo e pude perceber duas distintas cachoeiras vigorosas rio acima, à direita, e pelo menos um rio abaixo, à esquerda. Naquele ponto, o barulho era ensurdecedor. O ônibus atravessou a ponte para a grande praça semicircular do outro lado do rio e paramos do lado direito, em frente a um edifício alto coroado por uma cúpula com resquícios de pintura amarelada e uma placa meio gasta, onda era possível ler o nome Gilman House.

Aliviado por sair do ônibus, fui imediatamente registrar-me no saguão do simplório hotel. Só havia uma pessoa por lá, um velho que não apresentava o que passei a chamar de "jeito Innsmouth", mas resolvi não lhe fazer as perguntas que me causavam preocupação ao lembrar-me das coisas estranhas que haviam sido relatadas sobre o hotel. O ônibus havia deixado a praça, e eu resolvi caminhar por lá e analisar o ambiente, prestando atenção em todos os detalhes.

Um lado do espaço aberto e coberto por pedregulhos era a linha reta do rio; o outro era um semicírculo com construções de tijolos de telhados oblíquos de 1800, de onde saíam várias ruas para sudeste, sul e sudoeste. Havia algumas pequenas lâmpadas de baixa potência, todas de tipo incandescente, e alegrei-me ao lembrar que pretendia partir antes de escurecer, mesmo sabendo que o luar seria intenso. As construções estavam todas bem conservadas e devia haver uma dúzia de lojas em funcionamento no entorno do hotel: uma mercearia da franquia First National, um restaurante sombrio, uma farmácia, uma loja de pesca no atacado e, ainda no extremo leste da praça, perto do rio, o escritório da única indústria da cidade: a Refinaria Marsh. Havia por ali umas dez pessoas, quatro ou cinco automóveis e uns poucos caminhões estacionados. Logo me dei conta de que estava no centro cívico de Innsmouth.

A leste, vislumbrei o azul do porto, contra o qual se erguiam os restos decadentes de três campanários em estilo georgiano que algum dia deviam ter sido bonitos. Na direção da praia, na margem oposta do rio, vi a torre branca acima do que imaginei ser a refinaria Marsh.

Por alguma razão, resolvi começar a fazer as perguntas na franquia da mercearia, cujos funcionários certamente não eram nativos de Innsmouth. Encontrei um atendente sozinho na loja, um rapaz de mais ou menos dezessete anos, e fiquei feliz ao perceber que ele era esperto e amável, o que poderia significar informações entusiasmadas. Ele parecia ansioso para falar e logo percebi que não gostava do lugar, nem do cheiro de peixe, nem dos habitantes furtivos. Conversar com uma pessoa de fora era um alívio para ele. Era de Arkham e morava com uma família de Ipswich. Tentava sair da cidade sempre que tinha uma folga. A família dele não gostava que ele trabalhasse em Innsmouth, mas a loja o havia transferido para lá e ele não quis pedir demissão do emprego.

De acordo com o que me disse, não havia em Innsmouth biblioteca pública alguma nem câmara de comércio, mas com certeza eu encontraria algum lugar para me orientar. Eu havia chegado à cidade pela rua Federal. A oeste dela ficavam as antigas ruas residenciais elegantes: Broad, Washington, Lafayette e Adams; e a leste, à beira-mar, ficavam as favelas. Era nessas favelas, ao longo da Rua Principal, que seria possível encontrar as antigas igrejas em estilo georgiano, mas estavam abandonadas havia muito tempo. Não seria bom ser visto nesses locais, principalmente ao norte do rio, onde as pessoas eram rabugentas e hostis. Alguns forasteiros haviam até desaparecido.

Alguns locais eram territórios quase proibidos, como o rapaz havia aprendido da pior forma. Não era bom ficar muito tempo por perto da refinaria Marsh nem de alguma das igrejas ainda ativas, ou perto da Casa da Ordem de Dagon em

New Church Green. Eram igrejas muito estranhas, todas veementemente repudiadas pelas respectivas ordens de outros lugares, e tinham os mais esquisitos rituais e estranhas vestimentas. Os cultos eram heterodoxos e misteriosos, sugeriam transformações mágicas que conduziriam a algum tipo de imortalidade física na Terra. O pastor do jovem, o dr. Wallace, da Igreja Metodista de Asbury, em Arkham, havia recomendado que ele não participasse de culto algum em Innsmouth.

A respeito da população de Innsmouth, o jovem mal sabia o que dizer. Eram esquivos e poucas vezes vistos, pareciam animais que vivem entocados, e, a não ser pela pesca inconstante, mal dava para imaginar como passavam o tempo. Talvez, julgando pela quantidade de bebidas contrabandeadas consumidas, passassem a maior parte do dia em torpor alcoólico. Pareciam sombriamente unidos por algum tipo de camaradagem e entendimento, desprezando o mundo como se tivessem acesso a outras esferas preferíveis de existência. A aparência, em especial os olhos arregalados que não piscavam e que ninguém jamais conseguia ver fechados, era chocante demais, e as vozes, repulsivas. Era horrível ouvi-los entoar hinos nas igrejas à noite e mais ainda durante as festividades religiosas principais que aconteciam duas vezes por ano, em 30 de abril e 31 de outubro.

Tinham forte conexão com a água e nadavam bastante, tanto no rio como no porto. As competições de natação até o Recife do Diabo eram muito comuns e todos conseguiam participar da exigente competição esportiva. As pessoas vistas em público eram quase todas jovens, e os mais velhos tinham aspecto mais decadente. As pessoas sem nenhum sinal de aberração eram consideradas exceções, como o velho funcionário do hotel. Fiquei imaginando o que poderia ter acontecido com a grande maioria dos mais velhos e se o “jeito

 Innsmouth" seria um fenômeno mórbido insidioso e estranho cuja incidência aumentava com a idade.

Certamente, apenas uma doença muito rara provocaria transformações anatômicas tão fortes e radicais em um mesmo indivíduo depois da maturidade, transformações que envolviam fatores ósseos tão básicos como o formato do crânio, mas mesmo isso não era tão intrigante e inaudito quanto as manifestações visíveis da enfermidade em si. O jovem insinuou ser difícil tirar alguma conclusão consistente sobre tais fatos, pois, por mais que alguém vivesse em Innsmouth, jamais conseguiria conhecer os nativos pessoalmente.

O rapaz tinha certeza de que muitos espécimes ainda piores do que os piores já vistos viviam trancados dentro das casas em alguns locais. Ouvia-se sons muito estranhos algumas vezes. Sabia-se que as casas deterioradas do cais ao norte do rio eram interligadas por túneis ocultos, constituindo um verdadeiro conjunto de aberrações invisíveis. O tipo de sangue estrangeiro que as criaturas tinham, se é que tinham, era algo impossível de se saber. Mantinham alguns tipos repulsivos muito bem escondidos quando funcionários públicos e outras pessoas de fora apareciam na cidade.

Segundo meu informante, não valeria a pena perguntar aos nativos coisa alguma sobre o lugar. O único que falaria era um homem muito idoso, de aparência normal, que vivia no asilo na periferia, ao norte da cidade, e passava o dia andando de um lado para o outro, ou matando o tempo no Corpo de Bombeiros. O sujeito bizarro, Zadok Allen, tinha 96 anos e parecia ter um parafuso a menos, além de ser o bêbado da cidade. Era uma criatura esquisita, furtiva, com mania de olhar por cima dos ombros, como se tivesse medo de algo e, quando sóbrio, nada conseguia convencê-lo a conversar sobre qualquer assunto com estranhos. Mas era incapaz de resistir a um convite ao seu veneno predileto e, quando bêbado, forneceria os fragmentos mais estarrecedores de suas reminiscências cochichadas.

Mas o caso era que poucas informações úteis poderiam ser tiradas dele. As histórias eram todas inferências incompletas e malucas de prodígios e horrores impossíveis sem outra fonte que não a sua própria imaginação confusa. Ninguém colocava fé nele, mas os nativos não gostavam que ele bebesse e conversasse com estranhos, e nem sempre era seguro ser visto lhe fazendo perguntas. Certamente era dele que vinham alguns dos mais alucinados rumores e fantasias.

Muitos moradores não nativos já relataram aparições monstruosas, mas, levando em conta as histórias do velho Zadok e a aparência dos moradores disformes, não se admira que essas fantasias fossem corriqueiras. Nenhum não nativo ficava fora de casa até tarde da noite; a impressão generalizada era que não seria recomendável. Além disso, a rua era sempre encoberta por uma escuridão tenebrosa.

Quanto aos negócios, a abundância de peixes era obviamente quase sinistra, mas os nativos beneficiavam-se cada vez menos disso. Além do mais, os preços estavam caindo e a concorrência crescia. O verdadeiro empreendimento da cidade era a refinaria, cujo escritório comercial ficava na praça, algumas portas a leste de onde eu estava. O velho Marsh jamais era visto, mas às vezes ia à fábrica em carro fechado e protegido por cortinas.

Havia todo tipo de boatos sobre a aparência de Marsh. Ele já havia sido muito refinado e as pessoas diziam que ele ainda usava o sobretudo do período eduardino, adaptado, de uma maneira estranha, para esconder algumas deformidades. Os filhos haviam administrado anteriormente o escritório na praça, mas nos últimos tempos não eram muito vistos, deixando a maior parte dos negócios para a geração mais nova. Os filhos e as filhas haviam adquirido uma aparência muito singular, especialmente os mais velhos, e havia rumores de que não tinham boa saúde.

Uma das filhas de Marsh era uma mulher repulsiva, com feições semelhantes às de um réptil, e usava joias misteriosas em exagero, da mesma tradição exótica da curiosa tiara. Meu informante já havia visto tais joias diversas vezes e ouvira dizer que elas vinham de algum tesouro secreto de piratas ou demônios. Os padres, ou sacerdotes, ou seja lá como são chamados hoje em dia, também usavam ornamentos daquele tipo na cabeça, mas era raro vê-los. O jovem não viu outros modelos, mas havia boatos de que existia vários nos arredores de Innsmouth.

Os Marsh, assim como as outras três famílias abastadas da cidade: os Wait, os Gilman e os Eliot, eram muito reservados. Moravam em casas enormes ao longo da rua Washington, e havia boatos de que vários deles escondiam em casa alguns parentes, cujas mortes haviam sido relatadas e registradas de forma fraudulenta, para que ninguém visse sua terrível aparência.

Advertindo-me de que muitas placas de rua haviam caído, o jovem rascunhou um mapa improvisado para me ajudar, de forma ampla e meticulosa em relação aos principais pontos de referência da cidade. Depois de analisar o mapa por algum tempo, vi que seria muito útil e coloquei-o no bolso em meio a profusos agradecimentos. A sujeira do único restaurante que encontrei me fez sentir náuseas e decidi comprar um bom suprimento de biscoitos de queijo e bolachas wafer de gengibre, que seriam meu almoço mais tarde. Decidi que meu programa seria percorrer as ruas principais, conversar com todo não nativo que pudesse encontrar e então tomar o ônibus das oito da noite para Arkham. Logo percebi que a cidade era um exemplo significativo e exagerado de decadência comunal, mas, não sendo nenhum sociólogo, limitaria minhas observações sérias ao campo da arquitetura.

Dessa forma, iniciei minha visita sistemática e um tanto desordenada às ruas estreitas e sombrias de Innsmouth. Atravessando a ponte e virando na direção do ruído das cachoeiras menores, passei perto da refinaria Marsh, e não consegui ouvir o ruído típico de uma indústria. A construção ficava acima da margem íngreme do rio, perto da ponte e de uma ampla confluência de ruas, que imaginei ser o antigo centro cívico, substituído depois da revolução pelo atual, na Town Square.

Atravessando novamente a garganta pela ponte da Rua Principal, encontrei uma região completamente deserta e senti um inexplicável calafrio. Um amontoado de telhados em ruínas formava uma silhueta recortada e fantástica acima da qual se erguia o campanário fantasmagórico e truncado de uma antiga igreja. Embora algumas casas da rua Principal fossem habitadas, a maioria estava totalmente lacrada por tábuas. Descendo por ruas laterais sem calçamento, eu vi algumas janelas escuras abertas em casas desertas, muitos delas inclinando-se em ângulos perigosos e inacreditáveis desde a fundação. As janelas pareciam tão espectrais que foi preciso coragem para virar para o leste na direção da zona portuária. O terror provocado por uma casa deserta aumenta em progressão geométrica, e não aritmética, quando as casas se multiplicam para formar uma cidade em completo estado de abandono. Ao observar aquelas avenidas intermináveis de suspeito abandono e paralisia, a ideia de uma imensidão de locais escuros interligados, abandonados às teias de aranha, às lembranças e ao verme conquistador, provocava pavores e repulsas residuais que a mais sólida filosofia não conseguiria desfazer.

A rua Fish estava tão deserta quanto a Principal, mas notava-se a diferença pelos muitos armazéns de pedra e tijolos ainda em excelente estado. A rua Water era quase a mesma coisa, exceto pelos grandes espaços vazios do lado do mar onde antes ficavam as docas. Não havia pessoa alguma à vista, apenas os pescadores espalhados no distante quebra-mar, e não se ouvia o menor som, apenas o marulho no porto e o ruído das cachoeiras do Manuxet. A cidade estava me deixando cada vez mais inquieto, e eu olhava para trás furtivamente enquanto tomava o caminho de volta para a ponte caindo aos pedaços da rua Water. A ponte da rua Fish, de acordo com o mapa rascunhado, estava em ruínas.

Ao norte do rio havia traços de vida miserável, casas de acondicionamento de peixes na rua Water, chaminés fumegando e telhados com remendos por toda parte, sons ocasionais de fontes indeterminadas e raras formas cambaleantes nas ruas soturnas e becos não pavimentados. Essa visão me pareceu ainda mais opressiva que o abandono do lado sul. Em primeiro lugar, as pessoas eram mais repulsivas e anormais do que as que eu tinha visto nas proximidades do centro da cidade, e isso muitas vezes me trazia à mente algo totalmente fantástico que eu não conseguia definir. A marca estrangeira nas pessoas de Innsmouth era, com certeza, mais forte ali do que mais para o interior, a menos, obviamente, que o "jeito Innsmouth" fosse mais uma doença do que uma marca hereditária, e, sendo assim, o bairro que eu estava devia ser utilizado para abrigar os casos mais adiantados.

Um detalhe que me incomodava era a distribuição dos poucos e tênues sons que eu ouvia. Seria natural que eles saíssem das casas visivelmente habitadas, mas, de fato, muitas vezes eram mais fortes no interior das fachadas lacradas com madeira. Havia estalidos, correrias e ruídos ásperos e imprecisos que me provocavam a perturbadora lembrança dos túneis secretos sugeridos pelo rapaz do armazém. De repente, me vi imaginando como seriam as vozes daqueles moradores. Eu não havia escutado fala alguma até então naquele bairro, e não estava ansioso para ouvir.

Parei apenas o suficiente para observar duas velhas igrejas bonitas, mas em ruínas, que ficavam no cruzamento da rua Principal com a rua Church, apressei-me para sair daquela torpe favela costeira. Meu destino lógico seguinte seria New Church Green, mas, por alguma razão, não suportava a ideia de passar novamente na frente da igreja em cujo porão havia vislumbrado a forma assustadora daquele padre ou pastor com o estranho diadema. Além disso, o rapaz da mercearia contou-me que as igrejas, bem como a Casa da Ordem de Dagon, não estavam em bairros recomendáveis para forasteiros.

Sendo assim, prossegui no sentido norte ao longo da rua Principal em direção à Martin e depois virei para o interior, atravessando com segurança a rua Federal ao norte da Green, entrando no decadente bairro aristocrático das ruas Broad, Washington, Lafayette e Adams ao norte. Apesar das velhas e imponentes avenidas estarem maltratadas, a dignidade sombreada por olmos não havia desaparecido por completo. Cada mansão atraía meu olhar, a maioria delas decrépita e lacrada com tábuas em meio a terrenos abandonados, mas uma ou duas de cada rua revelavam sinais de ocupação. Na rua Washington, havia uma fileira de quatro ou cinco em condições excelentes, com jardins e gramados bem cuidados. A mais suntuosa delas, com amplos canteiros que se estendiam até a rua Lafayette, imaginei ser a casa do velho Marsh, o infeliz proprietário da refinaria.

Em todas as ruas não se avistava pessoa alguma, e fiquei surpreso com a absoluta ausência de cães e gatos em Innsmouth. Outra coisa que me intrigou e perturbou, mesmo nas mansões mais bem preservadas, foi a condição de total vedação de muitas janelas de terceiro pavimento e do sótão. Tudo parecia furtivo e secreto naquela cidade silenciosa de alienação e morte, e muitas vezes tive a sensação de estar sendo observado de todos os lados, de forma oculta, por olhos arregalados e furtivos que jamais se fechavam.

Estremeci quando as badaladas estridentes deram três horas em um campanário à minha esquerda. Lembrava-me bem demais da igreja de onde vinham aqueles sons. Seguindo pela rua Washington até o rio, passei a percorrer uma nova zona de comércio e indústria antigos, notando as ruínas da fábrica à frente e observando outras, com vestígios de uma velha estação ferroviária e uma ponte ferroviária coberta um pouco mais adiante, na garganta à minha direita.

A ponte decrépita, agora à minha frente, tinha uma placa de advertência, mas assumi o risco e cruzei-a de novo para a margem sul, onde os vestígios de vida reapareceram. Criaturas furtivas e cambaleantes dirigiam olhares inquisidores em minha direção e os rostos mais normais examinavam-me com frieza e curiosidade. Innsmouth tornava-se intolerável, e eu entrei na rua Paine, na direção da praça, na esperança de arrumar algum carro que me levasse a Arkham antes do ainda distante horário de saída do ônibus sinistro.

Foi então que vi o arruinado edifício do Corpo de Bombeiros à minha esquerda e notei o velho ruivo de barba espessa, olhos lacrimejantes e roupas esfarrapadas, sentado em um banco, junto com dois bombeiros mal arrumados, mas de aparência normal. Certamente tratava-se de Zodak Allen, o nonagenário beberrão e meio louco cujas histórias sobre a velha Innsmouth e suas sombras eram tão repulsivas quanto inacreditáveis.

3

Provavelmente tenha sido algum diabinho da perversidade ou algum irônico impulso de origem obscura e misteriosa que me fez mudar de planos. Decidi-me logo de cara a limitar minhas observações à arquitetura e estava caminhando em passo acelerado na direção da praça para tentar conseguir um transporte, e assim poder sair daquela cidade corrompida de morte e dissolução, mas ver o velho Zadok Allen mudou a direção de meus pensamentos, e eu afrouxei o passo.

Garantiram-me que o velho não poderia fazer nada além de insinuar lendas bárbaras, incríveis e desconexas, e fui advertido de que não seria seguro, por causa dos nativos, ser visto falando com ele, mas a ideia de conversar com uma testemunha antiga da degradação da cidade, com lembranças dos primórdios dos navios e das fábricas, era uma isca a que nem mesmo uma montanha de razão me faria resistir. Afinal, os mitos mais estranhos e mais loucos não passam de símbolos ou alegorias que muitas vezes se baseiam na realidade, e o velho Zadok devia ter assistido a tudo que se passara em Innsmouth nos últimos noventas anos. A curiosidade sobrepôs-se à sensatez e à cautela e, com toda a minha presunção de jovem, imaginei que conseguiria peneirar um miolo de história real dentre as falas confusas e extravagantes que certamente conseguiria extrair dele com a ajuda de uísque puro.

Sabia que não poderia abordá-lo naquele momento, pois os bombeiros com certeza perceberiam e me impediriam. Pensei então que seria melhor me preparar, comprando uma bebida clandestina em algum lugar; de acordo com o rapaz da mercearia, era o que não faltava. Depois, ficaria ali perto do posto dos bombeiros como quem não quer nada e encontraria o velho Zadok quando ele saísse para uma de suas frequentes perambulações. O rapaz me disse que ele era muito irrequieto e quase nunca ficava sentado em seu posto mais de uma ou duas horas.

Consegui facilmente uma garrafa de um quarto de litro de uísque a um preço bem alto nos fundos de uma esquálida loja de bugigangas na rua Eliot, logo na saída da praça. O sujeito mal-encarado que me atendeu tinha uma espécie de olhar fixo típico do "jeito Innsmouth", mas era bem civilizado, acostumado ao convívio com forasteiros, caminhoneiros, compradores de ouro e pessoas do tipo que passavam pela cidade de vez em quando.

Voltando à praça, percebi que a sorte estava do meu lado quando vi, arrastando os pés pela rua Paine e virando a esquina da Gilman House, o vulto alto, magro e esfarrapado do velho Zadok Allen. Dando seguimento ao meu plano, atraí a atenção dele brandindo a garrafa recém-comprada e não demorou para notar que ele começava a arrastar esperançosamente os pés em meu encalço, enquanto eu virava a esquina para a rua Waite a caminho da região mais deserta que pude imaginar.

Seguindo o mapa que o rapaz da mercearia havia desenhado, minha intenção era chegar ao trecho totalmente abandonado na parte sul do cais, que havia visitado mais cedo. As únicas pessoas que havia visto por lá eram os pescadores no quebra-mar distante. Caminhando alguns quarteirões para o sul, daria para ficar fora do alcance visual deles, encontrar uns bancos em algum paredão abandonado do cais e ficar à vontade para interrogar o velho Zadok sem ser observado, pelo tempo que fosse necessário. Ainda não havia chegado à rua Principal quando ouvi um "Ei, senhor!" fraco e ofegante às minhas costas e permiti que o velho me alcançasse e desse várias goladas na garrafa. Comecei a jogar umas iscas enquanto seguíamos em meio àquela desolação onipresente e às ruínas oblíquas, mas logo percebi que a língua do ancião não se soltaria com a facilidade esperada. Enxerguei, enfim, um caminho coberto de mato na direção do mar entre paredes de tijolos em ruínas com o prolongamento de um cais de terra e alvenaria que adentrava o mato. As pedras cobertas de musgo, empilhadas perto da água, prometiam assentos toleráveis e o cenário ficava protegido da vista por um armazém em ruínas ao norte. Achei que ali seria um lugar ideal para uma longa conversa secreta e tratei de levar meu acompanhante pelo caminho e escolher lugares para nos sentarmos entre as pedras cobertas de musgo. O ar de morte e abandono era terrível e o fedor de peixe quase insuportável, mas eu estava decidido que nada poderia me deter.

Eu tinha cerca de quatro horas para conversar, se quisesse pegar o ônibus das oito para Arkham, e tratei de injetar mais álcool no velho beberrão enquanto comia minha refeição frugal. Tive o cuidado de não passar do limite com minha generosidade para a tagarelice etílica de Zadok não afundar em um torpor mudo. Uma hora depois, a furtiva taciturnidade começava a ceder, mas, para minha desolação, ele continuava esquivando-se de minhas perguntas sobre Innsmouth e seu tenebroso passado. Expressava-se de maneira confusa sobre assuntos correntes, revelando grande familiaridade com jornais e uma forte tendência para filosofar à maneira sentenciosa dos vilarejos.

Quando a segunda hora estava quase acabando, temi que a garrafa de uísque não fosse suficiente, e estava pensando se deveria abandonar o velho Zadok para ir buscar mais, porém o acaso proporcionou a abertura que eu tentava em vão com minhas perguntas, e as divagações do velho arquejante tomaram um rumo que me fez inclinar para perto dele e ouvir mais atentamente. Estava de costas e ele de frente para o mar malcheiroso quando algo fez seu olhar erradio fixar-se no contorno baixo e distante do Recife do Diabo, que se exibia inteiramente e fantasmagórico acima das ondas. Tal visão pareceu perturbá-lo, pois ele soltou uma série de impropérios em voz baixa, que terminaram com um sussurro confidencial e um olhar de soslaio. Inclinou-se para mim, agarrou as lapelas de meu casaco e soprou algumas pistas inequívocas.

— Foi lá que tudo começou... naquele lugar *amardiçoado* com toda a *mardade* onde começa as águas profundas. Portal do inferno... desce rápido para uma profundidade que sonda nenhuma consegue alcançar. O velho capitão Obed fez... e descobriu mais do que devia nas ilhas dos Mares do Sul.

— Todo mundo estava mal naqueles tempos. Comércio caindo, usinas perdendo negócio... mesmo as novas... e nossos melhores jovens mortos na pirataria na guerra de 1812 perdida com o brigue Elizy e a barcaça Ranger, os dois negócios do Gilman. Obed Marsh tinha três navios no mar, o Columby, o Hetty e o Sumatry Queen. Foi o único que manteve o comércio com as índias Orientais e o Pacífico, embora o barco de Esdras Martin tenha conseguido negociar até 1928.

— Nunca teve uma pessoa como capitão Obed... diabo velho! Ré, ré! Posso até *vê* ele falando do estrangeiro e chamando todos os rapazes de besta porque eles ficavam indo nas reuniões de Natal e suportando dor com humildade. Diz que era bom eles arrumarem um deus melhor, como os daqueles das Índias; um deus que dava boa pescaria em troca de sacrifícios e atendia de verdade as preces dos rapazes.

— Matt Eliot, o imediato, falava muito também, só que era contra as coisas pagãs. Falava de uma ilha a leste do Taiti onde tinha uma porção de ruínas de pedra bem velha, que ninguém sabia o que era, meio como as de Pohnpei*, nas Carolinas, mas com os rostos esculpidos de um jeito que parecia as estátuas gigantes da Ilha da Páscoa. Tinha uma ilhota vulcânica lá por perto, e tinha ruína com escultura diferente..., umas ruínas muito gastas, como se tivessem ficado debaixo do mar, e com uns desenhos de monstros *horríver* nelas.

— Bem, o Matt dizia que os nativos de lá conseguiam todos os peixes que podiam pegar, e usavam braceletes, pulseiras e enfeites de cabeça feitos de um tipo de ouro estranho e cobertos de imagens de monstros como as esculpidas nas ruínas da

* Pohnpei, até 1984 designada Ponape e anteriormente Bonabi, é uma das ilhas que constituem os Estados Federados da Micronésia. Pohnpei, como as Ilhas Senyavin, foi uma das ilhas tardiamente descobertas por acidente. Foi avistada pela primeira vez pelo navegante russo Fiodor Petrovich Litke, em 1828, mais de dois séculos depois que o restante das Ilhas Carolinas. Nessa ilha, situou-se a principal sede de governo das Carolinas, chamada comumente de colônia, adjacente à capital atual Palikir.

ilhota: era metade sapo com jeito de peixe ou peixe com jeito de sapo, riscada em todo tipo de posição, como se fosse gente. Ninguém conseguiu saber onde eles tinham arranjado aquilo tudo, e todos os outros nativos não sabiam dizer como eles conseguiam tanto peixe enquanto nas ilhas bem próximas não havia quase nada. Matt também ficava cismado e o capitão Obed também. Obed percebeu que um monte de moço bonito sumia de vista um tempão todo ano, e que não tinha muitos homens mais velhos por lá. Ele achou que alguns homens tinham um jeito muito estranho, mesmo para Canacos*.

— Obed precisou arrancar a verdade daqueles pagãos. Não sei como ele fez, mas começou a negociar aquelas coisas parecidas com ouro que eles usavam. Perguntou de onde elas vinham e se eles conseguiam arrumar mais, e finalmente arrancou a história do velho chefe. Walakea, era assim que chamavam ele. Ninguém, só Obed acreditava no velho, mas o capitão entendia pessoas assim como se fossem um livro aberto. Ré, ré! Ninguém acredita em mim quando eu conto, e acho que *ocê* não vai acreditar, moço..., embora, quando a gente olha *pr'ocê*, dá para ver que *ocê* tem aqueles olhos fixos como os de Obed.

O sussurro do velho foi enfraquecendo cada vez mais, e eu senti um estremecimento com seu terrível tom grave, mesmo sabendo que a história talvez não passasse de fantasias de um beberrão.

— Bem, Obed sabia que há coisa nessa arte que a maioria dos caras nunca ouviu falar... e não iam acreditar nem se ouvissem. Parece que esses Canacos sacrificavam os da mesma espécie e as moças para algum tipo de deus que vive debaixo do mar e dá todo tipo de recompensa em troca. Eles encontravam as coisas na ilhazinha com umas ruínas estranhas e

* Os Canacos ou Canacas são melanésios da Nova Caledônia.

 parece que aquelas terríveis gravuras de monstros metade sapo e metade peixe deviam ser desenhos dessas coisas. Talvez eles fossem aquelas criaturas que começaram todas as histórias de sereia. Eles tinham todo tipo de cidade no fundo do mar, e essa ilha tinha vindo de lá. Parece que tinha algumas coisas vivas nos prédios de pedra quando a ilha subiu para cima com tudo. Foi assim que os Canacos ficaram sabendo que eles estavam lá. Falaram por sinais assim que perderam o pavor, e não demorou para arrumarem umas barganhas.

— Aqueles seres gostavam de sacrifícios humanos. Já faziam há muito tempo, mas perderam o rumo do mundo de cima depois de um tempo. O que eles faziam com as vítimas eu não sei, e acho que Obed não foi tonto de perguntar. Mas os pagãos nem ligavam, porque estavam desesperados mesmo. Eles até davam uns jovens para os seres do mar duas vezes por ano, véspera de Primeiro de Maio e no Halloween, sempre que podiam. Também davam a eles umas quinquilharias entalhadas que sabiam fazer. Em troca, os seres se comprometiam a dar-lhes uma grande quantidade de peixes e certos objetos de ouro maciço.

— Esses nativos se reuniam com os seres na ilhota vulcânica... iam em canoas com as vítimas e tudo mais e voltavam com as joias de ouro que recebiam. No começo, os seres não queriam ir à ilha maior, mas um dia disseram que queriam. Dizem que os seres gostavam de se misturar com o povo e festejar junto com eles em dias específicos, como a véspera do Primeiro de Maio e o Halloween. Sabe, eles podiam viver tanto dentro como fora d'água. Acho que chamam isso de anfíbios. Os Canacos diziam para eles que o pessoal das outras ilhas podia querer acabar com eles se soubessem que eram daquele jeito, mas eles nem ligavam, porque podiam acabar com toda a raça humana se quisessem, ou melhor, com qualquer um que não tivesse sei lá que tipo de sinal ou marca que eles chamavam de os Grandes Antigos* perdidos. Mas quando não queriam ser incomodados, eles se escondiam bem no fundo quando alguém visitava a ilha.

— Os Canacos não gostavam muito de se deitar com os peixes com cara de sapo, mas acabaram aprendendo uma coisa que os fizeram mudar de ideia. Parece que os humanos não eram muito diferentes dos seres d'água, pois tudo que é vivo saiu da água alguma vez, e só precisa mudar um pouco para voltar de novo. Os seres disseram para os Canacos que, se eles misturassem os sangues, podia nascer criança com cara de gente no começo, mas que depois elas ficavam mais parecidas com eles, até que um dia elas iam para a água se juntar a eles. E essa é a parte importante, moço. Os que se transformassem em peixe-sapo e entrassem na água não morriam nunca mais. Só se fosse por morte violenta.

— Bem, moço, parece que quando Obed conheceu o povo da ilha, eles *tavam* tudo cheio de sangue de peixe dos seres d'água profunda. Quando eles ficaram velhos e começaram a *amostrar* a idade, eles escondiam eles até que ficassem com vontade de ir lá *pr'água*. Alguns eram mais ensinados que os outros, e alguns nunca mudaram muito para precisar ir *pr'água*, mas a maioria ficou bem do jeito que os seres disseram. Os que tinham nascido mais parecidos com os seres, mudavam logo, mas os que eram quase humanos às vezes ficavam na ilha até ter mais de setenta anos, embora geralmente fossem para o fundo do mar em viagens de teste antes disso. Os meninos que iam *pr'água* geralmente voltavam muitas vezes para fazer visitas, então era bem possível que

* Os chamados Grandes Antigos são os seis Grandes Antigos (Azathoth, Yog-Sothot, Nyarlathotep, Hastur, Cthulhu, Shub-Niggurath) citados no maldito e temido livro *Necronomicon*.

 um homem pudesse falar com o tataravô do seu tataravô, que tinha saído da terra seca uns duzentos anos atrás.

— Ninguém pensava em morrer..., só quando tinha guerra com povo de outras ilhas, ou nos sacrifícios para o deus do mar lá embaixo, ou mordida de cobra, ou peste, ou doença galopante, ou de alguma coisa antes deles poderem ir *pr'água*... E eles ficavam esperando alguma mudança que não era nem um pouco horrível depois de um tempo. Eles achavam que o que recebiam em troca valia tudo que tinham deixado para trás... e acho que o Obed acabou achando a mesma coisa quando pensou um pouco sobre o Walakea. Mas Walakea foi um dos poucos que não tinha nenhum sangue de peixe..., pois era de sangue real e tinha casado com gente de sangue real de outras ilhas.

— Walakea mostrou para Obed um monte de rito e encantamento que tinha a ver com os seres do mar e deixou ele ver uns moços da aldeia que tinham mudado bastante a forma humana. Mas nunca deixou ele ver como ficavam quando eram totalmente transformados. No final, ele entregou para Obed um objeto engraçado, feito de chumbo, ou coisa assim. Ele dizia que o objeto podia atrair os peixes-sapos de qualquer lugar de debaixo d'água sempre que houvesse um ninho deles por lá. A ideia era mandar os seres para baixo com o tipo certo de reza e encantamentos. Walakea garantia que os seres estavam espalhados pelo mundo todo, e quem procurasse encontraria um ninho deles, atraindo-os, se quisesse.

— Matt não gostou nada daquilo e queria que Obed ficasse longe da ilha, mas o capitão era louco por dinheiro e achou que podia conseguir aqueles objetos de ouro a um preço tão baixo que valeria a pena se especializar naquilo. As coisas ficaram assim durante muitos anos, e Obed conseguiu bastante ouro para poder começar a refinaria na velha usina do Waite. Ele não arriscava vender as peças como eram, porque o pessoal ia ficar fazendo perguntas o tempo todo. Mesmo assim, a tripulação dele de vez em quando pegava uma peça ou outra e vendia, mesmo jurando que iam ficar de boca calada, e ele deixava as esposas dos tripulantes usarem algumas peças que tinham mais jeito humano que as outras.

— Bem, ali por perto de 1838, quando eu tinha sete anos, Obed descobriu que o povo da ilha tinha sumido de vez entre uma viagem e outra. Parece que os moradores das outras ilhas tinham expulsado eles e tomado conta de tudo. Imaginaram que eles deviam ter aqueles sinais mágicos antigos que os seres do mar diziam que era a única coisa que dava medo neles. Sabe que aqueles Canacos enfiavam a mão em tudo que viam quando encontravam uma ilha em ruínas que era mais velha que um dilúvio. Eles eram uns malditos, isso sim... não deixaram nada de pé nem na ilha principal, nem na ilhota vulcânica além das ruínas que eram grandes demais para derrubar. Em alguns lugares, tinha umas pedrinhas espalhadas como feitiço, com alguma coisa em cima igual ao que a gente chama de suástica hoje em dia. Devia ser o tal sinal dos Grandes Antigos. O pessoal sumiu, destruiu tudo e nem deixou rastro de ouro, e nenhum dos Canacos das redondezas queria tocar no assunto. Nem quiseram admitir que tinha morado alguém naquela ilha.

— Aquilo foi muito duro para Obed. Ver que seu negócio normal não *tava* dando nada. E atingiu toda Innsmouth também, porque, nos tempos da navegação, o que dava lucro para o mestre do navio geralmente dava lucro para a tripulação. A maioria dos moços da cidade aceitou os tempos difíceis como cordeiro resignado, mas eles também estavam na pior, porque a pesca *tava* esgotando e as usinas também não iam bem.

— Foi nesse tempo que Obed começo a *amardiçoar* os moços por serem uns cordeirinhos que ficavam rezando para um Deus cristão que não ajudava em nada. Ele dizia que conhecia um povo que rezava para um deus que dava mesmo o que a gente precisava e que, se apoiassem ele, talvez pudessem ganhar muito peixe e muito ouro. Naturalmente, a tripulação do Sumatra Queen, que já tinha visto a ilha, sabia o que ele queria dizer, e não estava lá muito ansiosa para chegar perto dos seres do mar, mas os que não sabiam do que ele falava se interessaram pelo que Obed tinha a dizer e começaram a perguntar como poderiam seguir aquele caminho de fé e obter os resultados desejados.

Naquele ponto, o velho hesitou, resmungou e penetrou em um silêncio soturno e apreensivo, olhando com nervosismo por cima do ombro e depois voltando a olhar para o recife ao longe, como se estivesse fascinado. Ele nem respondeu quando falei com ele, então entendi que precisava deixá-lo terminar a garrafa. O louco relato era muito interessante, pois, no meu entender, tratava-se de alguma espécie de alegoria que expressava de maneira simbólica o ambiente insalubre de Innsmouth, elaborada por uma fantasia ao mesmo tempo criativa e repleta de fragmentos de lendas exóticas. Nem por um momento acreditei que o relato tivesse o menor fundamento, mas, ainda assim, ele tinha uma expressão de genuíno horror somente porque trazia referências às joias estranhas relacionadas à tiara maléfica que vi em Newburyport. Talvez os ornamentos procedessem de alguma ilha estrangeira, e era bem possível que as histórias extravagantes de Zadok fossem mentiras do próprio falecido Obed, e não daquele velho beberrão.

Estendi a garrafa a ele, que a secou até a última gota. Era assombroso como suportava o álcool; não travou a língua nenhuma vez, apesar da enorme quantidade ingerida. Lambeu a boca da garrafa e enfiou-a no bolso, e então começou a balançar o corpo e a sussurrar para si mesmo coisas inaudíveis. Inclinando-me para captar alguma palavra articulada que pudesse dizer, pensei ter visto um sorriso sarcástico por baixo da barba espessa. Sim, ele estava mesmo falando e deu para entender boa parte do que dizia.

— Pobre Matt... Mas ele não se calou, não... Tentou levar os rapazes para o seu lado e teve longas conversas com os pregadores... mas não adiantou nada..., eles puseram o pastor congregacional para correr e o da metodista se mandou... Nunca mais vi o Resolved Babcock, o pastor batista... Ira de Jeová... Eu era molequinho ainda, mas ouvi o que ouvi e vi o que vi... Dagon e Ashtoreth... Belial e Belzebu... O Bezerro de Ouro e os ídolos de Canaã e dos Filisteus... Abominações babilônicas... Mene, mene, tekel, upharsin...

Ele parou novamente e, pela forma como me observava com os olhos azuis lacrimejantes, pareceu que estava à beira da embriaguez. Mas, quando toquei de leve em seu ombro, virou-se para mim com espantosa vivacidade e disparou mais algumas frases obscuras.

— Não acredita em mim, né? Ré, ré, ré... Então, me diga, moço, por que o capitão Obed e vinte outros rapazes remavam *inté* o Recife do Diabo na calada da noite e cantavam umas coisas tão alto que dava para ouvir na cidade toda quando o vento vinha do mar? Por que, hein? E me diga por que o Obed *tava* sempre jogando umas coisas pesadas na água profunda do outro lado do recife, que é mais fundo que um penhasco? E o que ele fez com aquele objeto de chumbo de forma estranha que Walakea deu para ele? E aí, rapaz? E o que era aquela cantoria na véspera do Primeiro de Maio e de novo no Halloween? E por que os novos padres das igrejas, que antes foram marinheiros, usavam aquelas vestes estranhas e se cobriam com as peças de ouro que Obed trazia? Hã?

Os olhos azuis lacrimejantes apresentavam um brilho alucinado, quase demente, e a suja barba branca parecia eriçada por uma corrente elétrica. É provável que o velho Zadok tenha visto meu gesto involuntário de apreensão, porque soltou uma gargalhada maligna.

— Ré, ré, ré, ré! Começando a ver com clareza, né? Talvez *ocê* quisesse estar no meu lugar naquela época, pois eu via de noite, lá do alto da minha casa, as coisas que aconteciam lá no mar. Eu era pequeno, mas criança pequena tem ouvido grande, e eu entendia toda a fofoca sobre o capitão Obed e os rapazes lá no recife! Ré, ré, ré! Uma noite, eu levei a luneta do barco do meu pai lá para cima e vi o recife cheio de vultos que mergulharam assim que a lua subiu. Obed e os rapazes *tavam* em um barquinho a remo, mas aí os vultos mergulharam do lado da água profunda e não reapareceram... Você acha que era bom ser um moleque sozinho em um terraço vendo formas que não eram humanas?... Hein?... Ré, ré, ré...

O velho parecia histérico e eu comecei a tremer, sentindo uma ansiedade indefinível. Ele colocou a mão no meu ombro, e a maneira como o apertava não me pareceu muito amistosa.

— Imagine que uma noite *ocê* visse alguma coisa pesada sobre o bote do Obed além do recife e depois soubesse, no dia seguinte, que um rapazinho tinha sumido de casa. Ei! Alguém viu sinal de Hiram Gilman? Viu? E de Nick Pierce, e Luelly Waite, e Adoniram Saouthwick, e Henry Garrison? Ei? Ré, ré, ré, ré... Vultos usando a linguagem das mãos..., aqueles com mãos enroladas...

— Então, moço, foi nesse tempo que Obed começou a melhorar de vida de novo. As pessoas viam suas três filhas usando coisas parecidas com ouro como nunca tinham visto, e começou a sair fumaça da chaminé da refinaria. Outras pessoas prosperaram também... Começou a ter peixe de montão no porto, prontos para serem pegos, e só Deus sabe o tamanho das cargas que começamos a mandar pra Newsburyport, Arkham e Boston. Foi aí que Obed consertou a velha ramificação ferroviária. Uns pescadores de Kingsport ouviram falar da imensidão de peixes e vieram em uma embarcação, mas eles todos se perderam. Nunca ninguém viu mais eles. E, bem nessa época, o pessoal daqui organizou a Ordem Esotérica de Dagon e comprou a Loja Maçônica, e transformaram em sua sede... ré, ré, ré! Matt Eliot era maçom e não queria vender, mas ele sumiu de vista desde aquela época.

— Veja, não estou dizendo que Obed estava decidido a deixar as coisas como eram naquela ilha dos Canacos. Não acho que no começo ele queria misturar nada, nem criar nenhum menino para levar *pr'água* e virar peixe com vida eterna. Ele queria ouro e *tava* disposto a pagar caro, e acho que os outros ficaram satisfeitos por um tempo...

— Lá pelo ano de 1846, a cidade fez umas investigações por conta própria. Muita gente sumida..., muita pregação maluca nas reuniões de domingo..., muito falatório sobre aquele recife. Acho que eu ajudei contando para o Selectman Mowry o que eu tinha visto lá do alto. Teve um grupo, uma noite, que seguiu a turma do Obed até o recife, e eu ouvi uns tiros entre os barcos. No dia seguinte, Obed e mais vinte e dois *tavam* na cadeia, e todo mundo queria saber o que *tava* acontecendo e que tipo de acusação iam fazer contra ele. Deus, se desse para prever o que aconteceria duas semanas depois, porque em todo aquele tempo nada tinha sido jogado no mar.

Zadok dava mostras de medo e exaustão, e deixei-o ficar em silêncio alguns instantes, apesar de olhar apreensivo para o relógio. Com a virada da maré, o mar estava subindo e o som das ondas pareceu despertá-lo. Recebi com satisfação a virada, pois, com a elevação da água, o fedor de peixe não seria tão ruim. Mais uma vez, me esforcei para captar os murmúrios do velho.

— Aquela noite horrível... eu vi eles. Eu *tava* lá no terraço, lá no alto..., montes deles..., um enxame deles... sobre todo o recife e nadando pela enseada pelo Manuxet... Deus, o que aconteceu nas ruas de Innsmouth naquela noite... Eles chacoalharam nossa porta, mas o pai não abriu... Depois, ele saltou pela janela da cozinha com o trabuco, atrás de Selectman

 Mowry para ver o que ele podia fazer... Tinha uma enorme quantidade de mortos e feridos... tiros e gritaria... gritos na Old Square, na Town Square e em New Church Green... abriram a cadeia... proclamação... traição... disseram que era a peste quando as autoridades vieram e viram metade de nossa gente sumida... Ninguém tinha sobrado, fora os que *tavam* com Obed e os seres do mar, ou eles ficaram quietos... nunca mais tive notícias do meu pai...

O velho estava ofegante e suava copiosamente. Senti mais força na mão que apertava meu ombro.

— *Tava* tudo limpo na manhã seguinte..., mas tinha traços... Obed meio que tomou conta e disse que as coisas iam mudar... Outros viriam participar com a gente na congregação, e umas casas iam ter que receber hóspedes... Eles queriam misturar, como fizeram com os Canacos, e ele não *tava* a fim de impedir. Estava muito comprometido com eles, o Obed... parecia um louco. Ele dizia que eles nos davam peixe e tesouro em troca do que quisessem depois.

— Aparentemente tudo continuaria igual, só que a gente tinha que se esquivar dos estrangeiros para o nosso próprio bem. Todo mundo tinha que fazer o Juramento de Dagon, e despois teve um segundo e terceiro juramento que alguns fizeram. Aqueles que ajudassem mais iam receber prêmios especiais... muito ouro. Não adiantava reclamar, pois tinha um milhão deles por lá. Eles não queriam subir e acabar com a raça humana, mas, se fossem traídos e obrigados a isso, fariam várias coisas contra nós. A gente não tinha aqueles velhos amuletos para acabar com eles, como o povo dos Mares do Sul fazia, e aqueles Canacos nunca contavam os seus segredos.

— Tinha que fazer bastante sacrifícios, e dar bugigangas e abrigo na cidade quando eles quisessem, e eles deixariam muitos em paz. Não iam perturbar nenhum estrangeiro que pudesse ir contar história lá fora..., isto é, se eles não começassem a espionar. Todos os fiéis... os que eram da Ordem de Dagon... os filhos deles nunca não iam morrer, um dia eles iam voltar para a Mãe Hydra e para o Pai Dagon, de onde a gente veio... Ia! Ia! Cthulhu fhtagn! Ph'nglui mglw'nafh Ctulhu R'yleh wgah-naglfhtaga...

O velho Zadok começava a delirar e eu contive a respiração. Pobre alma, a que lastimáveis alucinações havia se entregado por causa da bebida e da aversão ao mundo desolado que o rodeava! Ele pôs-se então a resmungar, e as lágrimas rolavam pela face enrugada, escondendo-se entre os pelos da barba.

— Deus, o que eu vi quando tinha quinze anos... Mene, mene, tekel, upharsin!... Os rapazes que tinham sumido e os que se mataram..., os que contavam as coisas em Arkham ou Ipswich, ou por aí, foi tudo chamado de louco, como *ocê* deve tá pensando de mim bem agora... Mas Deus, o que eu vi... Eles já teriam me matado há muito tempo só pelo que eu sei, só que eu fiz o primeiro e o segundo Juramento de Dagon para o Obed, por isso era protegido, a menos que um júri deles provasse que eu contei coisas sabendo e por querer... Mas não ia fazer o terceiro Juramento..., preferia morrer a fazer aquilo...

— Acho que foi no tempo da guerra civil, porque as crianças que haviam nascido em quarenta e seis começaram a crescer.... Eu fiquei assustado..., nunca fiz mais nenhuma reza... depois daquela noite horrível nunca vi uma... delas... de perto em toda minha vida. Quer dizer, nunca nenhuma de sangue completo. Eu fui para a guerra e, se eu tivesse coragem e boa cabeça, nunca que tinha voltado, e me estabeleceria fora daqui. Mas os rapazes me escreveram, dizendo que os seres não *tavam* saindo do mar. Acho que eles fizeram isso porque os homens de alistamento do governo *tavam* na cidade depois de 1863. Depois da guerra, ficou tudo ruim de novo. As pessoas começaram a cair fora..., as usinas e as lojas fecharam..., a navegação parou e o porto entupiu..., a ferrovia desistiu..., mas eles... eles nunca pararam de nadar para cima e para baixo do rio, vindo daquele maldito Recife do Diabo... E cada vez mais as janelas eram lacradas com tábua, e cada vez mais se ouvia barulho nas casas que não deviam ter ninguém...

— Os forasteiros contam muitas coisas sobre nós... Acho que *ocê* ouviu um monte delas, pelo jeito das perguntas que *ocê* faz... História sobre coisas que viram uma vez ou outra e sobre aquelas joias estranhas que ainda chegam de algum lugar e não são todas derretidas... Mas não há nada definido. Ninguém acredita em nada. Eles chamam de coisas que parecem ouro de roubo de pirata e dizem que os rapazes de Innsmouth têm sangue estrangeiro ou destemperado, ou coisa assim. Aliás, os que vivem aqui espantam todos os forasteiros que podem e encorajam os outros a não ficar muito curiosos, especialmente de noite. Os animais não gostam das criaturas..., principalmente os cavalos..., mas o problema desapareceu quando os automóveis chegaram.

— Em 1946, o capitão Obed arranjou uma segunda mulher que o povo da cidade nunca viu... Uns dizem que ele não queria, mas foi obrigado por aqueles que ele tinha invocado... Teve três filhos dela..., dois desapareceram bem novos, mas uma menina, que tinha aparência normal e foi educada na Europa, acabou se casando com um cara de Arkham que não suspeitava de nada, pois Obed usou um truque para conseguir isso. Mas ninguém de fora se relaciona com os rapazes de Innsmouth agora. Barnabas Marsh, que dirige a refinaria agora, é neto de Obed com a primeira mulher..., filho de Onesiforus, o mais velho. A mãe dele era outra das que nunca eram vistas fora de casa.

— Agora Barnabas mudou. Não pode mais fechar os olhos e está todo deformado. Dizem que ele ainda usa roupas, mas logo vai *pr'água*. Talvez ele até já tenha tentado... eles, às vezes, entram e ficam por um tempo antes de ir para sempre. Ninguém vê ele em público faz uns nove, dez anos. Não sei como a família da pobre mulher dele se sente... Ela veio de Ipswich, e quase lincharam Barnabas quando souberam que eles estavam namorando, faz uns cinquenta anos. Obed morreu com setenta e oito, e toda a geração seguinte já se foi... Os filhos da primeira mulher estão mortos, e o restante... só Deus sabe...

O som da maré alta era muito insistente naquele momento e pouco a pouco parecia ir mudando o estado de espírito do idoso, que passava do sentimentalismo ébrio para uma vigília assustada. Fazia uma pausa de vez em quando, renovando aqueles olhares ansiosos sobre o ombro ou na direção do recife e, apesar do caráter bizarro e alucinado do seu relato, comecei a partilhar um pouco da vaga apreensão. A voz de Zadok foi ficando mais esganiçada, como se ele estivesse tentando incitar a própria coragem ao falar mais alto.

— Ei, *ocê* não diz nada? Que tal viver em uma cidade como esta, com tudo apodrecendo e morrendo, e os monstros trancados e se arrastando, e berrando, e latindo, e saltando para todo lado nos porões e sótãos sombrios? Que tal? E ouvir os uivos de noite, vindos das igrejas e da Casa da Ordem de Dagon e saber de onde vem parte deles? E escutar o que vem daquele horrível recife toda véspera de Primeiro de Maio e de Halloween? Que tal? Acha que o velho aqui está doido, né? Bem, moço, pois eu digo que isso tudo nem é o pior!

Zadok berrava, e a exaltação enfurecida de sua voz me deixou ainda mais perturbado do que eu queria, de fato, confessar.

— Maldito, não me olhe desse jeito... Eu digo que Obed Marsh *tá* no inferno, e é lá que ele tem que ficar! Ré, ré... no inferno! Ele não pode me levar... eu não fiz nada nem disse nada pra ninguém...

— Ó, *ocê*, mocinho? Bem, mesmo que eu nunca tenha contado nada pra ninguém, vou contar agora! Fique aí sentado em silêncio e me escute, rapaz... Isto é o que eu nunca contei pra ninguém... eu nunca mais saí bisbilhotando desde aquela noite..., mas descobri umas coisas do mesmo jeito!

— *Ocê* quer sabe como é o horror de verdade? Bem... Não é o que aqueles peixes-sapos do demônio fazem, não, mas o que eles vão fazer! Eles estão trazendo coisas lá de onde eles vêm aqui para a cidade... Vêm fazendo isso faz alguns anos, e ultimamente mais devagar. As casas ao norte do rio, entre as ruas Water e a Principal, estão cheias deles... O que eles trazem é coisa do demônio... e, quando eles estiverem prontos..., eu digo, quando eles ficarem prontos... Já ouviu falar de um shoggoth?

— Ei, tá me ouvindo? Acredite, eu sei como as coisas são... Vi elas uma noite quando... AH-AAHHHH-AH! AHH-AAHHHH!

A inesperada repulsa e o horror inumano do uivo que o velho soltou quase me fizeram desmaiar. Os olhos, fitando atrás de mim o mar malcheiroso, estavam literalmente saltando da cabeça, e o rosto era uma máscara de pavor digna de uma tragédia grega. Ele apertou com ainda mais força a mão ossuda em meu ombro, e não fez movimento algum quando virei a cabeça na direção do que ele poderia ter avistado.

Não havia nada a ser visto, somente a maré alta com suas ondas bem mais próximas que a linha extensa da arrebentação. Mas Zadok começou a me chacoalhar, e eu me virei para observar aquele rosto, que mais parecia uma máscara de pavor, desmanchar-se em um caos de pálpebras contraindo-se e gengivas mastigando as palavras. A voz, enfim, voltou para ele como um sussurro trêmulo.

— Vá embora daqui! Vá embora daqui! Eles viram... Cai fora, por sua vida! Não espere nada... Agora eles sabem... Foge... depressa... para longe desta cidade...

Outra onda gigantesca quebrou sobre a alvenaria solta do antigo cais, transformando o sussurro do idoso insano em um novo grito inumano de gelar o sangue:

— AH-AAHHHH!... HAAAAAA!

Antes que eu pudesse me recuperar da surpresa, ele havia soltado meu ombro e corria como um louco pela rua, aos tropeções, na direção norte, contornando a parede em ruínas da doca. Olhei de novo para o mar, mas não enxerguei nada. Quando alcancei a rua Water e olhei para o norte, não avistei o menor traço de Zadok Allen.

4

É difícil descrever o estado de espírito que fiquei depois daquele episódio horrível. Foi uma ocasião ao mesmo tempo maluca e deplorável, grotesca e aterrorizante. O rapaz da mercearia havia me preparado para aquilo, mas a realidade me deixara estupefato e perturbado. Por mais pueril que fosse a narrativa, o horror e a franqueza louca do velho Zadok fizeram disparar em mim uma crescente inquietação, que serviu apenas para piorar meu sentimento anterior de aversão pela cidade e pela intangível sombra de malignidade.

Mais tarde, refletiria sobre o ocorrido e tentaria buscar alguma base histórica correta. Naquele momento, tudo o que desejava era tirá-lo da minha cabeça. Estava perigosamente atrasado, meu relógio indicava sete e quinze e o ônibus para Arkham sairia da Town Square às oito, por isso tentei concentrar meus pensamentos em questões neutras e práticas enquanto caminhava apressado pelas ruas desertas cheias de casas inclinadas e telhados esburacados em direção ao hotel onde havia deixado minha mala, para pegar em seguida o ônibus.

A luz dourada do entardecer trazia aos velhos telhados e decrépitas chaminés uma aura de paz e misticismo, mas nem por isso eu deixava de olhar por cima do ombro de tempos em tempos. Muito me alegraria poder sair da fedorenta e assombrada Innsmouth, e gostaria que houvesse algum outro meio além do ônibus conduzido pelo sinistro Sargent. Mesmo assim, não me apressei demais, porque havia detalhes arquitetônicos dignos de serem vistos em cada canto silencioso e, como havia calculado, em meia hora eu conseguiria percorrer a distância necessária.

Estudando o mapa do rapaz da mercearia para verificar um itinerário inédito, escolhi a rua Marsh em vez da State para chegar à Town Square. Perto da esquina da rua Fali, comecei a ver pequenos grupos de pessoas furtivas sussurrando, e quando finalmente cheguei à praça, notei que havia várias pessoas reunidas em frente à Gilman House. Tive a sensação de que muitos olhos lacrimejantes, esbugalhados, observavam-me curiosos, sem piscar, enquanto eu pedia minha mala no saguão, e torci para que nenhuma daquelas criaturas abjetas fosse meu companheiro no ônibus.

O ônibus chegou sacolejando com três passageiros, mais cedo do que o esperado, um pouco antes das oito, e na calçada um sujeito de aparência maligna na calçada murmurou algumas palavras indistintas para o motorista. Sargent jogou para fora do ônibus um saco do correio e um fardo de jornais e entrou no hotel, enquanto os passageiros, os mesmos que eu tinha visto chegando em Newburyport naquela manhã, saíram cambaleando para a calçada e trocaram algumas palavras guturais, em voz baixa, com uma pessoa que estava por lá, em uma língua que juro que não era inglês. Subi no ônibus vazio e ocupei o mesmo assento da vinda. Assim que me acomodei, porém, Sargent reapareceu e começou a falar com um repugnante sotaque gutural.

Ao que tudo indicava, eu estava com muito azar. Havia alguma coisa errada com o motor, apesar do ótimo tempo feito desde Newburyport, e o ônibus não poderia completar a viagem até Arkham. Não, ele não poderia consertar naquela noite e não havia outro meio de transporte para sair de Innsmouth, nem para Arkham, nem para qualquer outro lugar. Sargent sentia muito, mas eu teria que passar a noite na Gilman House. O funcionário com certeza me faria um preço melhor, mas era tudo que ele poderia fazer. Quase paralisado pelo obstáculo repentino e apavorado com a ideia da chegada da noite naquela cidade decrépita e mal iluminada, desci do ônibus e tornei a entrar no saguão do hotel, onde o mal-humorado e estranho atendente do turno da noite disse que eu poderia ficar com o quarto 428, perto do último andar por um dólar. Era um quarto grande, porém sem água corrente.

Apesar do que tinha ouvido sobre aquele hotel em Newburyport, assinei o registro, paguei o dólar, deixei o funcionário pegar a minha mala e acompanhei aquele atendente rabugento e solitário por três lances de escadas que rangiam e corredores empoeirados que não pareciam abrigar ninguém. O quarto, de fundos, era muito sombrio e provido de um parco mobiliário barato. As duas janelas davam para um pátio esquálido cercado de casas de tijolos baixas e desertas e propiciavam uma visão dos telhados decrépitos que se estendiam para o oeste e para os terrenos pantanosos ao longe. No fim do corredor, ficava um banheiro, uma relíquia em estado lastimável com uma pia de mármore ancestral, banheira de estanho, luz elétrica fraca e painéis de madeira mofados em volta dos encanamentos.

Como o dia ainda estava claro, fui até a praça procurar um lugar para jantar, e percebi os olhares estranhos que os mal-encarados que estavam por ali lançavam em minha direção. Como a mercearia estava fechada, fui obrigado a escolher o restaurante que antes havia evitado, atendido por um homem meio corcunda, de cabeça estreita e olhos fixos e arregalados, e uma moça de nariz achatado com mãos enormes e desajeitadas. A comida era servida no balcão, e fiquei aliviado ao saber que a maior parte era enlatada e industrializada. Uma sopa de legumes com torradas foi suficiente para mim, e tratei de voltar logo em seguida para o soturno quarto no Gilman, depois de ter conseguido um jornal vespertino e uma revista com sujeira de moscas com o funcionário de aparência maligna que os pegou para mim em uma estante bamba, ao lado da escrivaninha.

Quando a escuridão ficou mais densa, acendi a fraca lâmpada acima da cama de ferro barata e foi somente com grande esforço que continuei lendo o que havia começado. Achei aconselhável manter a cabeça ocupada para não ficar pensando nas aberrações daquela cidade antiga e agourenta enquanto estivesse dentro de seus limites. As maluquices inventadas que o velho beberrão tinha me contado não prometiam sonhos muito agradáveis e senti que devia manter o mais longe possível da mente a imagem de seus alucinados olhos lacrimejantes.

Também não seria conveniente ficar pensando no que o inspetor de fábrica havia contado ao bilheteiro de Newburyport sobre a Gilman House e as vozes dos ocupantes noturnos. Não pensaria nisso, nem no rosto por baixo da tiara na galeria da igreja escura; o rosto cujo horror minha inteligência não conseguia explicar. Talvez tivesse sido mais fácil manter os pensamentos longe de tópicos perturbadores se o quarto não estivesse tão mofado. Do jeito que era, o bolor letal misturava-se repugnantemente ao fedor de peixe que envolvia a cidade, levando a imaginação de qualquer pessoa a pensamentos de putrefação e morte.

Outra coisa que me inquietava era a inexistência de uma trava na porta do quarto. As marcas mostravam com nitidez que tinha havido uma anteriormente, mas havia sinais de que fora removida há pouco tempo. Devia ter se deteriorado, como muitas outras coisas naquele edifício decrépito. Em meu nervosismo, corri os olhos em volta e descobri uma tranca no guarda-roupas que, a julgar pelas marcas, parecia do mesmo tamanho da que estivera antes na porta. Para aplacar um pouco meu nervosismo, tratei de mudar a tranca para o lugar vago com a ajuda de uma providencial ferramenta três-em-um com chave de fenda que eu trazia sempre em meu chaveiro. A tranca encaixou-se perfeitamente e eu fiquei mais tranquilo quando percebi que conseguiria fechar a porta com firmeza antes de me deitar. Não que eu tivesse consciência real de sua necessidade, mas qualquer símbolo de segurança seria bem-vindo em um ambiente como aquele. Havia parafusos adequados nas duas portas laterais que davam para os quartos anexos e usei-os para fixar a tranca.

Não tirei a roupa e decidi ficar lendo até o sono vir e então me deitei, tirando apenas o casaco, o colarinho e os sapatos. Tirei uma lanterna portátil da maleta e coloquei-a no bolso da calça, para saber as horas caso acordasse, mais tarde, no escuro. Mas eu não conseguia pegar no sono. Quando parei de analisar meus pensamentos, constatei que estava de fato ouvindo alguma coisa sem perceber, alguma coisa que me apavorava, mas não conseguia denominar. Aquela história do inspetor tinha penetrado mais fundo em minha imaginação do que eu suspeitava. Tentei retomar a leitura, mas não conseguia fazer progresso algum.

Pouco depois, tive a impressão de ouvir passos regulares que faziam as escadas e os corredores ranger. Não se ouviam vozes, porém, e me pareceu que havia algo furtivo nos passos. Fiquei apreensivo e não sabia se devia mesmo tentar dormir. Aquela cidade tinha um povo muito estranho e era certo que haviam ocorrido vários desaparecimentos. Seria aquele hotel um dos abrigos em que os viajantes eram mortos para serem roubados? A verdade é que eu não aparentava ter grande prosperidade. Ou será que os moradores ficavam muito ressabiados com turistas enxeridos? Será que as minhas visíveis excursões turísticas e as consultas constantes ao mapa teriam provocado comentários desfavoráveis? Senti que um estado de grande nervosismo percorria meu corpo para deixar que uns rangidos aleatórios trouxessem tais elucubrações; mesmo assim lamentei não ter uma arma.

Finalmente, vencido por um esgotamento que não tinha nada a ver com sono, fechei a porta para o corredor com a tranca que havia instalado, apaguei a luz e me atirei na cama dura e irregular de casaco, colarinho, sapatos, tudo. Na escuridão, os ruídos mais tênues da noite pareciam amplificados e um sem-fim de pensamentos duplamente desagradáveis tomou conta de mim. Lamentei ter apagado a luz, mas estava cansado demais para me levantar e acendê-la de novo. Então, depois de uma longa e terrível pausa, entrecortada por novos rangidos na escada e no corredor, ouvi o ruído fraco e inconfundível que parecia a maléfica materialização de meus temores. Sem a menor sombra de dúvida, com cautela e de maneira furtiva e improvisada, a fechadura do meu quarto havia sido testada com uma chave.

Minhas sensações, depois de reconhecer o sinal de perigo real, talvez não tenham sido mais tumultuadas por causa dos vagos temores que tinha experimentado. De forma instintiva, ainda que sem motivo definido, eu estava alerta, o que supunha ser uma vantagem para enfrentar a prova real que me aguardava. Contudo, a concretização das minhas vagas conjeturas e uma ameaça verdadeira e imediata causaram em mim profunda comoção. Em nenhum momento pensei que aquela experiência da fechadura pudesse ter sido um mero engano. Desde o primeiro momento, percebi que havia algum propósito maléfico e fiquei em absoluto silêncio esperando o próximo movimento do intruso.

Depois de algum tempo, os estalidos cautelosos cessaram e eu ouvi alguém entrando no quarto ao norte do meu com uma chave mestra. Depois, a fechadura da porta de conexão com o meu quarto foi testada com cautela. A tranca aguentou e eu escutei o assoalho ranger quando o intruso saiu do quarto. Pouco depois, ouvi outro estalido leve e percebi que o quarto do outro lado do meu havia sido invadido. De novo, uma furtiva tentativa na porta de conexão trancada e novamente os rangidos de alguém que se afastava. Dessa vez, os rangidos prosseguiram pelo corredor e pela escada abaixo, e notei que o intruso percebera que as minhas portas estavam com as trancas e desistia da invasão, ao menos por algum tempo, como o futuro revelaria.

A presteza com que arquitetei um plano de ação prova que, em meu subconsciente, eu temia algum tipo de ameaça e avaliava meios possíveis de fuga havia muito tempo. Desde o início, senti que o intruso invisível representava um perigo do qual não deveria me aproximar e que não poderia encarar, apenas fugir desesperadamente. A única coisa que eu tinha a fazer era escapar daquele hotel com vida o mais depressa possível, e por algum caminho que não fosse a escada principal e o saguão.

Levantando-me devagar, mirei a luz da lanterna no interruptor e procurei acender a luz em cima da cama para poder escolher e colocar no bolso alguns objetos para uma fuga rápida sem a mala. Contudo, não aconteceu nada e percebi que haviam cortado a eletricidade. Era claro que algum plano misterioso tinha sido minuciosamente preparado, mas eu não sabia dizer com que propósito. Enquanto estava ali parado, meditando, com a mão sobre o inútil interruptor, ouvi um rangido abafado no andar de baixo e pensei ter distinguido algumas vozes conversando ao longe. Um instante depois, pensei que pudesse ter me confundido, pois os aparentes latidos roucos e grasnidos mal articulados tinham pouquíssima semelhança com a fala humana. Então, lembrei-me, com renovada intensidade, do que o inspetor de fábrica tinha escutado à noite naquele edifício mofado e pestilento.

Com a ajuda da lanterna, peguei o que precisava na maleta, coloquei o chapéu e fui pé ante pé até a janela para avaliar minhas chances de fuga. Apesar das normas de segurança estabelecidas por lei, não havia escada de incêndio daquele lado do hotel, e percebi que uma distância perpendicular de três andares separava minha janela do pátio de paralelepípedos. À direita e à esquerda havia uns velhos edifícios comerciais de tijolos geminados ao hotel, e os telhados oblíquos chegavam a uma distância razoável para saltar do quarto andar em que eu estava. Para alcançar qualquer um dos prédios, eu teria que estar em um quarto a duas portas do meu, para o norte ou para o sul. Coloquei minha imaginação para trabalhar prontamente calculando as chances de conseguir chegar a algum deles.

Decidi que não poderia arriscar sair no corredor, onde meus passos poderiam ser escutados e as dificuldades de acesso ao quarto desejado seriam insuperáveis. Poderia ter acesso somente pelas portas de conexão maleáveis que separavam os quartos, cujos trincos e trancas teriam que ser forçados, usando o ombro como aríete, se necessário. Achei que isso seria possível pelo estado lastimável da casa e das ferragens, mas percebi que não poderia fazê-lo sem barulho. Eu teria que ser muito rápido, e contar com a sorte de alcançar uma janela antes que alguma força hostil fosse coordenada o suficiente para abrir a porta apropriada até mim com uma chave mestra. Tratei então de empurrar a escrivaninha para escorar a porta do quarto para o corredor. Fiz isso lentamente para evitar ao máximo qualquer ruído.

Evidentemente, minhas chances eram muito escassas, por isso eu estava preparado para qualquer eventualidade. O simples fato de alcançar outro telhado não resolveria o problema, pois ainda teria que conseguir chegar ao chão e fugir da cidade. A meu favor estavam as ruínas e a desolação das construções vizinhas e o número de claraboias escuras e escancaradas de ambos os lados.

Pelo mapa do rapaz da mercearia, o melhor caminho para sair da cidade era o sul, olhei primeiro para a porta de conexão com o quarto do lado sul. Abria-se para dentro do meu quarto, mas vi, depois de correr a tranca e descobrir que havia outras trancas fechadas, que não era favorável para ser arrombada. Abandonando a ideia de sair por ali, empurrei com cuidado a armação da cama até encostar nela, e assim impedir algum ataque que pudesse vir do quarto ao lado. A porta de conexão com o quarto do norte abria para o outro lado e eu percebi, embora tivesse verificado que ela estava trancada do outro lado, que minha fuga teria de ser por ali. Se pudesse alcançar os telhados dos prédios da rua Paine e descer até o chão, talvez pudesse disparar pelos pátios e pelas construções vizinhas ou opostas até a Washington ou a Bates, ou então emergir na Paine e contornar para o sul até a Washington. De qualquer forma, tentaria alcançar a Washington e fugir a toda velocidade da região da Town Square. Minha preferência era evitar a Paine, já que a unidade do Corpo de Bombeiros poderia ficar aberta a noite toda.

Enquanto meditava sobre essas coisas, olhei para fora, para o oceano esquálido de telhados em ruínas que se estendia sob a luz da lua que começava a minguar. À direita, a fenda escura da garganta do rio cortava a paisagem: fábricas desertas e a estação de trem grudada como craca ao lado delas. Além delas, a ferrovia enferrujada e a estrada Rowley estendiam-se por um local plano e pantanoso, pontilhado de ilhotas de terreno mais alto e mais seco, coberto de arbustos. À esquerda, em uma área mais próxima, cruzada por inúmeras correntes de água do mar, a estreita estrada para Ipswitch brilhava esbranquiçada pela luz da lua. Do lado do hotel onde eu estava, não podia avistar a estrada para o sul, para Arkham, que pretendia pegar.

Refletia, indeciso, sobre o melhor momento de atacar a porta do norte e como fazer isso com o menor ruído possível, quando percebi que os ruídos indistintos lá embaixo haviam dado lugar a um novo e mais forte ranger das escadas. Uma luz oscilante passou pelas frestas da porta e as tábuas do assoalho do corredor começaram a gemer sob um peso considerável. Sons abafados de origem aparentemente vocal aproximaram-se e alguém bateu com força na porta do meu quarto.

Por um momento, limitei-me a conter a respiração e esperar. Uma eternidade pareceu transcorrer e o odor repulsivo de peixe cresceu repentina e espetacularmente. Depois, repetiram a batida de maneira ritmada e com crescente insistência. Eu sabia que o momento de agir havia chegado e soltei a tranca da porta de conexão do norte, preparando-me para a tentativa de arrombamento. As batidas ficaram cada vez mais fortes, aumentando minha esperança de que esse som pudesse encobrir o barulho de meus esforços. Enfim, empreendi a minha tentativa, joguei-me várias vezes com o ombro esquerdo contra os painéis da porta sem me importar com o choque ou a com dor. A porta resistiu mais do que eu esperava, mas não desisti. Enquanto isso, o alarido na porta do corredor aumentava.

Finalmente, a porta de conexão cedeu, mas com tal estrondo que tive a certeza de que os de fora teriam escutado. No mesmo instante, as batidas na porta transformaram-se em ataques violentos, e ouvi o som ameaçador de chaves nas portas para o corredor dos quartos dos dois lados do meu. Correndo pela passagem recém-aberta, consegui destrancar a porta do corredor do quarto do norte antes que a fechadura fosse aberta, mas, ao fazer isso, ouvi que tratavam de abrir com uma chave a terceira porta, a do quarto cuja janela eu pretendia alcançar para pular no telhado abaixo.

Por um instante, senti-me totalmente desesperado, pois seria inevitavelmente apanhado em um quarto sem janelas para o exterior. Uma onda de terror quase anormal me invadiu com terrível e inexplicável singularidade quando vislumbrei, sob a luz da lanterna, as pegadas deixadas na poeira pelo intruso que havia tentado abrir a porta para o meu quarto. Depois, graças a um ato puramente automático que persistiu, apesar do caráter insustentável de minha situação, corri para a porta de conexão seguinte e fiz o movimento cego de empurrá-la, no esforço de passar por lá e trancar a porta do corredor antes que a fechadura fosse aberta por fora, imaginando, claro, que as trancas estivessem providencialmente intactas como as do segundo quarto.

A sorte estava do meu lado, pois a porta de conexão à minha frente estava destrancada e também entreaberta. Em um segundo passei por ela e forcei o joelho direito e o ombro contra a porta do corredor que estava sendo aberta para dentro. A pressão que fiz pegou o invasor de surpresa, pois a porta fechou com o empurrão, permitindo que eu a travasse com o trinco bem conservado, como tinha feito com a outra porta.

Enquanto sentia um alívio temporário, ouvi quando as batidas nas outras duas portas cessaram e um alvoroço confuso crescia no quarto em que eu estava antes, cuja porta lateral eu havia trancado com a cama. Com toda certeza, a maior parte dos invasores havia entrado no quarto do lado sul e estava se juntando para um ataque lateral. No mesmo instante, uma chave mestra foi introduzida na porta seguinte, ao norte, e percebi que o perigo se aproximava.

A porta de ligação do lado norte estava escancarada, mas não havia tempo de pensar em verificar a fechadura que alguém girava no corredor. Tudo o que eu podia fazer era trancar a porta de conexão, bem como a outra do lado oposto, empurrando uma cama contra a primeira e uma escrivaninha contra a outra e deslocando um lavatório para a frente da porta do corredor. Devia confiar nas barreiras improvisadas para me proteger até alcançar a janela e o telhado da casa da rua Paine. Contudo, mesmo naquele momento crítico, o horror que sentia não se devia a fragilidades do dispositivo de defesa. O que me horrorizava é que nenhum dos perseguidores, apesar dos suspiros, grunhidos e uivos contidos e repugnantes em intervalos irregulares, havia pronunciado uma só palavra inteligível e humana.

Enquanto eu arrastava os móveis e corria para a janela, ouvi um rumor terrível pelo corredor que dava para o quarto ao norte e percebi que as batidas do lado sul haviam cessado. Era evidente que a maioria dos meus adversários pretendia concentrar-se na frágil porta de conexão que obviamente seria aberta bem onde eu estava. Lá fora, a lua banhava o telhado do prédio abaixo e percebi que a inclinação da superfície onde eu devia cair tornaria o salto muito arriscado.

Ponderando as condições, escolhi a janela mais ao sul como via de escape, planejando chegar ao chão no declive interno do telhado, alcançando a claraboia mais próxima. Uma vez dentro da decrépita construção de alvenaria, eu teria de estar pronto para uma perseguição, mas esperava descer e escapar por uma das portas abertas ao longo do pátio sombreado até a rua Washington e sair da cidade na direção sul.

A pancadaria na porta de conexão ao norte tornou-se terrível e notei que o painel de madeira começava a lascar. Era evidente que os perseguidores haviam trazido algum objeto pesado para servir de aríete. Entretanto, a cama resistiu, o que me deu ao menos uma chance remota de sucesso na fuga. Ao abrir a janela, notei que era flanqueada por pesadas cortinas de veludo, suspensas argolas douradas presas em um varão, e também que havia um prendedor para as persianas no exterior. Vendo que isso me proporcionaria um meio de evitar um salto perigoso, puxei fortemente as cortinas e as trouxe para baixo com varão e tudo, e então enganchei duas argolas no prendedor da janela e soltei a cortina para fora. As pesadas dobras caíram perfeitamente no telhado saliente e calculei que as argolas e o prendedor provavelmente aguentariam o meu peso. Assim, subindo no parapeito da janela e usando a improvisada corda de cortinas, deslizei e deixei para trás e para sempre a Gilman House, um lugar mórbido e infectado de horror.

Pisei com segurança nas telhas de ardósia soltas do íngreme telhado e consegui alcançar a escura claraboia escancarada ao escorregar. Olhando para cima, para a janela de onde eu saíra, observei que ainda estava às escuras. Ao longe, entre as desmoronadas chaminés ao norte, diversas luzes eram avistadas. Era o prédio da Casa da Ordem de Dagon, na Igreja Batista e na Igreja Congregacional, cuja mera lembrança me causava calafrios. Como não vi ninguém no pátio logo abaixo, torci para que pudesse sair dali antes que o alarme geral soasse. Dirigindo a luz da lanterna para a claraboia, vi que não havia degraus para descer. Mas não era muito alto, então, segurando-me na borda, joguei-me sobre um piso empoeirado forrado de caixas e barris esfacelados.

O lugar era lúgubre, mas não me causou impressão alguma, então rumei de imediato para a escada que a lanterna me revelou, não sem antes consultar apressado o relógio, que marcava duas da manhã. Os degraus estalavam, mas pareciam sólidos, e eu corri escada abaixo, cruzando um segundo andar que provavelmente servia de celeiro até chegar ao térreo. O abandono era total, e apenas ecos respondiam ao som de meus passos. Finalmente cheguei ao saguão térreo, em cuja extremidade percebi um tênue retângulo luminoso que indicava a localização da porta arruinada que dava acesso à rua Paine. Caminhando na direção oposta, encontrei uma porta dos fundos que também estava aberta e saí em disparada pelos cinco degraus de pedra até alcançar o pátio de paralelepípedos coberto de mato.

Os raios do luar não chegavam até ali, mas consegui orientar-me com a ajuda da lanterna. Luzes fracas projetavam-se de algumas janelas do lado da Gilman House, e pensei ter ouvido sons confusos lá de dentro. Caminhei em silêncio em direção à rua Washington e, percebendo a existência de várias passagens abertas, escolhi a mais próxima para sair. O interior da passagem estava escuro e, quando cheguei à outra ponta, notei que a porta para a rua estava solidamente trancada com reforços.

 Decidido a tentar outro prédio, voltei para o pátio tateando a parede, mas precisei deter-me pouco antes do vão da porta.

Por uma porta aberta na Gilman House, saía uma grande multidão de vultos suspeitos — lanternas eram agitadas na escuridão e terríveis vozes coaxantes trocavam lamúrias graves em alguma língua que, com certeza, não era inglês. Os vultos movimentavam-se de maneira grosseira e pude perceber, para meu alívio, que não sabiam para onde eu havia ido, mas, mesmo assim, um arrepio de horror percorreu meu corpo.

Não era possível distinguir bem as figuras, mas seu jeito bamboleante e curvo de andar era extremamente repugnante. O pior foi quando notei um vulto usando um estranho manto e a inconfundível tiara daquele modelo que já me era bem familiar. Enquanto os vultos iam se espalhando pelo pátio, meus temores foram aumentando. E se eu não conseguisse encontrar uma saída daquele prédio para a rua? O fedor de peixe era abominável e achei que talvez não conseguisse suportá-lo por muito tempo sem desmaiar. Tateando novamente na direção da rua, abri uma porta do vestíbulo e entrei em um quarto vazio com janelas bem fechadas, mas sem caixilhos. Correndo a luz da lanterna, percebi que poderia abrir as persianas e, um segundo depois, saltei para fora e fechei a passagem com cuidado para que ficasse como antes.

Estava na rua Washington e, por alguns instantes, não avistei pessoa alguma nem qualquer sinal de luz, exceto a da lua. Contudo, de direções distintas e longínquas, ouvi o som de vozes roucas, passos, e uma espécie de arrastar que não se parecia de modo algum com o som de passadas. Não tinha tempo a perder. Os pontos cardeais estavam claros para mim e fiquei feliz com o fato de que as luzes da iluminação pública estavam apagadas, como habitualmente ocorre nas zonas rurais pobres em noites enluaradas. Alguns sons vinham do sul, mas mantive a decisão de escapar naquela direção. Sei que deveria haver por lá muitas soleiras desertas que poderiam servir de proteção, caso surgissem pessoas ou grupos que parecessem perseguidores.

Caminhei apressadamente, mas em silêncio, bem perto das casas em ruínas. Apesar de estar desarrumado e sem chapéu ao fim da árdua ladeira, minha aparência não chamava a atenção e eu tinha boas chances de passar despercebido se cruzasse com algum transeunte casual. Na rua Bates, escondi-me em uma soleira aberta enquanto dois vultos cambaleantes cruzavam à minha frente, mas logo retomei o caminho e me aproximei do espaço aberto onde a rua Eliot atravessa enviesada a Washington no cruzamento com a South. Apesar de ainda não conhecer aquele bairro, ele me pareceu perigoso no mapa do rapaz da mercearia, pois a luz do luar podia se espalhar sem obstáculos por lá. Não valia a pena tentar evitá-lo; qualquer percurso alternativo envolveria a possibilidade de desvios com desastrosa visibilidade e um efeito retardatário. A única coisa a fazer era cruzá-lo com ousadia e abertamente, imitando da melhor forma possível o andar bamboleante típico do povo de Innsmouth e confiando que ninguém, ou pelo menos nenhum de meus perseguidores, estivesse por perto.

Não tinha a menor ideia de como haviam organizado a perseguição exatamente e nem o que pretendiam com isso. Parecia haver uma agitação insólita na cidade, mas imaginei que a notícia de minha fuga do Gilman ainda não se havia espalhado. Logo teria que sair da Washington para alguma outra rua que fosse para o sul, pois aquele grupo do hotel, sem dúvida, estaria atrás de mim. Provavelmente eu deixei pegadas no chão empoeirado daquele último prédio velho, revelando como havia chegado à rua.

O espaço aberto estava intensamente iluminado pelo luar, como eu temia, e pude avistar os restos de um gramado cercado por uma grade de ferro no centro — possivelmente o que restara de um parque. Por sorte não havia ninguém por ali, mas um estranho zumbido ou rugido parecia cada vez mais alto na direção da Town Square. A rua South era muito larga e em linha reta, com um suave declive até o cais e com uma ampla visão do mar. Minha esperança era que ninguém a estivesse observando de longe enquanto eu a cruzava sob o brilho do luar.

Continuei andando sem ser incomodado e não ouvi nenhum ruído indicando perseguidores. Olhando ao redor, desacelerei o passo involuntariamente para dar uma olhada no mar que estava deslumbrante sob o luar no fim da rua. Muito além do quebra-mar emergia a linha escura e sinistra do Recife do Diabo e, ao vislumbrá-lo, não pude deixar de pensar em todas aquelas lendas odiosas que ouvi nas últimas trinta e quatro horas, descrevendo aquele recife irregular como um verdadeiro portal para reinos de horror insondável e inconcebível aberração.

Então, sem aviso prévio, enxerguei os clarões intermitentes de luz no recife distante. Eram definidos e inconfundíveis, despertando em minha consciência um pavor cego e além de qualquer proporção racional. Meus músculos retesaram-se a ponto de dar início a uma fuga alucinada, que só foi contida por certa cautela inconsciente e fascinação quase hipnótica. Para piorar as coisas, uma sequência de clarões análogos, a intervalos diferentes, brilhou na alta cúpula da Gilman House, que se erguia às minhas costas para o nordeste. Com certeza eram sinais de resposta.

Controlando os músculos e percebendo novamente o quanto estava exposto, reiniciei com ainda mais vigor minha imitação do andar bamboleante, sem tirar os olhos daquele recife diabólico e agourento quando a abertura da rua South proporcionou a vista do mar. Não fazia ideia do que aquilo significava; talvez se tratasse de algum estanho ritual associado ao Recife do Diabo, ou talvez algum grupo tivesse desembarcado de um navio naquele rochedo sinistro. Virei para a esquerda depois de contornar o gramado esquálido, ainda de olho no oceano que cintilava sob o luar espectral de verão e observei os misteriosos clarões vindos dos inomináveis e inexplicáveis sinais.

Foi nesse momento que tive a impressão mais violenta até então, um abalo que destruiu meus derradeiros vestígios de autocontrole e me fez sair em disparada e de forma alucinada para o sul, deixando para trás as escuras soleiras abertas e as janelas arregaladas como olhos de peixe daquela rua deserta saída de um pesadelo. Isso porque, observando mais atentamente, observei que as águas enluaradas entre o recife e a praia não estavam nem de longe vazias. Elas estavam vivas, fervilhando com uma multidão de vultos que nadavam na direção da cidade, e, apesar da enorme distância e com a curta duração de meu olhar, era possível dizer que as cabeças protuberantes e os membros que se agitavam na água eram de tal forma inumanos e anormais que não poderiam ser descritos ou conscientemente formulados.

A corrida frenética cessou antes de eu ter alcançado o fim do primeiro quarteirão, pois comecei a ouvir, à esquerda, algo como um alvoroço de perseguição organizada. Ouviam-se passos e sons guturais, e um motor falhando resfolegou para o sul pela rua Federal. Em um instante tive que mudar todos os meus planos, pois, se o caminho para o sul à minha frente estava bloqueado, teria que encontrar outra saída de Innsmouth. Parei e me enfiei por uma porta aberta, refletindo na sorte que tive de ter saído do espaço aberto e enluarado antes daqueles perseguidores passarem pela rua paralela.

Uma segunda reflexão foi menos tranquilizadora. Como a perseguição estava sendo feita em outra rua, era evidente que o grupo não estava me perseguindo diretamente. Eles não tinham me visto, estavam apenas obedecendo a um plano geral de barrar a minha fuga. Contudo, aquilo significava que todas as estradas que levavam para fora de Innsmouth estariam vigiadas também, já que eles não tinham como saber qual eu escolheria. Sendo assim, eu teria que escapar pelo campo, longe de qualquer estrada. Mas como poderia fazer tal coisa naquela natureza pantanosa e acidentada que circundava toda a região? Por um momento, senti-me vencido por um desespero negro e pela angústia da rápida concentração do fedor onipresente de peixe.

Foi então que me lembrei da ferrovia abandonada para Rowley, cuja sólida base de terra coberta de mato e cascalho ainda se estendia para noroeste, saindo da estação em ruínas na beira da garganta do rio. Havia uma possibilidade de os moradores da cidade não terem pensado nela, pois, com o abandono, ficava inteiramente coberta por arbustos espinhosos e era quase intransitável. Era o caminho menos provável que algum fugitivo escolheria. Eu a vi com nitidez da minha janela no hotel e sabia onde ela estava. A maior parte do percurso inicial era visível da estrada para Rowley e dos pontos altos da própria cidade, mas talvez fosse possível alguém se arrastar sem ser visto por entre os arbustos. De qualquer forma, aquela seria minha única chance de fuga, e tudo o que me restava era tentar.

Dentro do vestíbulo improvisado como abrigo abandonado, consultei mais uma vez o mapa do rapaz da mercearia com a ajuda da lanterna. O problema imediato era como alcançar a antiga ferrovia, e percebi que o caminho mais seguro seria seguir em frente pela rua Babson, depois para oeste pela Lafayette, contornando, sem cruzar, um espaço aberto semelhante ao que eu havia atravessado. Em seguida, voltando para o norte e para o oeste em zigue-zague pelas ruas Lafayette, Bates, Adams e Bank, a última margeando a garganta do rio, até a estação deserta e dilapidada que eu tinha visto da janela. Optei por seguir pela Babson porque não queria cruzar de novo o espaço aberto nem iniciar o percurso para oeste por uma rua transversal e larga como a South.

Movimentando-me novamente, atravessei a rua para o lado direito a fim de dobrar a esquina para a Babson sem ser visto. O alarido na rua Federal continuava e, quando olhei para trás, pensei ter visto um brilho de luz perto do edifício de onde havia escapado. Ansioso para sair da rua Washington, apressei o passo em silêncio, confiando na sorte de não ser visto por nenhum olhar vigilante. Perto da esquina da rua Babson, observei em pânico que uma das casas ainda era habitada, como atestavam as cortinas da janela, mas as luzes no interior estavam apagadas, então passei por ela sem problemas.

Na rua Babson eu corria o risco de ser visto, já que era transversal à rua Federal, então mantive-me o mais próximo possível das construções irregulares e em ruínas, e precisei parar duas vezes na soleira de alguma casa quando os ruídos atrás de mim pareceram subitamente mais altos. O espaço aberto à frente brilhava de forma ampla e desolada sob a luz do luar, mas eu não precisaria passar por lá durante o trajeto. Na segunda vez que parei, comecei a perceber novamente os sons vagos vindos de algum lugar e, depois de olhar para fora com cuidado, vi um carro seguindo em alta velocidade pelo espaço aberto na direção da rua Eliot, que cruza com as ruas Babson e Lafayette.

Enquanto olhava, quase sufocando com a repentina intensidade do odor de peixe, depois de um breve período em que estivera mais ameno, vi um bando de vultos encurvados e desajeitados caminhando apressado e cambaleante na mesma direção e concluí que devia ser o grupo que vigiava a saída para Ipswich, já que era continuação da rua Eliot. Dois vultos do grupo usavam mantos volumosos e um deles ostentava um diadema afunilado que cintilava de forma pálida ao luar. A forma como andava era tão estranha que me causou calafrios, pois tive a impressão de que a criatura estava quase saltitando.

Quando o último membro do bando sumiu de vista, retomei meu caminho; virei a esquina em disparada para a rua Lafayette e então cruzei apressadamente a Eliot, com receio de que algum perdido do grupo ainda estivesse naquela rua. Escutei ruídos e grasnidos distantes próximos à Town Square, mas concluí o trajeto sem problemas. Meu maior temor era atravessar novamente a larga e enluarada rua South, com sua vista para o mar, e me enchi de coragem para enfrentar mais uma provação. Havia uma grande possibilidade de alguém estar à espreita, e alguma criatura ainda na rua Eliot poderia me ver de dois pontos diferentes. No último momento, decidi que o melhor a fazer era desacelerar o passo e fazer o cruzamento como antes, com o jeito de andar cambaleante de um típico nativo de Innsmouth.

Quando o mar foi avistado novamente, dessa vez à minha direita, eu estava quase decidido a não olhar naquela direção em hipótese alguma. Contudo, não consegui resistir e olhei de soslaio enquanto cambaleava para a proteção das sombras logo à frente, imitando cuidadosamente o andar de um local. Não havia navio algum à vista, ao contrário do que eu suspeitava, mas a primeira coisa que meus olhos captaram foi um pequeno barco a remo avançando na direção do cais abandonado, carregando um objeto volumoso coberto por uma lona. Os remadores, embora os visse de longe e de forma indistinta, causaram-me sensação de imensa repulsa. Pude distinguir ainda vários nadadores e ver, sobre o recife escuro distante, um clarão fraco, persistente e distinto do facho intermitente de antes, cuja tonalidade bizarra não era possível calcular. Por sobre os telhados oblíquos à frente e à direita, erguia-se a alta cúpula da Gilman House, totalmente no escuro. O odor de peixe, até então dissipado por uma brisa piedosa, retornou com intensidade violenta.

Mal havia cruzado a rua, escutei um bando de vultos grunhindo avançar pela Washington, vindo do norte. Quando chegaram ao amplo espaço aberto de onde tive o primeiro vislumbre inquietante do mar enluarado, pude vê-los com nitidez a um quarteirão de distância apenas, e horrorizou-me a anomalia bestial das feições e o aspecto canino e sub-humano do andar encurvado. Um homem avançava de maneira quase símia, com os braços compridos roçando muitas vezes o chão, enquanto outro vulto, de manto e tiara, parecia locomover-se saltitando. Imaginei que tinha sido aquele grupo que eu vira no pátio do Gilman, e, portanto, o que me seguia mais de perto. Quando alguns vultos se viraram para olhar em minha direção, o terror quase me deixou paralisado, mas consegui manter o passo cambaleante e casual que havia adotado. Até hoje não sei se me viram ou não. Se viram, meu truque deve tê-los convencido, porque atravessaram o espaço enluarado sem desviar do caminho, grasnindo e tagarelando em algum repulsivo patoá gutural que não consegui identificar.

Novamente na sombra, retomei o mesmo passo acelerado de antes, passando pelas casas decrépitas e inclinadas, fitando cegamente a noite. Ao cruzar para a calçada do lado oeste, virei a esquina seguinte para a rua Bates, ficando bem rente às construções do lado sul. Cruzei duas casas com sinais de habitação, uma delas com luzes fracas nos quartos superiores, mas não encontrei obstáculos. Julguei que estaria mais seguro ao virar a esquina para a Adams, mas fiquei momentaneamente em choque quando um homem saiu cambaleando de uma varanda às escuras bem na minha frente. Por sorte, ele estava bêbado demais para representar alguma ameaça, e consegui alcançar em segurança as ruínas tenebrosas dos armazéns da rua Bank.

Não havia ninguém se movendo naquela rua deserta às margens do córrego, e o barulho da cachoeira abafava o som dos meus passos. Foi uma longa corrida até a estação em ruínas, e as paredes dos grandes armazéns de tijolos que me cercavam eram mais assustadoras que as fachadas das casas. Finalmente avistei o arco da antiga estação, ou o que havia restado dela, e me precipitei em direção à ferrovia que começava na extremidade oposta.

Os trilhos estavam enferrujados, mas, no geral, intactos, e um pouco mais do que a metade dos dormentes estava apodrecida. Caminhar ou correr sobre uma superfície daquelas era muito difícil, mas dei o meu melhor, e consegui manter um bom tempo. Por um trecho, os trilhos acompanhavam a margem da garganta, até que alcancei a ponte comprida e coberta onde eles cruzavam o abismo em uma altura estonteante. O estado da ponte determinaria meu próximo passo. Se fosse humanamente possível, eu a usaria; senão, teria de me arriscar em novas andanças pelas ruas da cidade até a ponte de estrada mais próxima.

A enorme extensão da velha ponte de madeira coberta brilhava espectral ao luar e notei que os dormentes estavam firmes ao menos por alguns metros. Entrando por ela, acendi a lanterna e quase fui derrubado pela nuvem de morcegos que passou esvoaçando por mim. No meio da travessia, abria-se um perigoso espaço entre os dormentes, e, por um instante, temi que não fosse possível avançar, mas arrisquei um salto perigoso que foi bem-sucedido, por sorte.

Avistar novamente o luar quando emergi daquele túnel macabro foi uma grata satisfação. Os velhos trilhos cruzavam a rua River em desnível e logo depois dobravam para uma região cada vez mais rural, onde o abominável fedor de peixe de Innsmouth se dissipava. Ali, os densos arbustos de mato espinhoso atrapalhavam a passagem, rasgando cruelmente as minhas roupas, mas me alegrou ainda assim saber que elas poderiam ocultar-me em caso de perigo. Eu sabia que boa parte de meu percurso seria visível da estrada para Rowley.

A região pantanosa começava logo em seguida, com os trilhos correndo sobre um aterro baixo, coberto por um mato um pouco mais ralo. Depois, vinha uma espécie de ilha de terreno mais alto, onde a ferrovia cruzava uma escavação rasa, coberta de arbustos e espinheiros. Aquele abrigo parcial me deixou bem animado, já que naquele ponto a estrada de Rowley ficava a uma distância perturbadoramente próxima, conforme eu tinha verificado da janela do hotel. No fim da abertura, ela atravessava a linha e afastava-se para uma distância segura, mas até lá eu teria que ser extremamente cuidadoso. Àquela altura, tinha certeza de que a ferrovia não estava sendo patrulhada.

Pouco antes de entrar no trecho escavado, olhei para trás, mas não percebi perseguidor algum. Os velhos telhados e cúpulas da decadente Innsmouth brilhavam adoráveis e etéreos sob o mágico luar âmbar, e imaginei como deviam ter sido nos velhos tempos, antes que as sombras se abatessem sobre a cidade. Depois, percorrendo o olhar da cidade para o interior, algo menos tranquilizador chamou minha atenção e paralisou-me por um segundo.

O que eu vi, ou imaginei ter visto, foi uma perturbadora sugestão de um distante movimento ondulatório ao sul, sugerindo uma enorme multidão saindo da cidade pela estrada plana para Ipswich. A distância era grande e eu não podia distinguir nada com detalhes, mas a aparência daquela coluna móvel inquietou-me. Ela ondulava demais e brilhava com extrema intensidade sob o clarão da lua que migrava para o oeste. Havia também uma sugestão de sons, mas o vento soprava na direção oposta, a sugestão de sons bestiais e um vozerio ainda pior que os murmúrios dos grupos que tinha flagrado antes.

Todo tipo de conjectura desagradável passava pela minha cabeça. Pensei nas criaturas de Innsmouth que, segundo se dizia, viviam apinhadas naquelas pocilgas centenárias e caindo aos pedaços perto do cais. Pensei também naqueles nadadores obscuros que tinha visto. Contando os grupos avistados de longe e os que estariam vigiando as outras estradas, o número de meus perseguidores devia ser grande demais para uma cidade tão pouco habitada como Innsmouth.

De onde poderia ter vindo a densa multidão que eu então avistava? Estariam aquelas velhas e insondáveis pocilgas apinhadas de moradores disformes, insuspeitos e ilegais? Ou teria algum navio invisível desembarcado uma legião de forasteiros estranhos naquele recife maldito? Quem eram eles? Por que estavam ali? E, se uma multidão deles estava percorrendo a estrada para Ipswich, teriam reforçado também as patrulhas nas outras estradas?

Eu tinha entrado na abertura de terreno coberto de mato e avançava com grande dificuldade quando aquele maldito fedor de peixe se impôs uma vez mais. Teria o vento mudado de repente para leste, soprando agora do mar para a cidade? Concluí que devia ser isso, pois comecei a ouvir murmúrios guturais assustadores vindos daquela direção até então silenciosa. Ouvi também um outro som, uma espécie de tropel colossal coletivo que, de alguma forma, invocava imagens das mais detestáveis. Aquilo me fez pensar ilogicamente na repulsiva coluna ondulante na distante estrada para Ipswich.

Os sons e o odor foram ficando tão fortes que eu parei estremecendo, agradecido pela proteção que o corte do terreno me proporcionava. Era ali, lembrei, que a estrada para Rowley aproximava-se ao extremo da velha ferrovia antes de cruzá-la para oeste e afastar-se. Havia alguma coisa aproximando-se por aquela estrada, e eu teria que me abaixar até que passasse e desaparecesse na distância. Graças aos céus, aquelas criaturas não usavam cães para rastrear, embora talvez fosse impossível por causa do odor que impregnava tudo. Agachado entre os arbustos daquela fenda arenosa, eu me senti mais seguro, mesmo sabendo que os perseguidores teriam de atravessar a linha do trem à minha frente a não mais de noventa metros de distância. Daria para vê-los, mas eles não poderiam me ver, a não ser por um milagre hediondo.

Subitamente, comecei a temer vê-los passar ali. Eu enxergava o espaço enluarado próximo por onde iriam emergir e fui acometido por ideias escabrosas sobre a impiedade irredimível daquele espaço. Talvez fossem as piores dentre todas as criaturas de Innsmouth, algo que ninguém gostaria de lembrar. O fedor tornou-se insuportável e os ruídos cresceram para uma babel bestial de grasnidos, balidos e latidos sem a mínima inferência de fala humana. Seriam aquelas as vozes de meus perseguidores? Eles teriam cães, afinal? Até aquele momento, eu não tinha visto nenhum daqueles animais inferiores em Innsmouth. Era monstruosa aquela turba, e eu não poderia olhar para as criaturas degeneradas que faziam parte disso. Manteria os olhos fechados até o som diminuir para o oeste. A multidão estava muito próxima agora, o ar corrompido por seus rosnados roucos e o chão quase vibrando com a cadência de seus passos animalescos. Quase perdi o fôlego, e tive de colocar cada partícula de minha força de vontade para manter os olhos fechados.

Mesmo agora reluto em dizer se o que se passou foi um fato repugnante ou uma alucinação de pesadelo. A ação posterior do governo, depois de meus frenéticos apelos, tenderia a confirmar que tudo havia sido uma monstruosa verdade, mas não poderia uma alucinação ter se repetido sob o feitiço quase hipnótico daquela ancestral, assombrada e lúgubre horda? Lugares assim têm propriedades estranhas, e o legado de lendas insanas poderia perfeitamente ter agido sobre mais de uma imaginação humana em meio àquelas fétidas ruas mortas e a imensidão de telhados podres e cúpulas em ruínas. Não estaria o germe de uma efetiva e contagiosa loucura à espreita das profundezas daquela sombra que paira sobre Innsmouth? Quem poderá estar certo da realidade depois de ouvir coisas como o relato do velho Zadok Allen? As autoridades jamais encontraram o pobre Zadok e não têm ideia do que pode ter acontecido a ele. Onde termina a loucura e onde começa a realidade? Será possível que esse meu recente pavor seja pura ilusão?

Mas devo tentar dizer o que penso ter visto naquela noite sob a zombeteira lua amarela, emergindo e saltitando pela estrada de Rowley à minha frente enquanto eu estava agachado entre os arbustos silvestres daquele ermo escavado da ferrovia. Evidentemente, minha resolução de manter os olhos fechados fracassou. Estava condenada ao fracasso, pois quem poderia ficar agachado, às cegas, enquanto uma legião de criaturas de origem desconhecida, passava grasnando e uivando repugnantemente a menos de cem metros de distância?

Pensei estar preparado para o pior, e, de fato, deveria estar considerando tudo que havia visto antes. Se meus outros perseguidores eram aberrações malditas, eu não deveria estar preparado para encarar elementos anormais em potência mais elevada ou até mesmo vislumbrar formas em que não houvesse parcela alguma de normalidade? Não abri os olhos até que o alarido gutural ficou tão forte que com certeza estava diretamente à minha frente. Eu sabia então que boa parte deles devia estar visível ali onde as encostas da escavação diminuíam e a estrada cruzava com a ferrovia, e não pude mais me conter de espiar o horror que a furtiva lua amarelada teria a revelar.

A partir daquele momento, até o fim do tempo de vida que ainda me resta sobre a terra, aquela visão destruiu todo vestígio de tranquilidade mental e confiança na integridade da natureza e da mente humana. Nada do que poderia ter imaginado, nada mesmo, que eu poderia ter concluído se houvesse acreditado na história maluca do velho Zadok, da maneira mais literal, seria comparável, de alguma maneira, à realidade ímpia e demoníaca que eu vi, ou penso ter visto. Tentei sugerir o que foi para adiar o horror de descrevê-lo cruamente. Como seria possível este planeta ter gerado de fato aquelas coisas, os olhos humanos terem visto, como matéria concreta, o que o homem até então só conhecia por fantasias febris e lendas vagas?

Mas eu os vi, era um fluxo interminável, arrastando-se, saltitando, grasnando, balindo, emergindo em suas formas bestiais sob o luar espectral em uma sarabanda grotesca e maligna de fantasmagórico pesadelo. E alguns deles usavam tiaras altas daquele inominável metal dourado pálido... e alguns usavam mantos esquisitos... e um deles, o que liderava o grupo, vestia uma capa preta com uma corcova horripilante, calças listradas e exibia um chapéu de feltro empoleirado na coisa disforme que possuía no lugar da cabeça.

Creio que a cor predominante entre eles era verde-acinzentado, mas tinham os ventres brancos. A maior parte era lisa e luzidia, mas as pregas das costas eram cobertas de escamas. As formas eram vagamente antropoides, ao passo que as cabeças eram de peixe, com olhos enormes saltados que nunca piscavam. Dos laterais dos pescoços, projetavam-se guelras vibrantes e as patas compridas possuíam palmas. Andavam saltitando, sem cadência, sobre duas pernas às vezes, sobre quatro outras. Fiquei aliviado, de certa forma, por constatar que tinham no máximo quatro membros. As vozes grasnadas, estridentes, usadas com toda evidência para um discurso articulado, exibiam todos os tons sombrios de expressão que lhes faltavam nas feições.

Com toda a sua monstruosidade, porém, eles não me pareceram desconhecidos. Sabia perfeitamente o que deviam ser, pois tinha fresca a lembrança da tiara maligna de Newsburyport. Eram os ímpios peixes-sapos do abominável desenho, vivos e horripilantes, e, enquanto eu os observava, percebi por que aquele sacerdote corcunda no porão escuro da igreja me inspirara tamanho pavor. A quantidade ia além das conjecturas. Pareceu-me haver uma multidão interminável deles, e o breve vislumbre que tive certamente só teria revelado uma fração mínima. Alguns instantes depois, tudo se apagou em um piedoso desmaio, o primeiro de minha vida.

5

Uma suave chuva diurna tirou-me do torpor na escavação da ferrovia coberta de mato e, ao cambalear até a estrada à minha frente, não vi marca alguma de pegadas na lama fresca. O fedor de peixe também havia desaparecido. Os telhados em ruínas e as altas cúpulas de Innsmouth emergiam cinzentos a sudoeste, mas não consegui ver criatura alguma viva em todo aquele pântano ermo e salgado ao meu redor. Meu relógio ainda funcionava, informando que era mais de meio-dia.

Minha mente não estava convencida quanto à veracidade do que eu havia vivido, mas senti que havia alguma coisa hedionda por trás daquilo tudo. Precisava sair daquela macabra Innsmouth, e para isso tratei de experimentar minha débil e paralisada capacidade de locomoção. Apesar da fraqueza, fome, horror e espanto, senti-me em condições de caminhar, então saí devagar pela estrada lamacenta para Rowley. Antes de anoitecer, eu já havia chegado ao vilarejo, feito uma refeição e vestido roupas apresentáveis. Tomei o trem noturno para Arkham e, no dia seguinte, tive uma conversa demorada e franca com as autoridades locais, procedimento que repeti, mais adiante, em Boston. É de conhecimento público o resultado dessas conversas, e eu gostaria, para o bem da normalidade, que não houvesse mais nada a acrescentar. Talvez eu esteja tomado pela loucura, mas talvez um horror maior, ou um prodígio maior, esteja se manifestando.

Como bem se pode imaginar, desisti da maioria dos meus planos de viagem, das diversões cênicas, arquitetônicas e antiquárias que antes me animavam tanto. Também não ousei procurar aquela peça de joalheria estranha que diziam estar no Museu da Universidade de Miskatonic. Aproveitei, porém, minha estada em Arkham para coletar anotações arqueológicas que há muito tempo pensava em fazer, dados apressados e muito rudimentares, é verdade, mas passíveis de um bom aproveitamento posterior quando eu tiver tempo para organizá-los e classificá-los. O curador da sociedade histórica local, o sr. E. Lapham Peabody, teve a gentileza de me ajudar e demonstrou real interesse quando contei que era neto de Eliza Orne, de Arkham, que havia nascido em 1867 e se casado com James Williamson, de Ohio, aos dezessete anos.

Ao que parecia, um tio meu havia passado por lá pessoalmente muitos anos antes, em uma busca parecida com a minha, e a família de minha avó era objeto de uma certa curiosidade local. O sr. Peabody me contou que houve muito falatório sobre o casamento do pai dela, Benjamin Orne, pouco depois da guerra civil, pois os antecedentes da noiva eram muito misteriosos. Comentava-se que a noiva era uma órfã dos Marsh de New Hampshire, prima dos Marsh do Condado de Essex, mas sua formação havia sido na França e ela conhecia muito pouco sobre a própria família. Um tutor havia depositado fundos em um banco de Boston para sustentá-la, juntamente com a governanta francesa, mas ninguém em Arkham sabia o seu nome, e, com o tempo, ele desapareceu e a governanta assumiu o papel dele por indicação judicial. A francesa, falecida há muito tempo, era taciturna, e havia quem dissesse que ela poderia ter dito mais do que contou.

Contudo, o mais desconcertante foi a impossibilidade de alguém localizar os pais legais da moça: Enoch e Lydia (Meserve) Marsh, entre as famílias conhecidas de New Hampshire. Muitos sugeriam que ela era filha de algum Marsh ilustre, ela tinha os olhos dos Marsh com certeza. Boa parte do enigma se desfez depois de sua morte prematura, durante o parto de minha avó, sua única filha. Tendo formado algumas impressões desagradáveis associadas ao nome Marsh, não me caíram bem as notícias de que ele pertencia à minha própria árvore genealógica, nem me agradou a sugestão de Peabody de que eu também tinha os olhos dos Marsh. Entretanto, agradeci pelas informações que sabia que seriam valiosas e fiz copiosas anotações e listas de referências em livros sobre a bem documentada família Orne.

Fui diretamente de Boston a minha cidade natal, Toledo, e mais tarde passei um mês em Maumee, recuperando-me das provações. Em setembro, voltei a Oberlin para meu último ano e até junho fiquei ocupado com os estudos e outras atividades saudáveis, lembrando o terror passado apenas nas visitas ocasionais de autoridades relacionadas com a campanha que meus apelos e as evidências apresentadas haviam desencadeado. Em meados de julho, exatamente um ano depois da experiência de Innsmouth, passei uma semana com a família de minha falecida mãe em Cleveland, confrontando alguns de meus novos dados genealógicos com as diversas anotações, tradições e peças de herança que haviam por lá e vendo que tipo de mapa de relações poderia ser construído.

Não senti prazer na execução dessa tarefa, pois a atmosfera da casa dos Wiliamson sempre me deixava deprimido. Havia ali um azedume de morbidez, e minha mãe nunca me encorajou a visitar os pais dela quando eu era criança, embora sempre recebesse bem o pai quando ele vinha a Toledo. Minha avó de Arkham era muito estranha e quase aterrorizante, e acho que nem lamentei sua morte. Eu tinha oito anos na ocasião e dizia-se que ela vivia delirando de tristeza depois do suicídio do meu tio Douglas, seu primogênito. Ele havia se matado depois de uma viagem à Nova Inglaterra, sem dúvida a mesma viagem que fez com que fosse lembrado na Sociedade Histórica de Arkham.

Meu tio parecia-se com ela, e eu também nunca gostei muito dele. Os dois tinham algo no olhar, que era fixo, com a pálpebra estática, provocando em mim uma vaga e indescritível inquietação. Minha mãe e o tio Walter não tinham aquela expressão. Eles eram parecidos com o pai, mesmo que o pobre primo Lawrence, filho de Walter, fosse quase uma cópia perfeita da avó antes de seu estado mental levá-lo ao isolamento permanente em um asilo em Canton. Não nos víamos havia quatro anos, mas meu tio sugeriu que seu estado era péssimo, tanto físico quanto mental. Esse martírio talvez tivesse sido o principal motivo para a morte da mãe, dois anos atrás.

Meu avô e o filho viúvo, Walter, constituíam agora toda a família de Cleveland, mas a lembrança dos velhos tempos pairava pesadamente sobre eles. O lugar ainda me incomodava, então tentei fazer minhas investigações o mais depressa possível. Meu avô me forneceu um grande número de registros e tradições dos Williamson, mas, para conseguir informações e material sobre os Orne, precisei contar com o tio Walter, que deixou à minha disposição todos os seus arquivos, inclusive anotações, cartas, recortes, lembranças, fotografias e miniaturas.

Foi examinando cartas e retratos do lado Orne da família que comecei a adquirir um certo terror de meus próprios ancestrais. Como já disse, minha avó e meu tio Douglas sempre me inquietaram. Agora, anos depois de seu desaparecimento, eu olhava o rosto deles nas fotografias com um sentimento de repulsa e estranhamento muito maior. De início, não consegui compreender a mudança, mas, aos poucos, uma terrível comparação começou a penetrar em meu subconsciente, apesar de minha consciência firmemente recusar-se a admitir a menor suspeita sobre aquilo. Era evidente que a expressão típica daqueles rostos sugeria agora algo que não havia sugerido antes, algo que provocaria pânico absoluto se eu pensasse abertamente naquilo.

Contudo, o pior choque veio quando meu tio me mostrou as joias dos Orne que estavam guardadas em um cofre no centro da cidade. Algumas peças eram delicadas e inspiradoras, mas havia uma caixa com velhas peças exóticas que meu tio me mostrou relutante. De acordo com ele, apresentavam um desenho muito grotesco e quase repulsivo e, pelo que sabia, jamais haviam sido usadas em público, embora minha avó gostasse de admirá-las. Lendas imprecisas de má sorte as envolviam e a governanta francesa de minha bisavó disse que não deviam ser usadas na Nova Inglaterra, embora fosse seguro usá-las na Europa.

Enquanto desembrulhava lentamente as coisas, meio a contragosto, ele me recomendou que não ficasse chocado com a estranheza e repulsa que os desenhos pudessem me causar. Artistas e arqueólogos que os viram, declararam que seu feitio era de notável e exótico requinte, embora nenhum deles tivesse conseguido definir precisamente o material de que eram feitos ou atribuí-los a alguma tradição artística específica. Havia dois braceletes, uma tiara e um tipo de peitoral, esse último com figuras em alto relevo com extravagância quase insuportável.

Controlei minhas emoções enquanto ele explicava, mas minha expressão deve ter traído os temores crescentes que dominavam meu corpo. Meu tio parecia concentrado e deteve-se para analisar o meu rosto. Fiz um gesto para que ele continuasse a desembrulhar o pacote, e ele o fez com relutância. Ele parecia esperar algum tipo de expressão quando a primeira peça, a tiara, tornou-se visível, mas duvido que esperasse pelo que, de fato, aconteceu. Eu também não esperava, tinha certeza de que sabia muito bem do que se tratavam as joias. O que eu fiz foi desmaiar em silêncio, como havia acontecido na escavação ferroviária coberta de mato um ano antes.

Daquele dia em diante, minha vida tem sido um pesadelo de cismas e apreensões, sem saber mensurar qual parte da verdade denota ódio e qual loucura. Minha bisavó foi uma Marsh de origem desconhecida cujo marido vivera em Arkham; e Zadok não disse que a filha de Obed Marsh com uma mãe monstruosa havia se casado após um golpe de Obed em um homem de Arkham? O que foi mesmo que o velho beberrão havia murmurado sobre os meus olhos parecerem-se com os do capitão Obed? Em Arkham, o curador também me disse que eu tinha os olhos dos Marsh. Seria Obed Marsh o meu trisavô? Quem, ou o que, então era minha trisavó? Mas isso tudo poderia não passar de uma loucura. Os ornamentos de ouro esbranquiçado poderiam perfeitamente ter sido comprados de algum marinheiro de Innsmouth pelo pai da minha bisavó, quem quer que ele fosse. E aquele olhar fixo no rosto da minha avó e do meu tio suicida poderia ser pura fantasia de minha parte, pura fantasia instigada pelas sombras de Innsmouth que tanto haviam obscurecido minha imaginação. Mas por que meu tio havia se matado depois de uma busca do passado na Nova Inglaterra?

Por mais de dois anos consegui repelir tais reflexões com relativo sucesso. Meu pai conseguiu um emprego para mim em um escritório de seguros e eu me enterrei na rotina da melhor forma possível. Contudo, foi no inverno de 1930 para 1931 que os sonhos começaram. No início eram esparsos e traiçoeiros, mas, com o passar do tempo, foram aumentando de frequência e intensidade. Imensidões aquáticas abriam-se diante de mim, e eu parecia vagar por titânicos pórticos e labirintos submersos de paredes ciclópicas cobertas de mato, na companhia de peixes grotescos. Depois, as outras formas começaram a aparecer, enchendo-me de um horror inominável no momento em que eu acordava. Mas, durante os sonhos, elas não me horrorizam de forma alguma, pois eu era uma delas, usava os adornos inumanos, e percorria os caminhos aquáticos, orando de maneira torpe nos templos ímpios no fundo do mar.

Havia muito mais para lembrar, mas o que eu recordava a cada manhã era bastante para ser considerado louco ou gênio, caso ousasse algum dia escrever sobre tudo aquilo. Sentia que alguma influência tenebrosa tentava me arrastar aos poucos para fora do mundo são de uma vida saudável para abismos inomináveis de alienação e trevas, e o processo me consumia. Minha saúde e aparência foram ficando cada vez piores até que fui forçado a desistir do emprego e adotar a vida reclusa e estática de um inválido. Alguma enfermidade nervosa bizarra havia dominado minha vida e muitas vezes eu não conseguia fechar os olhos.

Foi então que comecei a estudar meu reflexo no espelho com crescente apreensão. A lenta deterioração causada pela doença não é algo agradável, mas, em meu caso, havia algo um pouco mais sutil e intrigante por trás. Meu pai parecia notá-lo também, pois começou a me olhar de maneira curiosa e meio que apavorado. O que se estava passando comigo? Estaria ficando parecido com minha avó e meu tio Douglas?

Certa noite, tive um sonho apavorante em que encontrei minha avó no fundo do mar. Ela morava em um palácio fosforescente com muitos terraços, jardins com estranhos corais leprosos e grotescas florescências braquiadas, e cumprimentou-me com uma cordialidade um tanto irônica. Ela havia mudado, como os que partem para a água mudam, e contou-me que não havia morrido. Na verdade, tinha ido a um local de que seu falecido filho fora informado e saltara para um reino cujas maravilhas eram destinadas a ele também, mas ele o havia rejeitado com uma pistola fumegante. Aquele seria meu reino também, não havia como fugir dele. Eu não morreria jamais e viveria entre os que existiam desde antes de o homem andar sobre a Terra.

Encontrei também a avó dela. Por oitenta mil anos, Pth'thya-l'yi vivera em Y'há-nthlei e para lá havia voltado depois da morte de Obed Marsh. Y'há-nthlei não foi destruída quando os homens da terra superior atiraram para que ela morresse dentro do mar. Ela se feriu, mas não conseguiram destruí-la. Os Profundos* jamais seriam destruídos, ainda que

IIIII

* Criaturas fictícias criadas por Lovecraft. Foram mencionadas pela primeira vez em *A Sombra de Innsmouth*, mas são recorrentes nos mitos de Cthulhu e relacionam-se à cidade de Y'há-nthlei, à Ordem Esotérica de Dagon e a seus progenitores, divindades chamadas Pai Dagon e Mãe Hidra.

a magia paleogênica dos esquecidos Grandes Antigos pudesse barrá-los às vezes. Por enquanto, descansariam, mas, algum dia, caso se lembrassem, iriam se erguer novamente para o tributo que o Grande Cthulhu desejava. Seria uma cidade maior que Innsmouth da próxima vez. Pretendiam disseminar-se e para isso haviam criado os meios, mas, no momento, deviam esperar mais uma vez. Por ter causado a morte dos homens da terra superior, eu teria de fazer uma penitência, mas não seria muito pesada. Foi nesse sonho que eu vi um shoggoth pela primeira vez, e a visão me fez despertar em um frenesi de gritos. Naquela manhã, o espelho definitivamente me mostrou que eu havia adquirido o *jeito Innsmouth.*

Até agora, não me matei, como fez meu tio Douglas. Comprei uma automática e quase consegui, mas certos sonhos me impediram. Os tensos momentos extremos de pavor estão diminuindo e sinto-me curiosamente atraído para as profundezas marítimas desconhecidas em vez de temê-las. Ouço e faço coisas estranhas durante o sono e desperto em êxtase em vez de apavorado. Não creio que tenha de esperar pela transformação completa como a maioria. Se o fizer, é bem provável que meu pai me interne em um hospício, como aconteceu com meu pobre primo. Esplendores fabulosos e inauditos esperam por mim abaixo, e logo os procurarei. *Iä-R'lyeh! Cthulhu fhtagn! Iä Iä!* Não, eu não me matarei, nada me induzirá a fazer isso!

Vou planejar a fuga de meu primo do hospício em Canton e juntos iremos para a encantada Innsmouth. Nadaremos para aquele recife que se estende sobre o mar e mergulharemos para os abismos negros da ciclópica Y'há-nthlei de muitas colunas. E, no covil dos Profundos, viveremos as glórias e os prodígios eternamente.

fontes
greta pro display
nue gothic round

@novoseculoeditora
nas redes sociais

gruponovoseculo
.com.br